CONAN
O Bárbaro

Robert E. Howard

Tradução de Alexandre Callari

Pipoca & Nanquim

CONAN, O BÁRBARO Livro 2
Robert Ervin Howard
© 2018 Conan Properties International LLC.
© 2018 Pipoca & Nanquim, para a edição brasileira
CONAN, CONAN THE BARBARIAN, HYBORIA, and related logos, names and character likenesses are trademarks or registered trademarks of Conan Properties International LLC. All rights reserved. Used with permission.

Todos os direitos reservados.
É proibida a reprodução total ou parcial desta obra sem a autorização prévia dos editores.

Ilustração da capa: Frank Frazetta
Ilustrações: Mark Schultz, Gary Gianni e Gregory Manchess

Tradução: Alexandre Callari
Preparação de texto: Bernardo Santana
Revisão: Luciane Yasawa e Audaci Junior
Diagramação: Arion Wu e Diogo Pessoa
Projeto gráfico e caligrafia de abertura: Arion Wu
Design de capa: Bruno Zago e Daniel Lopes
Editores: Bernardo Santana e Alexandre Callari
Direção editorial: Alexandre Callari, Bruno Zago e Daniel Lopes
Impressão e acabamento: Ipsis Gráfica e Editora

1ª edição, setembro de 2018
3ª reimpressão, dezembro de 2023

Dados Internacionais de Catalogação na Publicação (CIP)

H848c Howard, Robert Ervin, 1906 - 1936
Conan, o bárbaro: livro 2 / Robert Ervin Howard; ilustrações de Mark Schultz; tradução de Alexandre Callari. – São Paulo : Pipoca & Nanquim, 2018.

Título original: Conan the barbarian
ISBN: 978-85-93695-13-1

1. Literatura americana – contos fantásticos I. Schultz, Mark II. Callari, Alexandre III. Título.

CDU: 82-344
CDD: 813

André Queiroz – CRB-4/P-1724

---

pipocaenanquim.com.br
youtube.com/pipocaenanquim
instagram.com/pipocaenanquim
editora@pipocaenanquim.com.br

Sumário

Inimigos em Casa 4
Sombras de Ferro ao Luar 32
A Rainha da Costa Negra 67
O Demônio de Ferro 104
Os Profetas do Círculo Negro 140

Extras
A Filha do Gigante do Gelo 232
O Estranho de Preto 242

Inimigos em Casa

(Rogues in the House)

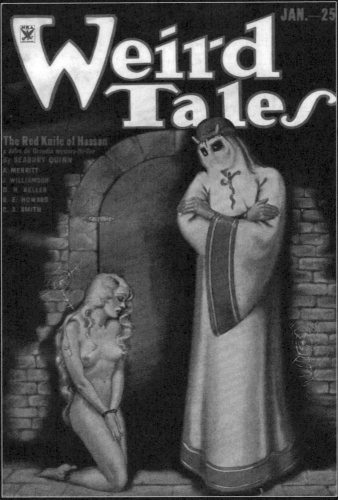

História originalmente publicada em *Weird Tales* — janeiro de 1934.

I

Durante as festividades da corte, Nabonidus, o Sacerdote Vermelho, que era o verdadeiro governante da cidade, tocou com cortesia o braço de Murilo, um jovem aristocrata. Murilo virou-se, deu de encontro com o olhar enigmático do sacerdote e perguntou-se qual significado ele ocultava. Não trocaram palavras, mas Nabonidus curvou-se e entregou um pequeno cilindro de ouro a Murilo. O jovem nobre, ciente de que Nabonidus nada fazia sem motivo, pediu licença assim que teve oportunidade e voltou rapidamente a seus aposentos. Lá, abriu o cilindro e encontrou uma orelha humana, a qual reconheceu por conta de uma peculiar cicatriz. Suando profusamente, deixou de ter qualquer dúvida quanto ao significado do olhar do Sacerdote Vermelho.

Mas Murilo, a despeito de seus perfumados cachos pretos e de suas vestes afetadas, não era nenhum fraco a ponto de entregar o pescoço para uma lâmina sem lutar. Não sabia dizer se Nabonidus estava simplesmente brincando com ele ou se tinha lhe dado a chance de partir para o exílio voluntariamente, mas o fato de continuar vivo e em liberdade provava que ainda dispunha de pelo menos algumas horas, mesmo que fossem só para meditar. Contudo, Murilo não precisou meditar para tomar aquela decisão; o que precisava era de uma ferramenta. E o destino a proveu, agindo nas espeluncas e bordéis dos bairros pobres naquele mesmo instante, enquanto o jovem nobre tremia e ponderava na parte aristocrata da cidade, ocupada por palácios de marfim e torres púrpuras de mármore.

Havia um sacerdote de Anu cujo templo, localizado nos limites do bairro das pocilgas, era palco de mais do que simples devoção. O sacerdote era gordo e bem nutrido, e atuava ao mesmo tempo como receptador de artigos roubados e espião da polícia. Seu negócio prosperava em ambas as frentes, uma vez que na região onde se estabelecera ficava o Labirinto, um emaranhado sinuoso de ruelas e covis sórdidos, frequentado pelos ladrões mais audaciosos do reino. E os mais audaciosos de todos eram um gunderlandês desertor de um grupo de mercenários e um bárbaro cimério. Por causa do sacerdote de Anu, o gunderlandês tinha sido aprisionado e enforcado na praça central. Mas o cimério havia fugido e, ao descobrir, usando seus escusos recursos, sobre a traição do sacerdote, adentrou o templo na calada da noite e decepou a cabeça do homem. Um grande tumulto se seguiu na cidade, mas a busca pelo assassino se provou infrutífera, até que uma mulher o entregou para as autoridades, levando um capitão da guarda e seu esquadrão ao quarto escondido onde o bárbaro jazia embebedado.

Despertando estupefato, mas ferozmente, quando o apanharam, ele estripou o capitão, arremeteu contra os atacantes e teria escapado se o álcool ainda não nublasse seus sentidos. Aturdido e meio cego, errou a porta aberta em sua fuga precipitada e bateu a cabeça contra a parede de pedra de forma tão terrível que desmaiou. Quando voltou a si, estava no calabouço mais fortificado da cidade, algemado à parede com correntes que nem mesmo seus músculos bárbaros eram capazes de partir.

Murilo foi à cela, mascarado e envolto num manto preto e largo. O cimério o examinou com interesse, imaginando ser ele o carrasco que viera para despachá-lo. Murilo explicou a situação, analisando-o com o mesmo interesse. A despeito da luz fraca do calabouço e de ter os membros presos por correntes, o vigor primitivo do homem era evidente. Seu corpo poderoso e seus grossos músculos combinavam a força de um urso pardo com a rapidez de uma pantera. Por baixo da cabeleira preta emaranhada, olhos azuis ardiam com selvageria insaciável.

— Você gostaria de viver? — Murilo perguntou. O bárbaro grunhiu, um novo interesse surgindo em seus olhos.

— Se eu orquestrasse sua fuga, me retribuiria com um favor? — O aristocrata perguntou.

O cimério não respondeu, mas seu olhar falava por si.

— Quero que mate um homem para mim.

— Quem?

A voz de Murilo tornou-se um sussurro:

— Nabonidus, o sacerdote do rei!

O cimério não deu sinais de surpresa ou perturbação. Não possuía o medo ou a reverência pelas autoridades que a civilização instila nos homens. Rei ou mendigo, eram todos iguais para ele. Também não perguntou por que Murilo fora até ele, quando as ruas estavam repletas de assassinos fora da prisão.

— Quando vou escapar? — Ele quis saber.

— Muito em breve. Só há um guarda nesta parte do calabouço durante a noite. Ele pode ser subornado; ele já foi subornado. Veja... aqui estão as chaves de suas correntes. Vou removê-las e, uma hora depois que eu sair, Athicus, a sentinela, destrancará a porta de sua cela. Você deve amarrá-lo com tiras feitas de sua túnica para que, quando ele for encontrado, as autoridades pensem que foi resgatado por alguém de fora e não suspeitem dele. Vá direto à casa do Sacerdote Vermelho e mate-o. A seguir, vá para a Toca do Rato, onde um homem o encontrará e lhe providenciará um cavalo e uma bolsa de ouro. Com ambos, poderá fugir da cidade e do país.

— Tire estas correntes amaldiçoadas agora — exigiu o cimério. — E mande o guarda me trazer comida. Por Crom, só ingeri água e pão mofado o dia inteiro, estou faminto.

— Assim será feito. Mas lembre-se... você não deve escapar até que eu tenha tido tempo de chegar em casa.

Livre das correntes, o bárbaro levantou-se e alongou os braços pesados, enormes no brilho lúgubre do calabouço. Murilo tornou a sentir que, se havia algum homem no mundo capaz de completar a tarefa, era aquele cimério. Após repetir algumas instruções, deixou a prisão, antes ordenando a Athicus que levasse carne e cerveja ao prisioneiro. Sabia que podia confiar na sentinela, não só por conta do dinheiro que tinha pago, mas por causa de certas informações de que dispunha a respeito do guarda.

Quando voltou a seu quarto, Murilo estava em pleno controle de seus medos. Nabonidus atacaria por meio do rei... disto tinha certeza. E, visto que a guarda real não estava batendo à sua porta, era certo que o sacerdote nada dissera ao monarca... ainda. Sem dúvida, amanhã ele falaria... se vivesse para ver o amanhã.

Murilo acreditava que o cimério seria fiel. O sucesso do homem em cumprir seu propósito era uma incógnita. Homens já haviam tentado assassinar o Sacerdote Vermelho e acabaram tendo mortes hediondas e inomináveis. Mas tais homens tinham sido criados na cidade, carentes dos instintos lupinos daquele bárbaro. No instante em que, revirando nas mãos o cilindro de ouro com a orelha decepada, Murilo soube por intermédio de canais secretos que o cimério fora capturado, percebeu que tinha encontrado uma solução para seus problemas.

De volta ao quarto, fez um brinde ao homem chamado Conan e ao sucesso dele naquela noite. E, enquanto bebia, um de seus espiões lhe trouxe a notícia de que Athicus havia sido preso. O cimério não tinha fugido.

Murilo sentiu o sangue gelar. Naquela guinada do destino, via a mão sinistra de Nabonidus, e uma obsessão arrepiante começou a crescer dentro de si, imaginando que o Sacerdote Vermelho era mais do que um ser humano, que era um feiticeiro capaz de ler a mente de suas vítimas e manipular suas cordas, fazendo-as dançar como marionetes. Com o desespero, veio o pânico. Escondendo uma espada debaixo do manto negro, saiu de casa utilizando uma passagem oculta e atravessou as ruas desertas. Era meia-noite quando chegou à casa de Nabonidus, uma estrutura sinistra que se erguia em meio aos jardins murados que a separavam das propriedades ao redor.

O muro era alto, mas não impossível de ser escalado. Nabonidus não depositava sua confiança em meras barreiras de pedra. Era o que havia do lado de dentro do muro que devia ser temido. Do que se tratava, Murilo não sabia com exatidão. Tinha conhecimento de pelo menos um enorme cão selvagem que rondava os jardins e que, certa vez, fizera um intruso em pedaços como um cão de caça faz com um coelho. O que mais poderia existir, não ousava conjecturar. Homens que tiveram a permissão de adentrar a casa para conduzir negócios legítimos diziam que Nabonidus vivia num ambiente rico, ainda que simples, e era servido por um número surpreendentemente baixo de criados. Em verdade, mencionaram apenas um visível — um homem alto e silencioso chamado Joka. Outra pessoa, provavelmente um escravo, fora ouvida movendo-se nas redondezas da propriedade, ainda que ninguém a tenha visto. O maior enigma daquela casa misteriosa era o próprio Nabonidus, que se tornara o homem mais poderoso do reino graças ao seu poder de intriga e manipulação da política internacional. A plebe, chanceleres e o rei moviam-se como títeres em suas mãos.

Murilo escalou o muro e chegou aos jardins, que eram uma vastidão de sombras criada pelos conjuntos de arbustos e folhagens. Nenhuma luz brilhava nas janelas da casa, que se avolumava entenebrecida em meio às árvores. O jovem nobre cruzou a vegetação de forma rápida, porém furtiva. Por um instante, esperou escutar o ladrar do grande cão e ver seu corpanzil imenso surgir das sombras. Duvidava da efetividade de sua espada contra o ataque, mas não hesitou. Melhor morrer sob as presas da fera do que pelas mãos do carrasco.

Tropeçou em algo corpulento e macio. Aproximando-se sob a luz fraca das estrelas, discerniu uma forma caída no chão. Era o cão que protegia os jardins, e estava morto. O pescoço havia sido quebrado e ostentava o que pareciam ser marcas de enormes presas. Murilo sentiu que aquilo não era obra de um ser humano; a fera devia ter encontrado um monstro mais selvagem do que ela própria. Olhou nervoso para os arbustos e moitas enigmáticas, então deu de ombros e aproximou-se em silêncio da casa.

Descobriu destrancada a primeira porta que testou. Entrou com cuidado, a espada em mãos, vendo-se num corredor longo e escuro, fracamente iluminado por um brilho que passava através das cortinas em seu fim. Silêncio total pairava na casa. Murilo deslizou ao longo do corredor e parou para espiar por entre as cortinas. Viu uma sala iluminada, com cortinas de veludo tão bem fechadas que impediam qualquer passagem de luz. Estava vazia em termos de vida humana; contudo, tinha um sinistro ocupante. Em meio à mobília em ruínas e às cortinas rasgadas, que indicavam um confronto terrível, havia o corpo de um homem. Estava deitado de barriga para baixo, mas sua cabeça tinha sido torcida, de modo que o queixo descansava sobre o ombro. As feições, contorcidas num sorriso pavoroso, pareciam encarar o assustado nobre.

Pela primeira vez naquela noite, a determinação de Murilo vacilou. Ele lançou um olhar inseguro para o caminho por onde tinha vindo. Então, a lembrança do bloco e do machado do carrasco o fortaleceu, e ele atravessou a sala, desviando-se para evitar o horror soturno jogado em seu centro. Embora nunca tivesse visto o homem, sabia por descrições anteriores que era Joka, o criado sombrio de Nabonidus.

Espiou por uma porta cortinada e viu uma câmara ampla e circular, rodeada por uma galeria na metade da distância entre o chão polido e o elevado teto. A câmara parecia mobiliada para acomodar um rei. Em seu centro havia uma mesa de mogno ornamentada, repleta de garrafas de vinho e pratos sofisticados. Murilo enrijeceu. Numa grande cadeira com suas costas amplas voltadas para ele, viu uma figura cujos trajes lhe eram familiares. Vislumbrou um membro vestido numa manga vermelha descansando no braço da cadeira; a cabeça, coberta pelo capuz escarlate da túnica, pendia para a frente, como se meditasse, da mesma forma que Murilo vira Nabonidus sentar-se uma centena de vezes na corte real.

Praguejando contra o próprio coração disparado, o jovem nobre cruzou a câmara com a espada erguida, todo seu corpo preparado para estocar. Sua presa não se moveu nem pareceu escutar o avanço cauteloso. Estaria o Sacerdote Vermelho adormecido ou seria ele um cadáver que jazia afundado naquela grande cadeira? Uma única passada separava Murilo de seu inimigo, quando, de repente, o homem na cadeira levantou-se e o encarou.

O sangue foi drenado subitamente das feições do nobre. A espada caiu de seus dedos e retiniu no chão polido. Um grito terrível eclodiu de seus lábios lívidos, seguido pelo baque seco de um corpo caindo no chão. Então, o silêncio voltou a reinar na casa do Sacerdote Vermelho.

II

Pouco depois de Murilo sair do calabouço onde Conan, o cimério, estava confinado, Athicus levou para o prisioneiro um prato de comida que incluía, entre outras coisas, uma bisteca generosa e uma caneca de cerveja. Conan comeu vorazmente, e Athicus fez uma última ronda pelas celas para checar se tudo estava em ordem e garantir que ninguém testemunhasse a falsa fuga. Foi enquanto estava ocupado que um esquadrão de soldados surgiu e lhe deu ordem de prisão. Mas Murilo errou ao supor que aquele acontecimento implicava que o plano de fuga de Conan tinha sido descoberto. A questão era outra; Athicus se tornara negligente em suas negociações com o submundo, e um de seus pecados passados voltara para apanhá-lo.

Outro carcereiro o substituiu, uma criatura impassível e confiável, que jamais teria cedido a nenhuma quantia de suborno. Era um homem prosaico, mas tinha uma ideia exagerada sobre a importância de seu serviço.

Após Athicus ser levado para ser acusado formalmente diante de um magistrado, o carcereiro fez as rondas pelas celas, como de praxe. Ao passar pela de Conan, seu senso de propriedade ficou chocado e ultrajado ao ver o prisioneiro livre das correntes e comendo os últimos nacos de carne de um grande osso. O homem ficou tão contrariado que cometeu o erro de entrar sozinho na cela, sem chamar os guardas das outras partes da prisão. Foi o primeiro erro que cometeu em dever, e também o último. Conan abriu sua cabeça com o osso, apanhou seu punhal e suas chaves, e partiu sem preocupações. Como Murilo dissera, apenas um guarda estava de plantão naquela noite. O cimério usou as chaves para chegar ao lado de fora dos muros e logo respirava o ar puro do exterior, tão livre quanto se o plano de Murilo tivesse dado certo.

Sob as sombras dos muros da prisão, Conan fez uma pausa para decidir o que fazer a seguir. Ocorreu-lhe que, uma vez que havia fugido por mérito próprio, não devia nada a Murilo. Contudo, tinha sido o jovem nobre quem removera suas correntes e pedira que lhe mandassem comida; e, sem isso, a fuga não teria sido possível. Concluiu que estava em débito com Murilo e, sendo um homem que cumpria suas obrigações, determinou-se a cumprir a promessa que fizera ao aristocrata. Antes, porém, tinha seus próprios negócios para cuidar.

Dispensando a túnica rasgada, moveu-se pelo ar noturno nu, salvo por sua tanga. Conforme andava, tateava o punhal que roubara — uma arma mortífera, com uma lâmina larga de gume duplo e meio metro de comprimento. Deslocou-se com cautela pelas ruas e praças escuras, até chegar a seu destino: o distrito conhecido como Labirinto. Cruzou as ruelas sinuosas com certa familiaridade. Aquele lugar de fato era um emaranhado de becos escuros, pátios apertados e caminhos divergentes, repleto de sons furtivos e odores terríveis. Não havia pavimentação nas ruas; lama e imundície se misturavam numa sujeira desagradável. Não havia sistema de esgoto; os dejetos eram lançados nos becos, formando pilhas fumegantes e poças. A não ser que caminhasse com cuidado, um homem corria o risco de perder o equilíbrio e afundar até a cintura numa daquelas cacimbas nauseantes. Também não era raro topar com um cadáver estirado na lama com a garganta cortada ou a cabeça aberta. Pessoas honestas evitavam o Labirinto por bons motivos.

Conan chegou ao seu destino sem ser visto, bem quando aquela que viera tão fervorosamente encontrar estava saindo. Enquanto o cimério cruzava o pátio abaixo, a garota que o tinha vendido para a polícia se despedia de seu novo amante em um cômodo no andar superior. A porta fechou-se atrás do jovem bandido, que tateou seu caminho ao descer um lance de escadas rangentes, perdido nos próprios pensamentos que, à moda da maioria dos cidadãos do Labirinto, tinham a ver com aquisições ilegais de bens. Na metade dos degraus, ele parou repentinamente, sentindo os pelos se eriçarem. Uma silhueta indistinta se ocultava nas sombras à sua frente; um par de olhos ardendo como os de uma fera que caça. Um rosnado bestial foi a última coisa que escutou, quando o monstro se lançou sobre ele e uma lâmina afiada rasgou sua barriga. Emitindo um derradeiro grito sufocado, despencou com o corpo mole escadaria abaixo.

O bárbaro inclinou-se sobre o cadáver por um instante, os olhos flamejando na penumbra como os de um demônio. Sabia que o barulho tinha sido ouvido, mas as pessoas que viviam no Labirinto eram cautelosas e se atinham aos próprios assuntos. Um grito de morte nas escadarias não era algo incomum. Mais tarde, alguém se aventuraria a investigar, mas somente depois que um tempo razoável tivesse transcorrido.

Conan subiu as escadas e parou diante da porta que conhecia de antigamente. Estava trancada por dentro, mas sua lâmina passou por entre ela e o batente e ergueu a trava. Entrou, fechou a porta atrás de si e encarou a garota que o denunciara às autoridades.

A mulher estava sentada de pernas cruzadas na cama desfeita. Empalideceu como se visse um fantasma. Tinha ouvido o grito nas escadas e viu a mancha vermelha no punhal que o bárbaro segurava, mas estava aterrorizada demais com o próprio destino para perder tempo lamentando o do amante. Começou a implorar pela vida, soando quase incoerente por causa do terror. Conan não respondeu; apenas permaneceu estático encarando-a com seus olhos ardentes, testando a ponta do punhal com o dedão calejado.

Enfim, atravessou o quarto enquanto ela se encolhia contra a parede, soluçando freneticamente súplicas de misericórdia. Agarrando os cachos amarelos, o bárbaro arrastou a mulher para fora da cama. Embainhando a lâmina, pôs sua prisioneira, que se debatia, sob o braço esquerdo e foi até a janela. Como a maioria das construções do tipo, aquela era guarnecida por uma saliência que circundava cada andar, bordeando as janelas. Conan deu um chute para abrir a daquele quarto e saiu, pisando na estreita saliência. Se alguém estivesse por perto ou acordado, teria testemunhado a visão bizarra de um homem movendo-se cuidadosamente ao longo do rebordo, carregando debaixo do braço uma garota seminua que se debatia. E esse alguém não ficaria tão intrigado quanto a própria garota.

Chegando ao local que queria, Conan parou, segurando a parede com a mão livre. No interior do edifício, um súbito clamor surgiu, denotando que o corpo havia sido descoberto. A prisioneira chorava e se contorcia, renovando suas súplicas. Conan olhou para a lama e o lixo nas ruelas abaixo; escutou brevemente a algazarra do lado de dentro e os pedidos da mulher; então, jogou-a com precisão em uma fossa. Apreciou por alguns segundos vê-la se debater, chafurdar e destilar veneno com suas profanidades, e chegou até mesmo a permitir-se uma gargalhada. Então, ergueu a cabeça, escutou o tumulto que crescia dentro da construção e decidiu que era hora de matar Nabonidus.

III

Foi um tilintar reverberante de metal que despertou Murilo. Ele grunhiu e lutou ainda entorpecido até conseguir se sentar. Ao seu redor tudo era silêncio e trevas, e, por um segundo, temeu estar cego. Então, lembrou-se do que havia acontecido e sua pele se arrepiou. Pelo tato percebeu que estava deitado num chão de lajes de pedra. Ao tatear um pouco mais, descobriu uma parede feita do mesmo material. Pôs-se de pé e recostou-se ao muro, tentando em vão se orientar. Que estava em algum tipo de prisão, parecia certo, mas onde e por quanto tempo, era incapaz de dizer. Lembrou-se vagamente do ruído de algo batendo e perguntou-se se havia sido a porta de ferro de sua masmorra encerrando-o lá dentro ou o anúncio da entrada de um carrasco.

Estremeceu profundamente ante aquele pensamento e começou a tatear o caminho usando a parede. Por um instante, esperou encontrar os limites de sua prisão, mas, após um tempo, concluiu que estava andando por um corredor. Ateve-se à parede, temendo cair em poços ou outras armadilhas e deu-se conta de que havia alguma coisa próxima, na escuridão. Não conseguia ver nada, mas ou seus ouvidos tinham captado um som furtivo ou algum sentido inconsciente o havia alertado. Estancou, os pelos arrepiados; com tanta certeza quanto o fato de estar vivo, sentiu a presença de outra criatura se agachando nas trevas à sua frente.

Pensou que seu coração pararia de bater quando uma voz com sotaque bárbaro sussurrou:

— Murilo! É você?

— Conan! — Abalado pela reação, o jovem nobre tateou as trevas e suas mãos encontraram um par de poderosos ombros nus.

— Que bom que o reconheci — grunhiu o bárbaro. — Estava prestes a espetá-lo como um porco gordo.

— Em nome de Mitra, onde estamos?

— Nos poços sob a casa do Sacerdote Vermelho; mas por que...

— Que horas são?

— Não muito depois da meia-noite.

Murilo meneou a cabeça, tentando colocar os pensamentos no lugar.

— O que você está fazendo aqui? — O cimério perguntou.

— Vim para matar Nabonidus. Ouvi que o guarda da sua prisão tinha sido trocado e...

— Ele foi — Conan respondeu. — Rachei a cabeça do novo carcereiro e fugi. Teria chegado horas atrás, mas tive que cuidar de um assunto pessoal. Bem, vamos atrás de Nabonidus?

Murilo estremeceu:

— Conan, estamos na casa do senhor das trevas! Vim em busca de um inimigo humano e encontrei um demônio peludo saído do Inferno!

Conan deu um grunhido de incerteza; apesar de tão destemido quanto um tigre ferido quando se tratava de oponentes humanos, ele possuía todos os temores supersticiosos dos primitivos.

— Entrei na residência — Murilo sussurrou, como se as trevas estivessem cheias de ouvidos. — Encontrei o cão de Nabonidus nos jardins exteriores, morto. Dentro da casa, vi seu criado, Joka. Seu pescoço havia sido quebrado. Então, achei o próprio Nabonidus sentado numa cadeira e trajado como de costume. De início, pensei que também estivesse morto. Aproximei-me para esfaqueá-lo, mas ele se levantou e me encarou. Deus! — A recordação daquele horror deixou o jovem nobre momentaneamente sem fala, enquanto revivia o terrível instante.

— Conan — ele sussurrou —, não era um homem que estava diante de mim! Seu corpo e sua postura não diferiam de nenhum outro homem, mas do capuz vermelho do sacerdote sorria um rosto insano saído de um pesadelo! Era coberto de pelos pretos, com enormes narinas dilatadas;

seus lábios moles se retraíam, revelando presas amareladas gigantescas, como os dentes de um cão. As mãos que pendiam das mangas vermelhas eram deformadas e também cobertas de pelos. Vi tudo isso num único relance, e logo fui sobrepujado pelo horror; meus sentidos me abandonaram e desmaiei.

— E o que aconteceu depois? — O cimério perguntou, inquieto.

— Recobrei a consciência há pouco; o monstro deve ter me jogado neste calabouço. Conan, eu suspeitava que Nabonidus não era totalmente humano! Ele é um demônio... um transmorfo! De dia anda entre a humanidade disfarçado de homem, mas, de noite, assume seu aspecto verdadeiro.

— Isso é evidente — Conan respondeu. — Todos sabem que existem homens capazes de assumir a forma de lobos à vontade. Mas por que ele matou seus servos?

— Quem pode perscrutar a mente de um demônio? — Murilo retrucou. — Nosso interesse atual é sair deste lugar. Armas humanas não podem ferir um homem-lobo. Como chegou aqui?

— Pelos esgotos. Supus que os jardins estariam sendo vigiados. Os esgotos se conectam com um túnel que sai deste lugar. Esperava encontrar alguma porta destrancada que levasse para a casa lá em cima.

— Então vamos fugir por onde você veio! — Murilo exclamou. — Para o diabo com tudo! Assim que escaparmos deste covil de cobras, vamos nos arriscar com a guarda do rei e sair da cidade. Mostre o caminho!

— Não adianta — o cimério respondeu. — A entrada para os esgotos está barrada. Quando passei pelo túnel, uma grade de ferro caiu do teto. Se não tivesse me movido rápido, suas lanças teriam me prendido no chão como um verme. Quando tentei erguê-la, não se mexeu. Um elefante não conseguiria movê-la. E nada maior do que um coelho passaria por entre as barras.

Murilo praguejou, sentindo como se uma mão gelada subisse e descesse pelas suas costas. Devia saber que Nabonidus não deixaria uma entrada para sua casa desguarnecida. Se Conan não tivesse a velocidade de uma criatura selvagem, aquela grade em queda o teria empalado. Sem dúvida, ao caminhar pelo túnel, havia disparado alguma armadilha oculta no teto. De qualquer forma, os dois estavam aprisionados.

— Então só há uma coisa a ser feita — Murilo disse, suando profusamente. — Procurar outra saída. Sem dúvida, todas têm armadilhas, mas não nos resta escolha.

O bárbaro grunhiu em concordância, e os dois se puseram a tatear o caminho aleatoriamente pelo corredor. Naquele momento, algo ocorreu a Murilo. Ele perguntou:

— Como foi que me reconheceu nesta escuridão?

— Senti o cheiro do perfume que passa no cabelo quando foi à minha cela — Conan respondeu. — Tornei a senti-lo quando estava agachado no escuro, preparando-me para eviscerá-lo.

Murilo levou um cacho de seus cabelos pretos às narinas; mesmo assim, o cheiro mal ficava evidente para seus sentidos civilizados, o que o fez perceber o quanto o olfato do bárbaro devia ser aguçado.

Por instinto, sua mão buscou a bainha enquanto progrediam, e praguejou ao encontrá-la vazia. Naquele momento, um brilho fraco apareceu adiante, e eles logo alcançaram uma curva fechada no corredor, pela qual a luz era filtrada em tons acinzentados. A dupla espiou na dobra da curva, e Murilo, apoiando-se em seu companheiro, sentiu o corpo enorme estremecer. O jovem nobre também tinha visto... O corpo de um homem seminu, caído no corredor além da curva e vagamente iluminado por um brilho que parecia emanar de um largo disco de prata na parede oposta. Uma estranha familiaridade na figura deitada de barriga para baixo provocou conjecturas monstruosas e inexplicáveis em Murilo. Fazendo um sinal para que o cimério o seguisse, ele se adiantou e se curvou sobre o corpo. Superando certa repugnância, segurou-o e virou-o. Uma imprecação incrédula escapou de seus lábios; o cimério grunhiu com intensidade.

— Nabonidus! O Sacerdote Vermelho! — Murilo proferiu, seu cérebro um vórtice vertiginoso de espanto. — Então quem...? O quê...?

O sacerdote gemeu e se mexeu. Com rapidez felina, Conan curvou-se sobre ele, apontando seu punhal para o coração. Murilo deteve seu punho.

— Espere! Não o mate ainda...

— Por que não? — Conan questionou. — Ele deixou sua forma de lobo e dorme. Vai acordá-lo para que nos faça em pedaços?

— Não, espere! — Murilo urgiu, tentando organizar seus pensamentos confusos. — Olhe! Ele não está dormindo... Vê aquele hematoma na têmpora? Foi nocauteado. Pode ser que esteja caído aqui há horas.

— Pensei que tivesse dito que o viu em sua forma bestial na casa, lá em cima — Conan ralhou.

— Eu vi! A não ser que... Está acordando! Afaste sua lâmina, Conan; aqui há um mistério ainda mais sombrio do que eu pensava. Tenho de falar com esse sacerdote antes de o matarmos.

Nabonidus ergueu a mão hesitantemente até a têmpora ferida, murmurou e abriu os olhos. Por um instante, estavam nulos, despidos de inteligência; então, a vida retornou subitamente a eles, e o sacerdote se sentou, olhando para a dupla. Qualquer que tivesse sido o terrível choque que aturdira temporariamente seu cérebro já acabara, e sua mente voltara a funcionar com o vigor de sempre. Seus olhos examinaram os arredores e retornaram para descansar no rosto de Murilo.

— Você honra minha pobre casa, jovem senhor — riu ele friamente, examinando a grande figura que se avolumava por trás dos ombros do nobre. — Vejo que trouxe um guerreiro. Sua espada não bastava para ceifar minha humilde vida?

— Chega disso — Murilo retorquiu impaciente. — Há quanto tempo está caído aqui?

— Uma pergunta peculiar para ser feita a um homem que acabou de recobrar os sentidos — o sacerdote respondeu. — Não sei que horas são, mas faltava mais ou menos uma hora para a meia-noite quando fui atacado.

— Então quem é o mascarado que traja suas vestes na casa acima? — Murilo exigiu saber.

— Aquele é Thak — Nabonidus respondeu, passando os dedos sobre os hematomas pesarosamente. — Sim, é Thak. E usando meus trajes? Aquele cão!

Conan, que não compreendia nada daquilo, agitou-se e rosnou alguma coisa em sua língua nativa. Nabonidus olhou para ele caprichosamente.

— A faca do seu gorila anseia por meu coração, Murilo — disse. — Achei que você seria sábio, acataria meu alerta e deixaria a cidade.

— Como eu poderia ter certeza de que isso me seria permitido? — Murilo respondeu. — De qualquer maneira, meus interesses estão aqui.

— Está em boa companhia com esse assassino — Nabonidus murmurou. — Já suspeitava de você há algum tempo. Por isso, fiz com que aquele pálido secretário da corte desaparecesse. Porém, antes de morrer, ele me contou muitas coisas, dentre as quais o nome do jovem nobre que o subornou para furtar segredos de Estado, os quais esse mesmo nobre, por sua vez, vendeu a poderes rivais. Não tem vergonha, Murilo, seu ladrão de mãos pálidas?

— Não tenho mais motivos para me envergonhar do que você, saqueador de coração de abutre — Murilo respondeu prontamente. — Explora um reino inteiro para servir a sua ganância pessoal e, disfarçado de estadista abnegado, engana o rei, empobrece os ricos, oprime os pobres e sacrifica o futuro inteiro de uma nação por causa de sua ambição implacável. Não passa de um porco gordo com o focinho na sarjeta. É um ladrão pior do que eu. Esse cimério é o homem mais honesto de nós três, porque rouba e mata sem se esconder.

— Bem... então somos todos vilões — Nabonidus concordou. — E agora? Tomará minha vida?

— Quando vi a orelha do secretário desaparecido, soube que estava condenado — Murilo disse abruptamente —, e acreditava que você invocaria as autoridades do rei. Estava certo?

— Bastante — o sacerdote respondeu. — É fácil lidar com um secretário da corte, mas você é proeminente demais. Pretendia conversar com o rei sobre o assunto pela manhã.

— Uma conversa que custaria a minha cabeça — Murilo murmurou. — Então o rei nada sabe sobre minhas empreitadas no exterior?

— Ainda não — Nabonidus suspirou. — E agora, tendo em vista a faca que seu companheiro porta, creio que a conversa nunca será levada a cabo.

— Você deve saber como sair desta toca de ratos — Murilo falou. — Suponha que eu concorde em poupar sua vida. Vai nos ajudar a fugir e jurará manter silêncio sobre meus crimes?

— E quando foi que um sacerdote manteve um juramento? — Conan queixou-se, compreendendo os rumos da conversa. — Deixe-me cortar a garganta dele; quero ver qual a cor do seu sangue. No Labirinto, dizem que seu coração é negro, então o sangue também deve ser...

— Silêncio — Murilo sussurrou. — Se ele não nos mostrar o caminho para sair deste calabouço, podemos apodrecer aqui. E então, Nabonidus... o que me diz?

— O que responde um lobo com a perna presa numa armadilha? — Riu o sacerdote. — Estou em suas mãos e, se quisermos escapar, teremos de ajudar uns aos outros. Juro que, se sobrevivermos a esta aventura, esquecerei seus negócios escusos. Juro pela alma de Mitra!

— Isso basta para mim — Murilo murmurou. — Nem mesmo o Sacerdote Vermelho quebraria um juramento como esse. Agora, vamos sair deste lugar. Meu amigo aqui entrou pelo túnel, mas uma grade caiu atrás de suas costas e bloqueou o caminho. Consegue erguê-la?

— Não daqui de baixo — o sacerdote respondeu. — A alavanca de controle fica na câmara acima deste túnel. Só existe mais uma maneira de sair daqui, a qual mostrarei a vocês. Mas conte-me... como foi que chegou aqui?

Murilo relatou em poucas palavras e Nabonidus assentiu, levantando-se orgulhoso. Atravessou o corredor mancando, desembocando num cômodo amplo, e foi até o distante disco de prata. Conforme se aproximavam, a luz aumentava, embora nunca tenha se tornado mais do que uma fraca irradiação. Perto do disco, viram uma estreita escadaria ascendente.

— Esta é a outra saída — Nabonidus falou. — E duvido muito que a porta no alto esteja trancada. Mas desconfio que qualquer um que passe por ela preferisse ter cortado a própria garganta. Olhem para o disco.

O que parecia ser um prato de prata era, na verdade, um grande espelho preso à parede. Um intrincado sistema de tubos de cobre saía da parede acima dele, pendendo em sua direção em ângulos retos. Ao olhar para os tubos, Murilo viu uma desconcertante variedade de espelhos menores. Voltou a atenção para um espelho maior na parede e murmurou algo, estupefato. Espiando por cima de seu ombro, Conan grunhiu.

Eles pareciam olhar através de uma janela larga para o interior de uma câmara bem iluminada, com grandes espelhos nas paredes, separados por cortinas de veludo; havia divãs de seda, cadeiras de ébano e marfim, e passagens acortinadas que levavam para fora do cômodo. E, diante de uma dessas que estava sem cortina, havia um objeto escuro e corpulento que contrastava de forma grotesca com a riqueza da câmara.

Murilo sentiu o sangue gelar de novo ao olhar para o horror que parecia encarar diretamente seus olhos. Ele se afastou involuntariamente do espelho, enquanto Conan estendia o pescoço de maneira truculenta para frente, até seu queixo quase tocar a superfície de vidro, rosnando alguma ameaça ou desafio em sua própria língua bárbara.

— Em nome de Mitra, Nabonidus — Murilo disse, abalado. — O que é aquilo?

— Aquele é Thak — o sacerdote respondeu, massageando a têmpora. — Alguns o chamariam de símio, embora ele seja quase tão diferente de um símio quanto é de um homem. Sua espécie vive ao longe, no leste, nas montanhas que margeiam as fronteiras orientais de Zamora. Não existem muitos deles; mas, se não forem exterminados, acredito que acabarão se tornando seres humanos em talvez uns cem mil anos. Estão em estado de formação;

não são nem símios, como eram seus ancestrais remotos, e nem homens, como seus descendentes longínquos podem vir a ser. Vivem em encostas altas de montanhas inacessíveis, sem nada conhecer a respeito do fogo ou da produção de vestes, abrigos ou do uso de armas. Contudo, possuem um tipo de linguagem, que consiste em sua maior parte de grunhidos e ruídos secos.

— Acolhi Thak quando filhote, e ele aprendeu o que ensinei bem mais rápido e diligentemente do que qualquer animal aprenderia. Era ao mesmo tempo serviçal e guarda-costas. Mas esqueci que, sendo parte homem, não admitiria nunca ser uma mera sombra minha, como um animal de verdade aceitaria. Aparentemente, seu arremedo de cérebro reteve impressões de raiva, ressentimento e um tipo de ambição animal própria.

— De qualquer modo, ele atacou quando eu menos esperava. Na noite passada, pareceu enlouquecer subitamente. Todas as suas ações tinham o aspecto de uma insanidade bestial, embora eu saiba que devam ser o resultado de um planejamento longo e cuidadoso.

— Escutei um som de luta no jardim e, ao investigar, pois acreditava ser você sendo arrastado pelo meu cão de guarda, vi Thak emergir dos arbustos, pingando sangue. Antes que percebesse suas intenções, ele saltou sobre mim com um grito pavoroso e me nocauteou. Não me recordo de mais nada, mas só posso concluir que, seguindo algum impulso de seu cérebro semi-humano, ele tirou meus trajes e jogou-me ainda com vida dentro do calabouço... e a razão disso somente os deuses podem adivinhar. Deve ter matado o cão quando veio do jardim e, após me atacar, evidentemente matou Joka, já que você viu o homem caído dentro da casa. Joka teria vindo em meu auxílio, mesmo contra Thak, a quem sempre odiou.

Murilo olhou pelo espelho para a criatura que se sentava com monstruosa paciência diante da porta fechada. Estremeceu ante a visão das grandes mãos pretas, cobertas por uma pelugem quase tão grossa quanto a de um animal. O corpo era compacto, largo e encurvado. Os ombros bizarramente largos tinham rasgado o manto escarlate e, neles, o nobre percebeu a mesma pelugem escura. O rosto que se projetava para fora do capuz vermelho era completamente bestial; entretanto, Murilo deu-se conta de que Nabonidus dissera a verdade ao afirmar que Thak não era de todo uma fera. Havia algo naqueles lúgubres olhos escarlates, algo na postura desajeitada da criatura, algo em toda a aparência da coisa, que a distinguia de um verdadeiro animal. Aquele corpo abominável abrigava um cérebro e uma alma que começavam a se tornar algo vagamente humano. Murilo assustou-se ao reconhecer um leve e hediondo parentesco entre sua espécie e aquela monstruosidade agachada, e ficou nauseado pela percepção fugidia dos abismos de bestialidade retumbante dos quais a humanidade havia dolorosamente saído.

— Ele certamente nos vê — Conan murmurou. — Por que não nos ataca? Poderia quebrar essa janela com facilidade.

Murilo percebeu que Conan supunha que o espelho fosse uma janela pela qual eles estavam olhando.

— Ele não nos vê — o sacerdote respondeu. — Estamos olhando para a câmara no andar de cima. A porta que Thak está protegendo é a que fica no topo dessas escadas. É apenas um truque visual. Vê aqueles espelhos nas paredes? Eles transmitem o reflexo da sala para esses tubos que, por sua vez, o carregam por outros refletores até chegar a esse grande espelho, que o projeta numa escala maior.

Murilo se deu conta de que o sacerdote devia estar séculos à frente da sua geração para ser capaz de aperfeiçoar tal invenção; mas o cimério concluiu que tudo aquilo era feitiçaria e não perturbou mais sua mente com a questão.

— Construí estes subterrâneos para serem um local de refúgio tanto quanto um calabouço — o sacerdote explicou. — Houve ocasiões em que me refugiei neles e, por meio desses espelhos, observava aqueles que me procuravam com intenções malignas.

— Mas por que Thak está guardando aquela porta? — Murilo quis saber.

— Deve ter escutado a grade do túnel cair. Ela é conectada a sinos na câmara no andar de cima. Ele sabe que há alguém nos poços e está aguardando que suba as escadas. Ah, como aprendeu bem minhas lições. Já viu o que aconteceu com os homens que atravessaram aquela porta quando eu puxava a corda pendurada naquela parede, e quer me imitar.

— E o que vamos fazer enquanto ele espera? — Murilo perguntou.

— Não há nada que possamos fazer, a não ser observá-lo. Enquanto estiver naquela câmara, não devemos ousar subir as escadas. Ele tem a força de um verdadeiro gorila e poderia nos fazer em pedaços com facilidade, mas nem sequer precisa usar seus músculos; se abrirmos aquela porta, basta ele puxar a corda e nos mandar para a eternidade.

— Como?

— Fiz uma barganha para ajudá-los a fugir — o sacerdote afirmou —, não para entregar meus segredos.

Murilo começou a responder, mas seu corpo se enrijeceu subitamente. Uma mão havia afastado furtivamente as cortinas de uma das passagens. Entre elas, surgiu um rosto escuro, cujos olhos brilhantes se fixaram de forma ameaçadora na figura agachada que trajava o manto vermelho.

— Petreus! — Nabonidus sibilou. — Por Mitra, esta noite está se revelando uma verdadeira reunião de abutres!

O rosto continuou emoldurado pelas cortinas abertas. Outros surgiram por sobre o ombro do intruso; rostos magros e sombrios, iluminados por uma sinistra avidez.

— O que querem? — Murilo murmurou, abaixando a voz inconscientemente, embora soubesse que eles não poderiam escutá-lo.

— Ora, o que Petreus e seus ardentes nacionalistas estariam fazendo na casa do Sacerdote Vermelho? — Nabonidus riu. — Veja a forma ansiosa como olham para a figura que pensam ser seu arqui-inimigo. Caíram no mesmo erro que você; vai ser divertido assistir à expressão deles quando se derem conta de seu engano.

Murilo não respondeu. Toda aquela situação tinha uma atmosfera distintamente irreal. Sentia como se estivesse vendo uma peça de marionetes, ou como se ele próprio fosse um espírito desencarnado, observando de maneira impessoal as ações dos vivos, sem ser visto ou percebido.

Ele viu Petreus levar os dedos aos lábios em sinal de silêncio e assentir para seus colegas conspiradores. O jovem nobre não sabia dizer se Thak estava ciente dos intrusos. A posição do homem-símio não tinha mudado; permanecia sentado de costas para a porta de onde os homens surgiam.

— Tiveram a mesma ideia que você — Nabonidus sussurrou em seus ouvidos. — Só que as motivações deles são patriotas, e não egoístas. É fácil obter acesso à minha casa, agora que meu cão está morto. Ah, que oportunidade de livrar-me da ameaça que representam de uma vez por todas! Se eu estivesse sentado no lugar de Thak... um salto até a parede... um puxão naquela corda...

Petreus tinha dado um leve passo para dentro da câmara; seus companheiros vinham logo atrás, os punhais reluzindo. De repente, Thak se levantou e se virou na direção dos invasores. O horror inesperado de sua aparência abalou os nervos dos intrusos da mesma forma que fizera com Murilo, já que esperavam encontrar as odiosas, porém conhecidas, feições de Nabonidus. Petreus recuou com um grito, levando junto seus companheiros. Eles tropeçaram uns sobre os outros e, naquele instante, Thak, cobrindo a distância num salto grotesco e prodigioso, segurou e puxou uma grossa corda de veludo pendurada próximo à entrada da porta.

As cortinas se afastaram para os lados instantaneamente, deixando a porta livre e, de dentro dela, algo reluziu com um peculiar borrão prateado.

— Ele se lembrou! — Nabonidus estava exultante. — A fera é metade homem! Ela já tinha visto a sina sendo executada e dela se lembrou! Observem agora! Observem! Observem!

Murilo notou que um pesado painel de vidro havia caído e tapado a passagem. Através dele, via o rosto pálido dos conspiradores. Erguendo as mãos como que para se defender do ataque de Thak, Petreus encontrou a barreira transparente e, usando gestos, disse algo aos companheiros. Agora que as cortinas estavam abertas, os homens no calabouço podiam ver tudo que acontecia na câmara onde estavam os nacionalistas. Totalmente aturdidos, os invasores correram pela câmara na direção da porta pela qual haviam entrado, apenas para se deterem repentinamente, como que impedidos por uma parede invisível.

— O puxão na corda fechou a câmara — riu Nabonidus. — É simples; os painéis de vidro funcionam em trilhos nas portas. Quando a corda é puxada, a mola que os segura é liberada. Eles deslizam e trancam o local, e só podem ser abertos pelo lado de fora. O vidro é inquebrável; nem um homem com uma marreta conseguiria parti-lo. Ah!

Os homens aprisionados foram acometidos de um medo histérico; corriam selvagemente de uma porta a outra, batendo em vão nas paredes de cristal, sacudindo os punhos para a implacável figura negra agachada do lado de fora. Então, um deles jogou a cabeça para trás, olhou para cima e, a julgar pelo movimento de seus lábios, começou a gritar, enquanto apontava para o teto.

— A queda dos painéis liberou as nuvens da perdição — disse o Sacerdote Vermelho em meio a uma gargalhada selvagem. — O pó da lótus cinzenta dos Pântanos da Morte, para além da terra de Khitai.

No meio do teto estava pendurado um aglomerado de botões dourados; e estes tinham se aberto como pétalas de uma grande rosa esculpida, das quais emanava uma névoa cinza que rapidamente preencheu a câmara. A cena se modificou imediatamente da histeria para a loucura e o horror. Os homens aprisionados começaram a cambalear, correndo em círculos, como se estivessem embriagados. Espuma escorria por seus lábios, agora contorcidos em pavorosos sorrisos. Enfurecidos, eles caíam uns sobre os outros, seus punhais e dentes rasgando e lacerando num holocausto de insanidade. Murilo sentiu-se nauseado enquanto assistia à cena, feliz por não poder escutar os gritos e uivos que certamente ecoavam dentro daquela câmara condenada. Como imagens projetadas numa tela, ela estava silenciosa.

Do lado de fora do apavorante cômodo, Thak saltitava num brutal contentamento, jogando os longos braços peludos para cima. Ao lado de Murilo, Nabonidus ria como um demônio.

— Ah, um bom golpe, Petreus! Esse o eviscerou! Agora um para você, meu amigo patriótico. Isso! Estão todos caídos e os vivos arrancam a carne dos mortos com os dentes salivantes.

Murilo estremeceu. Atrás dele, o cimério blasfemou baixinho em seu idioma bárbaro. Só a morte era vista na câmara da névoa cinzenta; cortados, esmagados e lacerados, os conspiradores jaziam numa pilha vermelha, bocas abertas e rostos salpicados de sangue encarando com olhos vazios os vagarosos redemoinhos cinzentos.

Thak, curvando-se como um gigantesco gnomo, aproximou-se da parede na qual a corda estava pendurada e lhe deu um puxão peculiar.

— Ele está abrindo a porta mais distante — Nabonidus disse. — Por Mitra, é mais humano do que eu imaginava! Vejam, a névoa rodopia para fora da câmara e se dissipa, enquanto ele aguarda, em segurança. Agora ergue o outro painel. Ele é cuidadoso... Conhece a sina da lótus cinzenta, que causa loucura e morte. Por Mitra!

Murilo estremeceu ante a qualidade elétrica da exclamação.

— É nossa única chance! — Nabonidus exclamou. — Se ele sair do cômodo acima por alguns poucos minutos, podemos tentar subir as escadarias correndo.

Subitamente tensos, eles observaram a criatura passar gingando pela porta e desaparecer. Com o painel de vidro erguido, as cortinas tinham tornado a descer, ocultando a câmara da morte.

— Temos de arriscar! — Sobressaltou-se Nabonidus, e Murilo viu suor escorrer pelo rosto do sacerdote. — Talvez ele esteja indo se livrar dos corpos como me viu fazer. Rápido! Sigam-me escadaria acima!

Nabonidus correu para os degraus e subiu com uma agilidade que espantou Murilo. O jovem nobre e o bárbaro o seguiram de perto e ouviram um suspiro de alívio quando o sacerdote abriu a porta no topo das escadas. Surgiram na larga câmara que tinham visto pelo jogo de espelhos abaixo. Thak não estava à vista.

— Ele está naquele cômodo com os cadáveres! — Murilo exclamou. — Por que não prendê-lo lá como ele prendeu os homens?

— Não, não! — Nabonidus disse, com uma singular palidez no rosto. — Não sabemos se está lá. Ele pode aparecer antes que alcancemos a corda da armadilha. Venham comigo até o corredor; tenho de chegar a meu quarto e apanhar armas que poderão destruí-lo. Aquele corredor é a única saída desta câmara que não conta com algum tipo de armadilha.

Eles o seguiram rapidamente, passando por uma porta com cortinas oposta à entrada da câmara da morte e chegaram a um grande corredor, para o qual vários cômodos se abriam. Com pressa desajeitada, Nabonidus começou a testar as portas de ambos os lados. Estavam trancadas, assim como a que ficava no final do corredor.

— Meu Deus! — Pálido, o Sacerdote Vermelho inclinou-se contra a parede. — As portas estão trancadas, e Thak apanhou minhas chaves. Estamos presos.

Murilo observou chocado o homem em tamanho estado de nervos; com algum esforço, Nabonidus se recompôs.

— A fera me deixou em pânico — ele disse. — Se vocês o tivessem visto despedaçar homens como eu vi... Bem, que Mitra nos ajude, mas teremos de enfrentá-lo agora com o que os deuses nos deram. Venham!

Ele os levou de volta à porta com as cortinas e espiou dentro da grande câmara a tempo de ver Thak surgir da entrada oposta. Estava claro que a fera humana tinha suspeitado de algo. Suas orelhas pequenas e rentes à cabeça se contraíram; ele olhou furioso ao redor e, aproximando-se da porta mais próxima, arrancou as cortinas para olhar atrás delas.

Nabonidus recuou, tremendo como uma folha. Segurou então o ombro de Conan:

— Ousa opor sua lâmina contra aquelas presas, homem?

Os olhos do cimério queimaram em resposta.

— Rápido! — Sussurrou o Sacerdote Vermelho, empurrando-o para trás das cortinas, contra a parede. — Como ele logo nos encontrará, é melhor atraí-lo de uma vez. Quando passar por você, enfie a lâmina nas costas dele, se conseguir. Mostre-se para ele, Murilo, e depois fuja para o corredor. Mitra sabe que não temos chance num combate corpo a corpo, mas, se a fera nos encontrar, estaremos condenados da mesma maneira.

Murilo sentiu o sangue gelar nas veias, mas tomou coragem e pisou para fora da porta. Do outro lado da câmara, Thak virou-se imediatamente, encarou-o e arremeteu com um rugido trovejante. Seu capuz escarlate caiu para trás, revelando a cabeça preta disforme; as mãos escuras e o manto rubro estavam manchados de um vermelho ainda mais brilhante. Ele era como um pesadelo preto e carmesim conforme cruzava a câmara, os dentes à mostra, as pernas arqueadas conduzindo o enorme corpanzil num ritmo aterrador.

Murilo virou-se e correu de volta para o corredor, mas, por mais rápido que fosse, o horror peludo estava quase em seus calcanhares. Então, quando o monstro passou pelas cortinas, do meio delas uma grande forma saltou, agarrando firme os ombros do homem-macaco, ao mesmo tempo em que mergulhava seu punhal naquelas costas inumanas. Thak deu um grito horrendo, desequilibrando-se por causa do impacto, e os dois oponentes foram juntos ao chão. No mesmo instante, um turbilhão de membros passou a se debater, rasgando e lacerando em uma batalha demoníaca.

Murilo viu que o bárbaro havia trancado as pernas ao redor do dorso do homem-macaco, lutando para manter sua posição nas costas da fera, enquanto a apunhalava. Thak, por sua vez, tentava arrancar o oponente e trazê-lo ao alcance das presas gigantes que se pronunciavam de sua bocarra escancarada. Rolaram pelo corredor num rodamoinho de golpes e tecido carmesim, tão rápido que Murilo não ousou usar a cadeira que havia apanhado, temendo acertar o cimério. E viu que, a despeito da vantagem que Conan obtivera ao atacar primeiro e do manto volumoso que limitava os movimentos dos braços do homem-macaco, a gigantesca força de Thak começava a prevalecer. De forma inexorável, a criatura puxava o bárbaro para sua frente, embora estivesse suportando golpes que bastariam para matar uma dúzia de homens. O punhal de Conan havia afundado repetidamente em seu torso, ombros e no grosso pescoço; sangue vertia de vários ferimentos, contudo, a menos que a lâmina atingisse rapidamente algum ponto fatal, a vitalidade inumana de Thak permitiria que ele sobrevivesse para dar cabo do cimério e, depois dele, de seus companheiros.

Conan lutava como um animal selvagem, em silêncio, exceto por arquejos de esforço. As garras negras do monstro e o aperto terrível daquelas mãos disformes o tinham rasgado e arranhado, enquanto as mandíbulas sinistras miravam sua garganta. Então, ao ver uma abertura, Murilo saltou e golpeou com a cadeira, empregando força suficiente para abrir o crânio de um ser humano. O objeto resvalou no crânio chapado de Thak, mas o monstro, atordoado, relaxou momentaneamente sua pegada, permitindo que Conan, naquele instante, ofegante e ensanguentado, investisse e enfiasse o punhal até o cabo no coração da criatura.

Com um estremecer convulsivo, o homem-fera foi ao chão, caindo rígido de costas. Seus olhos ferozes se tornaram estáticos, e os membros grossos se agitaram para depois enrijecerem.

Atordoado, Conan ficou de pé, limpando o suor e o sangue dos olhos. Sangue pingava do punhal e de seus dedos, descendo como regatos pelas coxas, braços e peito. Murilo foi até ele para servir de apoio, mas o bárbaro o afastou com impaciência.

— Quando eu não puder mais ficar de pé sozinho, será hora de morrer — murmurou por entre os lábios inchados. — Mas gostaria de uma jarra de vinho.

Nabonidus estava olhando para a figura estática como se não conseguisse acreditar no que via. Preto, hirsuto e repugnante, o monstro jazia grotesco, envolto pelos farrapos do manto vermelho. Mesmo assim, parecia mais humano do que bestial e, de algum modo, possuía uma vaga e terrível qualidade de tristeza. Até mesmo o cimério a percebeu, pois disse:

— Matei um homem esta noite... não uma fera. Vou considerá-lo entre os chefes cujas almas enviei para a escuridão, e minhas mulheres cantarão sobre ele.

Nabonidus se inclinou e apanhou um molho de chaves preso a uma corrente dourada. Elas tinham caído do cinto do homem-macaco durante a luta. Fazendo um sinal para que seus companheiros o seguissem, levou-os até uma câmara, destrancou a porta e indicou o caminho para seu interior. Era iluminada como as demais. O Sacerdote Vermelho apanhou um garrafão de vinho de uma mesa e encheu as taças de cristal. Enquanto seus companheiros bebiam sedentos, murmurou:

— Que noite! Já está quase amanhecendo agora. E quanto a vocês, meus amigos?

— Vou cuidar dos ferimentos de Conan, se me arrumar bandagens — Murilo afirmou, e Nabonidus assentiu, indo na direção da porta que levava ao corredor. Mas algo na forma como inclinou a cabeça levou Murilo a observá-lo com atenção. Próximo à porta, o Sacerdote Vermelho virou-se subitamente. Seu rosto tinha sofrido uma transformação. Os olhos brilhavam com o velho fogo, e ele gargalhou sonoramente.

— Nós nos unimos como vilões! — Sua voz ressoou com a zombaria habitual. — Mas não como tolos. Você é o tolo, Murilo!

— O que quer dizer? — O jovem nobre disse, avançando.

— Para trás! — A voz de Nabonidus estalou como um chicote. — Mais um passo e eu acabo com você!

O sangue de Murilo gelou ao ver a mão do Sacerdote Vermelho segurando uma corda grossa de veludo pendurada entre as cortinas do lado de fora da porta.

— Que traição é esta? — Murilo gritou. — Você jurou...

— Jurei que não diria nada ao rei sobre você. Não jurei que não tomaria a questão nas próprias mãos, caso tivesse a oportunidade. Acha que vou deixar esta chance passar? Sob circunstâncias normais, não ousaria matá-lo pessoalmente sem a bênção do rei, mas ninguém jamais saberá. Você vai para as bacias de ácido, junto de Thak e os idiotas nacionalistas, e ninguém nunca vai desconfiar. Que noite! Perdi alguns serviçais valiosos, mas também me livrei de vários inimigos perigosos. Para trás! Estou na soleira e é impossível que me alcance antes que eu puxe esta corda e mande-o para o Inferno. Não será a lótus cinzenta desta vez, mas algo mais eficiente. Quase todo cômodo de minha casa é uma armadilha. Portanto, Murilo, como o tolo que você é...

Rápido demais para os olhos, Conan apanhou um banco e o arremessou. Nabonidus instintivamente ergueu o braço com um grito, mas não a tempo. O projétil o atingiu na cabeça, o Sacerdote Vermelho titubeou e caiu de bruços em uma poça carmesim que logo passou a crescer vagarosamente.

— No final das contas, o sangue dele era mesmo vermelho — grunhiu o bárbaro.

Com a mão trêmula, Murilo jogou para trás seus cabelos emplastados de suor, enquanto reclinava-se sobre a mesa, tonto por conta do alívio.

— Amanheceu — ele disse. — Vamos sair daqui antes que sejamos vitimados por alguma outra perfídia. Se conseguirmos escalar o muro externo sem sermos vistos, não seremos ligados ao que aconteceu esta noite. Que a polícia escreva suas próprias explicações.

Olhando para o corpo do Sacerdote Vermelho na poça de sangue, o jovem nobre deu de ombros.

— No final das contas, ele era o tolo. Se não tivesse parado para nos provocar, teria facilmente apanhado nós dois.

— Bem — disse o cimério com tranquilidade —, ele viajou pela estrada que todos os vilões têm de trilhar no fim. Gostaria de saquear a casa, mas acredito que é melhor ir andando.

Quando saíram da escuridão para o jardim iluminado pela alvorada, Murilo disse:

— O Sacerdote Vermelho partiu para a escuridão, portanto meu caminho está livre na cidade. Nada tenho a temer. Mas e você? Ainda há a questão do sacerdote no Labirinto e...

— Estou cansado desta cidade, de qualquer maneira — sorriu ironicamente o cimério. — Você mencionou que havia um cavalo esperando na Toca do Rato. Estou curioso para ver quão rápido ele conseguirá me levar até outro reino. Ainda quero viajar por muitas estradas antes de trilhar a que Nabonidus conheceu esta noite.

Sombras de Ferro ao Luar

(Iron Shadows in the Moon)*

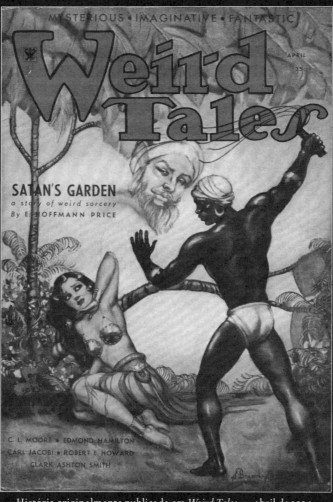

História originalmente publicada em *Weird Tales* — abril de 1934.
(*) Publicada pela primeira vez como *Shadows in the Moonlight*.

I

Um veloz ruído de cavalos cruzando os altos juncos; uma queda pesada, um grito de desespero. Em seu cavalo moribundo, a amazona oscilou; uma garota esbelta, de sandálias e uma túnica presa à cintura. Os cabelos escuros caíam sobre os ombros brancos; os olhos eram os de um animal numa jaula. Ela não olhou para a selva de juncos que cercava a pequena clareira nem para as águas azuis que banhavam as margens baixas atrás de si. Seu olhar arregalado estava fixo, com intensidade agonizante, no cavaleiro que surgira em meio aos juncos e desmontara diante dela.

Era um homem alto, esguio, mas rígido como aço. Da cabeça aos calcanhares trajava uma cota de malha de prata que caía como uma luva em seu corpo. Por baixo do elmo dourado em forma de domo, os olhos castanhos a encaravam, zombeteiros.

— Para trás! — A voz dela soou estridente de terror. — Não me toque, Shah Amurath, ou vou pular na água e me afogar!

Ele riu, e sua risada era como o ruído surdo de uma espada deslizando em uma bainha de seda.

— Não, você não vai se afogar, Olívia, filha da confusão, pois a margem é rasa demais, e conseguirei pegá-la antes que chegue à parte funda. Pelos deuses, você me proporcionou uma caçada e tanto, e todos os meus homens ficaram bem para trás. Mas não há cavalo a oeste do Vilayet que consiga manter distância de Itém por muito tempo — ele apontou para o garanhão do deserto logo atrás, alto e de pernas magras.

— Deixe-me em paz! — Implorou a garota, lágrimas de desespero manchando seu rosto. — Já não sofri o bastante? Existe alguma humilhação, dor ou degradação que ainda não tenha me imputado? Por quanto tempo mais meu tormento tem que durar?

— Pelo tempo que seus choramingos, súplicas, lágrimas e espasmos me forem prazerosos — ele respondeu com um sorriso que, para um estranho, teria parecido gentil. — Você é estranhamente viril, Olívia. Pergunto-me se, algum dia, conseguirei cansar-me de você, como aconteceu com as mulheres que a precederam. Está sempre fresca e imaculada, a despeito do que lhe faço. Cada dia ao seu lado me traz um novo deleite. Mas, venha... Vamos voltar a Akif, onde o povo ainda homenageia o conquistador dos miseráveis kozakis, enquanto ele está ocupado recapturando uma fugitiva infeliz; uma tola, adorável e estúpida fugitiva!

— Não! — Ela se encolheu, virando-se na direção das águas azuis que banhavam os juncos.

— Sim! — Seu lampejo de ira desmedida foi como a faísca de uma pedra riscada. Com uma rapidez a que os membros frágeis da garota não tinham como se equiparar, ele a apanhou pelo punho e o torceu com pura e devassa crueldade até ela gritar e cair de joelhos.

— Vadia! Deveria arrastá-la até Akif amarrada à cauda de meu cavalo, mas serei piedoso e a levarei no arco de minha sela, um favor pelo qual você humildemente me agradecerá, enquanto...

Ele a soltou praguejando de surpresa e deu um pulo para trás, desembainhando o sabre diante da terrível aparição que surgiu da selva de juncos, emitindo um inarticulado grito de raiva.

Olívia, erguendo os olhos do chão, viu o que julgou ser um selvagem ou um louco avançando contra Shah Amurath numa atitude de ameaça mortal. Ele tinha uma constituição poderosa, estava nu, salvo por uma tanga presa aos quadris, manchada de sangue e com crostas de lama seca. Sua cabeleira preta também estava emplastada de lama e sangue; havia fios de sangue coagulado em seus braços e peito, assim como na espada reta que ele portava na mão direita. Debaixo do emaranhado de cachos, olhos injetados brilhavam como brasas de fogo azul.

— Seu cão hirkaniano! — Bradou a aparição com um sotaque bárbaro. — Os demônios da vingança o trouxeram aqui!

— Um kozaki! — Shah Amurath gritou, recuando. — Não sabia que um desses cães tinha escapado! Achei que estavam todos caídos nas estepes, ao lado do rio Ilbars.

— Todos, exceto eu, maldito! — O outro berrou. — Ah, como sonhei com um encontro como este, enquanto rastejava de barriga em meio aos espinhais ou me escondia debaixo das pedras, enquanto formigas devoravam minha pele ou afundava até a boca na lama... Eu sonhei, mas não esperava que fosse acontecer. Ah, deuses do Inferno, como ansiei por isto!

Era terrível contemplar a ânsia de sangue do estranho. Suas mandíbulas se contorciam em espasmos, saliva surgia em seus lábios enegrecidos.

— Para trás! — Ordenou Shah Amurath, observando-o atentamente.

— Hah! — Foi como o latido de um lobo da floresta. — Shah Amurath, o grande senhor de Akif! Maldito seja. Como adoro vê-lo aqui; você, que alimentou os abutres com meus companheiros, que os despedaçou entre cavalos selvagens, que cegou, aleijou e mutilou todos. Seu cão... Seu cão imundo! — Sua voz ergueu-se até virar um grito enlouquecido e ele atacou.

Apesar de ter se assustado com aquela aparência selvagem, Olívia esperava vê-lo cair no primeiro choque das lâminas. Louco ou selvagem, o que poderia fazer nu contra o chefe de Akif, que trajava uma cota de malha?

Houve um instante em que as lâminas reluziram, e então pareceram se tocar levemente antes de se separarem; a seguir, a espada larga passou diante do sabre e caiu terrivelmente sobre o ombro de Shah Amurath. Olívia deu um grito diante da fúria daquele golpe. Mais alto do que o ruído da malha se partindo, ela ouviu com distinção uma clavícula partir-se. O hirkaniano recuou, subitamente pálido, sangue vertendo por entre os elos de sua cota de malha. O sabre escorregou de seus dedos sem energia.

— Piedade! — Ele ofegou.

— Piedade? — Havia um tremor delirante na voz do estranho. — A mesma piedade que você nos deu, porco!

Olívia fechou os olhos. Aquilo não era mais uma luta, e sim uma carnificina frenética e sanguinária, movida por fúria e ódio histéricos, resultantes dos sofrimentos da batalha, do massacre, da tortura e de uma fuga tenebrosa, assombrada e enlouquecedora por causa da fome e da sede. Embora Olívia soubesse que Shah Amurath não merecesse perdão ou misericórdia de nenhuma criatura viva, pressionou as mãos contra os ouvidos e fechou os olhos para bloquear a visão daquela espada gotejante, que erguia-se e caía com o som de um cutelo de açougueiro, e os gritos gorgolejantes que minguaram até cessarem por completo.

Ela abriu os olhos a tempo de ver o estranho afastar-se daquela massa ensanguentada que apenas vagamente se assemelhava a um ser humano. O peito do homem arfava de exaustão e cólera; a fronte estava ensopada de suor, a mão direita manchada de sangue.

Ele não se dirigiu a ela e nem olhou em sua direção. A garota o viu caminhar pelos juncos que cresciam na beirada da água, se abaixar e puxar alguma coisa. Um bote deslizou de seu esconderijo em meio às hastes. Então, adivinhando as intenções do bárbaro, ela rapidamente entrou em ação.

— Espere! — Exclamou, pondo-se de pé e correndo em direção ao homem. — Não me deixe aqui! Leve-me com você!

Ele virou-se e a encarou. Havia algo diferente em seu semblante. Os olhos injetados estavam sãos. Era como se o sangue derramado tivesse aplacado o fogo de seu frenesi.

— Quem é você? — Ele perguntou.

— Eu me chamo Olívia. Era prisioneira dele. Fugi. Ele veio atrás de mim. Foi por isso que veio até aqui. Ah, não me deixe! Os guerreiros dele não estão longe. Vão encontrar o cadáver... Vão me encontrar por perto... Oh! — Ela gemeu aterrorizada e esfregou as mãos brancas.

Ele a encarou, perplexo.

— Estaria melhor comigo? — Questionou. — Sou um bárbaro e percebo pelo seu olhar que me teme.

— Sim, eu o temo — ela respondeu, perturbada demais para dissimular. — Minha pele se arrepia de horror ante seu aspecto. Mas temo ainda mais os hirkanianos. Deixe-me ir com você! Eles vão me torturar se me encontrarem ao lado de seu senhor morto.

— Então venha — ele pôs-se de lado e ela subiu rapidamente no barco, se encolhendo ao encostar nele. Sentou-se na proa, e ele subiu, afastou a margem usando um remo e, a seguir, começou tortuosamente a impelir o barco ao longo dos juncos, até alcançarem água aberta. Lá, começou enfim a trabalhar com ambos os remos, em movimentos amplos, suaves e constantes; os largos músculos dos braços, ombros e costas saltando ante o ritmo de seus esforços.

Fez-se silêncio por algum tempo, a garota agachada na proa, o homem remando. Ela o observava com tímido fascínio. Estava claro que não era hirkaniano, mas também não se parecia com as raças hiborianas. Havia uma brutalidade lupina que caracterizava aquele bárbaro. Suas feições, devido às marcas e manchas da batalha e de seu período escondido nos pântanos, refletiam a mesma selvageria indomada, sem ser, contudo, nem malignas nem degeneradas.

— Quem é você? — Ela perguntou. — Shah Amurath o chamou de kozaki. Fazia parte daquele bando?

— Eu sou Conan, da Ciméria — ele grunhiu. — Estava com os kozakis, que é como os cães hirkanianos nos chamam.

Ela conhecia vagamente aquela longínqua terra a noroeste, além das fronteiras mais distantes dos vários reinos de sua raça.

— Sou filha do rei de Ophir — ela disse. — Meu pai me vendeu ao chefe shemita porque eu não quis me casar com um príncipe de Koth.

O cimério grunhiu de surpresa. Os lábios dela se contorceram num sorriso amargo.

— Sim. Homens civilizados vendem os filhos como escravos para os selvagens às vezes. E chamam a sua raça de bárbara, Conan, da Ciméria.

— Não vendemos nossos filhos — ele grunhiu, seu queixo se projetando com truculência.

— Bem... eu fui vendida. Mas o homem do deserto não abusou de mim. Ele queria cair nas graças de Shah Amurath, e eu estava entre os presentes que levou para Akif, dos jardins púrpuras. Então... — Ela estremeceu e escondeu o rosto com as mãos.

Após uma pausa, prosseguiu:

— Já deveria ter perdido a vergonha. Contudo, cada lembrança dói como o chicote de um escravagista. Morei no palácio de Shah Amurath até poucas semanas atrás, quando ele partiu com suas tropas para enfrentar um bando de invasores que saqueava as fronteiras de Turan. Retornou triunfante ontem, e uma grande festa foi feita em sua homenagem. Em meio à bebedeira e ao regozijo, tive a chance de fugir da cidade num cavalo roubado. Achei que tinha escapado, mas ele me seguiu e, por volta do meio-dia, me alcançou. Consegui despistar seus vassalos, mas não ele. Foi quando você apareceu.

— Eu estava escondido nos juncos — o bárbaro disse. — Era um daqueles bandidos devassos, os Companheiros Livres, que queimavam e saqueavam as fronteiras. Éramos em cinco mil, de várias raças e tribos. A maior parte de nós era composta por mercenários de um príncipe rebelde a leste de Korb, mas quando ele firmou paz com seu maldito soberano, ficamos sem trabalho. Então começamos a pilhar os domínios ao redor de Koth, Zamora e Turan, sem distinção. Uma semana atrás, Shah Amurath nos encurralou próximo às margens do Ilbars, com quinze mil homens. Mitra! Os céus ficaram pretos de tantos abutres. Quando conseguimos romper as linhas de combate, após um dia inteiro de luta, alguns tentaram fugir para o norte, outros para o oeste. Duvido que alguém tenha conseguido escapar. As estepes estavam infestadas de cavaleiros que perseguiam os fugitivos. Fui para o leste e finalmente alcancei a margem dos pântanos que bordeiam esta parte do Vilayet. Fiquei escondido nos charcos desde então. Só antes de ontem os cavaleiros pararam de vasculhar os juncos, à procura de fugitivos como eu. Venho me arrastando, enterrando e escondendo como uma cobra, comendo crus os gambás que conseguia apanhar, pois não podia fazer fogo para cozinhá-los. Não pretendia tentar alcançar o mar até que anoitecesse, mas, depois de ter matado Shah Amurath, sabia que seus cães estariam próximos.

— E agora?

— Sem dúvida seremos perseguidos. Mesmo que não vejam as marcas deixadas pelo barco, as quais encobri como pude, acabarão adivinhando que fomos para o mar quando não nos encontrarem em meio aos juncos. Mas temos uma vantagem, e vou remar até que encontremos um lugar seguro.

— E onde vamos achar isso? — Ela perguntou, desesperançada. — O Vilayet é um mar hirkaniano.

— Nem todos acham isso — Conan sorriu de forma soturna. — Em particular os escravos que fugiram das galés e se tornaram piratas.

— Mas quais são seus planos?

— A costa sudoeste é protegida pelos hirkanianos por centenas de quilômetros. Ainda temos um bom caminho a percorrer antes que ultrapassemos as fronteiras ao norte. Pretendo seguir nessa direção até que as tenhamos deixado para trás. Depois, vou virar para oeste e tentar alcançar a costa que faz fronteira com as estepes desabitadas.

— E se encontrarmos piratas ou uma tempestade? — Ela indagou. — Fora isso, podemos morrer de fome nas estepes.

— Bem... não pedi que viesse comigo — ele a lembrou.

— Desculpe — ela curvou a bem modelada cabeça. — Piratas, tempestades, fome... Tudo isso é mais... gentil que o povo de Turan.

— Sim — o rosto moreno de Conan ficou ainda mais sombrio. — Eu ainda não acabei com eles. Não se preocupe, garota. Tempestades são raras no Vilayet nesta época do ano. Se chegarmos às estepes, não passaremos fome. Fui criado numa terra erma. Foram aqueles malditos charcos, com seu fedor e seus mosquitos, que me abateram, mas em terras altas, me sinto em casa. Quanto aos piratas... — Ele deu um sorriso enigmático e curvou-se sobre os remos.

O sol afundou como uma esfera de cobre brilhante num lago de fogo. O azul do mar se fundiu ao azul do céu, e ambos se tornaram um brando veludo escuro, incrustado de estrelas e seus reflexos. Olívia se reclinou sobre os remos do barco que era gentilmente embalado, num estado onírico e irreal. Vivenciou a ilusão de estar flutuando no ar, as estrelas tanto abaixo quanto acima. Seu companheiro silencioso era vagamente delineado contra a escuridão suave. Não havia pausa ou descompasso no ritmo das remadas; ele bem poderia ser um remador fantasma, conduzindo-a ao longo do sombrio lago da morte. Mas seu temor foi aos poucos se atenuando e, embalada pela monotonia daquele movimento, caiu num sono tranquilo.

A alvorada estava à sua frente quando acordou, consciente de uma fome voraz. Foi uma mudança no movimento do barco que a despertou; Conan estava descansando, apoiado nos remos, olhando para além dela. Olívia percebeu que ele remara a noite inteira sem pausa e se espantou ante sua férrea resistência. Virou-se para acompanhar o olhar do bárbaro e viu uma parede verdejante de árvores e arbustos erguendo-se da linha d'água e estendendo-se numa curva ampla ao redor de uma pequena baía cujas águas eram plácidas como vidro azul.

— Essa é uma das muitas ilhas que pontilham este mar interior — Conan observou. — São, supostamente, desabitadas. Ouvi dizer que os hirkanianos raramente as visitam. Além disso, eles costumam se manter próximos das margens em suas galés, e nós percorremos um bom caminho. Antes do pôr do sol já estávamos fora do campo de visão que se tem do continente.

Com poucas remadas, ele levou o barco até a praia e amarrou a corda à raiz de uma árvore que se erguia na orla. Desceu e estendeu a mão para ajudar Olívia. Ela a aceitou, estremecendo levemente ante as manchas de sangue, e teve um breve lampejo da força dinâmica que percorria a musculatura do bárbaro.

Uma quietude onírica pairava na floresta que circundava a baía azul. Então, em algum lugar distante em meio às árvores, um pássaro emitiu seu canto matinal. Uma brisa soprou entre as folhas, fazendo-as farfalhar. Olívia escutou atentamente em busca de algo, sem saber o quê. O que poderia estar espreitando naquelas matas desconhecidas?

Enquanto observava timidamente as sombras entre as árvores, algo surgiu à luz do sol com um rápido bater de asas: um grande papagaio pousou num galho cheio de folhas e balançou-se, uma reluzente visão jade e carmesim. Virou a cabeça cristada e observou os invasores com seus brilhantes olhos azeviches.

— Crom! — Conan murmurou. — Aquele ali é o avô de todos os papagaios. Deve ter uns mil anos de idade! Veja só a sabedoria maligna daqueles olhos. Quais mistérios você encerra, Sábio Demônio?

Subitamente, o pássaro abriu as asas flamejantes e, voando de seu poleiro, gritou asperamente: *Yagkoolan yok tha, xuthalla!* E, com um guincho semelhante a uma gargalhada horrivelmente humana, afastou-se por entre as árvores, desaparecendo nas sombras opalescentes.

Olívia o acompanhou com os olhos, sentindo a mão fria do inominável mau presságio tocar sua espinha.

— Que foi que ele disse? — Ela murmurou.

— Juro que eram palavras humanas — Conan respondeu. — Mas, em qual língua, não posso dizer.

— Nem eu — devolveu a garota. — Contudo, deve tê-las aprendido de lábios humanos. Humanos ou... — Ela olhou para a vasta floresta e estremeceu, sem saber por quê.

— Crom, estou faminto — o cimério grunhiu. — Poderia comer um búfalo inteiro. Vamos procurar frutas, mas, antes, vou me limpar de todo este sangue e lama seca. Se esconder nos pântanos é um negócio sujo.

Tendo dito isso, deixou a espada de lado e entrou nas águas azuis até a altura dos ombros, onde começou a se lavar. Ao emergir, seus musculosos membros bronzeados brilhavam, e a cabeleira preta escorrida não estava mais emplastada. Os olhos azuis, ainda que ardessem com fogo inconquistável, não se mostravam mais injetados ou lúgubres. No entanto, a flexibilidade dos braços e as perigosas feições de tigre continuavam inalteradas.

Afivelando novamente a espada, fez um sinal para que a garota o seguisse, e ambos deixaram a praia, passando por debaixo dos arcos de folhas formados por grandes galhos. Uma relva baixa e verdejante estendia-se sob os seus pés, o que suavizava seus passos. Entre os troncos das árvores, tinham vislumbres de paisagens de contos de fadas.

Logo depois, Conan grunhiu de prazer ante a visão de glóbulos dourados e avermelhados pendurados nas árvores. Indicando que a garota se sentasse sobre um tronco caído, encheu o colo dela com iguarias exóticas e depois comeu ele próprio com bastante prazer.

— Ishtar! — Disse entre bocadas. — Desde o Ilbars tenho vivido de ratos e raízes que arrancava do solo lamacento. Isto é doce ao paladar, embora não encha a barriga. Mesmo assim, se comermos o bastante, vai servir.

Olívia estava ocupada demais para responder. Quando a fome do cimério foi aplacada, ele passou a olhar com mais interesse do que antes para sua bela companheira, reparando nos cachos lustrosos de seus cabelos escuros, na tonalidade pêssego de sua pele delicada e nos contornos arredondados de sua figura esguia, plenamente revelados pela escassa túnica de seda.

Terminando sua refeição, o objeto de tal escrutínio ergueu os olhos e empalideceu ao encontrar o olhar ardente e semicerrado dele, deixando os restos de uma fruta escorregar de seus dedos.

Sem dizer nada, ele indicou com um gesto que deveriam continuar a explorar e se levantou. A garota o seguiu por entre as árvores até uma clareira, cuja extremidade oposta era cercada por um denso matagal. Assim que entraram em campo aberto, um ruído abrupto soou na mata, e Conan, saltando para o lado e levando a garota junto, por pouco os salvou de algo que cortou o ar e atingiu o tronco de uma árvore com um impacto poderoso.

Desembainhando a espada, o bárbaro atravessou a clareira e mergulhou no matagal. O silêncio persistiu enquanto Olívia se encolhia na relva, aterrorizada e desnorteada. Pouco depois, Conan reapareceu, um olhar confuso em seu rosto.

— Não havia nada na mata — disse. — Mas tinha alguma coisa...

O bárbaro estudou o projétil que por pouco não os atingira e grunhiu com incredulidade, como se não quisesse dar crédito aos próprios sentidos. Era um enorme bloco de pedra esverdeada que estava na relva ao pé da árvore, que perdera diversas lascas com o impacto.

— Uma pedra estranha para se encontrar em uma ilha desabitada — rosnou Conan.

Os belos olhos de Olívia se dilataram de espanto. A pedra era um bloco simétrico, indiscutivelmente cortado e moldado por mãos humanas. E era surpreendentemente grande. O cimério o segurou com as duas mãos e, com as pernas firmes e os músculos dos braços e das costas retesados em nós, ergueu-o acima da cabeça e o arremessou, usando toda a força de seus músculos e tendões. A pedra caiu a poucos pés de onde ele estava. O bárbaro praguejou.

— Nenhum homem poderia ter arremessado aquela pedra através desta clareira. Isso é trabalho para uma máquina de cerco. Contudo, não há catapultas ou balistas.

— Talvez tenha sido lançada por alguma dessas máquinas, mas de longe? — A garota sugeriu. Ele balançou a cabeça:

— Não veio do alto, mas de dentro do matagal. Vê como os galhos estão quebrados? Foi jogada como um homem teria jogado um pedregulho. Mas por quem? Pelo quê? Venha!

Hesitante, ela o seguiu até a mata. Penetrando o anel externo dos arbustos, a relva ficava menos densa. Silêncio total pairava. Não havia sinais de pegadas na grama macia; contudo, a pedra, rápida e mortal, tinha sido arremessada daquele misterioso matagal. Conan inclinou-se sobre a relva, em pontos nos quais a grama estava meio amassada. Balançou a cabeça novamente, zangado. Mesmo seus olhos atentos não faziam ideia do que havia pisado ou se postado ali. Seu olhar vagueou até o teto verde acima de suas cabeças, uma sólida cobertura de folhas e arcos entrelaçados. Súbito, ele congelou.

Então se levantou, espada em mãos, e começou a recuar, empurrando Olívia atrás de si.

— Vamos sair daqui, rápido! — Urgiu com um sussurro que gelou o sangue da garota.

— Que foi? O que está vendo?

— Nada — respondeu com cautela, sem interromper a retirada.

— Mas o que foi? O que há naquele matagal?

— A morte! — Ele respondeu, o olhar fixo nos lúgubres arcos cor de jade que ocultavam o céu.

Assim que saíram do matagal, o bárbaro apanhou a mão da garota e a conduziu rapidamente por entre as árvores cada vez mais desbastadas, até chegarem a uma colina gramada e esparsamente arborizada, e emergirem num platô baixo, onde a grama era mais alta, e as árvores, poucas. E, no meio do platô, erguiam-se as ruínas de uma larga e alta construção de pedras verdes.

Eles a contemplaram espantados. Nenhuma lenda falava sobre um edifício como aquele em qualquer ilha do Vilayet. Se aproximaram com cautela,

reparando no musgo e no líquen que cobriam as pedras, e no teto desmoronado que se abria para o céu. Por todos os lados, cacos e fragmentos de alvenaria, meio escondidos pela grama, davam a impressão de que outrora muitas construções erguiam-se por ali, talvez toda uma cidade. Mas, agora, apenas aquela enorme estrutura existia, como um palácio contra o céu, e suas paredes se inclinavam ébrias entre as trepadeiras.

Qualquer porta que já tivesse protegido sua entrada havia apodrecido há tempos. Conan e sua companheira detiveram-se na entrada ampla e espiaram lá dentro. A claridade do dia penetrava pelas rachaduras nas paredes e no teto, tornando o interior um sombrio entrelaçamento de luzes e sombras. Segurando com firmeza a espada, Conan entrou com a postura de uma pantera caçando, cabeça baixa e passadas silenciosas. Olívia o seguiu na ponta dos pés.

Uma vez lá dentro, o bárbaro deu um grunhido de surpresa, e a garota reprimiu um grito.

— Olhe! Olhe aquilo!

— Estou vendo — ele respondeu. — Não há nada a temer. São estátuas.

— Mas parecem tão vivas... e malignas! — Ela murmurou, aproximando-se dele.

Estavam em um grande salão com chão de pedra polida, coberto de pó e entulho caído do teto. Trepadeiras cresciam em meio às pedras, mascarando as aberturas. O teto elevado, totalmente plano, era suportado por grossas colunas, enfileiradas ao lado das paredes. E, em cada espaço entre elas, havia uma estranha figura.

Eram estátuas, aparentemente de ferro, pretas e reluzentes, como se fossem continuamente polidas. Tinham tamanho natural, retratando homens altos, esguios e fortes, de rostos cruéis que pareciam pertencer a aves de rapina. Estavam nus, e cada dilatação, depressão e contorno de suas juntas e músculos era representada com incrível realismo. Mas a característica mais vivaz eram mesmo os rostos orgulhosos e intolerantes. As feições não vinham do mesmo molde; cada rosto tinha suas próprias características, embora houvesse uma semelhança tribal entre todos. Não havia nada da monotonia uniforme da arte decorativa naquelas faces.

— Parecem estar escutando... e aguardando! — Sussurrou a garota, muito inquieta.

Conan tocou uma das estátuas com o cabo da espada.

— Ferro — afirmou. — Mas, por Crom... em que moldes foram feitas? Balançou a cabeça e ergueu os ombros, intrigado.

Olívia lançou um olhar tímido pelo grande salão. Sua visão só encontrou as pedras cobertas por heras e os pilares abraçados por trepadeiras, com as sombrias figuras entre eles. Agitou-se, irrequieta, e desejou partir dali, mas as imagens exerciam estranho fascínio sobre seu companheiro. Ele as examinou em detalhes e, ao modo de ser bárbaro, tentou quebrar um de seus braços, mas o material resistiu a seus melhores esforços. Não conseguiu nem desfigurar nem deslocar de um nicho qualquer uma das imagens. Enfim, desistiu, praguejando de admiração.

— Em que tipo de homem elas foram inspiradas? — Questionou a ninguém em especial. — São pretas, mas não se parecem com os negros. Nunca vi nada parecido.

— Vamos voltar para a luz do dia — Olívia pediu, e ele assentiu, lançando um olhar perplexo para as formas taciturnas dispostas ao longo das paredes.

Assim, saíram do salão crepuscular para a brisa clara do sol de verão. A garota ficou surpresa ao perceber a posição do astro no céu; tinham ficado mais tempo dentro das ruínas do que ela pensara.

— Vamos voltar para o barco — sugeriu. — Sinto medo aqui. Este lugar é estranho e perverso. Não sabemos quando podemos ser atacados pelo que quer que tenha lançado a pedra.

— Acho que estamos seguros, contanto que fiquemos fora da mata — ele respondeu. — Venha.

O platô, cujas laterais descem em direção às orlas arborizadas dos lados leste, oeste e sul, elevava-se ao norte, terminando em um conjunto de escarpas rochosas, o ponto mais alto da ilha. Conan seguiu naquela direção, adequando suas passadas longas ao caminhar da companheira. De tempos em tempos, seu olhar a escrutinava, algo do qual ela tinha consciência.

Chegaram à extremidade norte do platô e observaram as encostas íngremes e escuras. Árvores cresciam ao longo dos rebordos leste e oeste da escarpa e se agarravam ao terreno inclinado. Conan olhou com desconfiança para elas, mas começou a subir, ajudando a companheira. Embora não muito acentuada, a encosta era interrompida por saliências e pedregulhos. O cimério, nascido numa terra montanhosa, poderia ter subido correndo como um gato, mas Olívia encontrava cada vez mais dificuldade. Com frequência era posta de pé ou passada por cima de algum obstáculo que teria sobrepujado suas forças, o que só fez crescer sua admiração pelo poderio físico do homem. Não achava mais seu toque repugnante. Havia uma promessa de proteção naquela mão de ferro.

Enfim chegaram ao cume, sentindo os cabelos serem soprados pela brisa do mar. Aos seus pés, os penhascos caíam subitamente por noventa ou cem metros até um estreito emaranhado de vegetação que margeava a praia. Ao olhar para o sul, viam a ilha inteira como um grande espelho oval, com suas extremidades oblíquas culminando repentinamente em um anel verde, exceto onde irrompiam nos penhascos. Até onde conseguiam ver, a água estendia-se por todos os lados, quieta, plácida, desaparecendo nas brumas oníricas da distância.

— O mar está calmo — Olívia suspirou. — Por que não retomamos nossa viagem?

Conan, parado no penhasco como uma estátua de bronze, apontou para o norte. Forçando a vista, Olívia enxergou uma mancha branca que parecia estar suspensa na bruma.

— O que é aquilo?

— Uma vela.

— Hirkanianos?

— Quem pode dizer de tão longe?

— Eles vão ancorar aqui... e vasculhar a ilha em busca de nós! — Ela gritou, entrando em pânico.

— Duvido. Estão vindo do norte, portanto não podem estar nos procurando. Podem parar por outros motivos, mas, seja qual forem, teremos de nos esconder o melhor que pudermos. Creio que sejam piratas ou uma galé hirkaniana voltando de alguma excursão. No segundo caso, é improvável que ancorem aqui. Ainda assim, não podemos voltar ao mar até que estejam fora de vista, pois estão vindo da direção que temos de ir. Sem dúvida já terão passado pela ilha esta noite e, pela manhã, poderemos seguir caminho.

— Quer dizer que teremos de passar a noite aqui? — Estremeceu.

— É mais seguro.

— Então vamos dormir aqui, nos rochedos.

Ele fez que não com a cabeça, olhando para as árvores atrofiadas, para as matas densas abaixo, uma massa verde que parecia enviar suas gavinhas dispersas por todas as laterais dos rochedos.

— Aqui há árvores demais. Vamos dormir nas ruínas.

Ela deu um grito de protesto.

— Nada vai ferir você lá — ele a acalmou. — Seja lá o que arremessou a pedra não nos seguiu pela mata. Não há nenhum indício de que alguma coisa selvagem viva naquelas ruínas. Além disso, você tem pele fina e está acostumada a abrigo e guloseimas. Eu poderia dormir nu na neve sem sentir desconforto, mas o orvalho a faria ter câimbras se ficasse ao relento.

Impotente, Olívia aquiesceu, e eles desceram a encosta, cruzaram o platô e mais uma vez se aproximaram das ruínas lúgubres. Àquela altura, o sol afundava sob a beira do platô. Encontraram frutas nas árvores próximas das colinas, o que serviu como comida e bebida em sua ceia.

A noite austral caiu rapidamente, enchendo o céu azul-marinho de grandes estrelas brancas, e Conan adentrou as ruínas sombrias, trazendo consigo a relutante Olívia. Ela estremeceu ante a visão daquelas tensas silhuetas negras em seus nichos ao longo das paredes. Na escuridão que mal era tocada pela luz das estrelas, não conseguia mais discernir seus contornos; só podia sentir sua espera... uma que já durava séculos a fio.

Conan trouxera uma grande braçada de galhos macios, cheios de folhas, que amontoou para fazer um colchão para a garota se deitar, o que Olívia fez com a curiosa sensação de estar acomodando-se para dormir em um ninho de serpentes.

Quaisquer que fossem seus pressentimentos, Conan não os partilhava. O cimério sentou-se próximo à jovem, as costas contra um pilar e a espada sobre os joelhos. Seus olhos brilhavam como os de uma pantera no escuro.

— Durma, garota — ele disse. — Tenho sono leve como o de um lobo. Nada vai entrar neste salão sem que eu acorde.

Olívia não respondeu. De sua cama de folhas, observou a figura imóvel e indistinta na escuridão. Como era estranho andar na companhia de um bárbaro, ser cuidada e protegida por alguém daquela raça, cujas histórias a assustavam quando criança! Ele vinha de um povo sanguinário, sombrio e feroz. Sua proximidade com a natureza selvagem era evidente em cada ação; ardia em seus olhos. Contudo, ele não a havia ferido, e seu pior opressor fora um homem vindo de um mundo chamado civilizado. Enquanto um delicioso langor se apossava de seus membros relaxados e ela afundava nas macias ondas do sono, seu último pensamento desperto foi uma lembrança sonolenta do toque firme dos dedos de Conan em sua pele macia.

II

Olívia sonhou e, em seus sonhos, rastejava a sugestão de algo maligno à espreita, como uma serpente se contorcendo pelas flores de um jardim. Seus sonhos eram fragmentados e coloridos, exóticos retalhos de um padrão partido e desconhecido, até que se cristalizaram numa cena de horror e loucura gravada contra um fundo de pedras e pilares ciclópicos.

Ela via um grande salão, cujo teto alto era sustentado por colunas de pedra enfileiradas ao longo de enormes paredes. Entre esses pilares flutuavam grandes papagaios verdes e vermelhos, e o salão estava amontoado de guerreiros de pele escura e rostos como os de falcões. Eles não eram negros nem usavam vestimentas ou armas que se assemelhassem a qualquer coisa do mundo que a sonhadora conhecesse.

Estavam provocando alguém preso a um pilar, um jovem magro de pele branca, cujos cachos de cabelo dourados caíam sobre a fronte de alabastro. Sua beleza não era humana. Parecia o sonho de um deus, esculpido em mármore vivo.

Os guerreiros sombrios riam dele, escarneciam e xingavam numa língua estranha. A esguia forma nua se contorcia sob aquelas mãos cruéis. Sangue escorria pelas coxas cor de marfim, espalhando-se no chão polido. Os gritos da vítima ecoavam pelo salão; então, erguendo a cabeça para o teto e aos céus além, ele berrou um nome numa voz terrível. Um punhal em uma mão de ébano abreviou o grito, e a cabeça dourada pendeu sobre o peito de marfim.

Em resposta àquele rugido desesperado, houve um som trovejante tal qual o de carruagens celestiais, e uma figura então estava diante dos assassinos, como se tivesse se materializado em pleno ar. A forma era humana, mas nenhum mortal jamais possuíra beleza tão inumana. Havia uma inequívoca semelhança entre ele e o jovem sem vida preso às correntes e, no entanto, a qualidade humana que suavizava os aspectos divinos do jovem estava ausente nas feições do estranho, temível e imóvel em sua beleza.

Os guerreiros encolheram-se diante dele, e seus olhos eram como fendas de fogo. Ele ergueu a mão e falou, e seus tons ecoaram através dos salões silenciosos em ricas ondas sonoras. Como num transe, os homens recuaram até formarem fileiras regulares postadas ao longo da parede. Então, dos lábios esculpidos do estranho, surgiu uma terrível invocação e comando:

— Yagkoolan yok tha, xuthalla!

Ante aquele grito explosivo e terrível, as figuras negras enrijeceram e tornaram-se imóveis. Uma curiosa rigidez, uma petrificação não natural, recaiu sobre seus membros. O estranho tocou o corpo flácido do jovem e as correntes caíram. Tomou o cadáver nos braços e, antes de se afastar, seu olhar tranquilo tornou a varrer as fileiras silenciosas. Apontou para a lua, que reluzia através dos caixilhos, e elas entenderam, aquelas estátuas tensas e imóveis que já haviam sido homens...

Olívia despertou com a pele molhada de suor, sobressaltando-se e levantando-se de sua cama de galhos. O coração pulsava alto no silêncio. Olhou loucamente à sua volta. Conan dormia recostado ao pilar, a cabeça caída sobre o peito largo. O brilho prateado da lua surgia através do teto aberto, lançando longas linhas brancas pelo chão empoeirado. Ela podia ver as imagens negras, sombrias, tensas... aguardando. Lutando contra uma histeria crescente, viu os feixes de luz tocarem levemente os pilares e as formas entre eles.

O que era aquilo? Um tremor entre as sombras, onde a luz do luar incidira. Uma paralisia de horror a envolveu, pois, onde deveria existir a imobilidade da morte, havia movimento: uma lenta contorção, uma flexão e uma contração dos membros de ébano... Um grito terrível eclodiu dos lábios de Olívia quando ela afinal rompeu os grilhões que a mantinham muda e imóvel. O grito pôs Conan de pé, dentes crispados e espada erguida.

— As estátuas! As estátuas! Meu Deus, as estátuas estão ganhando vida!

E, com aquele grito, ela saltou através de uma fenda na parede, atravessou as trepadeiras como alguém insano e correu, correu e correu às cegas, gritando irracionalmente... até que um aperto em seu braço a deteve, e uma voz familiar penetrou as névoas do terror. Olívia viu o rosto de Conan, uma máscara de perplexidade à luz do luar.

— Em nome de Crom, o que foi isso, garota? Teve um pesadelo? — A voz dele soou estranha e distante. Soluçando, ela jogou os braços ao redor do grosso pescoço e o agarrou convulsivamente, chorando e arquejando.

— Onde estão? Elas nos seguiram?

— Ninguém nos seguiu — ele respondeu.

Ela se sentou ainda agarrada ao guerreiro e olhou temerosamente ao redor. A corrida desenfreada a levara à extremidade sul do platô. A encosta estava logo abaixo deles, seu fundo oculto pelas sombras densas da mata. Atrás, via as ruínas delineadas pela lua alta.

— Você não as viu? As estátuas se movendo, erguendo as mãos, com os olhos brilhando nas sombras?

— Eu não vi nada — o bárbaro respondeu. — Dormi mais profundamente do que de costume, porque já fazia muito tempo desde a última vez que tinha repousado uma noite inteira. Contudo, não acho que coisa alguma teria entrado naquele salão sem ter me despertado.

— Nada entrou — ela disse, deixando escapar uma gargalhada histérica. — Era algo que já estava lá. Ah, Mitra... Nos deitamos para dormir em meio a eles, como ovelhas fazendo a cama no matadouro.

— Do que está falando? — Ele questionou. — Acordei com seu grito, mas, antes que tivesse tempo de olhar em volta, eu a vi correr por aquela fenda na parede. Vim atrás de você antes que se ferisse. Achei que tivesse tido um pesadelo.

— E tive! — Ela estremeceu. — Mas a realidade era mais sombria do que o sonho. Ouça! — E ela narrou o que havia sonhado e o que pensou ter visto.

Conan escutou atentamente. Não possuía o ceticismo natural de homens sofisticados. Sua mitologia continha demônios, duendes e feiticeiros. Após a garota terminar, sentou-se em silêncio, brincando distraidamente com a espada. Enfim, perguntou:

— O jovem que eles torturavam era igual ao homem alto que chegou?

— Como pai e filho — ela respondeu e emendou hesitante. — Se a mente pudesse conceber a cria de uma união entre o divino e o humano, seria aquele jovem. Nossas lendas contam que, às vezes, os deuses da antiguidade acasalavam com mulheres mortais.

— Que deuses? — Ele inquiriu.

— Os inomináveis, os esquecidos. Quem sabe? Eles retornaram às águas plácidas dos lagos, aos corações silenciosos das montanhas, aos golfos além das estrelas. Deuses não são mais estáveis do que os homens.

— Mas, se aquelas formas eram homens transformados em imagens de ferro por algum deus ou demônio, como poderiam ganhar vida?

— Há feitiçaria na lua — ela disse, estremecendo e apontou para a lua. — Quando ela brilha sobre eles, tornam-se vivos. É no que acredito.

— Mas não fomos perseguidos — Conan disse, olhando para as ruínas. — Você pode ter sonhado que se moveram. Sou da opinião de voltarmos para ver.

— Não, não! — Ela berrou, agarrando-o desesperadamente. — Talvez o feitiço os mantenha presos no salão. Não volte para lá! Eles arrancarão todos os seus membros! Oh, Conan, vamos voltar para o barco e fugir desta ilha terrível! Com certeza o navio hirkaniano já passou por nós a esta altura! Vamos!

As súplicas dela foram tão frenéticas, que Conan ficou impressionado. Sua curiosidade quanto às imagens foi balanceada pela superstição. Não temia inimigos de carne e sangue, por piores que fossem, mas qualquer indício do sobrenatural despertava todos os obscuros instintos monstruosos do medo advindos de sua herança bárbara.

Ele segurou a mão da garota e ambos desceram a encosta e mergulharam na mata fechada, onde as folhas farfalhavam e pássaros noturnos desconhecidos cantavam sonolentos. As sombras eram mais densas sob as árvores, e Conan se desviava para evitar as trilhas mais escuras. Seus olhos moviam-se sem parar de um lado para o outro, com frequência observando os galhos no alto. Ele progredia com rapidez, porém cauteloso, seu braço envolvendo tão forte a cintura de Olívia, que ela sentia como se estivesse sendo carregada, e não guiada. Ninguém falava. O único som era o arfar nervoso da garota e o arrastar de seus pequenos pés na grama. Enfim, saíram da linha das árvores e chegaram à beira da água, que cintilava como prata fundida à luz da lua.

— Devíamos ter trazido frutas para comer — Conan resmungou —, mas sem dúvida encontraremos outras ilhas. Tanto faz zarpar agora ou mais tarde; faltam poucas horas para amanhecer...

Sua voz diminuiu. A corda ainda estava presa à raiz, mas a outra extremidade era uma ruína, esmagada e despedaçada, meio submersa na água rasa.

Olívia deixou escapar um grito abafado. Conan virou-se e, encarando as densas sombras, agachou-se, assumindo uma postura ameaçadora. O barulho dos pássaros noturnos repentinamente cessara. Uma quietude sombria reinava nas matas. Nenhuma brisa movia os galhos, mas, em algum lugar, folhas farfalhavam levemente.

Rápido como um grande felino, Conan agarrou Olívia e correu. Atravessou a penumbra como um fantasma, enquanto que, em algum lugar acima e atrás deles, um curioso barulho soava entre as folhas e se aproximava implacavelmente. Então, a luz do luar explodiu em sua plenitude no rosto deles, ao verem-se correndo pela encosta do platô.

No ponto mais alto, Conan pôs Olívia no chão e virou-se para examinar o abismo de trevas do qual tinham saído. As folhas oscilavam ante uma breve brisa, e era tudo. O bárbaro balançou a cabeleira com um rugido furioso. Como uma menina assustada, Olívia rastejou até seus pés. Seus olhos o encararam; poços negros de terror.

— O que vamos fazer, Conan? — Ela sussurrou.

O cimério olhou para as ruínas e tornou a encarar a floresta abaixo.

— Vamos para os penhascos — afirmou, pondo-a de pé. — Amanhã faremos uma jangada e tentaremos a sorte no mar de novo.

— Não foram... eles que destruíram nosso barco? — Era parte uma pergunta, parte uma afirmação.

Ele negou com a cabeça, taciturno.

Cada passo do caminho ao longo do platô assombrado pela lua foi um terror transpirante para Olívia, mas nenhuma forma negra surgiu subitamente das ruínas e, afinal, eles alcançaram a base dos penhascos, que se avolumavam firmes e sombrios à sua frente. Conan fez uma pausa incerta até escolher um local protegido por uma saliência larga, distante das árvores.

— Deite-se e durma se puder, Olívia — disse. — Vou montar guarda.

Olívia, porém, não conseguiu dormir. Ficou deitada, observando as ruínas distantes e seu rebordo arborizado até que as estrelas empalideceram, o leste branqueou e a alvorada chegou, lançando uma luz dourada sobre o orvalho que cobria as folhas da grama.

Rígida, ela se ergueu; sua mente remoendo todos os acontecimentos da noite. À luz matinal, alguns de seus temores pareciam invenções de uma imaginação extenuada. Conan foi até ela, e suas palavras a eletrificaram.

— Pouco antes do amanhecer, escutei o rangido de madeira, e os barulhos e estalidos de cordas e remos. Um navio ancorou na praia não longe daqui... provavelmente aquele cuja vela vimos ontem. Vamos subir o penhasco para espioná-lo.

E para cima foram. Deitados de barriga para baixo em meio aos rochedos, viram um mastro pintado erguendo-se além das árvores, a oeste.

— Uma nau hirkaniana, pelo formato da armação — Conan murmurou. — Pergunto-me se a tripulação...

Um distante burburinho alcançou seus ouvidos e, rastejando até a extremidade sul do penhasco, viram uma horda diversa surgir dos limites das árvores ao longo do rebordo oeste do platô, onde parou para discutir. O brilho das armas destacava-se, espadas eram brandidas e discussões rudes escutadas a altos brados. A seguir, o bando inteiro começou a atravessar o platô em direção às ruínas, tomando uma rota que os deixaria próximos à base dos penhascos.

— Piratas! — Conan sussurrou, um sorriso sombrio cruzando seus lábios. — Capturaram um navio hirkaniano. Venha... abaixe-se entre estas pedras. Não apareça a não ser que eu a chame — ele instruiu, depois de escondê-la em meio a um conjunto de rochas próximas ao cume do penhasco. — Vou encontrar aqueles cães. Se meu plano der certo, tudo vai ficar bem e zarparemos com eles. Mas, se eu não conseguir... Bem, esconda-se nestas pedras até que tenham ido embora, pois nenhum demônio desta ilha pode ser tão cruel quanto aqueles lobos do mar.

E, libertando-se do abraço relutante dela, o bárbaro desceu rapidamente o penhasco.

Olhando aterrorizada de seu ninho, Olívia viu que o bando tinha se aproximado da base do penhasco. Enquanto ela observava isso, Conan saiu do meio das rochas e os encarou com a espada em mão. Eles recuaram em meio a gritos de ameaça e surpresa; então pararam para examinar aquela figura que surgira tão repentinamente. Eram por volta de setenta, uma horda selvagem constituída de homens de muitas nações: kothianos, zamorianos, britunianos, corínthios e shemitas. Suas feições refletiam a selvageria de sua natureza. Muitos traziam cicatrizes de cortes ou marcas de ferro quente. Havia orelhas cortadas, narizes fendidos, órbitas vazias, tocos em vez de mãos... Marcas do carrasco e cicatrizes de batalha. A maioria estava seminua, mas as vestes que utilizavam eram boas; coletes com costura de ouro, cinturões de cetim e calções de seda, rasgados e manchados de sangue e piche e que dividiam espaço com peças prateadas de armadura. Joias brilhavam nas orelhas, narizes e nos cabos dos punhais.

Contra esse bizarro tropel colocava-se o alto cimério em contraste, com seus membros bronzeados e feições escrupulosas e vigorosas.

— Quem é você? — Eles rugiram.

— Conan, da Ciméria! — Sua voz foi como o profundo desafio de um leão. — Um dos Companheiros Livres. Gostaria de tentar a sorte com a Irmandade Vermelha. Quem é o seu chefe?

— Eu, por Ishtar! — Bradou uma voz taurina, acompanhada de uma figura enorme que se adiantava; um gigante, nu da cintura para cima e cuja barriga volumosa era circundada por uma larga faixa que sustentava volumosas pantalonas de seda. Sua cabeça era raspada, exceto por uma trança no escalpo, e os bigodes caíam sobre uma boca em forma de ratoeira. Seus pés calçavam chinelos verdes shemitas de pontas viradas para cima, e ele portava uma longa espada reta.

Conan o observou.

— Sergius de Khrosha, por Crom!

— Sim, por Ishtar! — Disse o gigante com um estrondo, seus pequenos olhos pretos brilhando de ódio. — Achou que tinha me esquecido de você? Hah! Sergius nunca se esquece de um inimigo. Agora vou pendurá-lo pelos tornozelos e esfolá-lo vivo. Peguem-no, rapazes!

— Certo, mande seus cães atrás de mim, gorducho — zombou Conan. — Você sempre foi um covarde, cachorro kothiano.

— Covarde? Eu? — O rosto largo enrubesceu de raiva. — Em guarda, cão do norte! Vou arrancar seu coração!

Num instante os piratas haviam formado um círculo ao redor dos rivais, os olhos flamejando e suas longas arfadas sugadas por entre os dentes num prazer sanguinário. Do alto do penhasco, Olívia observava com dolorosa ansiedade, afundando as unhas na palma da mão.

Os combatentes iniciaram o confronto sem formalidades, Sergius investindo com a velocidade de um grande felino, a despeito da corpulência. Pragas voavam por entre seus dentes crispados enquanto ele golpeava e bloqueava. Conan lutou em silêncio, seus olhos, fendas de fogo azul.

O kothiano parou de praguejar para poupar fôlego. Os únicos sons eram o roçar rápido dos pés na relva, a respiração ofegante do pirata e o colidir do aço.

As espadas reluziam com faíscas à luz do sol, girando e circulando. Eles pareciam se recolher a cada contato que travavam, então tornavam a saltar imediatamente um contra o outro. Sergius se viu forçado a recuar; apenas sua habilidade superlativa o tinha mantido a salvo até agora da velocidade atordoante dos golpes de Conan. Um estrondo do aço, um grosar, um grito sufocado e um brado feroz da horda pirata cortaram a manhã quando a espada de Conan atravessou o enorme corpo do capitão. A ponta da lâmina tremeu por um instante entre os ombros de Sergius, um palmo de fogo branco reluzindo ao sol; então, o cimério puxou a arma e o chefe pirata caiu pesadamente com o rosto voltado ao chão, permanecendo deitado sobre uma poça de sangue, enquanto suas grandes mãos se contorciam por um instante.

Conan virou-se na direção dos corsários boquiabertos.

— Bem, cães — ele rugiu —, mandei seu chefe para o Inferno. O que diz a lei da Irmandade Vermelha?

Antes que qualquer um pudesse responder, um brituniano com cara de rato que estava atrás dos seus companheiros girou uma funda e a disparou de forma rápida e mortal. Certeira como uma flecha, a pedra atingiu o alvo. Conan recuou e caiu, como uma árvore cai ante o machado do lenhador. No alto do penhasco, Olívia agarrou as rochas para se apoiar. A cena transcorreu vertiginosamente diante de seus olhos; tudo que conseguiu ver foi o bárbaro cair na relva, o sangue escorrendo de sua cabeça.

O cara de rato gritou triunfante e correu para esfaquear o homem prostrado, mas um corínthio esguio o empurrou para trás.

— O que foi, Aratus? Vai quebrar a lei da Irmandade, cão?

— Nenhuma lei foi quebrada — rosnou o brituniano.

— Nenhuma lei? Como assim, cão? Esse homem que você acabou de derrubar é, por direito conquistado, nosso capitão.

— Não! — Aratus gritou. — Ele não era do nosso bando, mas um estrangeiro. Não tinha sido admitido na Irmandade. Matar Sergius não faz dele nosso capitão, como teria sido o caso se um de nós o tivesse feito.

— Mas ele queria se juntar a nós — respondeu o corínthio. — Ele mesmo disse.

No mesmo momento, um grande clamor se ergueu, alguns dos piratas tomando partido de Aratus, outros do corínthio, a quem chamavam de Ivanos. Imprecações voavam com firmeza, desafios eram feitos e as mãos buscavam o cabo das espadas. Enfim, um shemita falou acima de toda a algazarra:

— Por que discutem por um morto?

— Ele não está morto — o corínthio respondeu, abaixando-se ao lado do cimério prostrado. — Foi um golpe de raspão. Só está atordoado.

O clamor se renovou. Aratus tentou alcançar o homem desacordado, mas Ivanos o derrubou enfim, a espada em punho, desafiando a todos. Olívia sentia que não era tanto em defesa de Conan que o corínthio tomara aquele posicionamento, mas em oposição a Aratus. Era evidente que aqueles homens tinham sido tenentes de Sergius e que não havia afeição alguma entre os dois. Após mais discussão, ficou decidido que Conan seria amarrado e levado com eles. Seu destino seria votado mais tarde.

O cimério, que começava a recuperar a consciência, foi preso com faixas de couro e erguido por quatro corsários. Sob muitas queixas e reclamações, eles o carregaram junto ao bando, que retomou a jornada ao longo do platô. O corpo de Sergius foi deixado onde caíra; uma forma rejeitada, estirada sobre a relva banhada pelo sol.

Mais no alto, entre as rochas, Olívia sentia-se atordoada pelo desastre. Era incapaz de falar ou de fazer qualquer coisa, ficando apenas deitada, a observar com os olhos horrorizados a horda brutal arrastar seu protetor para longe.

Ela não saberia dizer quanto tempo ficou ali. Viu os piratas cruzarem o platô, chegarem às ruínas e as adentrarem, levando junto o prisioneiro. Viu aqueles homens entrarem e saírem pelas portas e fendas, cutucando as pilhas de destroços e batendo nas paredes. Após um tempo, um grupo deles voltou pelo platô e desapareceu entre as árvores do lado oeste, levando consigo o corpo de Sergius, provavelmente para lançá-lo ao mar. Ao redor das ruínas, os demais cortavam árvores e asseguravam lenha para o fogo. Olívia ouvia seus gritos, ininteligíveis ao longe, e escutava as vozes dos que seguiram pelas matas, ecoando em meio às árvores. Mais tarde, retornaram carregando barris de bebida e sacos de couro com comida. Foram para as ruínas, praguejando luxuriosamente sob suas cargas.

Olívia tomou nota de tudo aquilo de forma mecânica. Seu cérebro exausto estava pronto para colapsar. Deixada só e sem salvaguarda, percebeu o quanto a proteção do cimério significava. Pensou vagamente nas peças loucas do destino, capazes de transformar a filha de um rei em companheira de um bárbaro sanguinário. Com aquilo, veio a repulsa contra sua própria estirpe. Seu pai e Shah Amurath eram homens civilizados, e deles recebera apenas sofrimento. Jamais encontrara um homem civilizado que a tratasse com gentileza, a não ser que houvesse algum motivo escuso por trás de suas ações. Conan a abrigara, protegera e, até então, nada exigira em troca. Deitando a cabeça nos braços roliços, ela chorou, até que gritos distantes de folia torpe a lembraram do perigo que corria.

Ela olhou para as ruínas sombrias ao redor das quais figuras fantásticas, diminutas por causa da distância, moviam-se cambaleantes. Mirou a seguir as profundezas crepusculares da floresta verde. Mesmo que o terror vivido nas ruínas durante a noite anterior tivesse sido só um sonho, a ameaça que pairava naquelas profundezas verdejantes não era imaginação ou pesadelo. Quer Conan fosse morto ou levado como prisioneiro, suas escolhas eram entregar-se aos lobos do mar ou permanecer sozinha numa ilha assombrada por demônios.

Engolfada pelo horror pleno da situação, tombou para frente e desfaleceu.

III

O sol estava baixo quando Olívia voltou a si. Um vento fraco trazia gritos distantes e trechos de canções obscenas a seus ouvidos. Observando todo o platô, a garota se levantou com cautela. Viu os piratas amontoados ao redor de uma grande fogueira do lado de fora das ruínas, e seu coração se sobressaltou quando um grupo saiu delas arrastando uma forma que ela sabia tratar-se de Conan. Eles o empurraram contra a parede, ainda evidentemente amarrado, e uma longa discussão se seguiu, com muito brandir de armas. Enfim, levaram-no de volta ao salão e voltaram a se ocupar da tarefa de embebedarem-se. Olívia suspirou; pelo menos sabia que o cimério estava vivo. Uma nova determinação a fortaleceu. Assim que a noite caísse, iria até aquelas ruínas e o libertaria, ou seria apanhada na tentativa. E sabia que sua decisão não era motivada apenas por um interesse egoísta.

Com isso em mente, aventurou-se a sair de seu refúgio para colher algumas nozes que cresciam esparsamente ali perto. Não tinha comido nada desde o dia anterior. Foi enquanto se ocupava dessa tarefa que sentiu-se perturbada pela sensação de estar sendo observada. Examinou nervosamente as rochas à sua volta e, com uma desconfiança que a fazia estremecer, rastejou até a borda norte do penhasco e olhou para a massa verde oscilante lá embaixo, já obscurecida pelo pôr do sol. Não viu nada; era impossível que pudesse ser vista por qualquer coisa espreitando naquelas matas, a não ser quando estivesse na beira da encosta. Contudo, sentia distintamente o fulgor de olhos ocultos, e teve a sensação de que alguma coisa viva e senciente sabia de sua presença e de seu esconderijo.

Voltando a seu ninho nas rochas, continuou a observar as ruínas distantes até que a escuridão da noite as mascarasse. Determinou sua posição pelo brilho das chamas em volta das formas negras que saltavam e pinoteavam embriagadas.

Então, a garota se levantou. Era hora de tentar. Mas, antes, voltou à extremidade norte do penhasco e olhou para as matas que cercavam a praia. E, enquanto forçava a vista sob a fraca luz das estrelas, enrijeceu, sentindo uma mão gelada tocar seu coração.

Lá embaixo, algo se movia. Era como se uma sombra negra se destacasse no precipício de sombras abaixo. Movia-se devagar, subindo a íngreme lateral do penhasco; uma massa vaga, sem forma naquela semi-escuridão. O pânico apanhou Olívia pelo pescoço, e ela lutou contra o grito que ameaçava deixar seus lábios. Virando-se, correu para a encosta sul.

Descer em fuga pelo penhasco escuro foi um pesadelo em que ela escorregava e rolava, segurando-se com dedos gelados nas pedras afiadas. Enquanto rasgava a pele macia e machucava os braços delicados nos pedregulhos ásperos pelos quais Conan a levara com tanta facilidade, deu-se conta de mais uma dependência que tinha em relação ao bárbaro de músculos de ferro. Esse foi, no entanto, apenas um dos pensamentos que flutuavam num redemoinho atordoante e temeroso.

A descida parecia não ter fim, mas afinal seus pés alcançaram a grama e, num frenesi de ansiedade, ela disparou na direção da fogueira, que queimava como um coração vermelho na noite. Atrás de si, ao fugir, escutou uma chuva de pedras caindo pelo penhasco, e o som emprestou asas a seus calcanhares. Que sombrio escalador as deslocara, ela não ousava imaginar.

A extenuante atividade física dissipou seu terror cego e, antes de chegar às ruínas, sua mente se tornara clara, e o raciocínio, alerta, embora os membros tremessem por causa do esforço.

Deitou-se na relva e se arrastou de barriga até chegar a uma pequena árvore que escapara ao machado dos piratas, de onde observou os inimigos. Tinham terminado a ceia, mas ainda bebiam, mergulhando canecas de estanho ou taças cravejadas dentro de barris de vinho. Alguns, já bêbados, roncavam sobre a grama, enquanto outros haviam adentrado cambaleantes as ruínas. Não viu Conan. Ficou ali, enquanto o orvalho caía sobre a grama e as folhas acima de sua cabeça, e os homens próximos do fogo praguejavam, jogavam e discutiam. Havia apenas alguns deles; a maioria já tinha ido para as ruínas dormir.

Ficou a observá-los; os nervos sofrendo com a tensão da espera, a pele de sua nuca se arrepiando ante o pensamento do que poderia estar observando-a ou esgueirando-se atrás dela. O tempo se arrastou com pés de chumbo. Um a um, os saqueadores afundaram num sono ébrio, até que todos estivessem estirados junto ao fogo moribundo.

Olívia hesitou. Então, foi estimulada por um brilho distante surgindo nas árvores. A lua estava nascendo!

Com um suspiro, ela se levantou e arremeteu em direção às ruínas. Sua pele se arrepiou enquanto passava na ponta dos pés entre as formas bêbadas espalhadas ao lado do grande portal. Lá dentro havia muitos mais; eles se moviam e murmuravam em seus sonhos assombrados, mas nenhum acordou enquanto ela passava. Um soluço de alívio chegou a seus lábios quando viu Conan. O cimério estava bem acordado, preso a uma coluna, os olhos cintilando sob o pálido reflexo do fogo lá fora.

Escolhendo com cuidado seu caminho em meio aos homens adormecidos, a garota se aproximou dele. Por mais que tivesse sido silenciosa, o bárbaro a escutara; ele a havia visto no momento em que surgira emoldurada pelo portal. Um leve sorriso tocou seus lábios brutos.

Ela se aproximou do cimério e o abraçou por um instante. Conan sentiu o rápido bater do coração contra seu peito. Através de uma fenda larga na parede entrava um feixe de luz do luar, e o ar ficou imediatamente carregado de uma tensão sutil. Conan a sentiu e enrijeceu. Olívia a sentiu e ofegou. Os homens adormecidos roncavam. Abaixando-se rapidamente, a jovem apanhou um punhal do cinturão de seu proprietário desacordado e pôs-se a trabalhar nas amarras de Conan. Eram cordas de navegação, grossas e pesadas, amarradas com a habilidade de um marinheiro. Ela labutou desesperadamente, enquanto a luz da lua se arrastava lentamente pelo chão em direção aos pés das figuras negras posicionadas entre as colunas.

Ela estava ofegante; os punhos de Conan haviam sido libertos, mas seus cotovelos e pernas continuavam presos com firmeza. A garota olhou de soslaio para as figuras ao longo das paredes... esperando, esperando. Pareciam observá-la com a pavorosa paciência dos mortos-vivos. Os bêbados a seus pés começaram a se mover e grunhir dormindo. A luz da lua cruzou o salão, tocando os pés negros. As cordas caíram dos braços de Conan e, tomando o punhal das mãos dela, ele cortou as das pernas com um único movimento. Afastou-se da coluna flexionando os braços, suportando estoicamente a agonia causada pelo retorno da circulação sanguínea. Olívia agachou-se perto dele, tremendo como vara verde. Seria aquele algum truque da luz do luar, que tocava os olhos das figuras negras com fogo e os fazia reluzir vermelhos nas sombras?

Conan moveu-se com a brusquidão de uma fera selvagem. Apanhando sua espada de uma pilha de armas perto dali, ergueu Olívia nos braços e passou por uma abertura coberta de heras que havia na parede.

Não trocaram palavra alguma. Tomando-a no colo, o cimério disparou pela relva banhada pelo luar. Com os braços envolvidos no pescoço de ferro, a ophireana fechou os olhos, recostando a cabeça coberta pelos cachos escuros contra aqueles enormes ombros. Uma deliciosa sensação de segurança apossou-se dela.

Apesar da carga adicional, o bárbaro atravessou o platô com velocidade, e Olívia, ao abrir os olhos, viu que estavam passando sob a sombra dos penhascos.

— Algo desceu desses penhascos — ela sussurrou. — Eu ouvi o barulho atrás de mim enquanto estava vindo.

— Vamos ter que arriscar — ele respondeu.

— Não estou com medo... agora — ela disse.

— Também não estava com medo quando veio me libertar — Conan afirmou. — Crom, mas que dia este tem sido! Nunca ouvi tantas brigas e disputas. Estou quase surdo. Aratus queria arrancar meu coração, mas Ivanos se recusou apenas para provocar Aratus, a quem odeia. Eles rosnaram e se instigaram durante o dia inteiro e, de qualquer modo, a tripulação logo ficou bêbada demais para votar...

O cimério parou de repente; uma estátua de bronze ao luar. Com um gesto rápido, pôs a garota de lado e atrás de si. Ajoelhando-se na relva macia, ela deu um grito diante do que viu.

Das sombras do penhasco surgia uma forma trôpega e monstruosa... Um horror antropomórfico, uma grotesca paródia da criação.

Em contornos gerais, não diferia de um homem. Mas o rosto, iluminado pelo pálido luar, era bestial, com orelhas próximas uma da outra, narinas bojudas e uma grande boca de lábios lânguidos, dentro da qual presas brancas brilhavam. A coisa era coberta de pelos cinzas desgrenhados, e suas patas enormes e disformes quase raspavam o chão. Seu corpanzil era tremendo; de pé sobre as pernas curtas e arqueadas, a cabeça ovalada era mais alta do que o homem que a encarava. O tamanho do peito peludo e dos ombros gigantescos era de tirar o fôlego; os braços largos pareciam troncos de árvores.

A cena à luz da lua ondulava aos olhos de Olívia. Então ali era o fim da linha... pois que ser humano seria capaz de fazer frente à fúria daquela montanha hirsuta de músculos e ferocidade? Contudo, enquanto assistia com os olhos arregalados e horrorizados à figura bronzeada encarar o monstro, sentiu uma familiaridade quase desconcertante entre os antagonistas. Aquele era menos um confronto entre homem e fera e mais um conflito entre duas criaturas da natureza selvagem, igualmente ferozes e impiedosas. Com um cintilar das presas brancas, a besta atacou.

Os poderosos braços da fera se abriram enquanto ela arremetia com incrível rapidez, apesar do corpo volumoso e das pernas atarracadas.

A reação de Conan foi um borrão veloz que os olhos de Olívia não conseguiram seguir. Viu apenas que ele escapara do ataque mortal e que sua espada, reluzindo como um relâmpago branco, atingira um daqueles braços grossos, bem entre o ombro e o cotovelo. Um grande jorro de sangue inundou a relva enquanto o membro decepado caía, contorcendo-se horrivelmente. Mas enquanto a espada cortava o braço da criatura, a outra mão disforme agarrou a cabeleira preta de Conan.

Foram só os músculos de ferro do cimério que o impediram de ter o pescoço quebrado naquele instante. Sua mão esquerda se lançou para segurar a garganta da fera, enquanto o joelho esquerdo atingia fortemente sua barriga. Então, uma luta aterradora teve início, que durou apenas alguns segundos, mas que pareceu uma eternidade para a garota paralisada.

O símio continuava segurando os cabelos de Conan, puxando-o em direção às presas reluzentes. O cimério resistia aos esforços com a mão esquerda rígida como ferro, enquanto a espada na direita, empunhada como uma faca de açougueiro, afundava sem parar na virilha, peito e barriga de seu captor. A fera aguentou a punição em pavoroso silêncio, aparentemente sem se enfraquecer pela perda do sangue que jorrava dos horríveis ferimentos. Logo, a força do antropoide superou a alavanca que o cimério fazia com seu braço e joelho; o braço de Conan começou a se dobrar inexoravelmente ante a pressão, e ele foi puxado para cada vez mais próximo daquela mandíbula assassina que ansiava por tomar sua vida. Os olhos brilhantes do bárbaro fitaram os da criatura, injetados. No entanto, enquanto Conan tentava em vão arrancar sua espada, afundada naquele tronco peludo, as mandíbulas salivantes se fecharam espasmodicamente a alguns centímetros do seu rosto, e ele foi arremessado sobre a relva pelas convulsões do monstro moribundo.

Olívia, quase desmaiando, viu o símio arfar, se debater e se contorcer, agarrando, como um homem faria, o cabo da arma que se pronunciava de seu corpo. Após um instante nauseante, o enorme corpanzil estremeceu e caiu inerte.

— Crom! — Ele resfolegou. — Sinto como se tivesse sido torturado! Preferiria ter enfrentado uma dúzia de homens. Mais um instante e ele teria arrancado minha cabeça. Maldito... puxou um tufo de cabelo pela raiz.

Arrancou a espada puxando o cabo com ambas as mãos. Olívia se aproximou para segurar seu braço e, com os olhos arregalados, observou o monstro esparramado na grama.

— O que... é isso? — Sussurrou.

— Um homem-macaco cinzento — ele grunhiu. — Uma criatura estúpida e devoradora de homens. Vivem nas colinas que bordeiam a margem leste do mar. Como chegou a esta ilha, não sei dizer. Talvez tenha flutuado até aqui sobre algum destroço, trazido do continente por uma tempestade.

— Será que foi ele quem arremessou a pedra?

— Sim. Suspeitei disso quando estávamos no matagal e vi os galhos se curvando acima das nossas cabeças. Essas criaturas sempre espreitam nas profundezas das selvas e raramente aparecem. Não posso dizer o que o fez surgir em campo aberto, mas foi sorte nossa; eu não teria chance contra ele em meio às árvores.

— Ele me seguiu — ela disse, estremecendo. — Vi quando escalou o penhasco.

— E, seguindo seu instinto, aguardou à sombra da encosta, em vez de segui-la pelo platô. Sua espécie gosta de trevas e lugares silenciosos, e é avessa ao sol e à lua.

— Acredita que existam outros?

— Não. Do contrário, os piratas teriam sido atacados ao entrarem na mata. Apesar de toda a sua força, o macaco cinza é cauteloso, como mostrou sua relutância em nos enfrentar diretamente na floresta. O desejo dele por você deve ter sido enorme, a ponto de motivá-lo a nos encarar em campo aberto. Mas o quê...?

Conan se virou, voltando-se para o local de onde tinham vindo. A noite acabara de ser partida por um grito terrível vindo das ruínas.

Imediatamente, um insano conjunto de gritos, berros e súplicas de agonia blasfema se seguiu. Embora acompanhados pelo retinir do aço, os sons eram os de um massacre, não os de uma batalha.

Conan permaneceu estático, a garota agarrada a ele, paralisada de medo. O clamor ampliou-se num crescendo de loucura, então o cimério se virou e seguiu rapidamente na direção da orla do platô, cujos limites eram bordeados de árvores iluminadas pelo luar. As pernas de Olívia tremiam tanto que ela não conseguia andar; portanto, ele a carregou, e as pulsações frenéticas de seu coração acalmaram-se quando se sentiu aninhada pelos braços dele.

Atravessaram as sombras da floresta, mas os aglomerados de trevas não ocultavam terrores, e os raios da lua não revelavam qualquer forma sombria. Pássaros noturnos cantavam, sonolentos. Os gritos de carnificina minguaram atrás deles, mascarados pela distância até se tornarem um confuso emaranhado de sons. Em algum lugar, um papagaio soou, como um eco sinistro: *Yagkoolan yok tha, xuthalla!* Enfim, chegaram até a orla e viram a galé ancorada, sua vela branca reluzindo à luz da lua. As estrelas já estavam empalidecendo para ceder lugar ao amanhecer.

Sob a claridade espectral da aurora, um punhado de figuras esfarrapadas e ensanguentadas cambaleou pelas árvores e chegou à praia estreita. Estavam em quarenta e quatro, um bando desmoralizado e intimidado. Com pressa e ofegantes, mergulharam no mar e começaram a nadar até o navio. Foi quando um brado desafiador os fez parar.

Delineado contra o céu branco, eles viram Conan, o cimério, de pé na proa, com a espada em mãos e seus cabelos negros soprados pelo vento da manhã.

— Parem! — Ele ordenou. — Não se aproximem mais. O que vocês querem, cães?

— Deixe-nos subir a bordo — grasnou um bandido cabeludo, tocando o toco ensanguentado de sua orelha. — Queremos ir embora desta ilha dos diabos.

— Vou partir o crânio do primeiro homem que tentar subir a bordo — prometeu Conan.

Eles estavam em quarenta e quatro, mas o cimério tinha a vantagem. A luta os deixara exauridos.

— Deixe-nos subir a bordo, bom Conan — choramingou um zamoriano que vestia um cinturão vermelho, enquanto olhava temerosamente por sobre o ombro para as matas silenciosas. — Nós apanhamos tanto, fomos cortados, espancados e arranhados, e estamos tão cansados de lutar e fugir, que nenhum de nós é capaz de erguer uma espada.

— Onde está aquele cão, Aratus? — Conan perguntou.

— Morto, como os outros! Foram demônios que nos atacaram! Estavam nos fazendo em pedaços antes que pudéssemos despertar... Uma dúzia de bons piratas morreu dormindo. As ruínas estavam repletas de sombras de olhos flamejantes, com presas e garras afiadas.

— Sim! — Endossou outro corsário. — Eram os demônios desta ilha, que assumiram a forma de imagens de metal para nos enganar. Ishtar! Deitamo-nos para dormir entre eles. Não somos covardes. Nós os enfrentamos tanto quanto homens mortais podem enfrentar os poderes das trevas. Então fugimos, deixando-os dilacerar os cadáveres como chacais. Mas com certeza nos perseguirão.

— Sim, deixe-nos subir! — Implorou um shemita magro. — Deixe-nos ir em paz ou teremos de pegar nossas espadas. Por estarmos tão cansados, você sem dúvida matará muitos de nós, mas, no final, não conseguirá prevalecer contra tantos.

— Então vou ser obrigado a abrir um buraco no casco e afundar o navio — Conan respondeu de forma sombria. Um coro frenético de protestos eclodiu, o qual o cimério silenciou rugindo como um leão.

— Cães! Devo ajudar meus inimigos? Devo deixar que subam a bordo e arranquem meu coração?

— Não, não! — Eles gritaram avidamente. — Amigos, Conan... somos amigos. Somos seus companheiros! Vamos todos ser fora da lei juntos. Odiamos o rei de Turan, não uns aos outros.

Os olhares do grupo se fixaram no rosto fechado de Conan.

— Então sou um membro da Irmandade? — Ele grunhiu. — As leis do ofício se aplicam a mim. E, visto que matei seu chefe em um confronto justo, sou seu capitão!

Não houve dissidência. Os piratas estavam assustados e feridos demais para pensar em qualquer coisa além do desejo de sair daquela ilha aterrorizante. O olhar de Conan procurou a figura ensanguentada do corínthio.

— Ei, Ivanos! — Ele gritou. — Você tomou meu partido antes. Tornará a sustentar seu posicionamento?

— Sim, por Mitra! — O pirata, sentindo a mudança nos sentimentos, estava ansioso para cair nas graças do cimério. — Ele está certo, rapazes; é nosso capitão por direito!

Uma miscelânea de aquiescência eclodiu, talvez carente de entusiasmo, mas com uma sinceridade acentuada pela consciência em relação às matas silenciosas atrás deles, capazes de esconder aterradores demônios de ébano, de olhos vermelhos e garras gotejantes.

— Jurem pelo cabo da sua espada — Conan exigiu.

Naquele instante, quarenta e quatro cabos foram erguidos em sua direção e quarenta e quatro vozes se fundiram no juramento corsário de aliança. Conan sorriu e desembainhou sua espada:

— Subam a bordo, corajosos fanfarrões, e peguem os remos.

Ele virou-se e pôs Olívia de pé, erguendo-a de onde estava agachada, oculta pela amurada.

— E quanto a mim, senhor? — Ela perguntou.

— O que você quer? — Ele retorquiu, observando-a com atenção.

— Ir com você, seja lá aonde seus caminhos o levem! — Ela respondeu, envolvendo o pescoço bronzeado com seus braços brancos.

Os piratas, passando por sobre a amurada, sobressaltaram-se.

— Mesmo que seja para velejar por uma trilha de sangue e matanças? — Conan questionou. — Esta quilha manchará de vermelho as águas azuis por onde passar.

— Sim, para viajar ao seu lado em mares azuis ou vermelhos — ela respondeu com paixão. — Você é um bárbaro e eu sou uma proscrita, renegada pelo próprio povo. Ambos somos párias, vagando pela terra. Ah... leve-me com você!

Com uma gargalhada tempestuosa, ele a ergueu até seus lábios ferozes.

— Vou torná-la Rainha dos Mares Azuis! Vamos zarpar, cães! Um dia ainda queimaremos as pantalonas do rei Yildiz, por Crom!

A Rainha da Costa Negra

(Queen of the Black Coast)

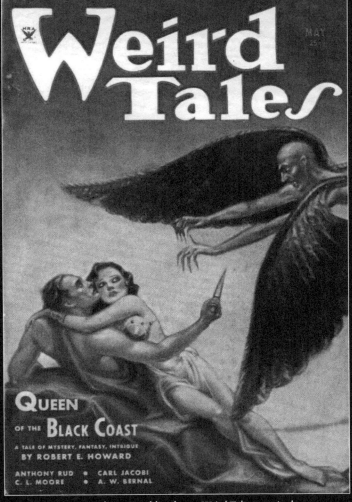

História originalmente publicada em *Weird Tales*—maio de 1934.

I
CONAN JUNTA-SE AOS PIRATAS

Se crês que os verdes botões despertam na primavera,
E que o outono pinta as folhas com um fogo sombrio;
Então crês que mantive meu coração inviolado
Para entregar a um só homem meu desejo ardente.

A canção de Bêlit

Cascos soavam pelas ruas que desciam em direção ao cais. As pessoas que gritavam e se dispersavam tinham apenas um vislumbre fugidio de uma figura de armadura montada num garanhão preto e de um largo manto escarlate flutuando ao vento. Do alto da rua vinham os gritos e a algazarra dos perseguidores, mas o cavaleiro não olhou para trás; continuou rumo ao cais e deteve o garanhão na beirada do píer. Marinheiros o encararam boquiabertos enquanto varriam e raiavam as velas de uma galé de proa elevada e casco largo. O timoneiro, robusto e de barba negra, parado na proa, afastava o barco do cais com um gancho. Soltou um grito zangado quando o cavaleiro desceu da sela e deu um longo salto, pousando em cheio no centro do convés:

— Quem o convidou a bordo?

— Vamos sair daqui! — Rugiu o intruso, com um gesto que fez espirrar gotas vermelhas da sua espada larga.

— Mas estamos a caminho da costa de Kush! — Explicou o timoneiro.

— Então para Kush eu vou! Vamos, estou dizendo! — O outro lançou uma olhadela para a rua, pela qual um esquadrão de cavaleiros vinha galopando; logo atrás deles seguia um grupo de arqueiros, carregando as bestas em seus ombros.

—Pode pagar por sua passagem? — Perguntou o timoneiro.

—Pagarei com meu aço! — Bradou o homem de armadura, brandindo a grande espada que reluzia azulada à luz do sol. — Por Crom, homem, se não seguir em frente, vou encharcar este barco com o sangue da sua tripulação!

O timoneiro era bom em julgar homens. Bastou uma olhadela para o rosto fadigado, embrutecido por ardor e coberto de cicatrizes do guerreiro, e ele gritou a ordem enquanto afastava-os do cais. A galé flutuou pela água límpida, os remos começando a soar simultaneamente; então, uma lufada de vento inflou a vela aberta, a nau leve foi arremetida adiante pela rajada e tomou seu curso como um cisne, deslizando pela água enquanto avançava.

No cais, os cavaleiros brandiam as espadas e berravam ameaças e ordens para que o navio retornasse, ao mesmo tempo gritando para que os arqueiros se apressassem antes que a nau estivesse fora do alcance de suas bestas.

— Deixe-os se enfurecer — o espadachim disse, com um sorriso rígido. — Mantenha o navio no curso, mestre timoneiro.

O mestre desceu do pequeno convés da proa, atravessou as fileiras de remadores e chegou ao convés intermediário. O estranho estava parado, com as costas voltadas para o mastro, olhos alertas e semicerrados, espada de prontidão. O timoneiro o observou com firmeza, tomando cuidado para não fazer nenhum movimento na direção do longo punhal que trazia na cintura. Via uma figura alta e de constituição poderosa, trajando uma cota de malha preta, grevas lustradas nas pernas e um elmo de aço azulado do qual se pronunciavam chifres de touro polidos. Um manto escarlate pendia dos ombros da cota de malha e era soprado pelo vento marítimo. Um cinturão largo de couro, com uma fivela dourada, segurava a bainha da espada larga que empunhava. Sob o elmo de chifres, seu longo cabelo negro de corte quadrado contrastava com os flamejantes olhos azuis.

— Se vamos viajar juntos — disse o mestre —, é melhor que estejamos em paz. Meu nome é Tito, timoneiro licenciado do porto de Argos. Estou indo para Kush, onde vou comercializar joias, seda, açúcar e espadas de cabo de bronze com os reis negros em troca de marfim, azeite de coco, minério de cobre, escravos e pérolas.

O espadachim deu uma rápida olhadela para as docas atrás deles, onde as figuras ainda gesticulavam impotentes, tendo nítidas dificuldades em encontrar um barco veloz o bastante para alcançar a rápida galé.

— Eu sou Conan, da Ciméria— ele respondeu. — Cheguei a Argos em busca de trabalho, mas, sem guerras em vista, não havia nada em que pudesse empregar minhas mãos.

— Por que estava sendo perseguido pela guarda? — Tito perguntou. — Não que seja da minha conta, mas pensei que talvez...

— Não tenho nada a esconder — o cimério replicou. — Por Crom, embora eu já tenha passado um tempo considerável em meio aos povos civilizados, seu comportamento continua além da minha compreensão. Bem, na noite passada, em uma taverna, um capitão da guarda do rei violentou a garota de um jovem soldado que, naturalmente, acabou com ele. Mas parece haver alguma lei maldita contra matar oficiais da guarda, e o rapaz e sua namorada fugiram. Há boatos de que eu havia sido visto com eles, então hoje fui levado à corte, e um juiz me perguntou para onde o rapaz tinha ido. Respondi que, uma vez que ele era meu amigo, não podia traí-lo. A corte ficou furiosa, e o juiz desatou a falar sem parar sobre meu dever para com o Estado, a sociedade e outras coisas que não entendi, e me ordenou revelar para onde o rapaz tinha fugido. Àquela altura, eu também estava ficando furioso, pois já tinha explicado minha posição. Mesmo assim, engoli a ira e fiquei quieto, mas o juiz determinou que eu estava demonstrando desprezo pela corte e que deveria ser jogado num calabouço para apodrecer até que traísse meu amigo. Então, ao ver que todos estavam loucos, desembainhei minha espada e parti a cabeça do juiz; a seguir, abri caminho pela corte e, ao ver o garanhão do chefe de polícia amarrado ali perto, cavalguei para o cais, onde esperava encontrar algum navio que estivesse partindo para o estrangeiro.

— Bem — Tito disse asperamente—, os tribunais já me extorquiram o bastante em processos movidos por ricos comerciantes para que eu lhes demonstrasse algum amor. Terei de responder por algumas coisas se tornar a ancorar naquele porto, mas posso dizer que agi por coação. Pode baixar sua espada. Somos marinheiros pacíficos e não temos nada contra você. Além disso, é bom ter um guerreiro assim a bordo. Vamos até o tombadilho tomar uma caneca de cerveja.

— Por mim, de acordo — o cimério respondeu de pronto, embainhando a espada.

A Argus era uma nau pequena e robusta, uma típica embarcação de comércio que trabalhava entre os portos da Zíngara, de Argos e das costas ao sul, sempre navegando próxima da praia e raramente se aventurando em mar aberto. Tinha popa alta e proa curva e elevada; o casco era largo no meio e se encurvava harmonicamente da dianteira até a traseira. Era guiada por um longo leme na popa, e sua propulsão era garantida principalmente pela larga vela de seda listrada, auxiliada por uma vela de patíbulo. Os remos eram utilizados para sair de enseadas e baías, assim como nos períodos de calmaria. Eram dez de cada lado, cinco à frente e mais cinco depois do convés intermediário. A parte mais preciosa da carga ficava armazenada debaixo desse convés e do dianteiro. Os homens dormiam nessa área ou entre os bancos dos remadores, protegidos por toldos quando o tempo estava ruim. Com vinte homens nos remos, três na popa e o timoneiro, a tripulação estava completa.

Assim a Argus seguia firme para o sul, com tempo consistentemente bom. O sol brilhava dia após dia com calor cada vez mais feroz, e os toldos foram hasteados; tecidos de seda listrados que combinavam com a vela cintilante e os apetrechos de metal dourado que havia na proa e ao longo da amurada.

Eles avistaram a costa de Shem; longas extensões de prados com as coroas brancas das cidades aparecendo ao longe e cavaleiros de barbas pretas azuladas e narizes curvos sentados em seus corcéis nas praias, observando com suspeita a galé. A embarcação não atracou, já que os lucros eram escassos no comércio com os filhos de Shem.

O mestre Tito tampouco atracou na larga baía onde o rio Styx desaguava no oceano e os enormes castelos negros de Khemi avultavam-se sobre as águas azuis. Navios não podiam parar naquele porto sem serem convidados; era um local onde feiticeiros sombrios lançavam magias tenebrosas envoltos pelo negrume de fumaças sacrificiais, que emanavam eternamente de altares manchados de sangue, onde mulheres nuas gritavam e onde dizia-se que Set, a Velha Serpente, arquidemônio dos hiborianos, mas deus dos stygios, contorcia suas espirais reluzentes em meio a seus adoradores.

Tito também não se aproximou daquela baía onírica que parecia feita de vidro polido, mesmo quando uma gôndola com a proa em forma de serpente surgiu por detrás de um ponto fortificado em terra, com mulheres nuas de pele escura e grandes botões vermelhos nos cabelos convidando os marinheiros e fazendo poses provocantes.

A seguir, não se via mais torres reluzentes no continente. Eles haviam passado pelas fronteiras ao sul da Stygia e navegavam pelas costas de Kush. O mar e seus costumes eram um mistério infindável para Conan, cuja terra natal ficava entre as colinas ao norte. Mas o viajante também era objeto do interesse dos robustos marujos, poucos dos quais já tinham visto alguém de sua raça.

Eram típicos homens do mar argoseanos, baixos e fortes. Conan era bem mais alto do que eles, e nem mesmo dois juntos conseguiam se equiparar à força do bárbaro. Os marujos eram duros e robustos, mas a resistência e vitalidade do cimério eram como as de um lobo, sua musculatura parecia aço e os nervos haviam sido aguçados pela brutalidade de uma vida nas áreas mais desoladas do mundo. Ele ria com facilidade, mas rápida e terrível também era sua ira. Seu apetite era voraz, e bebidas fortes eram uma paixão e uma fraqueza. Em muitos aspectos tão ingênuo quanto uma criança, desconhecia a sofisticação da civilização, era naturalmente inteligente, possessivo com seus direitos e perigoso como um tigre faminto. Embora jovem, tinha sido embrutecido pela guerra e por suas andanças, e suas viagens a muitas terras eram evidentes na forma como se vestia. Seu elmo com chifres de touro era igual aos utilizados pelos aesires de cabelos dourados de Nordheim; sua cota de malha e suas grevas eram dos melhores artesãos de Koth; as peças com elos de correntes que protegiam seus braços e pernas vinham da Nemédia; a lâmina em seu cinturão era uma espada longa aquiloniana e seu deslumbrante manto escarlate não poderia ter sido adquirido em outro lugar que não fosse Ophir.

Assim, eles continuavam a seguir na direção sul, e o mestre Tito começou a procurar pelos vilarejos de muros altos dos povos negros. No entanto, encontraram apenas ruínas fumegantes na margem de uma baía, atulhadas de corpos negros nus. Tito praguejou.

— No passado, fiz um bom comércio aqui. Isso é obra de piratas.

— E se os encontrarmos? — Conan desprendeu a grande lâmina da bainha.

— Este não é um navio de guerra. Fugiremos em vez de lutar. Porém, se chegar a esse ponto, já afugentamos saqueadores antes e podemos fazê-lo novamente. A menos que seja a Tigresa de Bêlit.

— Quem é Bêlit?

— A mais selvagem mulher-demônio viva. A não ser que eu tenha interpretado errado os sinais, foram os açougueiros dela que destruíram aquela vila na baía. Espero vê-la um dia enforcada num mastro! Chamam-na de Rainha da Costa Negra. É uma shemita que lidera saqueadores negros. Eles atacam os navios e já mandaram muitos bons comerciantes para o fundo do mar.

Tito trouxe coletes acolchoados, elmos de aço, arcos e flechas guardados sob o tombadilho.

— Pouco adianta resistir se formos perseguidos — ele grunhiu. — Mas dói na alma desistir sem lutar.

O sol estava nascendo quando o vigia deu um grito de alerta. Contornando a extremidade de uma ilha a estibordo, uma forma longa e letal deslizava pela água, uma galé delgada e serpentina, com um convés elevado que ia da proa à popa. Quarenta remos de cada lado impulsionavam a embarcação pelas águas, e as laterais baixas estavam repletas de negros nus que cantavam e batiam as lanças nos escudos ovais. Uma longa flâmula vermelha flutuava do calcês.

— Bêlit! — Tito gritou, empalidecendo. — Atenção! Sigam para a entrada daquela enseada! Se conseguirmos atracar antes que nos alcancem, teremos chance de escapar com vida!

Assim, dando uma guinada veloz, a Argus fugiu para a rebentação que ressoava ao longo de uma orla margeada por palmeiras. Tito andava de um lado para o outro, berrando para que os exaustos remadores se esforçassem ainda mais. A barba negra do timoneiro brilhava, assim como seus olhos.

— Me dê um arco — Conan solicitou. — Não acho que seja a arma de um homem de verdade, mas aprendi arquearia entre os hirkanianos, e será um desperdício se não atingir alguns homens no convés.

De pé na popa, ele observou a galé em forma de serpente deslizar levemente pelas águas e, por mais que não fosse um homem do mar, estava evidente para ele que a Argus jamais venceria aquela corrida. Flechas disparadas do convés dos piratas já caíam com um assobio no mar, a menos de vinte passos de distância.

— É melhor nos prepararmos para resistir —o cimério grunhiu. — Do contrário, todos vamos morrer com flechadas nas costas, sem desferir um único golpe.

— Mantenham o ritmo, cães! — Rugiu Tito, gesticulando com veemência o punho cerrado. Os remadores barbados grunhiam curvados sobre os remos, enquanto seus músculos se flexionavam e tensionavam, e suor escorria por suas peles. O madeiramento da pequena e robusta galé rangia e estalava enquanto os homens a forçavam pela água. O vento havia minguado; a vela pendia inútil. Os perseguidores inexoráveis se aproximavam, e faltava ainda um quilômetro e meio para a rebentação quando um dos homens do leme caiu engasgando no tombadilho, o pescoço atravessado por uma longa flecha. Tito correu para assumir o seu lugar e Conan, firmando as pernas bem abertas no tombadilho, ergueu o arco. Podia ver com clareza os detalhes dos piratas agora. Os remadores eram protegidos por uma linha de manteletes nas laterais, mas os guerreiros que dançavam no estreito convés estavam em plena vista. Tinham a pele pintada e usavam plumas, a maioria estava nua e portava lanças e escudos manchados.

Na plataforma sobrelevada na proa estava uma figura delgada, cuja tez branca brilhava num contraste agudo com a pele escura daqueles que a cercavam. Sem dúvida, Bêlit. Conan esticou o arco e puxou a flecha até a orelha, então, algum capricho ou sensação de dúvida guiou sua mão e enviou a flecha direto contra o corpo de um lanceiro alto e emplumado ao lado dela.

Metro a metro, a galé pirata estava alcançando a nau mais leve. Flechas choviam sobre a Argus e os homens gritavam. Todos ao leme haviam caído, crivados de flechas, e Tito manejava sozinho o barco, regurgitando maldições, as pernas firmadas com os músculos nodosos saltados. Então, com um soluço, ele sucumbiu a uma flecha atravessada em seu coração. Desgovernada, a Argus virou de lado na rebentação. Os homens gritaram em meio ao caos, e Conan assumiu o comando à maneira que lhe era característica.

— Para cima deles, rapazes! — Rugiu, balançando-se numa corda puída. — Apanhem seu aço e deem alguns golpes nesses cães antes que cortem nossas gargantas! Não adianta mais curvar a cabeça... Eles vão nos abordar antes que possamos navegar mais cinquenta metros!

Em desespero, os tripulantes abandonaram os remos e pegaram suas armas. Foi corajoso, mas inútil. Tiveram tempo para uma saraivada de flechas antes que os piratas caíssem sobre eles. Sem ninguém no leme, a Argus girou para um dos lados, e a proa revestida de aço dos saqueadores colidiu contra o centro do casco. Ganchos de ferro se prenderam às laterais da embarcação. Da alta amurada, os piratas lançaram um voleio de flechas que atravessou os coletes almofadados dos marinheiros condenados e, a seguir, saltaram com as lanças em mãos para completar a carnificina. No convés do navio pirata, meia dúzia de corpos caídos era o soldo das habilidades de Conan com o arco.

A luta a bordo da Argus foi curta e sangrenta. Não sendo páreos para os altos selvagens, os marinheiros baixos e troncudos foram mortos até não restar ninguém. Porém, em outra parte, a batalha tinha sofrido uma reviravolta peculiar. Conan, na parte superior da popa, estava nivelado à mesma altura do convés dos piratas. Quando a proa de aço colidiu com a Argus, o cimério se manteve firme e conservou o equilíbrio ante o choque, desfazendo-se de seu arco. Um corsário alto que saltou por sobre o parapeito encontrou em pleno ar a espada larga do bárbaro, que o cortou ao meio na linha da cintura, de modo que o tronco caiu de um lado, e as pernas, do outro. Então, com uma explosão de fúria que deixou uma pilha de cadáveres dilacerados ao longo da borda do navio, Conan superou a amurada e caiu no convés da Tigresa.

Num instante, ele tornara-se o centro de um furacão de lanças que estocavam e bastões que atacavam. Contudo, movia-se com velocidade atordoante, como um borrão azulado de aço. As lanças se curvavam contra sua armadura ou passavam no vazio, enquanto sua espada cantava sua mortal canção. A loucura guerreira de sua raça se apossara dele e, com uma fúria rubra, ardente e insensata oscilando em seus olhos, ele partiu crânios, esmagou troncos, decepou membros e eviscerou corpos, transformando o convés num pavoroso depósito de cérebros e sangue.

Invulnerável em sua armadura, de costas para o mastro, Conan empilhou corpos mutilados a seus pés até que os inimigos recuaram, ofegando de ódio e medo. Então, quando os piratas ergueram as lanças para investir, ao mesmo tempo em que ele tensionava o corpo já pronto para saltar e morrer no meio deles, um grito estridente congelou os braços erguidos para o ataque. Todos ficaram como estátuas, os gigantes negros prontos para arremessar as lanças e o espadachim de armadura com a lâmina gotejante.

Bêlit saltou diante dos negros, forçando suas lanças para baixo. Virou-se na direção de Conan, o busto erguido, os olhos brilhando. Os dedos ferozes da surpresa se apoderaram do coração do homem. Apesar de magra, ela tinha a constituição de uma deusa: ao mesmo tempo macia e voluptuosa. Trajava apenas um corselete de seda. Os membros brancos de marfim e as curvas alvas de seus seios provocaram um ritmo apaixonado no pulso do cimério, mesmo em meio à fúria da batalha. Sua cabeleira negra, tão escura quanto a noite stygia, caía em cachos ondulados reluzentes sobre suas costas graciosas. Seus olhos escuros pareciam arder sobre o bárbaro.

Era indomável como o vento do deserto, flexível e perigosa como uma pantera. Aproximou-se dele, ignorando a enorme lâmina que pingava o sangue de seus combatentes. Chegou tão próxima do enorme guerreiro que suas coxas delgadas resvalaram na arma. Seus lábios vermelhos se abriram, enquanto ela encarava os olhos sombrios e ameaçadores dele.

— Quem é você? — Perguntou. — Por Ishtar, nunca vi alguém assim, apesar de ter navegado das costas da Zíngara até o fogo do extremo sul. De onde está vindo?

— De Argos — ele respondeu brevemente, alerta para qualquer perfídia. Se a mão dela se movesse na direção do punhal cravejado em sua cinta, uma bofetada a deixaria desacordada no convés. Contudo, em seu coração, ele não tinha medo; já tivera mulheres demais, civilizadas ou bárbaras, em seus músculos de ferro para não reconhecer a luz que ardia nos olhos daquela.

— Você não é um hiboriano molenga! — Ela exclamou. — É feroz e bruto tal qual um lobo cinzento. Esses olhos nunca foram ofuscados pelas luzes da cidade; esses músculos nunca foram amaciados pela vida entre paredes de mármore.

— Eu sou Conan, um cimério — ele respondeu.

Para os povos de climas exóticos, o norte era um reino labiríntico, quase mítico, povoado por gigantes ferozes de olhos azuis, que ocasionalmente desciam de suas fortalezas com tochas e espadas. Seus ataques nunca iam tão ao sul ao ponto de chegar a Shem, e aquela filha de Shem não fazia distinção entre um aesir, um vanir ou um cimério. Mas, com o instinto inequívoco de uma elemental feminina, ela sabia que tinha encontrado seu amante e que sua raça nada significava, exceto pelo fato de dotá-lo do glamour presente nas terras longínquas.

— Eu sou Bêlit — ela gritou como alguém que dizia "sou uma rainha." Abriu os braços e prosseguiu — Eu sou Bêlit, a Rainha da Costa Negra. Ah, tigre do norte, você é frio como as montanhas geladas que o criaram. Abrace-me e esmague-me com seu amor feroz! Venha comigo até os confins da terra e do mar! Sou rainha pelo fogo, pelo aço e pela morte... Seja meu rei!

Os olhos dele varreram as fileiras ensanguentadas de piratas em busca de expressões de ira ou ciúme. Não viu nenhuma. A fúria tinha desaparecido dos rostos de ébano. Percebeu que, para aqueles homens, Bêlit era mais do que uma mulher; era uma deusa cuja vontade era inquestionável. Olhou para a Argus, chafurdando no mar manchado de vermelho, emborcada, com seu convés inundado e segura pelos ganchos de ferro. Mirou a praia margeada pelo azul, o nevoeiro esverdeado do oceano e a vibrante figura à sua frente; e sua alma bárbara se agitou. Perseguir aqueles brilhantes reinos azuis ao lado daquela tigresa de pele branca... Amar, rir, viajar e pilhar...

— Eu velejarei com você — ele grunhiu, balançando a espada para limpar as gotas de sangue.

— Ho, N'Yaga! — A voz dela vibrou como a corda de um arco. — Busque ervas e cuide dos ferimentos de seu senhor! Quanto ao resto de vocês, tragam a bordo o saque e vamos partir.

Conan permaneceu sentado recostado à grade do tombadilho e, enquanto o velho xamã cuidava dos cortes em suas mãos e braços, a carga da malfadada Argus era rapidamente levada a bordo da Tigresa, sendo armazenada em pequenas cabines sob o convés. Corpos da tripulação e de piratas mortos foram jogados ao mar para os tubarões que infestavam as águas, enquanto curativos eram feitos nos negros feridos. Então, os ganchos de ferro foram removidos e, enquanto a Argus afundava silenciosamente nas águas manchadas de sangue, a Tigresa seguia para o sul ao som ritmado dos remos.

Moviam-se ao longo da vítrea imensidão azul, e Bêlit dirigiu-se ao tombadilho. Seus olhos brilhavam como os de uma pantera no escuro enquanto ela removia seus adornos, sandálias e corselete de seda, jogando tudo ao chão. Na ponta dos pés, braços estendidos para o alto, uma forma nua, branca e trêmula, ela gritou para a horda exasperada:

— Lobos do mar azul, contemplem agora a dança... A dança de acasalamento de Bêlit, cujos pais eram reis de Askalon!

E ela dançou; como um furacão no deserto, como o tremular de uma chama inextinguível, como o impulso da criação e o impulso da morte. Seus pés brancos tratavam desdenhosamente o convés manchado de sangue, os moribundos esqueciam sua morte ao encará-la com olhares congelados. Então, quando as estrelas brancas brilharam em meio ao crepúsculo de veludo azul, transformando o corpo rodopiante num borrão de marfim abrasado, com um grito selvagem ela se jogou aos pés de Conan, e o dilúvio cego do desejo do cimério obliterou todo o resto quando ele pressionou o corpo ofegante da rainha contra as placas negras de seu peitoral blindado.

II
A LÓTUS NEGRA

Na cidadela morta de pedras em ruínas,
Seus olhos foram capturados por aquele brilho profano.
E uma loucura curiosa tomou-me pela garganta,
Como se fosse estocado por um amante rival.

A canção de Bêlit

A Tigresa cruzava os mares, e as aldeias negras estremeciam. Tambores soavam na noite contando que a mulher-demônio dos mares havia encontrado um parceiro, um homem de ferro cuja ira era a de um leão ferido. E os sobreviventes dos navios stygios massacrados amaldiçoavam o nome de Bêlit e do guerreiro branco de olhos azuis e ferozes, de modo que os príncipes da Stygia se lembraram daquele homem por muitos e muitos anos, e sua lembrança era uma árvore amarga que daria frutos carmesins nos anos por vir.

Mas, despreocupada como o vento errante, a Tigresa navegou pelas costas ao sul, até ancorar na foz de um rio largo e lúgubre, cujas margens eram selvas misteriosas e densas como paredes.

— Este é o rio Zarkheba, que é a Morte — Bêlit disse. — Suas águas são venenosas. Vê o quanto são escuras e lamacentas? Só répteis peçonhentos vivem neste rio. O povo negro o evita. Certa vez, uma galé stygia que fugia de mim subiu o rio e desapareceu. Ancorei neste mesmo local e, dias depois, a galé voltou flutuando pelas águas escuras, com o convés deserto e manchado de sangue. Só havia um homem a bordo, e ele estava louco e morreu balbuciando. A carga estava intacta, mas a tripulação havia desaparecido no silêncio e no mistério. Meu amor, acredito que exista uma cidade em algum lugar neste rio. Ouvi histórias sobre torres gigantes e muralhas avistadas de longe por marinheiros que ousaram subir até a metade dele. Nós nada tememos; Conan, vamos saquear tal cidade.

Conan concordou. Em geral, ele concordava com os planos de Bêlit. A mente dela direcionava os ataques que faziam, e o braço do cimério executava suas ideias. Para ele, pouco importava por onde velejavam ou com quem lutavam, contanto que velejassem e lutassem. Ele gostava daquela vida.

As lutas e pilhagens tinham diminuído a tripulação; restavam apenas oitenta lanceiros, o que mal bastava para operar a longa galé. Mas Bêlit não estava disposta a perder o tempo necessário para fazer a longa viagem ao sul, até os reinos insulares onde havia recrutado seus bucaneiros. Estava inflamada de ansiedade por aquela última aventura; assim, a Tigresa deslizou pelo delta do rio, seus remadores impulsionando-a com firmeza contra a correnteza.

Dobraram a misteriosa curva que ocultava a visão que tinham do mar, e o pôr do sol os encontrou navegando em ritmo constante contra a lenta corrente, evitando bancos de areia nos quais estranhos répteis se aninhavam. Não viram sequer um crocodilo, fera de quatro patas ou pássaro cantante que tivesse ido à beira d'água para bebê-la. Seguiram pelas trevas que precedem o nascer da lua, passando por entre orlas que eram sólidas paliçadas de escuridão e de onde provinham sons misteriosos, passos furtivos e o brilho de olhos cruéis. E, numa ocasião, uma voz inumana ergueu-se. Segundo Bêlit, era uma imitação zombeteira e terrível do grito de um símio, vinda das almas de homens malignos aprisionadas em animais semelhantes a homens como punição por crimes pregressos. Mas Conan duvidava daquilo, pois, certa vez, numa jaula de barras douradas em uma cidade hirkaniana, tinha visto uma fera gigantesca e de olhos tristes que os homens lhe disseram ser um macaco; mas ela nada tinha daquela malevolência demoníaca presente na gargalhada estridente que ecoou nas selvas escuras.

Então a lua surgiu, um borrifo de sangue barrado pela noite, e a selva despertou numa terrível balbúrdia para recebê-la. Rugidos, uivos e bramidos fizeram os negros estremecer, mas Conan reparou que toda a algazarra vinha das entranhas distantes da mata, como se as feras, assim como os homens, temessem as águas negras do Zarkheba.

Erguendo-se acima da negra densidão das árvores e de suas copas frondosas, a lua lançou sua luz prateada sobre o rio, que se tornou uma agitada cintilação de bolhas fosforescentes, larga como uma estrada feita de joias reluzentes. Os remos mergulhavam nas águas e emergiam recobertos por uma camada prateada. As plumas na cabeça dos guerreiros oscilavam ao vento, e as joias no cabo de suas espadas e escudos emitiam um brilho glacial.

A luz fria atingia com fogo gelado as joias presas nos cachos negros de Bêlit enquanto ela alongava seu corpo esguio deitada sobre uma pele de leopardo no convés. Apoiada nos cotovelos, o queixo descansando nas mãos magras, ela olhou para o rosto de Conan, que descansava ao seu lado, a cabeleira escura movimentada pela leve brisa. Os olhos da pirata eram joias escuras que brilhavam ao luar.

— Terror e mistério nos cercam, Conan, e navegamos para o reino do horror e da morte — ela disse. — Está com medo?

A única resposta do bárbaro foi um dar de ombros.

— Eu também não estou — ela afirmou, meditativa. — Nunca tive medo. Olhei para as presas nuas da Morte por vezes demais. Você teme os deuses, Conan?

— Não pisaria em suas sombras — o bárbaro respondeu com cautela. — Alguns deuses são ávidos por ferir, outros, por ajudar. Ou pelo menos é o que dizem seus sacerdotes. Mitra, dos hiborianos, deve ser um deus forte, porque seu povo construiu cidades por todo o mundo. Mas até mesmo os hiborianos temem Set. E Bel, o deus dos ladrões, é um bom deus. Eu o conheci em minha época de ladrão, em Zamora.

— E quanto aos seus deuses? Nunca o escutei chamá-los.

— O líder deles é Crom. Vive em uma grande montanha. Mas de que adianta orar para ele? Não se importa se os homens vivem ou morrem. É melhor ficar em silêncio do que chamar sua atenção; ele enviaria apenas destruição, em vez de boa sorte! Crom é sombrio e desprovido de amor, mas, quando nascemos, sopra o poder de lutar e de matar dentro da alma do homem. O que mais deveríamos pedir dos deuses?

— E quanto aos mundos para além do rio da morte? — Ela insistiu.

— Não existe esperança aqui ou depois, segundo as crenças de meu povo — Conan respondeu. — Neste mundo, os homens lutam e sofrem em vão, encontrando prazer somente na loucura cega das batalhas; quando morrem, suas almas adentram o grande reino das brumas cinzas e dos ventos gelados, por onde vagam sem alegria por toda a eternidade.

Bêlit estremeceu.

— A vida, por pior que seja, é melhor que tal destino. No que você acredita, Conan?

Ele deu de ombros:

— Conheci muitos deuses. O homem que os nega é tão cego quanto aquele que confia demais neles. Não penso em nada que existe além da morte. Pode ser a escuridão declarada pelos céticos nemédios, o reino de gelo e nuvens de Crom ou as planícies cobertas de neve e os salões abobadados do Valhalla do povo de Nordheim. Não sei e nem me importo. Quero viver intensamente enquanto puder; quero conhecer o sumo delicioso da carne vermelha e do vinho forte em meu palato, o abraço quente de braços delicados, a exultação louca da batalha quando as lâminas azuladas faíscam e o sangue jorra, e com isso estou satisfeito. Deixe que os professores, sacerdotes e filósofos meditem sobre questões de realidade e de ilusão. Sei o seguinte: se a vida é uma ilusão, então eu também sou e, portanto, a ilusão é real para mim. Estou vivo, eu queimo de vida, eu amo, eu mato e isso me basta.

— Mas os deuses são reais — ela disse, buscando sua própria linha de raciocínio. — E, acima de todos, estão os deuses shemitas... Ishtar, Ashtoreth, Derketo e Adonis. E Bel também é shemita, pois nasceu na antiga Shumir, há muito tempo, e seguiu em frente, sorrindo com sua barba enrolada e olhos sábios e impetuosos, para roubar as joias dos reis do passado. Existe vida além da morte, eu sei. E também sei o seguinte, Conan, da Ciméria... — Ela se pôs de joelhos com leveza e o envolveu num abraço felino. — Meu amor é mais forte do que a morte! Eu repousei em seus braços, ofegante pela violência de seu amor; você me abraçou, apertou e conquistou, extraindo minha alma para seus lábios com a ferocidade de seus beijos. Meu coração foi fundido ao seu, minha alma faz parte da sua! Se eu estivesse morta e você lutasse pela vida, voltaria do abismo para ajudá-lo... Sim, quer meu espírito flutuasse com velas púrpuras sobre o mar cristalino do paraíso, quer se contorcesse nas chamas ardentes do Inferno! Eu sou sua e nem todos os deuses e suas eternidades poderão nos separar!

Um grito foi dado pelo vigia no tombadilho. Empurrando Bêlit para o lado, Conan se levantou com um salto, sua espada um longo brilho prateado ao luar, e os cabelos se arrepiando ante o que viu. O guerreiro negro estava suspenso no convés, erguido pelo que parecia ser o tronco escuro e flexível de uma árvore, arqueado sobre o parapeito. Então, o cimério percebeu se tratar de uma gigantesca serpente que havia rastejado pela lateral do tombadilho e apanhado o azarado guerreiro com a mandíbula. Suas escamas úmidas e de aspecto leproso brilhavam à luz do luar à medida que ela erguia sua forma bem acima do convés, enquanto o homem ferido gritava e se debatia como um rato nas presas de um píton. Conan correu para o tombadilho e, brandindo a espada, quase cortou ao meio o tronco gigante, que era mais grosso do que o corpo de um homem. Sangue jorrou sobre a amurada enquanto o monstro moribundo se afastava, ainda segurando sua vítima, e afundava no rio, uma espiral após a outra, deixando uma espuma ensanguentada na água, onde homem e réptil desapareceram juntos.

A partir de então, Conan decidiu que ele próprio montaria guarda, mas nenhum outro horror surgiu das profundezas lamacentas e, quando a alvorada iluminou a selva, ele avistou torres que se pareciam com presas se erguendo acima das árvores. Chamou Bêlit, que dormia no convés, enrolada em seu manto escarlate. Ela pôs-se a seu lado com os olhos faiscando. Seus lábios se abriram para ordenar que seus guerreiros apanhassem os arcos e as lanças, mas então seus olhos se arregalaram.

Era só o fantasma de uma cidade aquilo para o que olhavam depois de ultrapassarem um ponto de mata densa e avistarem uma praia encurvada. Ervas daninhas e a vegetação rasteira do rio cresciam entre as pedras de embarcadouros quebrados e das calçadas despedaçadas que outrora haviam sido ruas de praças espaçosas e pátios amplos. Por todos os lados, salvo na direção do rio, a mata crescera, mascarando com um verde venenoso os pilares caídos e parapeitos em ruína. Aqui e ali, torres inclinadas se avultavam contra o céu matinal, e pilares quebrados projetavam-se das paredes decompostas. No centro do lugar ficava uma pirâmide de mármore com uma coluna fina em seu pináculo, na qual sentava-se ou acocorava-se algo que Conan supôs ser uma estátua, até que seus olhos detectaram vida ali.

— É um pássaro enorme — disse um dos guerreiros, de pé no tombadilho.

— É um morcego-monstro — insistiu outro.

— É um macaco — afirmou Bêlit.

Naquele instante, a criatura abriu as asas largas e planou para dentro da selva.

— Um macaco alado — disse com inquietação o velho N'Yaga. — É melhor cortarmos os nossos pescoços do que entrar naquele lugar. É assombrado.

Bêlit zombou das superstições e ordenou que a galé fosse levada até a praia e amarrada ao cais em ruínas. Ela foi a primeira a saltar para a orla, seguida de perto por Conan, e, logo após, vieram os piratas de pele escura, as plumas brancas oscilando ao vento da manhã, as lanças de prontidão, os olhos desconfiados observando atentamente a selva que os cercava.

Em tudo pairava um silêncio tão perigoso quanto o de uma serpente adormecida. Bêlit se pôs de forma pitoresca entre as ruínas, a vibrante vida em sua forma ágil contrastando selvagemente com a desolação e a decadência que a cercavam. O sol ficava aos poucos mais forte e taciturno sobre a mata, inundando as torres com um dourado enfadonho que projetava sombras suspeitas sob as altas muralhas. Bêlit apontou para uma torre arredondada e estreita que oscilava em sua base apodrecida. Uma larga via de lajes cobertas pela grama levava até ela, flanqueada por pilares caídos e diante da qual havia um enorme altar. Bêlit percorreu rapidamente o antigo caminho e parou diante dele.

— Este era o templo dos antigos — disse. — Olhe... Pode-se ver os sulcos para o sangue nas laterais do altar, e nem mesmo dez mil anos de chuva apagaram suas manchas escuras. As paredes caíram, mas esses blocos de pedra desafiam o tempo e os elementos.

— E quem eram esses antigos? — Conan perguntou.

Ela abriu as mãos num gesto de desamparo:

— Esta cidade não é mencionada nem nas lendas. Mas olhem aqueles buracos para as mãos em ambos os lados do altar! Sacerdotes com frequência escondem seus tesouros debaixo dos altares. Quero que quatro de vocês segurem ali e vejam se conseguem erguê-lo.

Recuou para abrir espaço para os homens, olhando para o alto da torre que se avultava acima deles. Três dos negros mais fortes firmaram as mãos nos buracos talhados na pedra, curiosamente inadequados para mãos humanas... Foi quando Bêlit deu um pulo para trás e lançou um grito agudo. Eles estancaram onde estavam, e Conan, que se curvara para ajudá-los, virou-se, praguejando.

— Uma cobra na grama — ela disse, afastando-se. — Venha e a mate. O resto de vocês continue tentando levantar essa pedra.

Conan dirigiu-se rapidamente até ela, e outro assumiu seu lugar. Enquanto o cimério examinava com impaciência a grama em busca do réptil, os enormes negros firmaram os pés, grunhiram e levantaram com esforço a pedra, seus poderosos músculos contraídos e retesados sob a pele cor de ébano. O altar não saiu do chão, mas, de repente, moveu-se para um dos lados. Simultaneamente, ouviu-se um rangido no alto e a torre desabou, soterrando os quatro homens com destroços.

Seus companheiros soltaram gritos de horror. Os dedos magros de Bêlit enterraram-se nos músculos do braço de Conan.

— Não havia serpente — sussurrou. — Foi só um chamariz para tirar você dali. Os antigos protegiam bem seus tesouros. Vamos remover as pedras.

E com labor hercúleo eles o fizeram, retirando também os corpos destroçados dos quatro homens. Sob eles, manchada com seu sangue, os piratas encontraram uma cripta entalhada na pedra sólida. O altar, curiosamente articulado em uma lateral com hastes e encaixes de pedra, servia como sua tampa. E, numa primeira olhadela, a cripta parecia transbordar de fogo líquido, capturando a luz da manhã em um milhão de facetas flamejantes. Uma riqueza impensável estava diante dos olhos dos piratas boquiabertos; diamantes, rubis, jaspes, safiras, turquesas, selenitas, opalas, esmeraldas, ametistas e joias desconhecidas que reluziam como os olhos de mulheres malignas. A cripta estava repleta de joias cintilantes, cujo brilho da manhã transformava em chamas fulgurosas.

Bêlit deu um grito, caiu de joelhos na beirada da cripta, sobre os entulhos ensanguentados, e enfiou os braços brancos até os ombros naquele esplendoroso lago. Ela arrancava as joias quando segurou algo que a fez dar mais um grito; um longo colar de joias carmesins que pareciam coágulos de sangue presos a um cordão de ouro. À luz dourada do sol, seu brilho mudou para o de sangue turvo.

Os olhos de Bêlit pareciam os de uma mulher em transe. A alma shemita encontra uma clara embriaguez nas riquezas e no esplendor material, e a visão daquele tesouro poderia ter sacudido até a alma de um imperador de Shushan.

— Peguem as joias, cães! — Sua voz estava estridente de emoção.

— Olhem! — Um braço negro e musculoso apontava para a Tigresa. Bêlit virou-se, seus lábios vermelhos rosnando, como se esperasse ver um navio corsário rival chegando para privá-la de seu saque. No entanto, da borda do navio, uma forma escura se ergueu e voou para a selva.

— O macaco-demônio estava investigando nosso navio — os negros murmuraram, irrequietos.

— E daí? — Bêlit gritou e praguejou, jogando para trás com impaciência um cacho rebelde. — Façam uma maca com as lanças e os mantos para carregar as joias... Aonde diabos você está indo?

— Olhar o navio — Conan resmungou. — Aquela coisa-morcego pode ter aberto um rombo no casco.

Correu velozmente até o cais destruído e subiu a bordo. Após um momento de rápida inspeção sob o convés, ele praguejou, lançando um olhar sombrio na direção para onde a criatura havia desaparecido. Voltou rapidamente até Bêlit, que supervisionava a pilhagem da cripta. Ela tinha colocado o colar ao redor do pescoço e, em seu seio branco e nu, o brilho das gemas vermelhas era sombrio. Um negro enorme e nu estava dentro da cripta com joias até a virilha, escavando grandes punhados de riquezas para entregá-las às mãos ávidas acima. Fios de iridescência congelada escapavam por entre seus dedos escuros; gotas de fogo vermelho pingavam de suas mãos, formando altas pilhas de luz estelar e arco-íris. Era como se um titã negro tivesse as pernas mergulhadas nos poços brilhantes do Inferno e as mãos cheias de estrelas.

— Aquele demônio voador arrebentou nossos barris de água — Conan disse. — Se não estivéssemos tão atordoados por causa dessas joias, teríamos escutado o barulho. Fomos tolos por não deixar ninguém de guarda. Não podemos beber desse rio. Vou pegar vinte homens e procurar água fresca na selva.

Ela olhou vagamente para o cimério. Em seus olhos, a chama branca de uma estranha paixão, os dedos remexendo as joias em seu peito.

— Certo — respondeu distraidamente, mal prestando atenção em Conan. — Vou levar a pilhagem a bordo.

A floresta fechou-se rapidamente ao redor dos homens, mudando a luz de dourado para cinza. Dos galhos verdejantes arqueados, trepadeiras penduradas se assemelhavam a cobras. Os guerreiros avançavam em fila indiana, atravessando o lusco-fusco primordial como assombrações negras seguindo um fantasma branco.

A mata rasteira não era tão densa quanto Conan pensava. O chão estava úmido, porém não era lamacento. Longe do rio, inclinava-se levemente. Eles mergulharam cada vez mais dentro da vastidão verde e ainda não havia sinal de água, corrente ou estagnada. Conan parou de repente, seus guerreiros congelando como estátuas de basalto. No tenso silêncio que se seguiu, o cimério meneou a cabeça, irritado.

— Siga na frente — grunhiu para um subchefe, N'Gora. — Marche em linha reta até que não consiga mais me ver; então pare e me espere. Acredito que estamos sendo seguidos. Escutei alguma coisa.

Os homens arrastaram os pés de nervosismo, mas fizeram como lhes foi ordenado. Conforme seguiam adiante, Conan foi rapidamente para trás de uma grande árvore, observando o caminho por onde tinham vindo. Qualquer coisa poderia sair daquela solidez de folhas, mas nada ocorreu; os leves sons dos piratas marchando desapareceram ao longe. Súbito, Conan percebeu que o ar estava impregnado de um odor estranho e exótico. Algo resvalou gentilmente em sua têmpora. O cimério virou-se com velocidade. De um aglomerado verde, talos com grandes botões negros acenavam para ele. Um deles o havia tocado. Pareciam curvar seus caules em sua direção, se abriam e farfalhavam, embora não houvesse vento.

Conan recuou, reconhecendo a lótus negra, cuja seiva era mortal e a fragrância levava a uma dormência assombrada por pesadelos. Já sentia uma sutil letargia envolvendo-o. Tentou levantar a espada e cortar os talos serpentinos, mas seu braço estava inerte, pendurado na lateral do corpo. Abriu a boca para gritar a seus guerreiros, mas só conseguiu emitir um leve sussurro. No instante seguinte, a selva oscilou subitamente e escureceu diante de seus olhos. Conan não escutou os gritos que soavam altos não muito longe dali quando seus joelhos cederam, fazendo com que caísse mole no chão. Sobre sua forma prostrada, os grandes botões negros balançavam no ar sem vento.

III

Horror na selva

Foi um sonho o que trouxe a lótus noturna?
Então que seja maldito por minha vida letárgica tornar;
E que seja maldita cada hora preguiçosa que não vê
O sangue quente da lâmina carmesim gotejar.

A canção de Bêlit

No princípio, havia as trevas do vácuo absoluto, com os ventos gelados do espaço cósmico soprando por elas. Então, formas vagas, monstruosas e evanescentes se desvelaram pela paisagem lúgubre através da extensão do nada, como se as trevas estivessem assumindo forma material. Os ventos sopraram e um vórtice se formou, um redemoinho piramidal feito de escuridão trovejante. Dele cresceram a Forma e a Dimensão; a seguir, de repente, como nuvens se dispersando, as trevas se abriram de ambos os lados e uma enorme cidade feita de pedra verde-escura surgiu à margem de um largo rio, que fluía por uma planície infinita. Por ela, seres de configuração alienígena se moviam.

Embora moldados como a humanidade, certamente não eram homens. Eram alados e possuíam proporções gigantescas; não se tratava de um ramo misterioso do mesmo processo evolucionário que culminara no homem, mas do florescer de uma árvore genealógica distinta e separada. Exceto pelas asas, sua aparência física se assemelhava à do ser humano tanto quanto a deste, em sua forma mais elevada, se assemelha à dos grandes símios. Seu desenvolvimento espiritual, estético e intelectual era superior ao dos humanos, tanto quanto o deles é superior ao dos gorilas. Porém, quando ergueram sua cidade colossal, os ancestrais primitivos da humanidade ainda não tinham saído do lodo dos mares primordiais.

Aqueles seres eram mortais como são todas as coisas feitas de carne e sangue. Viviam, amavam e morriam, embora o tempo de vida de cada indivíduo fosse enorme. Então, após incontáveis milhões de anos, a Mudança começou. A paisagem tremeu e oscilou, como uma cortina soprada pelo vento. Por toda a cidade e pelas terras próximas, as eras fluíram como ondas numa praia, e cada onda trouxe alterações. Em algum lugar do planeta, os polos magnéticos estavam mudando; as grandes geleiras e os campos de gelo começaram a migrar em direção a novas localizações.

A costa do grande rio mudou. Planícies se transformaram em pântanos empesteados por vida reptiliana. Onde outrora existiram férteis prados, florestas cresceram, transformando-se em selvas escuras. A mudança das eras também atuou sobre os habitantes da cidade. Eles não migraram para novas terras. Motivos inexplicáveis para a humanidade os mantiveram ligados à sua antiga cidade e à sua sina. E enquanto aquela terra, outrora rica e poderosa, afundava cada vez mais no lamaçal negro de uma selva sem sol, no caos de uma tempestuosa vida selvagem também afundou o povo da cidade. Convulsões terríveis sacudiram a terra; as noites eram lúridas, com vulcões em erupção decorando os horizontes escuros com pilares vermelhos.

Após um terremoto que sacudiu as muralhas externas e as torres mais altas da cidade, e tingiu o rio de negro por dias devido a alguma substância letal regurgitada das profundezas, uma pavorosa alteração química tornou-se aparente nas águas que aquele povo bebera durante incontáveis milênios.

Muitos dos que a beberam morreram; e, aos que sobreviveram, o rio trouxe alterações sutis, graduais e sinistras. Ao se adaptarem às mudanças do terreno, eles já tinham regredido bem abaixo de seu nível original, mas as águas letais trouxeram transformações ainda mais horríveis, fazendo deles mais bestiais a cada geração. Eles, que já haviam sido deuses alados, tornaram-se demônios alados, com tudo o que restara do vasto conhecimento de seus ancestrais sendo distorcido, pervertido e retorcido até virar algo medonho. Assim como haviam ascendido mais alto do que a humanidade poderia sonhar, também afundaram além dos mais insanos pesadelos do Homem. Morreram rápido, por canibalismo e pelos confrontos assustadores, levados a cabo na escuridão da selva crepuscular. Enfim, em meio às ruínas já cobertas por musgos de sua cidade, uma única forma espreitava; uma abominável perversão atrofiada da Natureza.

Então, pela primeira vez, humanos surgiram. Homens de pele escura e rostos aquilinos, trajando vestes de couro e cobre e portando arcos... os guerreiros da Stygia pré-histórica. Havia apenas cinquenta deles, e estavam abatidos e magros por causa da fome e do esforço prolongado, arranhados e sujos pelas viagens na selva, com bandagens emplastadas de sangue que remetiam a combates ferozes. Em suas mentes traziam histórias de guerras e derrota, tendo fugido diante de uma tribo mais forte, que os fizera seguir ainda mais para o sul, até se perderem naquele oceano verde de matas e rios.

Exaustos, deitaram-se em meio às ruínas, onde botões vermelhos que floresciam apenas uma vez a cada século ondulavam sob a lua cheia, e entre eles dormiram. Durante seu sono, uma hedionda forma saiu das sombras com seus olhos vermelhos, realizando rituais estranhos e terríveis sobre cada um dos homens adormecidos. A lua estava alta no céu escuro, pintando a selva de vermelho e preto; acima dos guerreiros, os botões carmesins brilhavam como manchas de sangue. Então, a lua se pôs e os olhos do necromante eram joias rubras na escuridão da noite.

Quando a manhã espalhou seu véu branco sobre o rio, não havia mais homens à vista, apenas um horror alado e hirsuto, agachado no centro de um círculo composto por cinquenta grandes hienas pintadas, que voltavam seus focinhos trêmulos para o céu lívido e uivavam como almas no Inferno.

Uma cena se seguiu à outra com rapidez tal, que cada uma delas tropeçava nos calcanhares da predecessora. Houve uma confusão de movimentos, um contorcer e derreter de luzes e sombras, tendo a selva negra, as ruínas de pedra verde e o rio lamacento como cenário. Homens negros subiam o rio em longos barcos com crânios sorridentes nas proas, ou surgiam encurvados sob as árvores com lanças nas mãos. De olhos vermelhos e presas assassinas esses homens fugiram aos gritos pela escuridão. Gritos de homens morrendo sacudiam as sombras; pés sorrateiros andavam pela escuridão, olhos vampíricos cintilavam em vermelho. Banquetes sinistros e sanguinários foram realizados sob o luar, diante do qual uma silhueta similar à de um morcego passava planando vez após vez.

De repente, claramente visível, ao contrário daqueles vislumbres impressionistas anteriores, veio contornando a selva no claro amanhecer uma longa galé, apinhada de figuras de ébano reluzente. No convés, um fantasma de pele branca coberto em aço azulado.

Foi naquele instante que Conan percebeu que estava sonhando. Até então, não tinha consciência da sua existência individual. Mas, ao ver-se caminhando pelo convés da Tigresa, reconheceu ambos, sua existência e o sonho, embora não tenha despertado.

Em seu delírio, a cena mudou abruptamente, mostrando uma clareira na selva onde N'Gora estava com seus dezenove lanceiros, como se aguardassem alguém. Ao mesmo tempo em que percebeu que era por ele que esperavam, um horror varreu os céus e a imperturbabilidade deles foi quebrada por gritos de medo. Como homens enlouquecidos pelo terror, jogaram fora as armas e correram desenfreadamente, perseguidos de perto pela monstruosidade assassina que batia suas asas acima.

Caos e confusão seguiram-se àquela visão, da qual Conan lutou debilmente para despertar. Aos poucos, começou a avistar a si próprio deitado em meio a um aglomerado de botões pretos, enquanto que, dos arbustos, uma forma hedionda engatinhava em sua direção. Com um esforço selvagem, o cimério quebrou as amarras invisíveis que o mantinham preso aos sonhos e pôs-se de pé.

Olhou à sua volta, desorientado. Estava próximo dos arbustos de lótus negra e tratou de se afastar deles.

No solo lamacento havia um rastro, como se um animal tivesse chegado até ali, preparado-se para sair dos arbustos, mas então ido embora. Parecia com a pegada de uma hiena inacreditavelmente grande.

Chamou por N'Gora. Um silêncio primordial pairava na selva, e seus gritos soaram frágeis e vazios como zombarias. Ele não conseguia ver o sol, mas seu instinto treinado na natureza lhe dizia que o dia estava prestes a terminar. O pânico cresceu dentro dele ao perceber que estivera desacordado por horas. Seguiu rapidamente a trilha dos lanceiros e logo chegou à clareira, onde parou abruptamente, a pele de sua nuca se arrepiando ao reconhecer o local visto no sonho causado pela lótus negra. Escudos e lanças estavam espalhados, como que derrubados durante uma fuga.

E, pelos rastros que levavam para fora da clareira e cada vez mais fundo dentro da densa mata, Conan soube que os lanceiros tinham de fato debandado em pânico. As pegadas se sobrepunham umas às outras, enredando-se às cegas entre as árvores. E, de modo repentino, o cimério saiu da selva, desembocando numa espécie de colina íngreme, que culminava numa queda de doze metros de altura. E havia alguma coisa agachada em sua beirada.

De início, Conan achou que fosse um grande gorila. Então, percebeu se tratar de um enorme negro, abaixado como um macaco, com os braços pendurados e espuma escorrendo pelos lábios. Foi só depois que a criatura deu um berro profundo, ergueu as mãos enormes e investiu contra ele, que Conan reconheceu N'Gora. O homem ignorou o grito do bárbaro enquanto arremetia, os olhos revirados para cima, os dentes brilhando, o rosto transformado numa máscara inumana.

Com a pele arrepiada pelo horror que a loucura instila nos sãos, o cimério passou a espada no corpo do homem; evitando, logo em seguida, as mãos que tentaram agarrá-lo quando N'Gora caiu. Depois, foi até a beira do penhasco para espiar.

Por um instante, ficou olhando para as pedras pontiagudas lá embaixo, onde jaziam os lanceiros de N'Gora em posições distorcidas e flácidas, que denunciavam membros esmagados e ossos partidos. Ninguém se movia. Uma nuvem de enormes moscas pretas atacava os corpos. Aves de rapina se amontoavam sobre as árvores, e um chacal, olhando para cima e vendo o homem na colina, afastou-se furtivamente.

Por um curto período, Conan permaneceu imóvel. Então, virou-se e correu de volta pelo caminho por onde viera, atravessando com pressa negligente os arbustos e a grama alta e arrancando trepadeiras que se alastravam como cobras ao longo da trilha. Segurava a espada baixa na mão direita, e um rubor incomum tingia seu rosto sombrio.

O silêncio que reinava na selva não foi quebrado. O sol tinha se posto, e grandes sombras surgiam do lodo da terra escura. Conan era um brilho veloz de aço azulado e manto escarlate atravessando as gigantescas sombras de morte e desolação daquele local. Nenhum som se escutava em todo aquele isolamento, exceto sua própria respiração ofegante. Então, vindo das trevas, eclodiu nas margens do rio cobertas pelo crepúsculo.

Viu a galé junto ao cais apodrecido, as ruínas oscilando como se estivessem bêbadas à meia-luz acinzentada.

Aqui e ali, em meio às pedras, havia pontos de cor reluzente, como se uma mão descuidada tivesse dado uma pincelada com tinta vermelha.

Mais uma vez Conan contemplou a morte e a destruição. Seus lanceiros estavam à frente, mas não se ergueram para saudá-lo. Dos limites da selva às margens do rio, entre as colunas podres e o cais quebrado, havia corpos despedaçados, retorcidos e semidevorados; caricaturas mastigadas de homens.

Ao redor dos corpos e dos pedaços havia enormes pegadas, similares a de grandes hienas.

Conan pisou no cais em silêncio, aproximando-se da galé. Algo estava suspenso sobre o convés; algo que, à fraca luz do crepúsculo, reluzia num tom marfim. Sem fala, o cimério viu a Rainha da Costa Negra pendurada no mastro do próprio navio. Ligando o mastro e seu pescoço branco, um cordão de gemas vermelhas brilhava como sangue no lusco-fusco.

IV
O ataque vindo do ar

Sombras negras o envolviam,
Mandíbulas salivantes se alargaram,
Gotas vermelhas caíram, mais densas que chuva;
Mas meu amor era mais feroz que o feitiço negro da Morte,
Nem os grilhões quentes do Inferno que me atavam
Dele foram capazes de me afastar.

A canção de Bêlit

A selva era um colosso negro que encerrava com braços ébanos a clareira repleta de ruínas. A lua ainda não havia surgido; as estrelas eram manchas que pareciam brasa quente num céu âmbar exalando morte. Conan sentava-se na pirâmide entre as torres caídas como uma estátua de ferro, o queixo apoiado nos enormes punhos. Nas sombras densas, patas furtivas se moviam e olhos vermelhos brilhavam. Os mortos continuavam onde haviam caído. Mas, no convés da Tigresa, sobre uma pira feita de bancos quebrados, lascas de madeira e peles de leopardo, a Rainha da Costa Negra jazia pronta para seu descanso final, enrolada no manto escarlate de Conan. Postada como uma verdadeira soberana, seu soldo empilhava-se ao seu redor: seda, peças de ouro, cordões de prata, barris com joias e moedas de ouro, lingotes de prata, punhais cravejados e pirâmides de ouro.

Quanto ao saque feito na cidade amaldiçoada, porém, só as águas lamacentas do Zarkheba poderiam dizer aonde Conan o jogara, praguejando feito um pagão. Agora, ele se sentava taciturno sobre a pirâmide, esperando por seus inimigos ocultos. A fúria sombria de sua alma afugentara todo o medo. Ele não sabia quais formas emergiriam das trevas, e tampouco se importava.

Não duvidava mais das visões da lótus negra. Compreendia que, enquanto o esperavam na clareira, N'Gora e seus companheiros haviam sido aturdidos pelo horror ante a visão do monstro alado planando no céu e, fugindo em pânico, caíram do penhasco; todos exceto seu chefe, que, de algum modo, havia escapado de seu destino, mas não da loucura. Enquanto isso, ou imediatamente após, ou talvez antes, a destruição daqueles na margem do rio já tinha sido concretizada. Conan não duvidava de que a matança fora um massacre, e não uma batalha. Já emasculados pelos medos supersticiosos, era possível que os negros tivessem morrido sem desferir um único golpe em sua defesa quando atacados por seus inimigos inumanos.

Não compreendia por que fora poupado por tanto tempo, a não ser que a maligna entidade que governava o rio desejasse mantê-lo vivo para torturá-lo com tristeza e medo. Tudo apontava para uma inteligência humana ou sobre-humana... A destruição dos barris de água para dividir as forças, a forma como os negros foram levados ao penhasco e, por fim, o sinistro colar de joias vermelhas atado como o nó de uma forca no pescoço alvo de Bêlit.

Tendo aparentemente guardado o cimério para o final e forçado uma primorosa tortura mental até a última instância, era provável que o inimigo desconhecido fosse colocar fim àquele drama mandando-o pelo mesmo caminho que seguiram as demais vítimas. Nenhum sorriso curvou os lábios sombrios de Conan ante o pensamento, mas seus olhos se inflamaram com uma gargalhada férrea.

A lua ergueu-se, fazendo brilhar o elmo com chifres de Conan. Nenhum chamado ecoou; contudo, subitamente a noite se mostrou tensa e a selva prendeu a respiração. Por instinto, Conan afrouxou a grande espada na bainha. A pirâmide sobre a qual estava tinha quatro lados; um deles, que dava de frente para a selva, possuía degraus largos esculpidos na pedra. Segurava um arco shemita, igual ao que Bêlit ensinara seus piratas a usar. Uma pilha de flechas estava a seus pés, as extremidades com penas viradas em sua direção, e o cimério permanecia apoiado em um de seus joelhos.

Algo se moveu na escuridão em meio às árvores. Destacado contra a luz da lua nascente, Conan viu um contorno bruto, os ombros e a cabeça indistintos na noite. Então, das trevas, formas escuras surgiram, rápidas e silenciosas, correndo nas quatro patas — vinte grandes hienas pintadas. Suas presas assassinas chisparam ao luar, os olhos brilhando como jamais brilharam os olhos de um animal verdadeiro.

Vinte. O que significava que as lanças dos piratas tinham cobrado seu preço da matilha, no final das contas. E, enquanto tal pensamento cruzava-lhe a mente, Conan puxou a corda do arco até a orelha e a soltou. Um vulto de olhos flamejantes foi erguido no ar e caiu, contorcendo-se. As demais não vacilaram e seguiram em frente, sendo logo atingidas pelas flechas do cimério, que caíam como uma chuva mortal, disparadas com toda a força e precisão dos músculos de ferro, fortalecidos por um ódio tão quente quanto as montanhas do Inferno.

Mesmo dominado pela fúria desenfreada, Conan não errou; o ar se encheu da destruição trazida pelas flechas. O estrago causado na matilha que investia era de tirar o fôlego. Menos da metade chegou à base da pirâmide. Outras caíram sobre os largos degraus. Observando os olhos fulgurantes, Conan notou que aquelas criaturas não eram feras; e não era apenas pelo tamanho não natural que o cimério percebia a diferença blasfema. As criaturas possuíam uma aura tangível, como uma nuvem negra que escapa de um pântano apinhado de cadáveres. Por qual alquimia profana aqueles seres haviam sido criados, ele não podia dizer; mas sabia que encarava um diabolismo mais sinistro que o do Poço de Skelos.

Pondo-se de pé, ele puxou com firmeza o arco e disparou a última flecha contra uma grande forma negra e peluda que saltava em direção a seu pescoço.

A seta assemelhava-se a um raio de luz do luar que reluziu sempre em frente, deixando um borrão em sua trajetória e derrubando em pleno ar a fera que, trespassada, caiu de frente, convulsivamente.

Então, as demais criaturas avançaram sobre ele num pesadelo de dentes salivantes e olhos ardentes. Sua espada feroz atingiu a primeira, mas o impacto desesperado das outras o derrubou. Conan esmagou um crânio estreito com o cabo da espada, sentindo o osso se partir e o sangue e os miolos escorrerem por sua mão; em seguida, soltando a espada, inútil numa distância tão curta, segurou pelo pescoço dois dos horrores que o arranhavam e o laceravam numa fúria silenciosa. Um fedor acre quase o sufocou, e seu próprio suor o deixou cego. Foi só a cota de malha que salvou o cimério de ter as costelas expostas instantaneamente. Logo sua mão esquerda fechou-se numa garganta hirsuta e a dilacerou. A fera mutilada emitiu um ganido curto e hediondamente humano, o único som naquela sinistra batalha. Nauseado de horror ante o grito liberado por uma garganta bestial, Conan afrouxou a mão de forma involuntária.

Uma das feras, jorrando sangue pela jugular, investiu contra ele num derradeiro espasmo de ferocidade, travando as presas em sua garganta... apenas para cair morta no mesmo instante em que Conan sentiu a agonia da mordida.

Outra, saltitando em três pernas, atacava sua barriga como um lobo faria, despedaçando os elos de sua cota. Atirando para o lado a fera que agonizava, Conan agarrou o horror aleijado e, num esforço físico que arrancou um grunhido de seus lábios salpicados de sangue, se endireitou, erguendo nos braços o demônio que se debatia. Num instante em que se desequilibrou, sentiu o hálito quente e fétido da fera em suas narinas, as mandíbulas tentando morder seu pescoço; então, arremessou-a longe, partindo seus ossos contra os degraus de mármore.

Com as pernas afastadas, ele cambaleava enquanto tentava recuperar o fôlego, com a selva e a lua afogadas em sangue diante de seus olhos. Ouvindo bem alto o bater de asas de um morcego, Conan se abaixou, apanhou com as duas mãos o enorme sabre e, firmando os pés ébrios, ergueu-o com esforço sobre sua cabeça, sacudindo-a para tirar o sangue dos olhos e examinar o ar acima em busca de seu inimigo.

Em vez de ser atacado pelo ar, sentiu repentinamente a pirâmide balançar sob seus pés. Escutou um estrondo e viu a grande coluna a seu lado oscilar como bambu ao vento. Desperto pelo instinto de sobrevivência, deu um longo salto e seus pés atingiram um degrau na metade do caminho até o solo. A pedra tremia sob o cimério, e seu próximo pulo desesperado o salvou. Porém, no momento em que seus pés tocaram o chão, a pirâmide desmoronou em uma explosão trovejante de fragmentos, como uma montanha atingida por um terremoto. Durante um cataclísmico instante cego, estilhaços de mármore pareceram chover a seu redor, até restarem apenas destroços de pedra branca tombados sob o luar.

Conan se recompôs, sacudindo os detritos que o cobriam. Uma pancada de raspão arrancara seu elmo e o aturdira momentaneamente. Sobre suas pernas havia um grande pedaço da coluna, pressionando-o contra o chão. Não conseguia saber se suas pernas estavam quebradas. Seus cachos negros estavam emplastados de suor; sangue gotejava dos ferimentos no pescoço e nas mãos. Forçou o corpo sobre um braço, lutando contra os destroços que o aprisionavam.

Foi quando algo desceu por entre as estrelas e atingiu a relva perto dele. Virando o corpo, ele viu a coisa... A criatura alada!

Vinha em sua direção com uma velocidade assustadora e, naquele instante, Conan pôde distinguir apenas uma confusa forma gigantesca e vagamente humana lançando-se contra ele sobre pernas atarracadas. Tinha enormes braços peludos estendidos, que culminavam em garras negras, e uma cabeça malformada, em cuja face larga o único traço reconhecível era um par de olhos vermelho-sangue. Era uma coisa, nem humana nem animal, imbuída de características sub-humanas tanto quanto características sobre-humanas.

Mas Conan não tinha tempo para pensamentos conscientes. Jogou-se na direção de sua espada caída, e seus dedos não a alcançaram por pouco. Desesperado, agarrou o destroço que lhe pressionava as pernas, e as veias em sua testa incharam ao lutar para erguê-lo. A pedra cedeu devagar, mas o bárbaro sabia que o monstro o alcançaria antes que conseguisse se libertar, e sabia que aquelas garras negras significavam a morte.

O avanço da criatura alada não havia esmorecido. Ela se avolumava sobre o cimério prostrado como uma sombra escura, de braços bem abertos... Foi quando um bruxuleio branco cintilou entre o monstro e sua vítima.

Num instante insano, lá estava ela... Uma forma branca e tensa, vibrante de amor feroz como o de uma felina. O confuso cimério a viu postada entre ele e a morte que se aproximava, com seu ágil corpo brilhando feito marfim sob a lua. Conan viu a chama em seus olhos escuros e o aglomerado denso do cabelo lustroso; o peito da visão inflou-se e seus lábios vermelhos se abriram, liberando um grito agudo enquanto o aço retinia ante a estocada desferida contra o torso do monstro alado.

— Bêlit! — Conan gritou. Ela lançou um rápido olhar em direção ao cimério e, naqueles olhos escuros, ele viu o amor queimando, algo puro e elemental, feito de fogo bruto e lava derretida. Então, ela desapareceu, e Conan viu apenas o demônio alado, cambaleando e recuando apavorado, os braços erguidos como que para evitar um ataque. Sabia que a verdadeira Bêlit estava deitada em sua pira, no convés da Tigresa, mas em seus ouvidos ecoou uma promessa apaixonada: "Se eu estivesse morta e você lutasse pela vida, voltaria do abismo para ajudá-lo..."

Com um grito terrível, ele se levantou, empurrando a pedra para o lado. A criatura alada tornou a atacar, e Conan saltou de encontro a ela, suas veias queimando com a loucura. Os músculos de seus braços se retesaram como cordões ao girarem sua grande espada, descrevendo com ela um poderoso arco. O golpe atingiu a criatura logo acima dos quadris; as pernas atarracadas foram lançadas numa direção, e o torso, em outra, a lâmina atravessando completamente o corpo hirsuto.

Conan permaneceu estático sob o silêncio do luar, com sua espada gotejando sangue pesando em sua mão enquanto ele encarava o que restara de seu inimigo. Os olhos vermelhos o fitavam com vida pavorosa, então brilharam e se apagaram; as enormes mãos se contraíram num espasmo e enrijeceram. E a raça mais antiga do mundo estava extinta.

Conan ergueu a cabeça de forma mecânica, em busca das feras que outrora foram escravas e executoras do monstro alado. Não as viu. Os corpos espalhados pela grama pertenciam a homens, não a feras: homens com rostos aquilinos, pele escura, nus e trespassados por flechas ou desmembrados por golpes de espada. E, diante dos olhos do bárbaro, eles se desfizeram em pó.

Por que o mestre alado não viera ajudar seus escravos enquanto o cimério os enfrentava? Será que temia ficar ao alcance de presas que poderiam voltar-se contra ele e feri-lo? Inteligência e precaução haviam habitado aquele crânio deformado, mas, no final, não prevaleceram.

Virando as costas, o cimério caminhou para o cais podre e subiu a bordo da galé. Alguns golpes da espada cortaram as amarras e deixaram a embarcação à deriva, e ele foi até o leme. A Tigresa deslizou silenciosa pelas sombrias águas, seguindo para o meio do rio, até ser pega pela correnteza. Conan se apoiou no leme, o olhar sombrio fixo no corpo envolto pelo manto sobre a pira, cercado por uma riqueza que rivalizaria com o resgate de uma imperatriz.

V
A PIRA FUNERÁRIA

Agora nunca mais vamos deambular;
Os remos pararam, o refrão da harpa ao vento;
Nenhuma flâmula vermelha ao crepúsculo para
as praias aterrorizar;
Cinturão azul do mundo, torne a receber neste momento
Aquela que tu me deste.

A canção de Bêlit

A alvorada tingia mais uma vez o oceano. Um brilho ainda mais vermelho iluminava a foz do rio. Conan, da Ciméria, apoiado em sua grande espada na praia branca, observava a Tigresa singrando sua última viagem. Não havia brilho naqueles olhos que contemplavam as ondas vítreas. Toda a glória e maravilha tinham desaparecido daquela imensidão azul. Uma repulsa feroz o sacudiu ao olhar para as ondas esverdeadas que se transformavam em uma misteriosa névoa púrpura.

Bêlit fora do mar; era ela quem lhe emprestava esplendor e sedução. Sem a mulher, aquilo era só uma imensidão deserta, melancólica e desolada de polo a polo. Ela pertencia ao mar, e para seu mistério eterno retornava. Conan não podia fazer mais do que aquilo. Para ele, o esplendor azul agora era mais repulsivo do que as matas frondosas que farfalhavam e sussurravam mistérios selvagens a suas costas, e por entre as quais ele teria de se embrenhar.

Nenhuma mão controlava o leme da Tigresa, nenhum remo a conduzia pelas águas esverdeadas. Mas um forte vento soprava sua vela de seda e, tal qual um cisne selvagem rasga os céus rumo ao ninho, ela seguia para o mar, as chamas ficando mais e mais altas no convés, até lamberem o mastro e envolverem a figura que jazia enrolada em escarlate sobre a pira brilhante.

Assim se foi a Rainha da Costa Negra. Apoiado em sua espada manchada de sangue, Conan permaneceu em silêncio até que o fulgor vermelho desaparecesse na névoa azulada e o amanhecer espalhasse sua tonalidade rósea e dourada sobre o oceano.

O Demônio de Ferro

(The Devil in Iron)

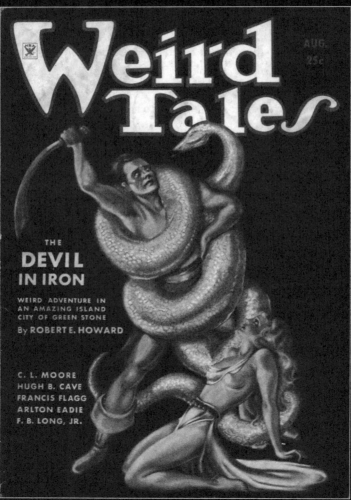

História originalmente publicada em *Weird Tales* — agosto de 1934.

I

O pescador tirou a faca da bainha. Foi um gesto instintivo, pois o que ele temia era algo que uma faca não poderia matar, nem mesmo a lâmina serrilhada em formato de meia-lua dos yuetshis, capaz de estripar um homem com um só golpe. Nem homem nem fera o ameaçavam na desolação que pairava sobre a ilha acastelada de Xapur.

Ele havia escalado as falésias, passado pela selva que as bordeava e, agora, via-se cercado pelos indícios de um Estado que já desaparecera. Vislumbrava colunas em ruínas em meio às árvores; fileiras dispersas de paredes desmoronadas serpenteavam nas sombras e, a seus pés, havia calçadas largas, rachadas e curvadas pelas raízes que cresciam sob elas.

O pescador era típico de sua etnia, um povo estranho, cuja origem se perdia na alvorada cinzenta do passado e que, desde tempos imemoriais, vivia em rudimentares cabanas ao longo do litoral sul do Mar Vilayet. Era encorpado, tinha braços longos e simiescos e um peito largo, mas seus quadris eram magros, e suas pernas, finas. Seu rosto era grande, a testa baixa e recuada, o cabelo grosso e emaranhado. Um cinto para a faca e um trapo como tanga eram tudo o que ele vestia.

O fato de estar onde estava provava que era mais curioso do que a maioria de seu povo. Os homens raramente visitavam Xapur. Era uma terra inabitada, quase esquecida, apenas uma dentre uma miríade de ilhas que pontilhavam o grande mar interior. Os homens a chamavam de Xapur, a Fortificada, por conta de suas ruínas; resquícios de um reino pré-histórico perdido e já esquecido antes mesmo que os hiborianos conquistadores cavalgassem para o sul. Ninguém sabia quem erguera aquelas pedras, embora os yuetshis possuíssem lendas obscuras que sugeriam de forma pouco clara uma conexão extremamente antiga entre os pescadores e aquele misterioso reino insular.

Já fazia um milênio que nenhum yuetshi compreendia a importância daquelas histórias; eles as repetiam agora como uma fórmula despida de significado, palavras sem sentido que passavam por seus lábios apenas por costume. Há um século que nenhum yuetshi ia a Xapur. A costa continental mais próxima à ilha era desabitada, uma charneca coberta de juncos e dominada por sinistras feras que a assombravam. O vilarejo dos pescadores ficava um pouco mais ao sul, também no continente. Uma tempestade levara o frágil bote daquele homem para longe dos locais de sempre e destroçara a embarcação nos penhascos da ilha numa noite de relâmpagos flamejantes e ondas trovejantes. Agora, ao amanhecer, o céu estava azul e limpo; o sol nascente transformava as gotas de orvalho em joias. O pescador havia escalado a mesma escarpa em que se agarrara durante a noite porque, em meio à tempestade, vira um terrível relâmpago em forma de lança bifurcar os céus escuros, e seu choque, que estremeceu a ilha inteira, fora acompanhado por um estrondo cataclísmico, o qual o pescador duvidava ser resultado de uma árvore caída.

Uma curiosidade estúpida o levara a investigar, e agora encontrara o que buscava e via-se possuído por uma inquietação animal, uma sensação de perigo à espreita.

Erguia-se em meio às árvores uma estrutura desmoronada em forma de domo, construída com blocos gigantes feitos daquela peculiar pedra verde com aparência de ferro encontrada somente nas ilhas do Vilayet. Parecia incrível que mãos humanas as tivessem moldado e colocado onde estavam, e certamente era algo além da capacidade humana ter demolido a estrutura que formavam. No entanto, o relâmpago partira os blocos, que pesavam toneladas, como se fossem feitos de vidro, e reduzira outros deles a pó verde, destruindo todo o arco do domo.

O pescador escalou os escombros e analisou o interior da estrutura. O que viu arrancou dele um grunhido. No interior do domo arruinado, cercado por pó e pedaços de alvenaria quebrada, um homem estava deitado num bloco dourado. Trajava uma espécie de saiote e um cinturão de couro. Os cabelos pretos, que caíam num corte quadrado sobre os largos ombros, estavam presos em volta da testa por uma tira dourada. Sobre o peito nu e largo jazia um curioso punhal, cujo cabo era cravejado de joias e envolto em couro; sua lâmina era larga e em forma de meia-lua. Parecia-se com a faca que o pescador trazia na cintura, mas não possuía seu gume serrilhado e havia sido forjado por alguém de habilidade infinitamente superior.

O pescador desejava aquela arma. O homem, claro, estava morto; e já o estava há séculos. O domo era seu mausoléu. O pescador não se perguntou qual arte os antigos tinham utilizado para preservar o corpo com tamanha vivacidade, com a musculatura dos membros plena e livre de rugas, e a pele escura com sua vitalidade intacta. O cérebro simplório do yuetshi simplesmente desejava a faca, com as delicadas linhas onduladas que formavam sua lâmina reluzente.

Depois de descer pelos destroços para dentro do domo, ele apanhou a arma do peito do homem. Ao fazê-lo, algo terrível e estranho ocorreu. As mãos morenas e musculosas se apertaram convulsivamente, e as pálpebras se abriram, revelando grandes olhos sombrios e magnéticos; e aquele olhar atingiu o pescador como se fosse um golpe físico. Ele se encolheu e, em choque, deixou o punhal cravejado cair. O homem deitado pôs-se numa posição sentada, e o pescador ficou boquiaberto ao perceber o tamanho de sua figura, agora totalmente revelada. Os olhos estreitos fitaram o yuetshi, que não enxergou naqueles orbes nem gratidão nem amizade; apenas um fogo tão estranho e hostil quanto o que arde nos olhos de um tigre.

Súbito, o homem se levantou e avultou-se diante dele; ameaçador em todos os seus aspectos. Não havia espaço no cérebro do pescador para medo, pelo menos não o tipo de medo que poderia se apoderar de um homem que acabara de ver as leis fundamentais da Natureza sendo desafiadas. Quando as enormes mãos tocaram seus ombros, em um só movimento ele desembainhou sua longa faca serrilhada e golpeou. A lâmina se partiu contra a barriga definida do homem como se ela fosse uma coluna de aço, e então o grosso pescoço do pescador partiu-se como um graveto podre naquelas mãos gigantes.

II

Jehungir Agha, senhor de Khawarizm e protetor da fronteira marítima, examinou mais uma vez o pergaminho decorado com o selo do pavão e deu uma risada curta e sardônica.

— E então? — Perguntou sem rodeios seu conselheiro, Ghaznavi. Jehungir deu de ombros. Era um homem bonito e possuía o orgulho impiedoso oriundo de uma herança nobre e de seus próprios feitos.

— O rei está ficando sem paciência — disse. — Ele mesmo escreveu para reclamar amargamente daquilo que chama de meu fracasso em proteger a fronteira. Por Tarim, se não conseguir fazer algo quanto a esses ladrões das estepes, então Khawarizm precisará de um novo senhor.

Ghaznavi cofiou sua barba grisalha, meditativo. Yezdigerd, rei de Turan, era o monarca mais poderoso do mundo. Em seu palácio, na cidade portuária de Aghrapur, a pilhagem de impérios inteiros se acumulava. Sua frota de galés de guerra de velas púrpuras havia transformado o Vilayet numa lagoa hirkaniana. O povo de pele morena de Zamora lhe prestava tributo, assim como as províncias de Koth, a leste. Os shemitas se curvavam perante seu governo até mesmo em Shushan, bem a oeste. Seus exércitos devastavam as fronteiras da Stygia ao sul e as terras nevadas dos hiperboreanos no norte. Seus cavaleiros levavam suas tochas e espadas até Britúnia, Ophir e Corínthia, a oeste, e até mesmo às fronteiras da Nemédia. Seus guerreiros de elmos dourados haviam pisoteado tropas inteiras sob os cascos de seus cavalos, e cidades muradas tinham sido incendiadas mediante suas ordens. Nos abarrotados mercados de escravos de Aghrapur, Sultanapur, Khawarizm, Shahpur e Khorusun, mulheres eram vendidas por três pequenas moedas de prata... Britunianas loiras, stygias morenas, zamorianas de cabelos negros e shemitas com pele cor de azeitona.

Contudo, por mais que seus céleres cavaleiros derrotassem exércitos nas fronteiras mais distantes, em seu próprio território um audacioso oponente puxava suas barbas com uma mão manchada pela fumaça e pingando sangue.

Nas extensas estepes entre o Mar Vilayet e as fronteiras dos reinos hiborianos mais ao leste, uma nova raça tinha surgido no último meio século, inicialmente formada por criminosos refugiados, homens falidos, escravos fugitivos e soldados desertores. Vinham de vários países e seus crimes eram muitos; alguns eram nascidos nas estepes, outros, fugitivos dos reinos do oeste. Eram chamados de kozakis, que significa vagabundo.

Vivendo nas amplas e selvagens estepes, sem obedecer a lei alguma salvo seu próprio código, tinham se tornado um povo capaz de desafiar até mesmo aquele grande monarca. Invadiam constantemente as fronteiras turanianas, voltando para as estepes quando derrotados. Junto aos piratas do Vilayet, homens de comportamento similar, saqueavam o litoral, atacando navios mercantes que navegavam entre os portos hirkanianos.

— Como vou esmagar esses lobos? — Jehungir perguntou. — Se os seguir até as estepes, correrei o risco de ser isolado e destruído, ou de ser enganado por eles e ter a cidade incendiada em minha ausência. Ultimamente, eles têm sido mais ousados do que nunca.

— É por causa do novo líder que surgiu entre eles — Ghaznavi respondeu. — Sabe de quem falo.

— Sim! — Jehungir disse, ressentido. — É aquele maldito Conan. Ele é mais selvagem do que os kozakis, contudo, é ardiloso como um leão da montanha.

— Mais por seu instinto animal do que pela inteligência — Ghaznavi afirmou. — Os outros kozakis ao menos descendem de homens civilizados. Ele é um bárbaro. De qualquer modo, dar cabo dele seria um golpe e tanto.

— Mas como? — Jehungir quis saber. — Várias vezes já conseguiu se safar de situações que pareciam ser a morte certa. E, seja por instinto ou astúcia, escapou de todas as armadilhas que preparamos.

— Para toda fera e para todo homem há uma armadilha da qual não existe fuga — Ghaznavi disse. — Quando discutimos com os kozakis o resgate dos prisioneiros, observei esse homem, Conan. Ele tem um apetite voraz por mulheres e bebidas. Mande chamar sua prisioneira, Octavia.

Jehungir bateu palmas e um impressionante kushita eunuco entrou; uma figura reluzente de ébano vestindo pantalonas de seda, que curvou-se diante do nobre e foi cumprir sua ordem. Retornou logo depois, trazendo pelo punho uma garota bonita e alta, cujos cabelos loiros, olhos claros e pele branca a identificavam como um membro puro-sangue de sua raça. Sua diminuta túnica de seda, presa à cintura por um cinto, exibia os maravilhosos contornos de seu corpo. Os belos olhos brilhavam de ressentimento e os lábios vermelhos eram carrancudos, mas ela aprendera a ser submissa durante seu período como prisioneira. Ficou de pé com a cabeça baixa diante de seu mestre até que ele fez um gesto para que ela se sentasse no divã a seu lado. Então, Jehungir olhou curioso para Ghaznavi.

— Temos de atrair Conan para longe dos kozakis — afirmou o conselheiro abruptamente. — Atualmente, seu acampamento de guerra está montado em algum lugar nos recessos mais baixos do Rio Zaporoska que, como sabe, é uma vastidão de juncos e selvas pantanosas, onde nossa última expedição foi feita em pedaços por aqueles demônios sem mestre.

— É improvável que eu me esqueça disso — Jehungir comentou de maneira irônica.

— Existe uma ilha desabitada próxima ao continente — disse Ghaznavi — conhecida como Xapur, a Fortificada, por causa de algumas antigas ruínas. Há uma peculiaridade no lugar que o torna perfeito para nosso propósito. A ilha não tem praias, somente penhascos de cinquenta metros de altura, que se erguem diretamente do mar. Nem mesmo um macaco conseguiria superá-los. O único local por onde um homem poderia subir e descer é um caminho estreito do lado oeste, similar a uma escadaria desgastada e esculpida direto na rocha sólida dos penhascos. Se conseguíssemos aprisionar Conan naquela ilha sozinho, poderíamos caçá-lo à vontade com arcos, como homens caçam um leão.

— É a mesma coisa que desejar ser dono da lua — Jehungir afirmou, impaciente. — Devemos enviar um mensageiro a ele, pedindo que suba os penhascos e aguarde nossa chegada?

— Na verdade, sim! — Ao ver a expressão de espanto de Jehungir, Ghaznavi prosseguiu. — Pediremos uma reunião com os kozakis, referente aos prisioneiros, à beira das estepes, perto do forte Ghori. Como sempre, seguiremos junto a uma tropa e acamparemos do lado de fora do castelo. Eles virão com uma força similar, e as conversas seguirão em frente com as típicas desconfianças e suspeitas. Mas, dessa vez, levaremos conosco, como que de forma casual, nossa bela prisioneira. — Octavia empalideceu e ouviu com interesse maior quando o conselheiro acenou em sua direção. — Ela usará seus dotes para chamar atenção de Conan. Não será difícil. Aos olhos daquele carniceiro, ela deve ser uma visão adorável. Sua vitalidade e encanto terão um apelo mais vívido para ele do que qualquer outra beldade enfeitada de seu harém.

Octavia levantou-se com os punhos brancos cerrados, os olhos ardendo e todo o corpo estremecendo com uma raiva ultrajada.

— Você me forçaria a bancar a meretriz desse bárbaro? — Ela questionou. — Não farei isso! Não sou uma vagabunda do mercado para lançar sorrisos e olhares apaixonados para um ladrão das estepes. Sou a filha de um senhor da Nemédia...

— Você era da nobreza nemédia antes que meus cavaleiros a apanhassem — Jehungir disse, cínico. — Agora, não passa de uma escrava que fará o que eu mandar.

— Não farei! — Ela ralhou.

— Pelo contrário... — Jehungir replicou com crueldade estudada. — Fará, sim. Gostei do plano de Ghaznavi. Continue, príncipe dos conselheiros.

— É provável que Conan queira comprá-la. Você não deve aceitar a proposta, claro, e tão pouco trocá-la por prisioneiros hirkanianos. Talvez ele tente roubá-la, então, ou levá-la à força... Embora eu ache que nem mesmo ele ousaria quebrar uma trégua feita para negociações. Seja como for, temos de estar prontos para qualquer coisa. Pouco depois da reunião, antes que ele tenha tempo de esquecê-la, vamos mandar um mensageiro com uma bandeira de trégua, acusando-o de roubar a garota e exigindo que a devolva. Ele pode matar o mensageiro, mas ao menos achará que ela fugiu. A seguir, mandaremos um espião... um pescador yuetshi pode servir... ao acampamento kozaki. Ele dirá a Conan que Octavia se escondeu em Xapur. Se eu estiver certo, o bárbaro irá direto para lá.

— Mas não sabemos se irá sozinho — Jehungir contestou.

— Um homem levaria consigo um bando de guerreiros para um encontro com uma mulher que deseja? — Ghaznavi respondeu. — É provável que vá só. Mas vamos cuidar da alternativa também. Não o esperaremos na ilha, onde poderia nos atraiçoar, mas em meio aos juncos do pântano que se estende a novecentos metros de Xapur. Se ele trouxer uma força maior, bateremos em retirada e pensaremos em outro plano. Se vier sozinho, ou com uma comitiva pequena, nós o pegaremos. Seja como for, o bárbaro virá ao lembrar-se dos sorrisos encantadores e olhares significativos da escrava.

— Nunca me submeterei a essa vergonha! — Octavia tornara-se selvagem por conta da cólera e da humilhação. — Prefiro morrer antes!

— Você não vai morrer, minha linda rebelde — Jehungir disse —, mas será sujeita a uma experiência bastante dolorosa e humilhante.

Ele bateu palmas e Octavia empalideceu. Dessa vez não foi o kushita quem entrou, mas um shemita, um homem musculoso de estatura média e uma curta barba, encaracolada e preto-azulada.

— Tenho um trabalho para você, Gilzan — Jehungir declarou. — Pegue essa tola e brinque com ela um pouco. Só tome cuidado para não estragar sua beleza.

Com um grunhido inarticulado, o shemita apanhou o braço de Octavia e, ao sentir a firmeza dos dedos de ferro, toda a resistência desapareceu da garota. Com um lamento alto, ela se libertou e ficou de joelhos diante do implacável mestre, soluçando incoerentemente por misericórdia.

Jehungir dispensou o desapontado torturador com um gesto e voltou-se para Ghaznavi:

— Se seu plano der certo, encherei de ouro seu colo.

III

Na escuridão que precede o amanhecer, um som estranho perturbou a solidão que pairava sobre os pântanos de junco e as águas enevoadas ao longo da costa. Não era o som lânguido de uma ave aquática ou de algum animal acordando, mas sim um ser humano que lutava para atravessar os grossos juncos, mais altos que a cabeça de um homem.

Se alguém ali estivesse para testemunhar, veria uma mulher alta e loira, com seus esplêndidos membros moldados por uma túnica suja. Octavia tinha com muito esforço escapado. Cada fibra ultrajada de seu ser ainda formigava por conta de sua experiência em um cativeiro que se tornara insuportável.

O domínio que Jehungir exercera sobre ela já era bastante ruim; mas, com maldade deliberada, ele a tinha entregado a um nobre cujo nome era sinônimo de degradação, mesmo para os padrões de Khawarizm.

A jovial pele de Octavia estremeceu com aquelas lembranças. O desespero a tinha encorajado a descer pelo castelo de Jelal Khan numa corda feita de tiras rasgadas de tapeçarias, e o acaso a levara até um cavalo preso numa estaca. Ela cavalgou a noite inteira, e a manhã a encontrou montada num animal manco, às margens pantanosas do mar. Estremecendo ante o pavor de ser arrastada de volta para o revoltante destino que Jelal Khan tinha planejado, mergulhou na charneca para tentar escapar da perseguição que já esperava. Quando os juncos começaram a ficar menos frequentes ao seu redor e a água chegou à altura das coxas, a jovem avistou os contornos indistintos de uma ilha adiante. Uma grande expansão de água colocava-se entre ela e o lugar, mas Octavia não hesitou. Avançou até que as ondas baixas estivessem batendo em sua cintura; então, mergulhou decidida, nadando com um vigor que revelava sua surpreendente resistência.

Ao aproximar-se da ilha, viu que o terreno elevava-se diretamente da água em penhascos que pareciam as muralhas de um castelo. Finalmente os alcançou, contudo, não encontrou nenhuma saliência para ficar de pé acima do nível da água, nem nada para se agarrar e escalar. Continuou nadando, acompanhando a curva dos penhascos, sentindo os braços pesados devido ao esforço da fuga prolongada. As mãos tatearam a superfície da pedra escarpada até que, súbito, ela encontrou uma depressão. Com um suspiro de alívio, saiu da água e agarrou-se a ela; uma deusa gotejando sob a luz pálida das estrelas.

Tinha alcançado o que pareciam ser degraus esculpidos nas falésias. Ela os subia, as costas pressionadas contra a rocha, quando captou um leve som abafado de remos. Forçou a vista e julgou divisar uma forma vaga movendo-se em direção ao ponto nos juncos de onde havia saído há pouco. Mas era longe demais para que tivesse certeza naquela escuridão e, logo a seguir, o som cessou, e ela voltou a subir. Se fossem seus algozes, sabia que a melhor opção seria se esconder naquele lugar. Tinha ciência de que a maior parte das ilhas daquela costa pantanosa era desabitada. Ali poderia ser um covil pirata, mas até mesmo piratas seriam preferíveis à fera da qual havia escapado.

Um pensamento fugidio cruzou-lhe a mente enquanto subia; uma comparação entre seu antigo mestre e o líder dos kozakis, com quem, por ter sido obrigada, havia descaradamente flertado nos pavilhões do acampamento ao lado do forte Ghori, onde os senhores hirkanianos tinham negociado com os guerreiros das estepes. O olhar abrasador daquele homem a havia assustado e humilhado, mas sua ferocidade pura e primal o colocava acima de Jelal Khan, um monstro que somente uma civilização demasiadamente opulenta seria capaz de gerar.

Subiu pela borda do penhasco e olhou timidamente para as sombras densas à sua frente. As árvores cresciam próximas às escarpas, apresentando-se como uma massa sólida de sombras. Algo zuniu sobre sua cabeça e ela se abaixou, mesmo percebendo que era só um morcego.

Não gostava da aparência daquelas sombras agourentas, mas cerrou os dentes e seguiu em sua direção, tentando não pensar em cobras. Seus pés descalços não produziam som no solo úmido sob as árvores.

Uma vez entre elas, as trevas a envolveram de modo assustador. Nem uma dúzia de passos depois, a jovem percebeu que não podia mais ver os penhascos e o mar além deles quando olhava para trás. Mais alguns passos e estava irremediavelmente confusa, tendo perdido o senso de direção. Nem uma estrela sequer aparecia entre os galhos emaranhados acima. Seguiu em frente, tropeçando e tateando às cegas, até que, subitamente, parou.

Em algum lugar adiante, a batida ritmada de um tambor começou a soar. Não era o tipo de som que ela esperaria escutar num lugar como aquele e numa hora daquelas, mas logo esqueceu-se dele ao perceber uma presença perto de si. Não conseguia enxergar nada, mas sabia que havia algo a seu lado na escuridão.

Com um grito sufocado, Octavia se encolheu. Ao fazer isso, notou, mesmo em pânico, que um braço humano se fechava em volta de sua cintura. Berrou e usou toda a sua força em uma tentativa selvagem de se libertar, mas seu captor a segurou como uma criança, facilmente pondo fim àquela frenética resistência. O silêncio que veio como resposta a suas exaltadas súplicas e protestos a fez sentir ainda mais medo enquanto era carregada através das trevas em direção aos tambores distantes, que ainda pulsavam e ribombavam.

IV

Enquanto os primeiros raios da alvorada tingiam o mar de vermelho, um pequeno bote com um ocupante solitário se aproximou dos penhascos. O homem no bote era uma figura pitoresca. Trazia um lenço vermelho enrolado na cabeça; vestia calções folgados de seda e cor flamejante, que iam até a altura dos joelhos e estavam presos por um largo cinturão, que também suportava uma cimitarra numa bainha de chagrém. As botas de couro com detalhes dourados sugeriam que era um cavaleiro, não um homem do mar; contudo, ele manejava o bote com habilidade. Era possível ver seu torso largo, musculoso e bronzeado pelo sol por baixo da camisa de seda branca e aberta.

Os poderosos músculos dos braços retesavam-se conforme ele remava com uma fluidez de movimentos quase felina. Uma vitalidade feroz, evidente em cada uma de suas feições e ações, distinguia aquela figura de um homem comum; mas sua expressão não era nem selvagem nem sombria, embora os olhos azuis e ardentes sugerissem uma fúria fácil de se despertar. Era Conan, que chegara aos acampamentos dos kozakis com nada além de sua astúcia e sua espada, e que abrira caminho até tornar-se o seu líder.

Remou até a escadaria esculpida como quem conhecesse bem o terreno e amarrou o bote a uma saliência nas pedras. Então, sem hesitar, subiu os degraus desgastados. Estava alerta, não porque suspeitasse conscientemente de algum perigo oculto, mas porque o estado de alerta era parte dele, aguçado pela existência selvagem que seguia.

O que Ghaznavi tinha considerado como sendo intuição animal ou algum tipo de sexto sentido eram meramente as faculdades afiadas e a astúcia bravia do bárbaro. Mas o instinto de Conan não tinha como lhe dizer que havia homens escondidos nos juncos, observando-o do continente.

Enquanto o cimério subia o penhasco, um deles respirou fundo e ergueu seu arco em silêncio. Jehungir segurou seu punho e praguejou em sua orelha:

— Idiota! Quer nos entregar? Não vê que ele está fora de alcance? Deixe que suba até a ilha. Procurará a garota, enquanto aguardamos aqui. Ele pode ter pressentido nossa presença ou adivinhado o plano. Pode ter deixado guerreiros escondidos em algum lugar. Vamos esperar. Em uma hora, se nada suspeito ocorrer, remaremos até as escadarias e aguardaremos. Se ele não voltar num período razoável, alguns de nós subirão para caçá-lo. Mas não quero fazer isso se pudermos evitar. Se entrarmos nas matas para pegá-lo, é certeza que alguns de nós vão morrer, então prefiro apanhá-lo com flechas disparadas de longe.

Enquanto isso, sem saber de nada, o kozaki mergulhava na floresta. Seguiu em frente silenciosamente com suas botas de couro, o olhar vasculhando cada sombra, na ânsia de captar algum sinal da esplêndida beleza de cachos fulvos com quem vinha sonhando desde que a vira no pavilhão de Jehungir Agha, ao lado do forte Ghori. Conan a teria desejado até mesmo se ela tivesse demonstrado repugnância por ele. Mas os sorrisos e olhares discretos da jovem tinham feito seu sangue ferver e, com toda a força desregrada que herdara, ele desejava aquela mulher civilizada de pele alva e cabelos dourados.

Ele já havia estado em Xapur. Há menos de um mês, realizara no lugar um conclave secreto com uma tripulação pirata. Sabia estar se aproximando de um ponto onde poderia ver as misteriosas ruínas que davam nome à ilha e perguntou-se se encontraria a garota escondida entre elas. Em meio a esses pensamentos, deteve-se como se tivesse sido atingido mortalmente.

À sua frente, entre as árvores, apresentava-se algo que sua razão lhe dizia ser impossível. Era uma grande muralha verde-escura, com torres que se erguiam acima das ameias.

Conan ficou paralisado pelo abalo das faculdades mentais que desmoraliza qualquer um confrontado por algo que nega a sanidade de forma impossível. Não duvidava de sua visão ou de sua razão, mas algo ali estava monstruosamente fora do lugar. Há menos de um mês, apenas ruínas erguiam-se em meio às árvores. Que mãos humanas poderiam ter, em poucas semanas, erigido aquela estrutura tão colossal que agora estava diante de seus olhos? Além disso, os bucaneiros que rondavam sem parar pelo Vilayet teriam ouvido falar de qualquer trabalho sendo feito numa escala tão estupenda e informado os kozakis.

Não havia explicação para aquilo, mas, mesmo assim, estava lá. Ele estava em Xapur, assim como estava também aquela alta e fantástica obra de alvenaria, e tudo era loucura e paradoxo. Não obstante, era verdade.

Virou-se para voltar correndo pela selva, descer as escadarias esculpidas e cruzar as águas azuis até o distante acampamento, na foz do Zaporoska. Naquele momento de pânico irracional, até mesmo a ideia de estar tão próximo daquele mar interior era repugnante. Preferia deixar tudo para trás, abrir mão dos acampamentos armados e das estepes, e estar a mil quilômetros de distância daquele misterioso oriente azul, onde as leis mais básicas da Natureza eram burladas com um diabolismo que o bárbaro era incapaz de compreender.

Por um instante, o futuro dos reinos que dependiam daquele bárbaro de roupas vistosas colocou-se em risco. E foi um pequeno detalhe que pendeu a balança do destino... um simples pedaço de seda preso a um arbusto, que chamou atenção de seu olhar apreensivo. Ele inclinou-se sobre a vegetação com suas narinas se alargando, os nervos estremecendo diante daquele estimulante sutil. Naquele pedaço de roupa rasgado, tão suave que foi encontrado mais por um instinto obscuro do que por suas capacidades físicas, ele reconheceu o inebriante perfume que associava à pele doce e firme da mulher que vira no pavilhão de Jehungir. O pescador não tinha mentido; ela estava lá! Então viu um rastro solitário na lama, feito por pés descalços, compridos e delgados, mas que pertencia a um homem, não a uma mulher, e que afundava no solo de forma não natural. A conclusão era óbvia; o homem que deixara aquelas pegadas estava carregando peso adicional, e o que seria ele, senão a garota que o kozaki procurava?

Encarou em silêncio as torres escuras que se avolumavam entre as árvores; seus olhos eram fendas de fogo azul. O desejo pela mulher de cabelos dourados competia com uma fúria sinistra e primordial contra quem quer que a tivesse levado. Sua paixão humana lutava contra seus temores sobre-humanos e, agachado como uma pantera, ele seguiu para as muralhas, aproveitando-se da folhagem densa para não ser visto das ameias.

Ao chegar perto, viu que os muros eram feitos da mesma pedra verde que constituía as ruínas e sentiu-se assombrado por uma vaga sensação de familiaridade. Era como se olhasse para algo que nunca tinha visto, mas com que sonhara ou imaginara. Enfim compreendeu aquela sensação. Os muros e as torres seguiam o plano das ruínas. Era como se as edificações destruídas tivessem voltado a ser as estruturas originais.

Nenhum som perturbava a quietude da manhã quando Conan alcançou a base da muralha que se erguia absoluta em meio à selva exuberante. Na região sul do mar interior, a vegetação era quase tropical. Não viu ninguém nas ameias e nem escutou som algum lá dentro. Avistou um enorme portão próximo à esquerda e não teve motivos para duvidar que estivesse trancado e fosse bem guardado. Mas também acreditava que a mulher que procurava estava em algum lugar além daqueles muros, e a decisão que tomou foi imprudente, como lhe era de costume.

Acima dele, viu que galhos de videiras aproximavam-se do topo da muralha. Subiu em uma grande árvore como um gato e, ao chegar à altura do parapeito, segurou com as duas mãos um grande ramo, balançou-se para frente e para trás até ganhar impulso e se catapultar pelo ar, pousando com perfeição nas ameias. Agachado, observou as ruas da cidade abaixo.

A circunferência da muralha não era muito grande, mas a quantidade de edifícios feitos de pedra verde que ela continha era surpreendente. Cada um tinha três ou quatro andares de altura, a maioria de teto plano, refletindo um requintado estilo arquitetônico. As ruas convergiam como os aros de uma roda até um pátio octogonal no centro da cidade, de frente a um edifício imponente que, com suas torres e domos, dominava a cidade inteira. Não viu ninguém andando pelas ruas nem olhando pelas janelas, embora o sol já tivesse nascido. O silêncio que reinava era como o de uma cidade morta ou deserta. Próximo a ela, havia uma estreita escadaria de pedra junto à muralha, pela qual Conan desceu.

Algumas casas ficavam tão perto da muralha que, na metade da descida, viu-se à distância de um braço de uma janela e parou para espiar o seu interior. Não havia grade e as cortinas de seda estavam amarradas por cordas de cetim. Conan viu um cômodo com paredes revestidas por tapeçarias de veludo. O chão era coberto por tapetes felpudos e havia bancos de ébano polido e um estrado de marfim forrado de peles.

Estava prestes a continuar a descida, quando escutou o som de alguém se aproximando na rua abaixo. Antes que o desconhecido dobrasse a esquina e o visse nas escadas, cruzou com um salto rápido o espaço que o separava da janela e pousou levemente dentro do cômodo, desembainhando a cimitarra. Por um instante, ficou como uma estátua; então, como nada aconteceu, percorreu os tapetes, dirigindo-se a uma passagem arqueada. Eis que uma cortina foi puxada de lado, revelando uma alcova almofadada, de onde uma garota delicada e de cabelos escuros o observava com olhos lânguidos.

Conan a encarou tenso, esperando que a qualquer momento ela começasse a gritar. Mas a garota simplesmente tapou um bocejo com a mão graciosa, levantou-se da alcova e inclinou-se negligentemente contra a cortina que segurava com uma só mão.

Sem dúvida era de uma raça branca, embora sua pele fosse bastante morena. Os cabelos de corte reto eram pretos como a meia-noite e sua única vestimenta era uma tira de seda enrolada nos graciosos quadris.

Então a jovem falou, mas Conan não conhecia aquela língua e balançou a cabeça. Ela tornou a bocejar, espreguiçou-se levemente, sem qualquer demonstração de medo ou de surpresa, e falou em uma língua que o cimério entendia, um dialeto yuetshi que soava estranhamente arcaico.

— Está procurando alguém? — Perguntou ela com tamanha indiferença, que era como se a invasão de seu quarto por um estranho armado fosse a coisa mais corriqueira possível.

— Quem é você? — Conan retorquiu.

— Chamo-me Yateli — respondeu ela preguiçosamente. — Devo ter ceado tarde na noite passada, pois estou sonolenta agora. E quem é você?

— Eu sou Conan, líder dos kozakis — ele disse, observando-a atentamente. Acreditava que o comportamento dela era fingimento e esperava que tentasse fugir do quarto ou acordar o resto da casa. Mas, embora houvesse por perto uma corda de veludo que talvez fosse um sinal de alarme, ela não tentou puxá-la.

— Conan — ela repetiu, sonolenta. — Você não é dagoniano. Suponho que seja um mercenário. Cortou fora a cabeça de muitos yuetshis?

— Não luto contra ratos de água — ele rosnou.

— Mas eles são terríveis — murmurou a jovem. — Recordo-me de quando eram nossos escravos. Foi só pela magia de Khosatral Khel que foram mantidos fora das muralhas... — Ela fez uma pausa, e um olhar intrigado lutou contra a sonolência em seu rosto. — Esqueci-me... — Murmurou. — Eles escalaram as muralhas na noite anterior. Houve gritaria e incêndios, e o povo chamava em vão por Khosatral — balançou a cabeça, como se quisesse limpar a mente. — Mas não pode ser... porque estou viva e achei que estivesse morta. Ah, para o diabo com isso!

Ela atravessou o cômodo e, tomando Conan pela mão, puxou-o até o estrado. Ele a acompanhou, espantado e incerto. A garota sorriu como uma criança adormecida; seus longos e suaves cílios piscavam sobre os olhos escuros e enigmáticos. Correu os dedos pelos cachos grossos e escuros do cimério, como se quisesse se assegurar de que eram reais.

— Foi um sonho — ela bocejou. — Talvez ainda seja. Sinto como se estivesse sonhando agora. Não importa. Não consigo me lembrar de uma coisa... esqueci... Há algo que não entendo, mas fico tão sonolenta quando tento pensar nisso. Seja como for, não importa.

— Do que está falando? — Ele perguntou, irrequieto. — Disse que eles escalaram as muralhas na noite anterior. Quem?

— Os yuetshis. Ou ao menos foi o que pensei. Uma nuvem de fumaça ocultava tudo, mas um demônio nu e manchado de sangue me agarrou pelo pescoço e enfiou a faca no meu peito. Oh, como doeu! Mas foi só um sonho, pois veja... não há cicatriz — ela examinou o peito macio futilmente, para a seguir sentar-se no colo de Conan e entrelaçar os braços em seu poderoso pescoço. Murmurou, enquanto aninhava a cabeça em seu peito largo — Tudo está nebuloso e confuso. Mas não importa. Você não é um sonho. Você é forte. Vamos viver enquanto podemos. Ame-me!

O bárbaro apoiou a cintilante cabeça da garota em seus fortes ombros e beijou seus lábios vermelhos com deleite genuíno.

— Você é forte — ela repetiu, a voz fraquejando. — Ame-me... ame... — O murmúrio sonolento esmaeceu; os olhos escuros se fecharam, os longos cílios daquele sensual rosto tremularam, e o corpo delgado relaxou nos braços de Conan.

Ele a fitou franzindo as sobrancelhas. A garota parecia fazer parte da ilusão que assombrava a cidade inteira, mas a firme resiliência daqueles membros em seus dedos o convenceu de que segurava uma mulher viva, e não a sombra de um sonho. Ainda perturbado, ele rapidamente a deitou sobre as peles no estrado. Aquele sono era profundo demais para ser natural. Concluiu que a jovem deveria ser viciada em alguma droga, talvez algo como a lótus negra de Xuthal.

Então, encontrou outra coisa que o fez se questionar. Entre as peles no estrado, viu uma pintada, cuja cor predominante era o dourado. Não se tratava de uma réplica bem-feita, mas sim da pele autêntica de uma fera. E aquela fera,

Conan sabia, estava extinta há pelo menos mil anos; era o grande leopardo dourado, que aparecia com muita frequência nas lendas hiborianas, e que os artistas adoravam retratar com tintas ou em mármore.

Balançando a cabeça com perplexidade, Conan atravessou a arcada e adentrou um corredor sinuoso. O silêncio pairava na casa, mas, lá fora, ele escutou um som que seus ouvidos treinados reconheceram como algo subindo as escadas da muralha pelas quais adentrara a casa. Um instante depois, teve um sobressalto ao ouvir algo pousar com um baque suave, porém pesado, no chão da câmara que acabara de deixar. Virando-se, correu rapidamente pelo corredor, até que alguma coisa à frente o fez parar.

Era uma figura humana, com parte do corpo estirada no corredor e parte passando por uma abertura que, obviamente, costumava ser ocultada por uma porta idêntica aos demais painéis na parede. Era um homem magro e moreno, vestindo apenas uma tanga de seda, de cabeça raspada e feições cruéis. Estava caído como se seu fim houvesse chegado bem quando saía pela abertura. Conan curvou-se sobre ele, procurando a causa da morte, e descobriu que o homem estava mergulhado no mesmo sono profundo que a garota no quarto.

Mas por que escolher um lugar como aquele para dormir? Enquanto pensava no assunto, Conan foi surpreendido por um som vindo de algum ponto atrás dele. Algo se movia pelo corredor, vindo em sua direção. Uma rápida olhadela revelou que o corredor terminava numa grande porta, que poderia estar trancada. O cimério removeu o corpo inerte da frente da passagem secreta, entrou e cerrou o painel atrás de si. Um clique confirmou que aquela entrada havia se fechado. Parado na mais completa escuridão, escutou passos se arrastarem até próximo da passagem, e um leve arrepio correu por sua espinha. Aqueles não eram passos humanos ou de qualquer animal que já tivesse encontrado.

Houve um instante de silêncio e então um leve estalar de madeira e metal. Estendendo a mão, sentiu a porta sendo forçada e curvada para dentro, como se um grande peso estivesse sendo lançado contra ela do lado de fora. Assim que alcançou sua espada, tudo parou, e ele escutou um som estranho, como o de uma boca salivando, que fez seus cabelos se arrepiarem. Com a cimitarra em mão, começou a recuar, e seus calcanhares sentiram degraus, pelos quais quase caiu. Estava numa estreita escadaria que levava para baixo.

Desceu tateando pela escuridão, procurando outra abertura nas paredes, mas sem nada encontrar. Bem quando concluíra que já não estava mais na casa, mas nas profundezas da terra, os degraus acabaram num túnel plano.

V

Conan seguiu seu caminho pelo túnel longo e silencioso tateando as paredes, temendo ocasionalmente cair em algum poço que não conseguisse ver, mas seus pés finalmente encontraram outros degraus, e ele os subiu até chegar a uma porta em que seus dedos ágeis encontraram uma tranca de metal. O bárbaro adentrou uma sala escura, majestosa e de enormes proporções. Colunas fantásticas se enfileiravam pelas paredes mosqueadas, sustentando um teto que lembrava um céu enevoado à meia-noite, o que oferecia a ilusão de uma altura impossível. Se alguma luz de fora era filtrada para o interior, era curiosamente alterada.

Conan percorreu o chão verde e liso naquela taciturna escuridão. O aposento era circular, aberto de um lado pelos grandes caixilhos de bronze de uma porta gigantesca. No lado oposto a ela, havia um trono de cobre sobre um estrado encostado à parede, que contava com largos e curvos degraus polidos. Quando Conan viu o que estava enrolado no trono, recuou rapidamente, erguendo a cimitarra.

Mas, como a coisa não se moveu, o bárbaro a examinou mais atentamente e em seguida subiu pelos degraus de vidro para observá-la melhor.

Era uma cobra gigante, aparentemente esculpida em algum material similar a jade. Cada escama se destacava como se fosse de verdade, e as cores iridescentes haviam sido reproduzidas vividamente. A enorme cabeça em forma de cunha estava parcialmente afundada nas dobras do corpo da criatura, de modo que nem os olhos nem as mandíbulas eram visíveis. Aquela constatação atiçou a mente de Conan. A cobra era, evidentemente, uma representação de monstros sinistros do pântano que, no passado, assombraram as margens cobertas de juncos ao sul do Vilayet. Porém, assim como o leopardo dourado, elas também estavam extintas há centenas de anos. Conan já tinha visto representações rudimentares em miniatura desses animais nas cabanas idólatras dos yuetshis, e também havia uma descrição deles no Livro de Skelos, baseada em fontes pré-históricas.

O cimério admirou o torso coberto por escamas, grosso como sua coxa e obviamente bastante comprido. Tomado pela curiosidade, estendeu a mão para tocá-lo. Assim que o fez, seu coração quase parou. Um calafrio congelou o sangue em suas veias e arrepiou os pelos de sua nuca. Sob a mão, não sentiu a superfície suave e quebradiça de vidro, metal ou pedra, mas a massa fibrosa e pulsante de uma criatura viva. Sentia a vida fria e morosa sob seus dedos.

Recolheu a mão com repulsa instintiva. Com a espada tremendo em sua mão, e o horror, o asco e o medo quase sufocando-o, recuou e desceu os degraus com cuidado, observando com pavoroso fascínio a coisa sinistra adormecida no trono de cobre. Ela não se moveu.

Conan alcançou a porta de bronze e a testou com o coração na boca, suando de medo pela possibilidade de ver-se trancado ali com aquele horror pegajoso. Mas as dobradiças cederam ao seu toque e ele atravessou a porta, fechando-a atrás de si.

Foi parar num corredor largo, com paredes majestosas e cobertas por tapeçarias, onde a luz tinha o mesmo brilho crepuscular. Tal iluminação tornava os objetos distantes indistintos, e aquilo o deixava receoso, despertando nele pensamentos sobre serpentes ocultas rastejando na escuridão. Sob a luz incerta, a porta na extremidade oposta parecia estar a quilômetros dali. Mais próxima a ele havia uma tapeçaria pendurada de forma a sugerir uma abertura por trás dela. Erguendo-a com cautela, descobriu uma escadaria estreita que levava para cima.

Enquanto hesitava, escutou os mesmos passos arrastados que ouvira do lado de fora do painel trancado vindos do interior da grande sala de onde acabara de sair. Será que havia sido seguido pelo túnel? Subiu rapidamente pelas escadas, soltando a tapeçaria atrás de si.

Emergindo num corredor sinuoso, entrou pela primeira passagem que encontrou. Tinha um duplo objetivo em sua busca aparentemente sem propósito: fugir daquele lugar e de seus mistérios, e encontrar a nemédia que julgava estar aprisionada em algum ponto daquele templo, palácio ou o que quer que fosse. Acreditava se tratar do grande edifício abobadado no centro da cidade, e era provável que ali vivesse o soberano local, a quem a garota cativa fora sem dúvida levada.

Viu-se numa câmara, não em outro corredor, e estava prestes a refazer seus passos para retornar quando escutou uma voz que vinha de trás de uma das paredes. Esta não dispunha de portas, mas Conan recostou-se nela e escutou com atenção. Um calafrio percorreu suas costas. A língua era nemédia, mas a voz não era humana. Havia uma ressonância aterradora nela, algo parecido com um sino batendo à meia-noite.

— Não existia vida no Abismo, exceto aquela incorporada em mim — disse a voz. — E nem luz, movimento ou som. Somente a necessidade da vida, e do que há além dela, me guiou e impeliu em minha jornada cega, insensata e inexorável. Através de incontáveis eras, escalei os extratos imutáveis das trevas...

Fascinado por aquela ressonância grave, Conan esqueceu-se de todo o resto e permaneceu agachado até que aquele poder hipnótico causou uma estranha confusão em seus sentidos e sua percepção, e o som criou a ilusão da visão. O cimério não tinha mais ciência da voz, exceto por distantes ondas sonoras ritmadas. Transportado para além de sua era e de sua individualidade, via a transmutação do ser chamado Khosatral Khel, que rastejara para fora da Noite e do Abismo eras atrás para vestir-se com a substância do universo material.

Mas a carne humana era frágil demais e demasiado desprezível para conter a essência terrível que era Khosatral Khel. Por isso, embora se apresentasse sob a forma e aspecto de um homem, sua carne não era carne, nem os ossos eram ossos, nem o sangue era sangue. Tornou-se uma blasfêmia contra a Natureza, pois transformara o viver, o pensar e o agir em uma substância básica, que anteriormente não conhecera a pulsação nem o movimento de um ser animado.

Assombrava o mundo como um deus, pois nenhuma arma terrena podia feri-lo e, para ele, um século era como uma hora. Durante suas andanças, encontrou um povo primitivo que habitava a ilha de Dagonia, e lhe apeteceu dar àquela raça cultura e civilização. Com a sua ajuda, eles construíram a cidade de Dagon, onde passaram a viver para adorá-lo. Seus servos eram estranhos e macabros, convocados dos recantos mais sombrios do planeta, onde sobreviventes sinistros de eras esquecidas ainda se escondiam. Sua casa em Dagon era conectada a todas as demais por túneis pelos quais seus sacerdotes de cabeça raspada traziam as vítimas para serem sacrificadas.

Eis que, após muitas eras, um povo feroz e brutal apareceu nas margens do mar. Chamavam a si de yuetshis e, depois de uma batalha feroz, foram derrotados e escravizados, sendo mortos nos altares de Khosatral durante quase uma geração.

A feitiçaria dele os mantinha presos. Mas então seu sacerdote, um homem estranho e esquelético de uma raça desconhecida, adentrou as matas e, quando voltou, trouxe consigo uma faca que não era feita de qualquer substância terrena. Fora forjada a partir de um meteoro que cruzara os céus como uma flecha em chamas e caíra num vale distante. Os escravos se insurgiram. Suas lâminas serrilhadas abateram os homens de Dagon feito ovelhas, e, contra aquela faca de outro mundo, a magia de Khosatral foi impotente. Apesar da matança e da carnificina ocorridas em meio à fumaça avermelhada que sufocava as ruas, o ato mais sinistro daquele drama se perpetrou no domo secreto por trás da enorme câmara com o estrado, o trono de cobre e as paredes mosqueadas como a pele de serpentes.

De dentro do domo, o sacerdote yuetshi saiu sozinho. Não havia matado seu inimigo, pois preferiu manter ameaçada a liberdade de seus próprios súditos rebeldes. Tinha deixado Khosatral deitado no estrado dourado, com a faca mística sobre o peito, vítima de um feitiço que o manteria desacordado e inanimado até o fim dos tempos.

Mas as eras passaram-se e o sacerdote morreu, as torres da deserta Dagon ruíram, as histórias tornaram-se obscuras e os yuetshis foram dizimados por pragas, guerras e fome; alguns poucos de seus remanescentes espalhando-se e vivendo na miséria ao longo da costa.

Somente o enigmático domo resistiu à deterioração do tempo, até que um relâmpago caído ao acaso e a curiosidade de um pescador removeram a lâmina mágica do peito do deus, quebrando o feitiço. Khosatral Khel se levantou, viveu e exerceu seu poder novamente. Obteve certa satisfação ao restaurar a cidade, retornando-a aos dias antes de sua queda. Usando sua necromancia, ergueu as torres a partir da poeira dos milênios esquecidos, e o povo, que durante eras fora pó, tornou a viver.

Entretanto, pessoas que já provaram a morte são só parcialmente vivas. Nos cantos escuros de sua alma e mente, a morte ainda espreita, inconquistável. À noite, o povo de Dagon se move e ama, odeia e come, e se recorda da queda da cidade e de seu próprio massacre como se tudo aquilo fosse um sonho obscuro; movimentam-se no interior de uma bruma encantada feita de ilusões, sentindo a estranheza de sua existência, mas sem questionar as razões que a causam. Com a chegada do dia, caem no sono mais profundo, para serem despertados mais uma vez pela noite, que se assemelha à morte.

Tudo isso se desenrolou como um panorama terrível diante da consciência de Conan, ainda agachado junto à tapeçaria presa à parede. Sua razão oscilava. Toda a sua certeza e sanidade tinham sido varridas, deixando no lugar um universo de sombras pelo qual caminham figuras encapuzadas de potencial sinistro. Em meio à voz profunda que o bombardeava, que soava como um triunfo sobre as leis da ordem de um planeta são, um som humano deteve o voo que a mente de Conan empreendia pelas esferas da loucura. Eram os soluços histéricos de uma mulher.

Involuntariamente, o bárbaro ergueu-se num salto.

VI

Jehungir Agha aguardava com impaciência cada vez maior em seu bote entre os juncos. Já havia se passado mais de uma hora e Conan ainda não retornara. Sem dúvida ainda vasculhava a ilha em busca da garota que achava estar escondida lá, porém, outra conjectura ocorreu a Agha. E se o líder tivesse deixado seus guerreiros nas proximidades e, começando a ficar desconfiados, eles viessem investigar sua prolongada ausência? Jehungir deu uma ordem a seus remadores, e o bote deslizou pelos juncos, seguindo em direção às escadarias esculpidas na pedra.

Deixando meia dúzia de homens na embarcação, levou o resto consigo; dez poderosos arqueiros de Khawarizm, vestidos com mantos de pele de tigre e elmos pontudos. Como caçadores invadindo a toca do leão, seguiram adiante sob as árvores, as flechas de prontidão nas cordas. O silêncio reinava na floresta, exceto quando uma coisa verde que poderia ser um papagaio planou sobre suas cabeças, bateu as asas com firmeza e voou com rapidez por entre as árvores. Com um gesto súbito, Jehungir deteve sua comitiva e todos encararam com incredulidade as torres que surgiam ao longe entre a mata.

— Tarim! — Jehungir murmurou. — Os piratas reconstruíram as ruínas! Sem dúvida, Conan está lá. Temos que investigar isso. Uma cidade fortificada assim tão perto do continente... Vamos!

Com cuidado redobrado, eles passaram pelas árvores. O jogo tinha mudado; de perseguidores e caçadores, haviam se tornado espiões.

E, enquanto atravessavam a mata emaranhada, o homem que buscavam se via em um perigo ainda mais mortal do aquele imposto por suas flechas ornamentadas.

Conan percebeu com um calafrio que, além da parede, a voz retumbante tinha cessado. Ficou imóvel como uma estátua, o olhar fixo numa porta cortinada da qual sabia que algo terrível logo surgiria.

A câmara estava escura e enevoada, e os cabelos de Conan começaram a se arrepiar enquanto ele tentava enxergar alguma coisa. Viu uma cabeça e um par de ombros gigantes se delinearem na escuridão. Não havia som de passos, mas a grande forma obscura foi ficando mais nítida, até Conan reconhecer a silhueta de um homem. Usava sandálias, saiote e um largo cinturão de couro chagrém. Os cabelos de corte reto estavam presos por um anel de ouro. O bárbaro observou a largura dos ombros monstruosos e daquele enorme peitoral; os feixes, cordilheiras e agrupamentos de músculos no torso e nos membros. O rosto era despido de fraqueza e misericórdia. Os olhos eram bolas de fogo escuro. E Conan soube que era Khosatral Khel, o antigo que viera do Abismo, o deus de Dagonia.

Nada foi dito. Palavras não eram necessárias. Khosatral abriu seus enormes braços, e Conan, passando por baixo deles, tentou cortar a barriga do gigante. Recuou com os olhos brilhando de surpresa. A lâmina afiada tinha atingido aquele corpo poderoso como uma bigorna e ricocheteado sem nada cortar. Então, Khosatral o atacou com um ímpeto irresistível.

Houve um choque fugaz, uma contorção feroz e um entrelaçamento de membros e corpos, e então Conan livrou-se com um salto, cada um de seus músculos estremecendo devido a violência de seus esforços. Sangue escorria de onde os dedos de Khel haviam rasgado sua pele. Naquele contato, que durou um instante, o cimério experimentara a derradeira loucura da natureza blasfema de seu adversário; não era humana a carne que tinha ferido a sua, mas sim metal animado e senciente. Era um corpo de ferro vivo que se opunha ao seu.

Khosatral se agigantou sobre o bárbaro na escuridão. Uma vez que aqueles dedos poderosos se fechassem, não se abririam até que o corpo humano sob seu jugo estivesse inerte. Naquela câmara de trevas, era como se um homem enfrentasse um monstro saído de um pesadelo.

Atirando longe sua inútil espada, Conan apanhou um pesado banco e o arremessou com toda sua força. Era um projétil que poucos homens seriam capazes de erguer. O banco explodiu em lascas e pedaços de metal no peito largo de Khosatral, mas nem sequer balançou o gigante, ainda firme sobre suas pernas espaçadas. Seu rosto perdeu parte do aspecto humano, uma nuvem de fogo pairou sobre sua impressionante cabeça e ele avançou novamente como uma torre em movimento.

Com um puxão desesperado, Conan arrancou todo um pedaço da tapeçaria na parede e, girando-o com um esforço ainda maior do que o necessário para arremessar o banco, atirou-o contra a cabeça do gigante. Por um instante, Khosatral cambaleou, cego e sufocado pelo material que o envolvia e resistia à sua força como madeira ou aço não poderiam. O cimério aproveitou para apanhar sua cimitarra e correr pelo corredor. Sem diminuir a velocidade, jogou-se na porta da câmara adjacente, abrindo-a e, logo em seguida, trancando-a.

Ao virar-se, estancou, sentindo como se todo seu sangue tivesse ido parar na cabeça. Encolhida sobre uma pilha de almofadas de seda, com os cabelos dourados caindo sobre os ombros nus e os olhos arregalados de medo, estava a mulher por quem se arriscara tanto. Quase ia se esquecendo do horror que o perseguia, até que um choque devastador vindo de suas costas o trouxe de volta a si. Conan agarrou a garota e disparou para a porta oposta. Ela estava entregue demais ao medo para tentar resistir ou ajudar. Um tímido lamento foi o único som que pareceu capaz de emitir.

Conan não perdeu tempo tentando abrir a porta. Um golpe devastador da cimitarra fez a fechadura em pedaços e, enquanto ele disparava em direção à escadaria próxima, viu a cabeça e os ombros de Khosatral destruírem a outra porta. O colosso partia os painéis maciços como se fossem papel.

O bárbaro desceu os degraus carregando a garota sobre o ombro como se ela fosse uma criança. Não tinha ideia de para onde ia, mas as escadarias terminavam diante da porta de uma câmara redonda e abobadada. Khosatral vinha atrás deles, silencioso como os ventos da morte e tão rápido quanto.

As paredes da câmara eram feitas de aço sólido, assim como a porta. Conan a fechou e posicionou contra ela as grandes barras que a guarneciam. Ocorreu-lhe que aquele era o aposento de Khosatral, onde a criatura se trancava para dormir em segurança, longe dos monstros que libertara do Abismo para cumprir sua vontade.

As trancas mal tinham se fechado quando a grande porta sacudiu terrivelmente sob o ataque do gigante. Conan deu de ombros. Era o fim da linha. Não havia outra porta ou janela no cômodo. O ar e a estranha luz turva evidentemente vinham de reentrâncias no domo. O bárbaro tocou a lâmina avariada de sua cimitarra, bastante calmo agora que se via encurralado. Tinha dado o seu melhor para fugir; quando o gigante arrebentasse a porta, explodiria em outra arremetida selvagem com sua inútil espada, não porque esperava que aquilo surtisse algum efeito, mas porque era de sua natureza morrer lutando. Por enquanto, não havia nada a se fazer, e sua calma não era forçada ou fingida.

O olhar que voltou para sua bela companhia era de intensa admiração, como se tivesse cem anos para viver. Ele a tinha largado sem cerimônia no chão ao virar-se para fechar a porta, e ela havia ficado de joelhos, arrumando de forma mecânica os cabelos desgrenhados e as vestes escassas. Os ferozes olhos de Conan brilhavam de aprovação enquanto devoravam aqueles cachos espessos e loiros, os olhos grandes e claros, a pele branca como leite e lustrosa de exuberante saúde, os seios fartos e firmes e o contorno esplêndido daqueles quadris.

Ela deixou escapar um grito abafado quando a porta estremeceu e uma das barras cedeu com um lamento.

Conan não olhou ao redor. Sabia que a porta duraria um pouco mais.

— Me disseram que você tinha fugido — disse. — Um pescador yuetshi contou que tinha se escondido aqui. Qual é seu nome?

— Octavia — ela respondeu, maquinalmente. Então, as palavras vieram numa onda. Ela o agarrou com dedos desesperados. — Por Mitra! Que pesadelo é aquele? O povo... o povo de pele escura... Um deles me apanhou na floresta e me trouxe para cá. Eles me levaram até... até aquela... coisa. Ele me disse... Ele falou... Eu enlouqueci? Isto é um sonho?

Conan olhou para a porta que se dobrava para dentro como se sofresse o impacto de um aríete.

— Não — disse. — Não é nenhum sonho. Aquela tranca vai ceder. É estranho que um demônio tenha que derrubar uma porta como um homem comum; mas, até aí, sua própria força já é um diabolismo.

— Consegue matá-lo? — Ela ofegava. — Você é forte.

Conan era honesto demais para mentir:

— Se um homem mortal fosse capaz de matá-la, aquela coisa já estaria morta agora. Danifiquei minha lâmina na barriga dele.

Os olhos da garota se embotaram:

— Então você vai morrer e eu vou... Oh, Mitra! — Ela gritou num súbito frenesi. Conan segurou suas mãos, temendo que machucasse a si própria. — Ele disse o que faria comigo! Mate-me! Mate-me com sua espada antes que ele arrebente aquela porta!

Conan a encarou e balançou a cabeça:

— Farei o que puder — disse. — Não vai ser muito, mas dará a você uma chance de passar por aquela coisa e subir as escadas. Depois, corra até os penhascos. Tenho um bote preso à base das escadarias. Se conseguir sair do palácio, talvez consiga escapar dele. O povo da cidade está todo adormecido.

A jovem mergulhou a cabeça nas mãos. Conan apanhou a cimitarra e se posicionou diante da porta, que retumbava. Alguém que o observasse não seria capaz de dizer que estava aguardando uma morte que julgava inevitável. Seus olhos ardiam com vivacidade; a mão musculosa apertava firme o cabo; era o fim.

As dobradiças haviam cedido sob o terrível ataque do gigante, e a porta balançava de forma insana, suportada agora somente pelos ferrolhos. E aquelas sólidas barras de aço estavam se curvando, se entortando e se envergando para fora dos suportes. Conan assistiu com fascínio quase impessoal, invejando a força inumana do monstro.

Súbito e sem aviso, o bombardeio cessou. Na quietude, o bárbaro escutou outros ruídos do lado de fora... Um bater de asas e uma voz abafada que soava como o lamento do vento soprando os galhos das árvores à meia-noite. Então, logo fez-se silêncio, e havia uma nova sensação no ar. Só os instintos aguçados do bárbaro poderiam ter pressentido, mas Conan soube, sem nem mesmo ver ou escutar, que o mestre de Dagon não mais estava do lado de fora daquela porta.

Olhou por uma rachadura que aparecera na porta de aço. O local estava vazio. Abriu com cautela os ferrolhos envergados e empurrou a porta destruída. Khosatral não estava nas escadas, porém, ao longe, Conan escutou o tinido de uma porta de metal. Não sabia se o gigante tramava novas armadilhas diabólicas ou se fora atraído por aquela voz, mas não perdeu tempo conjecturando.

Chamou Octavia, e o tom novo em sua voz fez com que ela se levantasse e fosse para seu lado quase inconscientemente.

— O que foi? — Ela perguntou.

— Não há tempo para conversar! — Ele a segurou pelo punho. — Venha! — A chance de agir o havia transformado; os olhos brilhavam, a voz estalava. — A faca! — Disse, enquanto quase arrastava a garota pelas escadarias numa pressa feroz. — A lâmina mística dos yuetshis! Ele a deixou no domo! Eu...

— Sua voz morreu subitamente quando uma imagem surgiu em sua mente. O domo ficava contíguo ao grande salão onde estava o trono de cobre... Suor corria pelo seu corpo. A única forma de chegar até o domo era passando pela sala do trono de cobre e pela coisa terrível que estava adormecida nele.

Mas o cimério não hesitou. Desceram rapidamente as escadas, cruzaram a câmara e as escadarias seguintes, e desembocaram no grande saguão envolto pela penumbra, com suas misteriosas cortinas. Não havia sinal do colosso. Parando diante da grande porta com batentes de bronze, Conan segurou Octavia pelos ombros e a sacudiu com intensidade.

— Ouça! — Disse. — Vou entrar nessa sala e fechar a porta. Fique aqui e escute; se Khosatral aparecer, me chame. Se me escutar gritando para que parta, corra como se o Diabo estivesse em seus calcanhares... Ele provavelmente estará. Corra por aquela porta na extremidade oposta do salão, porque não vou poder mais te ajudar. Buscarei a faca yuetshi!

Antes que ela pudesse dar voz ao protesto que seus lábios ensaiavam, ele já havia passado pelos batentes e fechado a porta atrás de si. Abaixou o ferrolho com cuidado, sem perceber que ele também podia ser aberto pelo lado de fora. Seu olhar procurou o trono de bronze na escuridão. Sim, a fera de escamas ainda estava lá, ocupando o trono com suas espirais repugnantes. Viu uma porta atrás do trono e sabia que ela levava para o interior do domo. No entanto, para chegar até ela, teria de passar pelo estrado, a poucos passos do trono em si.

Um vento soprando pelo piso verde teria feito mais barulho do que os pés furtivos de Conan. Com os olhos grudados no réptil adormecido, chegou ao estrado e subiu os degraus polidos. A cobra não se moveu. Ele se aproximou da porta e...

O ferrolho da porta de bronze estalou e Conan reprimiu um pavoroso xingamento ao ver Octavia entrar na sala. A garota olhou ao redor, insegura com a escuridão profunda, enquanto ele permaneceu imóvel, não ousando dar um grito de alerta. Então, ao ver a silhueta escura dele, correu em direção ao estrado, gritando:

— Quero ir com você! Tenho medo de ficar sozinha... Oh!

Octavia ergueu as mãos e deu um grito terrível ao ver pela primeira vez o ocupante do trono. A cabeça em forma de cunha se erguia de suas espirais e virava-se na direção dela, com o pescoço reluzente alçado um metro acima do chão.

Então, com um movimento fluido e macio, o animal começou a deslizar do trono, espiral por espiral, a horrível cabeça balançando rumo à garota paralisada.

Conan cobriu o espaço que o separava do trono com um salto desesperado, brandindo sua cimitarra com toda a força. E, com a mesma velocidade incrível, a serpente se moveu, dando um bote em pleno ar e envolvendo o corpo e os membros do bárbaro com meia dúzia de voltas. O golpe de Conan, impedido no meio do caminho, perdeu a efetividade quando ele caiu sobre o estrado, tendo cortado o tronco escamoso, mas sem decepá-lo.

Agora, ele contorcia sobre os degraus, envolvido pelas espirais que apertavam, esmagavam, matavam. O braço direito continuava livre, mas ele não tinha como desferir um golpe mortal. No entanto, sabia que, se conseguisse, um golpe apenas bastaria. Com uma poderosa convulsão muscular, que inchou as veias de suas têmporas a ponto de parecerem prestes a explodir e fez seus músculos tremerem de esforço, levantou-se, erguendo quase o peso total daquele demônio de doze metros.

Por um instante, Conan parou, apoiado em suas pernas espaçadas, sentindo as costelas pressionarem seus órgãos vitais e a visão escurecer, enquanto a cimitarra brilhava acima de sua cabeça. Então a arma desceu, atravessando escamas, carne e vértebras. E onde antes havia um grande cabo se contorcendo, agora existiam dois, chicoteando e retorcendo-se em seus estertores finais. Conan cambaleou para longe daqueles golpes às cegas. Sentia-se nauseado e tonto, com sangue escorrendo pelo nariz. Tateando no escuro, agarrou Octavia e a sacudiu até que ficasse sem fôlego.

— Da próxima vez que eu te disser para ficar em algum lugar — ele disse, arfando —, fique!

Estava tonto demais para perceber se ela havia respondido. Segurando o punho da garota como o de uma estudante pega cabulando aula, contornou os hediondos pedaços da cobra que ainda se remexiam no chão. Em algum lugar ao longe, pensou ter escutado homens gritando, mas seus ouvidos ainda zuniam tanto, que não conseguia ter certeza.

A porta cedeu ante seus esforços. Se Khosatral havia deixado a cobra lá para proteger aquilo que temia, provavelmente a considerava precaução suficiente. Conan esperava outra monstruosidade saltando sobre si com a abertura da porta, mas, à meia-luz, viu apenas a vaga curva da arcada acima, um bloco dourado de brilho embaçado e uma meia-lua cintilando sobre a pedra.

Com um suspiro de satisfação, ele apanhou a faca sem demorar-se em outras explorações. Virou-se e correu pela sala, passando pelo grande salão na direção da distante porta, a qual tinha a sensação de que levava para campo aberto. E estava correto. Poucos minutos depois, Conan emergiu nas ruas silenciosas, meio carregando, meio guiando a companheira. Não havia ninguém à vista, mas, além da muralha do lado oeste, ouviam-se gritos e gemidos que faziam Octavia estremecer. Ele a levou para o lado sul das muralhas e, sem dificuldades, encontrou uma escadaria de pedra que subia até o topo delas. Ainda no grande salão, o bárbaro havia se apropriado de uma grossa corda de tapeçaria e, agora, tendo chegado ao parapeito, enrolou-a nos quadris da garota e a baixou até o solo. Então, atando uma extremidade em uma das ameias, deslizou ao chão em seguida. Só havia uma forma de sair da ilha... a escadaria do lado ocidental do penhasco. Ele correu naquela direção, contornando o ponto de onde vinham os gritos e os sons de golpes terríveis.

Octavia sentia o perigo à espreita naquela mata densa. Sua respiração ficou ofegante e ela pressionou o corpo contra o de seu protetor. Mas a floresta estava silenciosa, e eles não viram sinal algum de ameaça até saírem dos limites da mata e darem de encontro com uma figura parada à beira dos penhascos.

Jehungir Agha havia escapado da sina que recaíra sobre seus guerreiros quando um gigante de ferro surgira repentinamente pelos portões e os atacara e esmagara até que estivessem reduzidos a pedaços de carne retalhada e ossos partidos. Quando viu as espadas de seus arqueiros se quebrarem contra aquela máquina de matar em forma de homem, escondeu-se na floresta até que os sons do massacre cessassem. Então, voltou para as escadarias, mas os homens do bote não estavam mais à sua espera.

Eles tinham escutado os gritos e, pouco depois, enquanto aguardavam nervosos, tinham visto no topo do penhasco um monstro coberto de sangue com os gigantescos braços levantados em triunfo pavoroso. Não esperaram mais. Quando Jehungir alcançou os penhascos, já estavam entrando nos juncos, além do alcance da voz. Khosatral desaparecera... Havia retornado para a cidade ou vasculhava a floresta em busca do homem que lhe escapara do lado de fora das muralhas.

Jehungir estava prestes a descer as escadas e fugir no bote de Conan quando viu o cimério e a garota aparecerem por entre as árvores. A experiência que fizera seu sangue gelar e quase obliterara sua razão não diminuiu as intenções do nobre em relação ao líder dos kozakis. A visão do homem que viera matar o preencheu de satisfação. Ficou pasmo ao ver a garota que dera para Jelal Khan, mas não perdeu tempo pensando nela. Erguendo seu arco, puxou a flecha e disparou. Conan se abaixou e a seta cravou-se em uma árvore. O bárbaro riu.

— Cão! — Ele provocou. — Não pode me atingir! Não nasci para morrer pelo aço hirkaniano! Tente de novo, porco de Turan!

Jehungir não tentou de novo. Aquela havia sido sua última flecha. Desembainhou a cimitarra e avançou, confiando em seu elmo e sua cota de malha. Conan o encontrou no meio do caminho, num redemoinho cego de espadas. As lâminas curvas se uniam e se rechaçavam, circulando em arcos reluzentes que borravam a vista de quem tentasse segui-las. Octavia não viu o golpe, mas escutou o impacto do corte e viu Jehungir cair, o sangue vertendo da lateral de seu tórax depois que o aço do cimério rompera sua armadura e atingira sua espinha.

Mas o grito que Octavia soltou não foi por causa da morte de seu antigo mestre. Com o barulho de galhos se curvando, Khosatral Khel surgiu sobre eles. A garota não conseguiu fugir; um gemido abafado lhe escapou, os joelhos cederam e a fizeram cair de quatro na grama.

Curvado sobre o corpo de Agha, Conan não fez menção de fugir. Trocou a cimitarra manchada de vermelho para a mão esquerda e tomou a grande lâmina dos yuetshis na direita. Khosatral Kel se agigantava sobre ele, os braços erguidos como marretas; contudo, quando a lâmina refletiu um raio de sol, o gigante recuou repentinamente.

O sangue de Conan estava quente. Ele avançou, estocando com a lâmina em forma de lua crescente. E ela não se partiu. Sob seu gume, o metal escuro do corpo de Khosatral cedeu como carne comum sob o cutelo. Um estranho líquido jorrou do profundo corte, e o grito de Khosatral soou como um sino. Seus terríveis braços desciam com força terrível, mas Conan, mais rápido do que os arqueiros que morreram sob aquelas armas fatais, evitou os golpes e atacou repetidamente. Kosatral recuou e cambaleou; seus gritos eram medonhos, como se o metal tivesse ganhado uma língua de dor, como se o ferro berrasse e guinchasse ao ser torturado.

Então, virou-se e cambaleou para dentro da floresta; tropeçando, atravessando arbustos e batendo-se contra as árvores. Embora Conan o seguisse com velocidade e um ímpeto chamejante, as muralhas e torres de Dagon surgiram em meio às árvores antes que o homem alcançasse o gigante.

Khosatral tornou a virar-se, desferindo golpes desesperados no ar, mas a fúria desenfreada de Conan não seria negada. Como uma pantera que ataca um alce macho acuado, o cimério saltou entre aqueles braços ameaçadores e enfiou a lâmina até o cabo no local onde, em um ser humano, ficaria o coração.

O gigante recuou e caiu. Foi em forma de homem que dobrou-se, mas não foi nela que atingiu a lama. Onde antes existia algo semelhante a um rosto humano, não havia mais rosto algum, e os membros de metal derreteram e se transformaram... Conan, que não temera Khosatral quando vivo, se encolheu, empalidecendo diante de Khosatral morto, pois testemunhara uma horrível transformação; em seus estertores, Khosatral Khel voltara a ser a coisa que saíra do Abismo um milênio atrás. Engasgando de repugnância intolerável, Conan virou-se para desviar o olhar e, súbito, percebeu que os pináculos de Dagon não mais reluziam em meio às árvores. Haviam desaparecido como fumaça... As ameias, as torres, os grandes portões de bronze, o veludo, o ouro, o marfim, a mulher de cabelos escuros e os homens de cabeça raspada. Com o fim do intelecto inumano que lhes trouxera à luz, eles retornaram ao pó que eram há incontáveis eras. Apenas tocos de colunas quebradas podiam ser vistos acima dos muros em ruínas, dos pavimentos quebrados e do domo despedaçado. Conan mais uma vez olhava para os restos de Xapur tal qual se lembrava deles.

O bravio líder ficou estático por um tempo, refletindo um pouco mais sobre a tragédia cósmica de efemeridade intermitente a que chamam de humanidade, e sobre as sombras obscuras que a espreitam. Porém, ao escutar uma voz que o chamava com realces de medo, teve um sobressalto, como quem desperta de um sonho. Tornou a olhar para a coisa no chão, estremeceu e virou-se para os penhascos e para a garota que o aguardava.

Ela espiava por entre as árvores, tomada pelo temor, e, ao vê-lo, recebeu o bárbaro com um grito abafado de alívio. Ele já havia desanuviado as visões monstruosas que o assombraram por um instante e voltara a ser a figura exuberante de sempre.

— Onde está ele? — Perguntou, trêmula.

— Voltou para o Inferno de onde saiu rastejando — respondeu ele, jubiloso. — Por que não desceu as escadas e fugiu no meu bote?

— Eu não abandonaria... — Ela começou a dizer, mas mudou de ideia e emendou, um pouco mal-humorada. — Não tenho para onde ir. Os hirkanianos me fariam escrava de novo e os piratas...

— O que acha dos kozakis? — Ele sugeriu.

— São melhores do que os piratas? — Perguntou ela em tom de zombaria. A admiração de Conan aumentou ao ver o quão bem a garota havia recuperado a pose depois de ser submetida a um horror tão insano. Sua arrogância o divertia.

— No acampamento ao lado do Ghori, você parecia pensar que sim — ele respondeu. — Estava bem à vontade e sorridente lá.

Lábios vermelhos se curvaram com desdém:

— Acha que eu estava enamorada de você? Pensa que me envergonharia diante de um bárbaro glutão e beberrão sem que fosse obrigada? Meu mestre... cujo corpo está bem ali... me forçou a fazer o que ele ordenara.

— Ah! — Conan pareceu ficar cabisbaixo. A seguir riu, sem permitir que seu entusiasmo diminuísse. — Não faz diferença. Pertence a mim agora. Dê-me um beijo.

— Você ousa pedir... — Ela começou a dizer, furiosa, quando sentiu ser arrancada do chão e esmagada contra o peito musculoso do cimério. Resistiu ferozmente com toda a força de sua magnífica juventude, mas o bárbaro só gargalhava com deleite, ébrio por ter aquela garota esplêndida se debatendo em seus braços.

Conan pôs fim à resistência de Octavia facilmente, sorvendo o néctar de seus lábios com a paixão irresistível que lhe era característica, até que os braços que o empurravam com firmeza envolvessem apaixonadamente seu largo pescoço. Então ele riu diante daqueles olhos claros e disse:

— Por que o chefe do Povo Livre não seria preferível a um cão civilizado de Turan?

Ela balançou os cabelos loiros, ainda sentindo cada nervo vibrar com o fogo vindo dos beijos do bárbaro. Não tirou os braços de seu pescoço e o desafiou:

— Você se julga igual a Agha?

Ele riu e seguiu em direção às escadarias, carregando-a nos braços:

— Deixarei o julgamento por sua conta. Vou transformar Khawarizm numa tocha para iluminar seu caminho até a minha tenda.

Os Profetas do Círculo Negro

(People of the Black Circle)

História originalmente publicada em três partes, em *Weird Tales* — setembro, outubro e novembro de 1934.

I
A Morte Ataca um Rei

O rei da Vendhya estava morrendo. Durante a noite quente e sufocante, o gongo do templo soava e as conchas eram sopradas. Tal clamor era um eco débil na câmara dourada e abobadada, onde Bhunda Chand lutava deitado em seu estrado forrado de veludo. Gotas de suor pingavam da pele escura; seus dedos torciam o tecido dourado sobre o qual estava deitado. Era jovem; nenhuma lança o havia tocado, nenhum veneno tinha sido oculto em seu vinho. Porém, as veias se destacavam como cordões azuis nas têmporas, e os olhos se dilatavam com a proximidade da morte. De joelhos, as escravas tremiam aos pés do estrado e, inclinada sobre ele e observando-o com paixão intensa estava sua irmã, a devi Yasmina. Ao lado dela encontrava-se o wazam, um nobre ancião da corte real.

Ela jogou sua cabeça para cima num gesto tempestuoso de ira e desespero quando os distantes tambores chegaram a seus ouvidos.

— Os sacerdotes e sua algazarra! — Exclamou. — Eles não são mais sábios que essas inúteis sanguessugas! Não... ele vai morrer, e ninguém é capaz de dizer o motivo. Ele está morrendo... e eu aqui, impotente... Eu, que queimaria a cidade inteira e derramaria o sangue de milhares para salvá-lo.

— Não sou um homem de Ayodhya, mas morreria em seu lugar se fosse possível, Divina — o wazam respondeu. — Esse veneno...

— Eu já disse que não é veneno! — Ela gritou. — Desde seu nascimento, ele foi protegido com tanta atenção, que nem mesmo os mais hábeis envenenadores do Oriente foram capazes de atingi-lo. Cinco crânios esbranquiçados na Torre dos Papagaios podem atestar as tentativas que foram feitas... e falharam. Como você bem sabe, há dez homens e dez mulheres cujo único dever é provar sua comida e vinho, e cinquenta guerreiros armados que protegem seus aposentos, como agora. Não, isso não é veneno; é feitiçaria... Magia negra e sinistra.

Ela calou-se quando o rei falou; seus lábios lívidos não se moveram, e não havia sinal de reconhecimento naqueles olhos vítreos. Mas a voz surgiu como um apelo lúgubre, indistinto e distante, como se a tivessem chamado de além dos vastos golfos castigados pelos ventos.

— Yasmina! Yasmina! Minha irmã, onde está você? Não consigo encontrá-la. Tudo são trevas e o rugido de grandes ventos!

— Irmão! — Disse ela, segurando sua mão frágil num aperto convulsivo. — Estou aqui! Não me reconhece?

A voz da devi morreu diante do completo vazio no rosto do rei. Um murmúrio baixo e confuso deixou a boca do jovem soberano. As escravas choramingavam de medo, e Yasmina golpeava o próprio peito, angustiada.

Em outra parte da cidade, um homem estava de pé em uma varanda de treliça, olhando para uma rua extensa e parcamente iluminada por tochas, que revelavam rostos sombrios voltados para cima e o brilho de olhos lacrimejantes. Um pranto prolongado vinha da multidão.

O homem encolheu os ombros e voltou para dentro da câmara ornamentada com arabescos. Era alto, de compleição compacta e trajava vestes caras.

— O rei ainda não está morto, mas o hino fúnebre já começou — disse, voltando-se para outro indivíduo que se sentava de pernas cruzadas em um tapete no canto. Este trajava um manto marrom de pele de camelo e sandálias, e trazia um turbante verde enrolado na cabeça. Sua expressão era tranquila, e o olhar, impessoal.

— O povo sabe que ele jamais verá outro amanhecer — respondeu.

O primeiro interlocutor voltou-lhe um olhar longo e inquiridor.

— O que não consigo entender — disse — é por que tive de esperar tanto tempo para que seus mestres atacassem. Se eles puderam matar o rei agora, por que não o fizeram meses atrás?

— Mesmo as artes que você chama de feitiçaria são governadas por leis cósmicas — retorquiu o homem de turbante verde. — As estrelas dirigem essas ações, assim como outros assuntos. Nem mesmo meus mestres podem mudar as estrelas. Só depois que os céus atingiram a ordem correta eles puderam perpetrar essa necromancia — com uma unha comprida e pontiaguda, ele mapeou as constelações no chão feito de azulejos de mármore. — A inclinação da lua pressagiou o mal para o rei de Vendhya; as estrelas estão em tumulto, a Serpente na Casa do Elefante. Durante tal justaposição, os guardiões invisíveis foram removidos do espírito de Bhunda Chand. Um caminho foi aberto para os reinos invisíveis e, uma vez que estabeleceu-se um ponto de contato, intensos poderes entraram em ação ao longo desse caminho.

— Ponto de contato? — Perguntou o outro. — Refere-se àquele cacho de cabelo de Bhunda Chand?

— Sim. Todas as porções descartadas do corpo humano continuam fazendo parte dele, ligadas por conexões intangíveis. Os sacerdotes de Asura têm uma débil noção dessa verdade; portanto, todas as unhas cortadas, cabelos e demais resíduos da família real são cuidadosamente reduzidos a cinzas, que são escondidas. Mas a princesa de Khosala, que presumidamente amava Bhunda Chand, suplicou para que ele a presenteasse com um cacho de seus longos cabelos negros como lembrança. Quando meus mestres decidiram o destino dele, a caixa dourada incrustada de joias que continha o cacho foi roubada de baixo do travesseiro da princesa durante seu sono e substituída por outra tão parecida, que ela jamais saberia a diferença. Então, o cacho genuíno viajou em uma caravana de camelos pela longa estrada até Peshkhauri, e dali para a Passagem Zhaibar, até chegar às mãos daqueles a quem se destinava.

— Só um cacho de cabelos — o nobre murmurou.

— Pelo qual uma alma é arrancada do corpo e levada através dos golfos de espaços ecoantes — retorquiu o homem no tapete.

O nobre o estudou com curiosidade. Enfim, disse:

— Não sei se você é um homem ou um demônio, Khemsa. Poucos de nós somos o que aparentamos. Eu, a quem os kshatriyas conhecem como Kerim Shah, um príncipe do Iranistão, não disfarço melhor do que a maioria. Todos são traidores de uma forma ou de outra, e metade das pessoas não sabe a quem serve. Quanto a isso ao menos não tenho dúvidas, pois sirvo o rei Yezdigerd, de Turan.

— E eu, os Profetas Negros do Monte Yimsha — Khemsa observou. — E meus mestres são maiores que o seu, pois fizeram por meio de suas artes o que Yezdigerd não conseguiu com cem mil espadas.

Lá fora, o gemido de milhares de compadecidos elevava-se às estrelas que incrustavam a noite quente vendhyana, e as conchas mugiam como gado agonizante.

Nos jardins do palácio, a luz das tochas refletia-se nos elmos polidos, espadas curvas e armaduras entalhadas a ouro. Todos os nobres guerreiros de Ayodhya estavam reunidos no grande palácio ou ao seu redor e, em cada largo portão em arco e em cada porta, cinquenta arqueiros montavam guarda com suas armas em punho. Mas a Morte espreitava no palácio real, e ninguém podia fazer frente a sua ameaça espectral.

Nos estrados sob a abóbada dourada, o rei gritou mais uma vez, atormentado por terríveis espasmos. Novamente sua voz veio débil e distante, e a devi voltou a se curvar sobre ele, tremendo com um medo ainda mais sombrio que o terror da morte.

— Yasmina! — De novo aquele chamado estranho, distante e insuportável, oriundo dos reinos imensuráveis. — Ajude-me! Estou longe de minha morada mortal! Magos arrastaram minha alma através dos ventos soprados nas trevas. Eles buscam romper o cordão prateado que me mantém atado a meu corpo moribundo. Aglomeram-se à minha volta; suas mãos têm garras, seus olhos são vermelhos como chamas queimando na escuridão. Ajude-me, minha irmã! Seus dedos me cauterizam como brasas! Vão assassinar meu corpo e condenar minha alma! O que é isso que trazem diante de mim? Ahh!

Diante do terror daquele grito desesperançado, Yasmina berrou incontrolavelmente e deixou seu corpo cair sobre o rei, entregando-se à angústia. Terríveis convulsões o assolavam; saliva escorria de seus lábios contorcidos, e os dedos retorcidos deixavam marcas nos ombros da devi. Súbito, o vazio vítreo de seus olhos passou como se soprassem a fumaça de uma fogueira, e ele olhou para a irmã, reconhecendo-a.

— Irmão! — Ela soluçou. — Irmão...

— Rápido! — Ele disse ofegante, e sua voz fraca soava mais racional. — Já sei o que me leva até a pira. Empreendi uma longa jornada e agora compreendo. Fui enfeitiçado por magos himelianos. Atraíram minha alma para fora do corpo e para longe, para uma sala de pedra. Lá, lutam para quebrar o cordão prateado da vida e pôr minha alma no corpo abominável de uma criatura da noite, trazida do Inferno por seus feitiços. Ai de mim! Sinto-os arrastando-me agora mesmo! Seu grito e a força de seus dedos me trouxeram de volta, mas estou partindo rapidamente, irmã. Minha alma se agarra ao corpo, mas sua força se esvai. Rápido, mate-me antes que a aprisionem para sempre!

— Não posso! — Ela gemeu, golpeando o peito nu.

— Rápido, eu ordeno! — Havia aquela velha nota de autoridade em seu frágil suspiro. — Você jamais me desobedeceu... Cumpra este último comando! Mande minha alma incólume para Asura! Rápido, ou me condenará a passar a eternidade como um maldito espectro das trevas. Golpeie-me, eu ordeno! Ataque!

Soluçando profusamente, Yasmina sacou uma adaga cravejada de seu cinturão e a mergulhou até o cabo no peito do rei. Ele enrijeceu e depois ficou flácido, um sorriso austero curvando os lábios mortos. Yasmina caiu com a face voltada para o chão coberto por um carpete de palha e o esmurrou com as mãos crispadas. Lá fora, os gongos e conchas zurravam e trovejavam, e os sacerdotes se flagelavam com suas facas de cobre.

II
O Bárbaro das Colinas

Chunder Shan, governador de Peshkhauri, largou sua pena dourada e examinou cuidadosamente o que havia escrito no pergaminho marcado com seu selo oficial. Ele só governava Peshkhauri há todo aquele tempo porque pesava cada uma de suas palavras, faladas ou escritas. Perigo requer cautela, e somente um homem desconfiado vive o bastante naquele país selvagem, onde as quentes planícies vendhyanas encontram os penhascos himelianos. Qualquer um que cavalgasse por uma hora para norte ou oeste cruzaria a fronteira e se veria entre as colinas onde os homens viviam pela lei da lâmina.

O governador estava sozinho em seu quarto, sentado à sua mesa de ébano esculpida e ornamentada. Pela larga janela, aberta para refrescar o ambiente, via a noite himeliana, emoldurada por um quadrado, azulada e pontilhada por grandes estrelas brancas. Um parapeito adjacente formava uma linha escura, e ameias e canhoneiras mais distantes podiam ser vagamente divisadas sob a luz fraca das estrelas. A fortaleza do governador era robusta e situada fora das muralhas da cidade que guardava. A brisa que balançava as tapeçarias na parede trazia os sons vindos das ruas de Peshkhauri; trechos ocasionais de canções tristes ou o toque de uma cítara.

O governador leu o que havia escrito lentamente; a mão aberta protegendo seus olhos da luz das lamparinas de bronze e seus lábios em movimento. Enquanto lia, escutou distraidamente o barulho de cascos de cavalos fora do barbacã, o afiado *stacatto* dos guardas intimidando quem se aproximava. Não prestou atenção, concentrado na carta. Era endereçada ao wazam de Vendhya, à corte real de Ayodhya, e dizia o seguinte, após as tradicionais saudações:

"Que Vossa Excelência saiba que cumpri fielmente suas exigências. Os sete criminosos montanheses estão bem guardados em suas celas, e eu repetidamente enviei notícias às colinas solicitando que seu chefe venha pessoalmente barganhar sua soltura. Mas ele não se manifestou, a não ser quando enviou uma mensagem afirmando que, a menos que eles sejam soltos, vai... com o perdão de Vossa Excelência pelas palavras... queimar Peshkhauri e cobrir sua sela com minha pele. Isso ele é bem capaz de tentar, e tripliquei o número de guardas lanceiros. O homem não é nativo do Ghulistão. Não posso prever com certeza seu próximo movimento. Mas uma vez que é o desejo da devi..."

Súbito, levantou-se da cadeira de marfim e se voltou para a porta arqueada. Buscou a espada curva na bainha ornada sobre a mesa, e só então estudou o movimento que ocorria à sua frente.

Era uma mulher que havia entrado sem ser anunciada, uma mulher cujo manto fino não escondia as ricas vestes; não mais do que escondiam sua beleza e a maleabilidade de sua figura alta e delgada. Um véu transparente, preso a um toucado ondulante suportado por três tiras de ouro e adornado com um crescente dourado, caía sobre seus seios. Sob o véu, os olhos escuros da mulher analisavam o atordoado governador. Então, com um gesto imperioso de sua mão alva, ela descobriu o rosto.

— Devi! — O governador caiu de joelhos diante dela, surpresa e confusão estragando de certo modo a imponência de sua reverência. Com um gesto ela indicou que ele se levantasse, e o homem se apressou em conduzi-la à cadeira de marfim, todo o tempo curvando-se até a altura de seu cinturão. Porém, suas primeiras palavras foram de reprovação.

— Majestade! Isso não foi prudente! A fronteira é instável. Os ataques das colinas não param. A senhora veio com uma grande escolta?

— Uma ampla comitiva me acompanhou até Peshkhauri — ela respondeu. — Alojei meu pessoal em uma estalagem e vim até o forte com minha criada, Gitara.

Chunder Shan grunhiu de horror.

— Devi... a senhora não compreende o perigo. A uma hora de cavalgada deste ponto, as colinas estão infestadas de bárbaros que fazem do assassinato e da rapina sua profissão. Mulheres foram roubadas, e homens, apunhalados entre o forte e a cidade. Peshkhauri não é como as províncias do sul...

— Mesmo assim, aqui estou, e ilesa — interrompeu, com um traço de impaciência. — Mostrei meu anel real ao guarda no portão e ao que fica do lado de fora de sua porta, e eles permitiram que eu entrasse sem ser anunciada. Embora não tenham me reconhecido, devem ter suposto que eu era uma mensageira secreta de Ayodhya. Mas não percamos tempo. Não recebeu resposta alguma do chefe dos bárbaros?

— Nenhuma, salvo ameaças e maldições, devi. Ele é prudente e desconfiado. Acha que se trata de uma armadilha, e talvez não devamos culpá-lo por isso. Os kshatriyas nem sempre mantiveram a palavra com o povo das colinas.

— Ele precisa ser convencido! — Yasmina o interrompeu, as juntas de suas mãos apertadas embranquecendo.

— Não entendo — o governador balançou a cabeça. — Quando tive a chance de capturar esses sete homens, reportei a prisão para o wazam, como de costume. Porém, antes que pudesse enforcá-los, recebi uma ordem para mantê-los vivos e me comunicar com seu chefe. Foi o que fiz, mas ele permanece afastado, como já disse. Esses homens são da tribo dos afghulis, mas seu líder é um estrangeiro do oeste, e se chama Conan. Ameacei enforcar os sete bárbaros amanhã ao raiar do sol se ele não aparecer.

— Ótimo! — Exclamou a devi. — Você agiu bem. E vou dizer por que dei tais ordens. Meu irmão... — Ela vacilou, engasgando, e o governador curvou a cabeça no costumeiro gesto de respeito por um soberano que partiu. Enfim, a devi prosseguiu:

— O rei da Vendhya foi destruído por magia. E devotarei minha vida à destruição de seus assassinos. Antes de morrer, meu irmão me deu uma pista, e eu a segui. Li o *Livro de Skelos* e conversei com eremitas sem nome nas cavernas abaixo de Jhelai. Descobri como, e por quem, o rei foi destruído. Seus inimigos eram os Profetas Negros do Monte Yimsha.

— Asura! — Chunder Shan sussurrou, empalidecendo.

Os olhos dela o atravessaram como faria uma faca:

— Você os teme?

— E quem não os teme, Majestade? São demônios negros, assombrando as colinas inabitadas além de Zhaibar. Mas os sábios dizem que raramente interferem na vida dos mortais.

— Por que mataram meu irmão, eu não sei — ela respondeu. — Mas jurei no altar de Asura que os destruiria! É preciso do auxílio de um homem de além da fronteira. Um exército kshatriya jamais chegaria até o Yimsha.

— Sim — murmurou Chunder Shan. — O que diz é verdade. Seria luta a cada passo do caminho, com os homens peludos das fronteiras arremessando pedras de todas as alturas e nos emboscando com suas longas facas a cada vale. Certa vez, os turanianos abriram caminho até os himelianos, mas quantos desses retornaram a Khurusun? Poucos dos que escaparam das espadas kshatriyas depois que o rei, seu irmão, derrotou suas hordas no Rio Jhumda voltaram a ver Secunderam.

— Portanto, tenho que controlar homens além da fronteira — ela disse. — Homens que conheçam o caminho até o Monte Yimsha.

— Mas as tribos temem os Profetas Negros e fogem da montanha profana — replicou o governador.

— Esse chefe, Conan, os teme? — Perguntou a devi.

— Bem, quanto a isso... — murmurou o governador — Duvido que exista algo que aquele demônio tema.

— Foi o que me disseram. Sendo assim, é com ele que preciso lidar. O bárbaro deseja a libertação de seus sete homens. Muito bem; o resgate será as cabeças dos Profetas Negros! — Ao finalizar as últimas palavras, a voz da nobre arranhou sua garganta devido ao ódio, e suas mãos crisparam-se. Era a imagem da paixão encarnada, com a cabeça erguida e o peito arfando.

Novamente o governador se ajoelhou, pois parte de sua sabedoria consistia em saber que uma mulher em um estado emocional tempestuoso como aquele era tão perigosa àqueles ao seu redor quanto uma cobra cega.

— Seu desejo será cumprido, Majestade — então, conforme o semblante da devi se acalmava, ele se levantou e se aventurou a lançar uma palavra de aviso. — Não posso prever qual será a postura do chefe Conan. Os homens das tribos são sempre turbulentos, e tenho motivos para crer que emissários turanianos estão instigando-os para que invadam nossas fronteiras. Como a senhora sabe, os turanianos se estabeleceram em Secunderam e em outras cidades do norte, embora as tribos das colinas permaneçam inconquistadas. O rei Yezdigerd olha para o sul com ganância há bastante tempo e talvez busque ganhar por meio da traição o que não conseguiu pela força das armas. Já me ocorreu que Conan poderia muito bem ser um de seus espiões.

— Veremos — respondeu a mulher. — Se ele amar seus seguidores, estará nos portões ao amanhecer para negociar. Passarei a noite na fortaleza. Vim disfarçada para Peshkhauri, e levei minha comitiva para uma pousada, em vez do palácio. Além do meu pessoal, só você sabe de minha presença aqui.

— Vou levá-la a seus aposentos, Majestade — disse o governador, e, quando saíram, fez um gesto para o guerreiro que montava guarda. O homem os seguiu após erguer a lança em saudação.

A criada aguardava do lado de fora, envolta num véu como sua ama. O grupo atravessou um amplo e arejado corredor, iluminado por tochas fumacentas, e chegou aos aposentos reservados para visitantes notáveis, em geral, generais e vice-reis. Ninguém da família real jamais havia honrado a fortaleza dessa forma. Chunder Shan tinha uma sensação perturbadora de que o quarto não era adequado para uma personalidade tão elevada quanto a devi e, embora ela tentasse fazer com que ele se sentisse à vontade em sua presença, ficou feliz quando foi dispensado. Shan fez uma saudação e saiu. Todos os servos do forte haviam sido convocados para servir a hóspede real, apesar de a identidade dela não ter sido divulgada, e o governador deslocou um esquadrão de lanceiros para guardar as portas do quarto, entre eles, o guerreiro que guardava sua própria câmara. Tomado pela preocupação, esquecera-se de substituir o homem.

O governador não tinha se afastado muito quando Yasmina lembrou-se subitamente de algo que gostaria de discutir com ele, mas de que se esquecera até então. Tinha a ver com as ações passadas de Kerim Shah, um nobre do Iranistão que residira em Peshkhauri por um período antes de ir para a corte de Ayodhya. Uma vaga suspeita em relação ao homem havia sido despertada por um vislumbre dele em Peshkhauri naquela noite. Ela se perguntava se ele a havia seguido desde Ayodhya. Sendo uma devi verdadeiramente notável, não mandou chamar o governador novamente e, em vez disso, saiu sozinha para o corredor e seguiu apressadamente em direção ao cômodo de seu servo.

Chunder Shan entrou no quarto, fechou a porta e voltou à mesa. Lá, apanhou a carta que havia escrito e a rasgou em pedaços. Mal tinha terminado quando escutou algo pisar suavemente no parapeito adjacente à janela. Virou-se e viu uma figura rapidamente agigantar-se contra as estrelas. Então, um homem saltou com leveza para dentro do cômodo. A luz brilhou em um longo feixe de aço em suas mãos.

— Shhhh! — Avisou. — Não faça barulho ou enviarei um bajulador para o diabo!

O governador estudou suas chances de chegar à espada sobre a mesa. Estava dentro do alcance da longa faca de Zhaibar que brilhava no punho do intruso, e sabia da velocidade desesperada de um homem das colinas.

O invasor era alto e forte, e seus movimentos eram ágeis. Vestia-se como um montanhês, mas suas feições sombrias e olhos azuis não combinavam com as roupas. Chunder Shan nunca havia visto alguém como ele. Não vinha do Oriente; era um bárbaro do Ocidente. Contudo, seu aspecto era tão indomável e formidável quanto o de qualquer um vindo das tribos que assombravam as colinas do Ghulistão.

— Você se apresenta como um ladrão na noite — comentou o governador, recuperando parte da compostura, embora lembrasse que não havia guardas ao alcance de seu chamado. Ainda assim, o invasor não tinha como saber disso.

— Eu escalei um bastião — rosnou o outro. — Um guarda meteu a cabeça por sobre a muralha a tempo de eu golpeá-lo com o cabo de minha faca.

— Você é Conan?

— Quem mais? Você enviou mensagens para as colinas dizendo que desejava que eu viesse e conversasse. Bem, por Crom, aqui estou! Afaste-se da mesa ou vou arrancar suas tripas.

— Só quero me sentar — respondeu o governador, cuidadosamente afundando na cadeira de marfim, que afastou da mesa. Conan movia-se irrequieto diante dele, olhando desconfiado para a porta e manuseando o fio da lâmina de sua adaga, que tinha quase um metro. Ele não caminhava como um afghuli, e era direto, em contraste com o Oriente, que costumava ser sutil.

— Você está com sete homens meus — ele disse, sem rodeios. — Recusou o resgate que ofereci. Que diabos você quer?

— Vamos discutir os termos — Chunder Shan respondeu com cautela.

— Termos? — Havia um timbre de perigo na voz raivosa. — O que quer dizer? Não lhe ofereci ouro?

Chunder Shan riu.

— Ouro? Há mais ouro em Peshkhauri do que jamais viu.

— Você é um mentiroso — Conan retorquiu. — Eu vi o *suk* dos ourives em Khurusun.

— Bem... Mais ouro do que qualquer afghuli jamais viu, então — corrigiu-se Chunder Shan. — E ele não passa de uma gota de todo o tesouro da Vendhya. Por que desejaríamos ouro? Seria mais vantajoso enforcar os sete ladrões.

Conan soltou um praguejo sulfuroso, e a longa lâmina estremeceu ante a pressão de sua mão enquanto seus músculos se erguiam como cordilheiras nos braços.

— Vou partir sua cabeça como um melão maduro!

Uma chama azul selvagem brilhou nos olhos do montanhês, mas Chunder Shan deu de ombros, apesar de manter um olho no aço afiado.

— Você poderia me matar facilmente, e provavelmente escaparia pela muralha depois. Mas isso não salvaria os sete membros da tribo. Meus guardas os enforcariam com certeza. E aqueles homens são chefes entre os afghulis.

— Eu sei — rosnou Conan. — As tribos estão latindo como lobos nos meus calcanhares por não conseguir a soltura deles. Diga o que quer, pois, por Crom... se não existir outra maneira, vou reunir uma horda e liderá-la aos portões de Peshkhauri!

Olhando para o homem que permanecia estático, com a faca na mão e olhos em chamas, Chunder Shan não duvidava de sua capacidade para realizar tal feito. O governador não acreditava que qualquer horda de homens das colinas pudesse tomar Peshkhauri, mas não desejava um país devastado.

— Há uma missão que você deve cumprir — disse, escolhendo suas palavras com tanto cuidado quanto o faria se fossem navalhas. — Existe...

Conan havia se virado para encarar a porta naquele mesmo instante, os lábios rosnando. Seus ouvidos de bárbaro haviam captado a rápida passada de sandálias macias do lado de fora. Logo a seguir, a porta estava aberta e uma forma magra vestida com um manto de seda entrava apressadamente, fechando-a atrás de si... E, então, congelou-se ante a visão do homem das colinas.

Chunder Shan deu um salto, pondo-se de pé, seu coração quase saindo pela boca.

— Devi! — Gritou ele involuntariamente, perdendo a cabeça por um momento devido ao susto.

— Devi. — Foi quase um eco explosivo que saiu dos lábios do cimério. Chunder Shan viu reconhecimento e objetivo queimarem intensamente nos ferozes olhos azuis.

O governador deu um berro desesperado e apanhou sua espada, mas o montanhês moveu-se com a velocidade devastadora de um furacão. Saltou, nocauteou o governador com um golpe selvagem do cabo da faca, agarrou a espantada devi com seu braço musculoso e chegou rapidamente à janela. Chunder Shan, lutando freneticamente para ficar de pé, viu o homem posar um instante no peitoril em meio à flutuação de saias de seda e membros brancos que era sua prisioneira real, e escutou seu rosnado feroz e exultante:

— Agora ouse enforcar meus homens! — Então, saltou do parapeito e desapareceu. Um grito selvagem chegou até os ouvidos do governador.

— Guardas! Guardas! — Gritou Shan, correndo cambaleante até a porta. Ele a abriu e seguiu pelo corredor. Seus gritos ecoavam ao longo das passagens, e guerreiros vieram correndo, boquiabertos ao verem-no segurando a cabeça partida, de onde sangue jorrava.

— Chamem os lanceiros! — Rugiu. — Houve um sequestro!

Mesmo em seu frenesi, teve bom senso suficiente para esconder a verdade completa. Estancou ao ouvir o súbito rufar de cascos do lado de fora, um grito enérgico e um brado selvagem de exultação bárbara.

Seguido pelos guardas desnorteados, o governador correu para as escadas. No pátio do forte, um grupo de lanceiros aguardava com suas montarias seladas, pronto para cavalgar imediatamente. Chunder Shan guiou seu esquadrão na perseguição ao fugitivo, embora sua cabeça rodasse tanto que era obrigado a segurar a sela com ambas as mãos. Não revelou a identidade da vítima, dizendo somente que a nobre portando o anel real havia sido levada pelo chefe dos afghulis. O sequestrador estava fora do alcance da vista e da audição, mas a tropa conhecia o caminho que ele tomaria para a estrada que levava direto à boca da Passagem Zhaibar. Não havia lua; cabanas de camponeses apareciam turvas sob a luz das estrelas. Atrás deles desapareciam o bastião austero do forte e as torres de Peshkhauri. À frente, delineava-se o sombrio paredão himeliano.

III

KHEMSA USA A MAGIA

Na confusão que reinou na fortaleza enquanto os guardas saíam, ninguém reparou quando a garota que acompanhava a devi atravessou furtivamente o grande portão arqueado e desapareceu nas trevas. A jovem correu imediatamente para a cidade, segurando alto as pregas de suas vestes. Não tomou a estrada aberta, cortando direto pelos campos e pelas colinas, evitando cercas e pulando por cima das valas de irrigação com tanta confiança como alguém o faria se fosse dia, e tão facilmente quanto um corredor treinado. O barulho dos cascos dos guardas havia desaparecido rochedo acima antes que ela chegasse à muralha da cidade. Não foi para o portão principal, diante do qual homens se apoiavam em suas lanças, voltavam suas cabeças para qualquer ruído vindo das trevas e discutiam a incomum atividade no forte. Em vez disso, contornou a muralha até chegar a um ponto em que a espiral da torre ficava visível acima das ameias. Então, colocou a mão na boca e produziu um chamado grave, estranho e quase inaudível.

Quase instantaneamente, uma cabeça apareceu em uma pequena abertura no parapeito e uma corda desceu, contorcendo-se pela parede. Ela a agarrou, colocou um pé no laço que havia na extremidade e acenou. A seguir, foi içada de forma rápida e suave pela cortina de pedra maciça, e logo ultrapassava os merlões e se punha de pé em um telhado plano que cobria uma casa encostada na muralha. Lá, havia um alçapão, e um homem vestindo um manto de pelo de camelo recolhia silenciosamente a corda, sem demonstrar qualquer cansaço após transportar uma mulher adulta por sobre uma muralha de doze metros.

— Onde está Kerim Shah? — Ela perguntou, ofegante após a longa corrida.

— Dormindo na casa abaixo. Trouxe novidades?

— Conan sequestrou a devi da fortaleza e a levou para as colinas! — Vomitou as notícias de uma vez, as palavras tropeçando umas nas outras.

Khemsa não demonstrou emoção alguma. Apenas moveu a cabeça envolvida pelo turbante e disse:

— Kerim Shah ficará feliz em saber disso.

— Espere! — A moça envolveu o pescoço do homem com os braços delgados. Estava ofegante, mas não só por causa do esforço. Seus olhos brilhavam como duas gemas negras sob a luz das estrelas. O rosto voltado para cima estava próximo do de Khemsa, mas, embora ele estivesse se submetendo ao abraço dela, não o devolvia.

— Não conte ao hirkaniano! — Ela exclamou. — Vamos usar esse conhecimento a nosso favor! O governador foi para as colinas com seus cavaleiros, mas é bem provável que esteja perseguindo um fantasma. Ele não contou a ninguém que a sequestrada é a devi. Ninguém em Peshkhauri ou no forte sabe disso, exceto nós!

— Mas que bem isso nos fará? — Protestou o homem. — Meus mestres me enviaram para ajudar Kerim Shah de qualquer maneira que seja...

— Ajude a si próprio! — Ela disse ferozmente. — Livre-se desse jugo!

— Você quer dizer... desobedecer a meus mestres? — Ele engasgou, e ela sentiu o corpo inteiro do homem gelar em seus braços.

— Sim! — A garota o chacoalhou, na fúria daquela emoção. — Você também é um feiticeiro! Por que ser um escravo, usando suas capacidades somente para elevar os outros? Use suas artes em proveito próprio!

— Isso é proibido! — Ele tremia como se estivesse febril. — Não faço parte do Círculo Negro. Só por ordem de meus mestres atrevo-me a usar o conhecimento que me concederam.

— Mas você pode usá-lo! — Ela argumentou exaltada. — Eu lhe imploro! Claro que Conan levou a devi como refém por causa dos sete montanheses que estão na prisão do governador. Destrua-os para que Chunder Shan não possa usá-los para comprá-la de volta. Então, iremos até as montanhas arrancá-la dos afghulis. Eles não podem fazer frente à sua feitiçaria com facas. Exigiremos o tesouro dos reis vendhyanos como resgate... E, quando ele estiver em nossas mãos, poderemos enganá-los e vendê-la ao rei de Turan. Teremos mais riquezas do que em nossos maiores sonhos. Com ela, poderemos comprar guerreiros. Tomaremos Khorbhul, expulsaremos os turanianos das colinas e enviaremos nossas tropas para o sul; seremos rei e rainha de um império!

Khemsa também estava ofegante, tremendo intensamente diante da energia da jovem; sua face parecia cinzenta à luz das estrelas, molhada com grandes gotas de transpiração.

— Eu amo você! — Ela gritou ferozmente, pressionando seu corpo contra o dele, quase sufocando-o com aquele abraço selvagem e abalando-o com sua vivacidade. — Eu o tornarei um rei! Por amor a você, traí minha senhora; por amor a mim, traia seus mestres! Por que temer os Profetas Negros? Já quebrou uma de suas leis por amor a mim! Quebre as demais! Você é tão poderoso quanto eles!

Um homem de gelo não teria suportado o calor escaldante da paixão e fúria daquela jovem. Com um som inarticulado, ele a apertou contra seu corpo, curvando o dela para trás e despejando beijos enlouquecidos em seus olhos, rosto e lábios.

— Eu o farei! — Sua voz vinha carregada de emoções conflituosas. Gaguejava como um bêbado. — As artes que me foram ensinadas trabalharão para mim, não para meus mestres. Seremos governantes do mundo... Do mundo!

— Então, venha! — Contorcendo-se levemente para escapar do abraço, ela apanhou a mão do homem e o conduziu até o alçapão. — Primeiro, precisamos nos certificar de que o governador não trocará os sete prisioneiros pela devi.

Ele se movia como em transe, até que desceram as escadas e ela parou na câmara abaixo. Kerim Shah estava deitado sobre um sofá, imóvel, um braço sobre o rosto, como se quisesse proteger seus olhos adormecidos da luz da lamparina de latão. A garota apertou o braço de Khemsa e fez um gesto rápido, como se cortasse a própria garganta. Khemsa ergueu a mão; então sua expressão mudou e ele se afastou.

— Não, eu partilhei de seu pão — murmurou. — Além disso, não pode interferir.

Levou a garota por uma porta que dava para uma escada sinuosa. Depois que os passos suaves da dupla desapareceram no silêncio, o homem no sofá se sentou. Kerim Shah limpou o suor da fronte. Não temia a estocada de uma faca, mas temia Khemsa tanto quanto um homem teme um réptil venenoso.

— Pessoas que conspiram em telhados deveriam lembrar-se de manter a voz baixa — sussurrou. — Mas, como Khemsa voltou-se contra seus mestres, e como era meu único contato com eles, não posso mais contar com a ajuda dos Profetas. De agora em diante, jogarei ao meu modo.

Levantou-se, foi até uma mesa, tirou uma pena e um pergaminho do cinturão e escreveu algumas linhas sucintas.

— Para Khosru Khan, governador de Secunderam: Conan, o cimério, levou a devi Yasmina para o vilarejo dos afghulis. É a oportunidade para colocarmos as mãos nela, como há tanto tempo queremos. Envie três mil cavaleiros agora mesmo. Vou encontrá-los no vale de Gurashah com guias nativos.

E assinou a missiva com um nome completamente diferente de Kerim Shah.

A seguir, apanhou um pombo correio em uma gaiola dourada, enrolou o pergaminho, amarrou-o com um fio dourado e prendeu-o na perna da ave. Seguiu rapidamente para uma janela e libertou o pássaro na noite. O animal oscilou com um ruflar de asas, estabilizou-se e desapareceu como uma sombra esvoaçante. Apanhando seu elmo, espada e capa, Kerim Shah saiu da câmara e desceu as escadas.

As celas de Peshkauri eram separadas do resto da cidade por uma parede maciça, cuja única passagem consistia em uma porta de ferro sob um arco. Acima deste, queimava um fogaréu lúrido e escarlate, e, ao lado da porta, um guerreiro portando lança e escudo encontrava-se agachado.

Tal guerreiro, apoiado em sua lança e bocejando de tempos em tempos, endireitou-se subitamente. Não achava que tinha cochilado, contudo, havia um homem à sua frente; um homem cuja aproximação não tinha escutado. Ele usava um manto de camelo e um turbante verde. Sob a luz turva do fogaréu, seus traços estavam encobertos pelas sombras, mas um par de olhos cintilantes reluzia surpreendentemente naquele fulgor lúgubre.

— Quem vem aí? — Exigiu saber o guerreiro, mostrando a lança. — Quem é você?

O estranho não pareceu se perturbar, embora a ponta da lança tocasse seu peito. Seus olhos contemplavam o guerreiro com uma intensidade estranha.

— Qual é seu dever? — Perguntou de forma curiosa.

— Guardar o portão! — O guerreiro respondeu áspera e mecanicamente; permanecia rígido como uma estátua, os olhos lentamente perdendo seu brilho.

— Mentiroso! Seu dever é me obedecer! Você olhou nos meus olhos e sua alma não lhe pertence mais. Abra a porta!

Com as feições rígidas de uma imagem de madeira, o guarda virou-se, tirou uma grande chave do cinturão, enfiou-a na enorme fechadura e abriu a porta. Então, ficou em alerta, seu olhar que nada via encarando o vazio à sua frente.

Uma mulher saiu das sombras e pousou uma mão ávida sobre o braço do hipnotizador.

— Peça que ele nos arranje cavalos, Khemsa — sussurrou.

— Não há necessidade disso — foi a resposta. Erguendo a voz levemente, disse ao guarda — Você não tem mais utilidade para mim. Mate-se!

Como um homem em transe, o guerreiro travou o cabo da lança na base da parede e posicionou a ponta contra seu corpo, logo abaixo das costelas. Então, lenta e impassivelmente, se inclinou sobre ela e soltou o peso, de forma que a arma transfixou seu corpo e saiu por entre os ombros. Após deslizar pela haste inteira, ficou imóvel, a lança projetando-se acima dele em toda sua extensão, como um horrível caule crescendo de suas costas.

A garota observou a cena com fascinação mórbida, até que Khemsa a pegou pelo braço e levou pelo portão. Tochas iluminavam o estreito espaço entre a muralha exterior e a interna, menor, na qual havia portas arqueadas em intervalos regulares. Um guerreiro patrulhava o recinto e, quando o portão se abriu, veio deambulando em sua direção, confiando tanto na força da prisão que não suspeitou de nada até que Khemsa e a garota surgissem de dentro do arco. Mas então já era tarde demais. O feiticeiro não perdeu tempo com hipnotismo, embora qualquer ação sua tivesse sabor de magia para a garota. A sentinela abaixou a lança ameaçadoramente e abriu a boca para dar o alarme que traria um enxame de lanceiros saídos dos dormitórios da guarda, localizados em ambos os lados da viela. Khemsa despedaçou a lança com a mão esquerda como um homem faria com um graveto, e como um raio sua mão direita estocou e recuou, em um movimento que parecia ter gentilmente acariciado o pescoço do guerreiro. O rosto do guarda escureceu sem emitir som algum, sua cabeça agora pendurada no pescoço quebrado.

Khemsa sequer olhou para ele; apenas seguiu em frente até uma das portas arqueadas e descansou a palma sobre a pesada tranca de bronze. Com um tremor dilacerante, o portal dobrou-se para dentro. Enquanto seguia o homem para além da porta, a garota viu a grossa madeira despedaçada em lascas, os trincos de bronze dos soquetes curvados e retorcidos, e as grandes dobradiças partidas e deslocadas. Um aríete de quinhentos quilos sendo manejado por quarenta homens não poderia ter destroçado aquela barreira tão completamente. Khemsa estava embebido pela liberdade e pelo exercício do poder, glorificando-se com sua potência e demonstrando sua força como um jovem gigante exercita seus músculos com vigor desnecessário, sentindo um orgulho exultante de suas proezas.

A porta quebrada levou a dupla a um pequeno pátio, iluminado por uma lamparina. De frente para a porta havia uma larga grade com barras de ferro. Uma mão peluda era visível, agarrada às barras e, nas trevas atrás delas, olhos faiscavam.

Khemsa permaneceu quieto por um tempo, fitando as sombras sob as quais aqueles olhos o encaravam com intenso ardor. Então, sua mão mergulhou no manto e emergiu, e de seus dedos abertos um punhado de pó brilhante foi derramado no pavilhão. Instantaneamente, uma flama verdejante iluminou o recinto. Em um breve vislumbre, as formas dos sete homens, imóveis atrás das barras, se delinearam com vívidos detalhes. Homens altos e peludos em vestes esfarrapadas típicas de montanheses. Eles nada disseram, mas em seu rosto estava estampado o medo da morte, e seus dedos agarravam as grades com força.

O fogo morreu, porém, o brilho permaneceu, uma esfera trêmula de um verde suave que pulsava e espalhava uma luz difusa pelo pavilhão diante dos pés de Khemsa. O olhar espantado dos prisioneiros estava fixo nela. A esfera vacilou e se diluiu, transformando-se numa fumaça jade que ascendeu em uma espiral retorcida como uma serpente feita de sombras. Então, se alargou e cresceu, desdobrando-se em giros reluzentes. Em seguida, transformou-se em uma nuvem, movendo-se silenciosamente por sobre o pátio e indo resoluto na direção das grades. Os homens assistiram à sua chegada com os olhos dilatados; as barras tremiam com o aperto dos dedos desesperados. Lábios envoltos por barbas se abriram, mas nenhum som se pronunciou. A nuvem verde rolou pelas barras e bloqueou a visão deles; como uma bruma, se derramou pela cela e envolveu os prisioneiros. Dos invólucros cercados partiu um engasgo estrangulado, como o de um homem repentinamente mergulhado sob as águas. E isso foi tudo.

Khemsa tocou os braços da garota, boquiaberta e com os olhos arregalados. Mecanicamente, ela deu meia-volta e o seguiu, olhando por sobre os ombros. A névoa já se dissipava; próximo às barras, viu um par de pés calçados, com os dedos voltados para cima, e entreviu os contornos indistintos de sete formas prostradas e inertes.

— Agora vamos buscar uma montaria mais veloz do que o mais rápido cavalo já nascido em um estábulo mortal — disse Khemsa. — Estaremos no Afghulistão antes do amanhecer.

IV
Um Encontro na Passagem

A devi Yasmina jamais conseguiria se lembrar com clareza dos detalhes de sua abdução. A violência e o inesperado a aturdiram; ela tinha apenas a impressão confusa de um turbilhão de acontecimentos; o aperto aterrorizante de um braço poderoso, os olhos ardentes de seu sequestrador e o hálito quente em sua pele. O salto da janela até o parapeito, a corrida insana sobre ameias e telhados, quando o medo de cair a congelou, a descida imprudente por uma corda atada a um merlão... Ele fizera a descida quase de uma só vez, com a cativa dobrada flacidamente sobre seu ombro musculoso. Tudo era um emaranhado confuso em sua mente. A devi reteve uma lembrança mais vívida do homem correndo rapidamente sob as sombras das árvores, carregando-a como a uma criança e montando na sela de um feroz garanhão bhalkhano, que empinou e bufou. Então, teve a sensação de voar, os cascos do animal tirando faíscas da estrada pedregosa enquanto cavalgavam colina acima.

À medida que a mente da garota clareava, suas primeiras sensações foram de furiosa ira e vergonha. Estava horrorizada. Os soberanos dos reinos dourados ao sul dos himelianos eram considerados quase divinos, e ela era a devi da Vendhya! O medo estava afogado por um ódio régio. Gritou furiosamente e começou a se debater. Ela, Yasmina, carregada no arco da sela de um chefe das colinas, como uma vagabunda comum dos mercados. Ele meramente apertou um pouco seus enormes músculos contra as contorções e, pela primeira vez na vida, a devi experimentou a coerção de uma força física superior. Os braços do homem davam-lhe a sensação de estar envolta em ferro. Ele a encarou e deu um largo sorriso. Os dentes brilharam sob as estrelas. As rédeas estavam frouxas sobre a crina esvoaçante do garanhão, e todas as fibras e músculos da grande fera se contraíam enquanto ela seguia pela trilha pedregosa. Mas Conan sentava-se na sela com facilidade, quase despreocupadamente, como um centauro.

— Seu cão das colinas! — Resfolegou, tremendo por conta do impacto da vergonha, da raiva e da percepção do quanto estava indefesa. — Você se atreve... Você se atreve! Pagará por isso com a vida! Para onde está me levando?

Atrás deles, além das colinas que haviam atravessado, tochas eram agitadas nas paredes da fortaleza, e Conan viu um foco de luz se expandir, o que indicava que o grande portão havia sido aberto. Ele gargalhou; uma explosão tempestuosa, como o vento da colina, vinda do fundo de sua garganta.

— O governador enviou seus cavaleiros atrás de nós — divertiu-se. — Por Crom, vamos levá-lo em uma alegre caçada! O que acha, devi...? Eles trocarão sete vidas pela de uma princesa kshatriya?

— Enviarão um exército para enforcar você e sua corja de demônios — prometeu ela com convicção.

Ele deu uma gargalhada tempestuosa e a pôs em uma posição mais confortável em seus braços. Mas a devi tomou isso como um novo ultraje e retomou sua batalha perdida, até perceber que seus esforços só o divertiam. Fora isso, suas vestes leves de seda, flutuando ao vento, se desarrumavam com aqueles movimentos. Ela concluiu que uma submissão a contragosto era o máximo de dignidade que poderia ter, e entregou-se a uma quietude ardente.

Sentiu até mesmo sua raiva submergir em temor quando eles entraram por aquela Passagem, que surgia como uma boca negra nas paredes escuras que se avultavam como colossais baluartes, barrando o caminho. Era como se uma faca gigante tivesse cortado as paredes da Passagem Zhaibar direto

na rocha sólida. De ambos os lados, rochedos íngremes eguiam-se centenas de metros acima, e a boca da Passagem era escura como ódio. Nem Conan conseguia enxergar com precisão, mas conhecia o caminho, mesmo à noite. E, sabendo que homens armados galopavam atrás deles, não diminuiu a velocidade do garanhão. A grande fera ainda não demonstrava fadiga. Trovejou pela estrada que acompanhava o leito do vale, subiu por uma encosta, passou ao longo de uma elevação baixa, onde, de ambos os lados, argila traiçoeira aguardava os desavisados, e desembocou em uma trilha que acompanhava a curva que a parede fazia à esquerda.

Naquela escuridão, nem mesmo Conan perceberia a emboscada armada pelos homens da tribo Zhaibar. Logo após passarem pela boca negra de uma garganta que se abria no interior da Passagem, uma lança cortou o ar e atingiu seu alvo; os ombros tensos do garanhão. A vida da grande fera a abandonou com um soluço trêmulo, e ela tombou, caindo de cabeça no meio do galope. Mas Conan havia reconhecido o voo fatal da lança e agiu com a rapidez de uma mola de aço.

No momento em que seu cavalo caiu, o cimério pulou da sela, posicionando seu corpo sob o da garota para protegê-la do choque contra os pedregulhos. Pôs-se de pé como um gato, colocou a devi em uma fissura na pedra e virou-se em direção às trevas, sacando a faca.

Yasmina, confusa pela rapidez dos eventos e incerta sobre o que acabara de acontecer, viu uma vaga forma sair da escuridão. Seus pés descalços pisavam suavemente sobre as rochas e suas roupas esfarrapadas eram sacudidas pelo deslocamento de ar que resultava de sua velocidade apressada. A jovem vislumbrou o brilho do aço, escutou as pancadas velozes de golpes, defesas e contragolpes, e o ruído de ossos se rompendo quando a longa faca de Conan partiu o crânio do outro.

O bárbaro recuou, agachando-se, e abrigou-se nas rochas. Lá fora, na noite, homens moviam-se e uma voz potente rugiu:

— E então, cães! Vão recuar? Amaldiçoados sejam todos... Peguem eles!

Conan parou, espiou as trevas e levantou a voz.

— Yar Afzal! É você?

Uma imprecação assustada soou, e a voz chamou, circunspecta.

— Conan? É você, bárbaro?

— Sim! — O cimério riu. — Venha cá, velho cão de guerra. Acabo de matar um de seus homens.

Houve movimento entre as rochas, uma luz brilhou debilmente, e então uma chama surgiu bruxuleando na direção deles. Quanto mais ela se aproximava, mais um feroz rosto barbado se delineava nas trevas. O homem que segurava a chama a apontou para a frente e esticou o pescoço para enxergar entre as pedras que ela iluminava; a outra mão apertava o cabo de uma grande tulwar curva. Conan deu um passo adiante, embainhando a faca, e o outro rugiu uma saudação.

— Sim, é Conan! Saiam das rochas, cães. É Conan!

Outros se juntaram ao vacilante círculo de luz; homens selvagens, barbados, esfarrapados, com olhos de lobo e lâminas compridas em punho. Não viram Yasmina, pois estava escondida atrás do enorme corpo de Conan. Mas, espiando por trás de seu esconderijo, ela conheceu o medo paralisante pela primeira vez na vida. Aquelas figuras eram mais lobos do que homens.

— O que está caçando na Zhaibar à noite, Yar Afzal? — Perguntou o bárbaro ao corpulento chefe, que sorriu por detrás de sua barba assustadora.

— Quem sabe o que pode atravessar a Passagem após a escuridão chegar? Nós, wazulis, somos falcões da noite. Mas e quanto a você, Conan?

— Tenho uma prisioneira — respondeu o cimério. E, movendo-se para o lado, revelou a garota. Esticando o braço comprido para dentro da fissura, Conan a puxou para fora.

Sua postura arrogante desaparecera. A devi olhava timidamente para aqueles rostos barbados que a circundavam e sentia-se grata pelo braço forte que a segurava com possessividade. A tocha aproximou-se dela e o círculo de homens pareceu respirar fundo.

— Ela é minha prisioneira — avisou Conan, olhando incisivamente em direção ao homem que acabara de matar, visível dentro da área iluminada. — Eu a levava ao Afghulistão, mas vocês mataram meu cavalo, e agora os kshatriyas que me perseguem se aproximam.

— Venha conosco para a vila — sugeriu Yar Afzal. — Temos cavalos escondidos na garganta. Não poderão nos seguir à noite. Estão bem próximos, você diz?

— Tão próximos que já posso escutar o som dos cascos contra as pedras — Conan respondeu de forma sombria.

No mesmo instante, houve movimento; a tocha foi apagada e as formas esfarrapadas se misturaram às trevas como fantasmas. Conan pôs a devi sob seus braços com um movimento circular, e ela não resistiu. O chão pedregoso machucava seus pés sensíveis, protegidos apenas por macias sandálias, e ela se sentia pequena e indefesa nas trevas brutas e primordiais daqueles penhascos colossais.

Sentindo-a tremer por causa do vento que soprava pelos desfiladeiros, Conan arrancou um manto dos ombros de seu proprietário e o enrolou nela. Também sussurrou um aviso em seus ouvidos, ordenando que a garota não fizesse som algum. Yasmina não escutava o distante barulho dos cascos nas rochas, que alertara os montanheses de ouvidos afiados; contudo, estava assustada demais para desobedecer.

Não conseguia ver nada além de poucas estrelas débeis no céu, mas percebeu pelo modo como as trevas se adensaram que haviam entrado pela boca da garganta. Havia um rebuliço ao redor, o movimento intranquilo de cavalos. Algumas palavras murmuradas, e Conan montou o cavalo do homem que havia matado, erguendo a garota e postando-a à sua frente. Como espíritos, exceto pelo barulho dos cascos, o bando deixou a garganta sombria. Atrás deles, na trilha, largaram o homem e o cavalo morto, os quais foram encontrados menos de meia hora depois pelos cavaleiros da fortaleza, que reconheceram o corpo como sendo o de um wazuli. Então, tiraram as próprias conclusões de acordo com o que viram.

Yasmina aconchegou-se nos braços quentes de seu captor, sentindo-se sonolenta apesar de tudo. O movimento do cavalo, embora inconstante no caminho colina acima e abaixo, ainda mantinha certo ritmo que, combinado com o desgaste e a exaustão emocional, forçava o sono sobre ela. A garota tinha perdido toda a noção de tempo e direção. Eles se moviam nas trevas densas, nas quais ela às vezes vislumbrava vagamente gigantescos paredões erguendo-se como muralhas negras ou enormes rochedos que pareciam sustentar as estrelas. Por vezes, sentia abismos ecoando abaixo deles, ou o vento frio das alturas vertiginosas ao redor. Gradualmente, essas coisas evanesceram até a levarem a um estado de torpor em que o barulho dos cascos e o ranger das selas eram como os sons irrelevantes de um sonho.

Ela estava vagamente consciente quando o movimento cessou e seu corpo foi baixado e carregado pelo que pareciam ser degraus. Então, foi deitada em algo macio e farfalhante; alguma coisa, uma pele dobrada talvez, foi posta sob sua cabeça, e o manto que a envolvera foi cuidadosamente usado para cobri-la. Ela escutou Yar Afzal rir.

— Um prêmio raro, Conan; feito na medida para um chefe dos afghulis.

— Não para mim — foi a resposta trovejante de Conan. — Essa mulher vai comprar a vida de meus sete homens, malditas sejam suas almas.

Foi a última coisa que ela escutou antes de afundar num sono sem sonhos.

Dormiu enquanto homens armados cavalgavam pelas colinas escuras e o destino de reinos pendia na balança. Naquela noite, cascos de cavalos a galope foram ouvidos nas gargantas e desfiladeiros sombrios, com a luz das estrelas reluzindo nos capacetes e lâminas curvas sob os olhares das formas macabras que assombravam os penhascos e miravam as trevas das ravinas e rochedos, perguntando-se o que aconteceria.

Um desses grupos guiou seus cavalos magros pela sombria entrada de uma garganta. Seu líder, um homem de estrutura forte usando elmo e um manto dourado trançado, ergueu a mão em aviso, até que todos os cavaleiros tivessem passado. Então, sorriu suavemente.

— Devem ter perdido o rastro! Ou então descobriram que Conan já chegou às vilas afghulis. Precisarão de muitos cavaleiros para fumegar aquela colmeia. Haverá esquadrões cavalgando pela Zhaibar ao amanhecer.

— Se houver luta nas colinas, haverá pilhagem — murmurou uma voz atrás dele, no dialeto dos irakzai.

— Haverá pilhagem — respondeu o homem de elmo. — Mas, antes, temos de chegar ao vale de Gurashah e esperar pelos cavaleiros que virão galopando de Secunderam antes do raiar do dia.

O guerreiro ergueu as rédeas e cavalgou pelo desfiladeiro, seguido de perto por seus homens; trinta fantasmas em farrapos sob a luz das estrelas.

V
O Garanhão Negro

O sol já estava alto quando Yasmina acordou. Não olhou atônita para o vazio, perguntando-se onde estaria. Despertou com plenas recordações de tudo que havia ocorrido. Seus membros delgados estavam rígidos por causa da longa cavalgada, e sua firme carne ainda parecia sentir o contato do braço musculoso que a havia carregado para tão longe.

Estava deitada sobre uma pele de cordeiro em um palete de folhas sobre o chão sujo de terra batida. Uma pele dobrada apoiava sua cabeça, e um manto esgarçado a envolvia. O aposento onde se encontrava era amplo, com paredes rudes, porém fortes, feitas de rocha sem cortes, rebocadas com lama cozida pelo sol. Toras pesadas sustentavam o teto feito com o mesmo material das paredes, no qual havia um alçapão que levava a uma escada. Não existiam janelas, apenas fendas e uma porta, robusta, feita de bronze e que devia ter sido pilhada de alguma torre na fronteira da Vendhya. De frente para ela, uma grande abertura na parede podia ser vista, sem portas, mas com várias barras de madeira posicionadas. Além delas, Yasmina viu um magnífico garanhão negro mastigando uma pilha de grama seca. A construção era forte, moradia e estábulo, tudo em um só lugar.

Na outra extremidade da sala, uma garota de colete e calças folgadas de montanhesa estava agachada ao lado de um pequeno fogaréu, assando tiras de carne em uma grade de ferro colocada sobre blocos de pedra. Havia uma rachadura coberta de fuligem na parede a alguns pés do chão, e parte da fumaça saía por ali. O resto flutuava como um nevoeiro azul pela sala.

A garota olhou para Yasmina por cima do ombro, exibindo uma face bonita e audaz, e continuou cozinhando. Vozes soavam altas do lado de fora; então, a porta se abriu bruscamente e Conan entrou. Ele parecia maior do que nunca com a luz da manhã às suas costas, e Yasmina reparou em alguns detalhes que tinham lhe escapado na noite anterior. Suas vestes eram limpas e não estavam esfarrapadas. O largo cinturão bakhariota que sustentava sua faca e a bainha ornamentada se equiparava aos mantos de um príncipe, e havia o cintilar de uma fina malha turaniana sob sua camisa.

— Sua prisioneira está acordada, Conan — disse a garota wazuli, e ele grunhiu, foi até o fogo e varreu as tiras de carneiro, jogando-as em um prato de pedra.

A garota de cócoras riu do bárbaro e fez um gracejo malicioso, e ele, sorrindo como um lobo, prendeu a biqueira da bota sob as ancas da jovem e a derrubou no chão. A montanhesa pareceu se divertir consideravelmente com a brincadeira bruta, mas ele não prestou mais atenção nela. Pegando um grande pedaço de pão de algum lugar, levou-o com um caneco de cobre de vinho até Yasmina, que havia se levantado de seu palete e o examinava desconfiada.

— Vulgar para uma devi, garota, mas é o melhor que temos — grunhiu. — Pelo menos vai encher sua barriga.

O cimério colocou o prato no chão e, súbito, ela percebeu que estava com uma fome avassaladora. Sem dizer coisa alguma, sentou-se com as pernas cruzadas e, colocando o prato no colo, começou a comer usando os dedos, que eram tudo o que tinha como utensílios de mesa. Afinal, a adaptabilidade é um dos testes da verdadeira aristocracia. Conan ficou olhando para ela com os dedões presos a seu cinturão. Nunca sentava-se com as pernas cruzadas, à maneira do Oriente.

— Onde estou? — Perguntou ela, abruptamente.

— Na vila de Yar Afzal, o chefe dos wazulis de Khurum — ele respondeu.

— O Afghulistão está a algumas boas milhas a oeste. Vamos nos esconder aqui por enquanto. Os kshatriyas estão fazendo incursões nas colinas atrás de você... Vários esquadrões deles já foram destruídos pelas tribos.

— O que você vai fazer? — Ela perguntou.

— Ficar com você até que Chunder Shan esteja disposto a trocá-la por meus sete ladrões — explicou o guerreiro. — As mulheres dos wazulis estão fazendo tinta a partir de folhas de shoki, e em breve você poderá escrever uma carta para o governador.

Um toque de sua ira imperial a sacudiu ao pensar no quão insanamente errado seus planos haviam saído, deixando-a cativa do próprio homem que ela planejava ter em seu poder. Jogou o prato no chão com os restos de sua refeição e se levantou, tensa de raiva.

— Não vou escrever carta alguma! Se não me levar de volta, eles enforcarão seus sete homens e milhares de outros depois deles!

A garota wazuli riu zombeteira. Conan franziu o cenho. Então, a porta se abriu, e Yar Afzal entrou de forma arrogante. O chefe dos wazulis era tão alto quanto Conan e de circunferência maior, mas parecia gordo e lento ao lado da bruta solidez do cimério. Ele afagou a barba manchada de vermelho e olhou expressivamente para a garota wazuli, o que fez com que ela se levantasse e saísse do recinto sem demora. Yar Afzal voltou-se para seu convidado.

— O maldito povo sussurra, Conan — disse. — Querem que eu o mate e pegue a garota para pedir um resgate. Dizem que qualquer um pode perceber pelas vestes dela que se trata de uma nobre. Perguntam por qual motivo deveria deixar os cães do Afghulistão lucrar com isso, quando somos nós que nos arriscamos sendo seus guardiões.

— Empreste-me seu cavalo — Conan respondeu. — Eu a pegarei e partirei.

— Eu me recuso! — Explodiu Yar Afzal. — Acha que não sei lidar com meu próprio povo? Farei com que dancem só de camiseta se me desrespeitarem! Não gostam de você nem de qualquer outro estrangeiro, mas você salvou minha vida uma vez, e não me esquecerei disso. Mas vamos sair, Conan... Um batedor retornou.

Conan apoiou as mãos em seu cinturão e seguiu o homem até o lado de fora. Fecharam a porta atrás de si, e Yasmina teve de espiar por um buraco na parede. Viu um espaço nivelado à cabana do lado de fora. No ponto mais distante, havia um aglomerado de choupanas de lama e pedra, e crianças brincavam nuas entre os pedregulhos, enquanto mulheres das colinas, magras e altas, cuidavam de suas tarefas diárias.

Bem diante do chefe colocava-se um círculo de homens hirsutos e esfarrapados, de frente para a porta. Conan e Yar Afzal estavam a alguns passos dela e, entre eles e o anel de guerreiros, outro homem estava sentado com as pernas cruzadas. Dirigia-se a seu chefe com o sotaque áspero dos wazulis, do qual Yasmina podia entender muito pouco, embora parte de sua educação real tivesse sido o ensino das línguas do Iranistão e de seus dialetos do Ghulistão.

— Conversei com um dagozai, que viu os cavaleiros na noite passada — disse o batedor. — Estava espreitando quando eles vieram ao ponto onde emboscamos o senhor Conan. Escutou o que falaram. Chunder Shan estava com eles. Encontraram o cavalo morto, e um dos homens o reconheceu como sendo o de Conan. Logo depois, avistaram o homem que fora abatido e notaram que era um wazuli. Pareceu a eles que Conan havia sido morto, e a garota, levada pela tribo; então desistiram de ir para o Afghulistão. Contudo, não sabem de qual vila o morto veio, e nós não deixamos uma trilha para seguirem. Por isso, cavalgaram para a vila wazuli mais próxima, que é a vila de Jugra, e a queimaram e mataram diversas pessoas. Mas os homens de Khojur os interceptaram na escuridão, assassinaram alguns e feriram o governador. Os sobreviventes bateram em retirada antes que o dia raiasse; porém, retornaram com reforços na alvorada, e tem havido pelejas e combates por toda a manhã nas colinas. Aparentemente, um grande exército está sendo reunido para varrer toda a região em volta da Zhaibar. As tribos estão afiando as lâminas e preparando emboscadas em todas as passagens daqui até o vale Gurashah. Além disso, Kerim Shah voltou para as colinas.

Grunhidos percorreram o círculo, e Yasmina se inclinou mais próxima da abertura ao escutar o nome daquele de quem desconfiava.

— Para onde ele foi? — Perguntou Yar Afzal.

— O dagozai não sabia; trinta irakzais das vilas mais baixas o acompanhavam. Eles cavalgaram para as colinas e desapareceram.

— Esses irakzais são chacais que seguem um leão por migalhas — rugiu Yar Afzal. — Devem estar lambendo as moedas que Kerim Shah espalha pelas tribos da fronteira para comprar homens como se fossem cavalos. Não gosto dele, apesar de ser um irmão do Iranistão.

— Nem isso ele é — afirmou Conan. — Eu o conheço há tempos. É hirkaniano, e um espião de Yezdigerd. Se o apanhar, vou pendurar sua pele em uma tamargueira.

— Mas e os kshatriyas? — Clamaram os homens no semicírculo. — Devemos ficar escondidos em nossas cabanas até que nos defumem? Logo vão descobrir de qual vila wazuli a moça é cativa. Não somos amados pelos zhaibaris... Eles vão ajudar os kshatriyas a acabarem conosco.

— Que venham — grunhiu Yar Afzal. — Podemos defender o desfiladeiro contra uma tropa.

Um dos homens se adiantou e balançou o punho em direção a Conan.

— Devemos nos arriscar enquanto ele fica com todas as recompensas? — Uivou. — Lutaremos as batalhas dele?

Conan avançou, chegou até o homem e curvou-se levemente para encarar aquele rosto peludo. O cimério não havia sacado sua longa faca, mas a mão esquerda segurava a bainha, apontando o cabo sugestivamente para a frente.

— Não peço que homem algum lute minhas batalhas — disse suavemente. — Saque sua lâmina se ousar, cão chorão!

O wazuli recuou, rosnando como um gato.

— Se ousar me tocar, cinquenta homens vão fazê-lo em pedaços — guinchou.

— O quê? — Yar Afzal rugiu, seu rosto ruborizado, os bigodes eriçados, a barriga inchada devido à fúria. — Você é agora o chefe de Khurum? Os wazulis recebem ordens de Yar Afzal ou de um vira-lata inferior?

O homem se encolheu de medo do invencível chefe, e Yar Afzal, indo até ele, apanhou-o pela garganta e o esganou até que seu rosto ficasse roxo. Então, arremessou o homem selvagemente no chão e parou sobre ele, com a faca em punho.

— Há mais alguém que questiona minha autoridade? — Berrou, e seus guerreiros encararam o chão, rabugentos, enquanto seu olhar belicoso varria o semicírculo. Yar Afzal grunhiu e embainhou sua arma com um gesto que era o ápice do insulto. Então, chutou o agitador caído com uma raiva concentrada, arrancando gemidos da vítima.

— Desça o vale até os vigias e descubra se avistaram algo — ordenou o líder, e o homem obedeceu, tremendo de medo e cerrando os dentes furiosamente.

A seguir, Yar Afzal sentou-se em uma pedra para ponderar, resmungando por trás de sua barba. Conan ficou próximo a ele com as pernas separadas e os polegares presos a seu cinturão, olhando atentamente os guerreiros reunidos. Eles o encaravam com expressões pouco cordiais, sem ousarem atiçar novamente a ira de Yar Afzal, mas odiando o estrangeiro como somente um homem das colinas é capaz.

— Agora me escutem, seu filhos de cães sem nome, enquanto lhes contarei o que o senhor Conan e eu planejamos para enganar os kshatriyas.

A estrondosa voz taurina de Yar Afzal acompanhou o desconcertado guerreiro enquanto ele se afastava da assembleia. O homem passou pelo aglomerado de cabanas, onde as mulheres que tinham visto sua humilhação riam e proferiam comentários mordazes, e desceu apressadamente pela trilha que cortava picos e rochas em direção ao vale adiante.

No momento em que contornava a primeira curva que o tirava completamente da vista do vilarejo, parou, estupefato e boquiaberto. Não acreditava que fosse possível um estrangeiro adentrar o vale de Khurum sem ser detectado pelo olhar de falcão dos vigias sobre os picos e, ainda assim, um homem sentava-se com as pernas cruzadas em uma baixa saliência na lateral da trilha. Um homem de turbante verde e manto de pele de camelo.

A boca do wazuli se abriu para gritar e sua mão correu para o cabo da faca. Mas, no instante em que seus olhos encontraram os do estranho, o grito morreu em sua garganta e seus dedos ficaram flácidos. Tornou-se uma estátua, seus olhos vidrados e vazios.

Por minutos, a cena manteve-se inalterada; então o homem na saliência desenhou com o dedo indicador um símbolo críptico na poeira sobre a rocha. O wazuli não o viu colocar coisa alguma ao redor daquele emblema, mas logo algo brilhou ali; uma esfera negra que reluzia mais do que jade polido. O homem do turbante verde a apanhou e jogou para o wazuli, que a segurou mecanicamente.

— Leve isso para Yar Afzal — disse, e o homem virou-se como um autômato e voltou pelo caminho que percorrera, segurando a esfera na palma aberta. Nem sequer virou a cabeça para as novas zombarias das mulheres quando passou em frente às cabanas. Era como se não as escutasse.

O homem sentado observou-o desaparecer com um sorriso sinistro. A cabeça de uma garota surgiu por detrás do rebordo da saliência, olhando para ele com admiração e uma pitada de medo que não existia na noite anterior.

— Por que fez isso? — Ela indagou.

Ele correu os dedos pelos cachos escuros dela, acariciando-os:

— Continua atordoada pelo voo no cavalo do ar, para duvidar de minha sabedoria? Enquanto Yar Afzal viver, Conan estará em segurança junto aos guerreiros wazulis. Suas facas são afiadas e há muitos deles.

O que planejo é mais seguro, mesmo para mim, do que tentar destruí-los e arrancá-la de suas mãos. Não é preciso ser um mago para prever o que os wazulis farão, e o que Conan fará, quando minha vítima entregar o globo de Yezud para o chefe de Khurum.

Na frente de sua cabana, Yar Afzal parou no meio de seu discurso raivoso, surpreso e descontente ao ver o homem que havia enviado para o vale abrir caminho em meio à multidão.

— Eu mandei que você fosse falar com os vigias! — O chefe retumbou. — Não tem como ter ido até eles em tão pouco tempo.

O outro não respondeu; permaneceu estático, olhando vidrado para o rosto do chefe, a palma estendida segurando a esfera de jade. Conan, olhando por cima do ombro de Yar Afzal, murmurou algo e estendeu o braço para tocar o ombro do chefe, mas, assim que o fez, Yar Afzal, num acesso de raiva, acertou o mensageiro com o punho cerrado e o abateu como se faz com um boi. Quando ele caiu, a esfera rolou até o pé de Yar Afzal, e o chefe, parecendo notá-la pela primeira vez, abaixou-se e a apanhou. Os homens, olhando perplexos para seu compatriota desacordado, viram o chefe se curvar, sem enxergar o que ele pegara do chão.

Yar Afzal se endireitou, olhou para o jade e fez um movimento para enfiá-lo em seu cinturão.

— Levem esse tolo até sua cabana — grunhiu. — Está com os olhos de um viciado em lótus. Ele me encarava com um olhar vazio. Eu... Ahh!

Em sua mão direita, que movia-se em direção à cintura, ele repentinamente sentiu movimento onde movimento não deveria existir. Sua voz morreu e o chefe ficou olhando para o nada, enquanto, dentro de sua mão direita crispada, sentia o agitar da mudança, do movimento, da vida. Não mais segurava uma esfera brilhante e lisa entre os dedos. E não ousou olhar; sua língua cravou-se no céu da boca, e não conseguiu abrir a mão. Os guerreiros, pasmos, viram os olhos de Yar Afzal se dilatarem e a cor desaparecer de seu rosto. Súbito, um grito de agonia explodiu de seus lábios barbados; ele titubeou e caiu como se atingido por um raio; o braço direito lançado à frente. Permaneceu com o rosto virado para baixo e, por entre seus dedos abertos, uma aranha rastejou; um monstro hediondo, preto e de pernas peludas, cujo corpo brilhava como jade negro. Os homens gritaram e recuaram amedrontados, e a criatura se enfiou em uma fissura em meio as rochas e desapareceu.

Os guerreiros estancaram, olhando em volta enlouquecidos, e uma voz ergueu-se acima de seu clamor; uma voz imperiosa vinda de longe, ninguém sabia ao certo de onde. Mais tarde, todos os homens ali, os que haviam sobrevivido, negaram ter gritado, ainda que todos tivessem escutado.

— Yar Afzal está morto! Matem o forasteiro!

O grito focou a mente turbulenta daqueles homens como se fossem uma só. Dúvida, perplexidade e medo desapareceram sob o impulso desordenado da sede de sangue. Um brado furioso rasgou os céus quando os guerreiros responderam, instantaneamente, à sugestão. Investiram de cabeça erguida, avançando com mantos esvoaçantes, olhos em chamas e facas erguidas.

A reação de Conan foi tão rápida quanto a deles. Assim que a voz gritou, ele correu para a porta da cabana. Mas aqueles homens estavam mais próximos dele do que o cimério estava da porta e, com um pé na soleira, ele foi obrigado a virar-se e bloquear o ataque de uma longa lâmina. Partiu a cabeça do homem que a portava ao meio, esquivou-se de outra faca que cortava o ar e desentranhou o agressor, nocauteou outro com o punho esquerdo, apunhalou um terceiro na barriga e deu uma trombada poderosa na porta com os ombros. Lâminas afiadas arrancaram lascas pontiagudas dos batentes perto de suas orelhas, mas a porta abriu com a colisão, e ele entrou na sala cambaleando. Um homem barbado, estocando com toda a fúria no instante em que Conan recuava, alcançou a porta e mergulhou para dentro de cabeça. O bárbaro parou, puxou com força suas vestes largas e o tirou do caminho, batendo a porta na cara dos homens que surgiam diante dela. Ossos se partiram com o impacto e, no instante seguinte, Conan trancou os ferrolhos e virou-se com inacreditável velocidade para encarar o homem que havia sido atirado ao chão e agora partia para a ação como se estivesse enlouquecido.

Yasmina se encolheu em um canto, assistindo horrorizada aos dois homens lutarem por todo o aposento, quase pisoteando-a algumas vezes. O brilho e o choque de suas lâminas preenchiam o recinto; lá fora, a massa gritava como uma matilha de lobos, atacando de forma ensurdecedora a porta de bronze com suas lâminas e arremessando pedras enormes contra ela. Alguém agarrou o tronco de uma árvore, e a porta começou a tremer ante o ataque trovejante. Yasmina tapou os ouvidos, olhando amedrontada. Violência e fúria do lado de dentro, loucura cataclísmica do lado de fora. O garanhão em seu estábulo relinchava e empinava, batendo nas paredes com as patas. O animal então virou-se e lançou seus cascos por entre as barras de madeira, ao mesmo tempo em que o montanhês, recuando para fugir dos golpes assassinos do cimério, encostava-se nelas. Sua espinha quebrou-se em três pontos como um galho podre, e ele foi arremessado de cabeça contra o bárbaro, fazendo com que ambos caíssem no chão de terra batida.

Yasmina gritou e correu. Para seu olhar atordoado, ambos pareciam mortos. Ela os alcançou no instante em que Conan empurrava o cadáver para o lado e se levantava. A devi agarrou o braço do cimério, tremendo da cabeça aos pés.

— Oh, você está vivo! Eu pensei... Pensei que tivesse morrido!

O bárbaro olhou para a garota rapidamente, viu seu rosto pálido erguido e os olhos escuros arregalados, encarando-o.

— Por que está tremendo? — Perguntou. — Por que se importa se vivo ou morro?

Um vestígio de sua atitude costumeira retornou, e ela se afastou, em uma tentativa patética de bancar a devi.

— Você é preferível àqueles lobos uivando lá fora — respondeu apontando para a porta, cujos batentes de pedra começavam a se partir.

— Não vai aguentar muito tempo — ele resmungou. Então virou-se e foi rapidamente até o estábulo do garanhão.

Yasmina crispou os punhos e prendeu o fôlego ao vê-lo arrancar as barras quebradas e entrar no estábulo com a fera enfurecida. O garanhão empinava diante dele, relinchando terrivelmente com os cascos erguidos, olhos e dentes à mostra e orelhas eriçadas, mas Conan saltou e segurou sua crina em uma amostra de pura força que parecia impossível, forçando o animal a baixar suas patas dianteiras. O garanhão bufou e estremeceu, mas permaneceu quieto enquanto o homem lhe colocava os arreios e a sela de enfeites dourados com estribos de prata.

Virando o cavalo dentro do estábulo, Conan chamou Yasmina, que veio nervosa e caminhando de lado ao passar pela fera. O cimério vasculhava a parede de pedra, falando rapidamente enquanto trabalhava:

— Há uma porta secreta por aqui, a qual nem mesmo os wazulis conhecem. Yar Afzal mostrou-a a mim certa vez, enquanto estava bêbado. Ela se abre para a boca da ravina, atrás da cabana. Hah!

Ao tocar em uma projeção de pedra aparentemente casual, uma parte inteira da parede deslizou para o lado em trilhos de ferro lubrificados. Olhando para fora, a garota viu uma estreita abertura no penhasco de rocha a poucos

metros da cabana. Conan montou na sela e puxou-a para cima, colocando-a diante de si. Atrás dele, a grande porta grunhiu como se estivesse viva e foi lançada para dentro. Um brado preencheu todo o aposento e sua entrada foi instantaneamente inundada por rostos barbados e facas pontiagudas. Então, o esplêndido garanhão passou pela parede como um projétil lançado de uma catapulta e galopou veloz pelo desfiladeiro, a espuma voando de sua embocadura.

Toda essa movimentação surpreendeu completamente os wazulis, e também foi inesperada para aqueles que espreitavam na ravina. Aconteceu tão rápido... a arremetida do grande cavalo, veloz e poderoso como um furacão... que um homem de turbante verde foi incapaz de sair do caminho, sendo atropelado pelos cascos frenéticos, enquanto uma garota gritava. Conan teve um vislumbre dela enquanto passavam; uma moça magra e negra, trajando calças de seda e uma faixa peitoral cravejada de joias, apertando-se contra a parede da ravina. O corcel negro e seus passageiros desapareceram na garganta como uma nuvem de poeira soprada por uma tempestade, e os homens que passaram pela parede aos atropelos para seguir os fugitivos pelo desfiladeiro encontraram algo que transformou seus berros sedentos de sangue em estridentes gritos de medo e morte.

VI
A Montanha dos Profetas Negros

—Para onde agora? — Yasmina tentava sentar-se ereta no arco da sela, aninhando-se ao seu captor. Reconhecia a própria vergonha por não achar desagradável a sensação da pele firme dele sob seus dedos.

— Para o Afghulistão — o bárbaro respondeu. — É uma estrada perigosa, mas o garanhão nos levará facilmente, a não ser que encontremos alguns dos seus amigos, ou meus inimigos tribais. Agora que Yar Afzal está morto, os malditos wazulis ficarão em nosso encalço. Estou surpreso por não os termos avistado atrás de nós ainda.

— Quem era aquele homem que você atropelou? — Ela perguntou.

— Não sei. Nunca o tinha visto. Com certeza não é ghuli. Não tenho como dizer o que diabos estava fazendo ali. E havia uma garota com ele também.

— Sim — o olhar da devi tornou-se sombrio. — Não consigo entender. A garota é minha criada, Gitara. Acredita que estavam vindo para me ajudar? Que o homem era um amigo? Se assim for, os wazulis capturaram ambos.

— Bem — ele respondeu —, não há nada que possamos fazer. Se voltarmos, vão nos esfolar. Não consigo entender como uma garota daquelas poderia chegar tão longe nestas montanhas acompanhada de apenas um homem, ainda mais um escolástico paramentado. Ao menos é o que ele parecia ser. Há algo infernalmente bizarro nisso tudo. Aquele homem que Yar Afzal espancou e mandou embora... Ele se movia como se fosse um sonâmbulo. Já vi os sacerdotes de Zamora fazerem seus rituais abomináveis nos templos proibidos, e as vítimas tinham um olhar como o daquele homem. Os sacerdotes fitavam dentro de seus olhos e murmuravam encantos, e então as pessoas se tornavam mortos-vivos, com olhos vidrados, fazendo o que lhes era ordenado. Também vi o que o homem trazia na mão, e que Yar Afzal apanhou do chão. Era como uma pérola de jade negro, parecida com as que as garotas do templo de Yezud usam quando dançam diante do altar negro da aranha, que é seu deus. Yar Afzal apanhou somente ela e nada mais. Ainda assim, ao cair morto, uma aranha como o deus de Yezud, só que menor, saiu por entre seus dedos. A seguir, enquanto os wazulis estavam ali, confusos, uma voz surgiu e os mandou me matar, e sei que ela não veio de nenhum dos guerreiros, nem das mulheres que assistiam a tudo das cabanas. Pareceu ter vindo do alto.

Yasmina não respondeu. Contemplou os contornos escarpados das montanhas que os cercavam e estremeceu. Sua alma encolhia-se diante daquela desolação selvagem. Era uma terra árida e sombria, onde qualquer coisa poderia acontecer. Suas antigas tradições suscitavam um horror arrepiante a qualquer um que tivesse nascido nas planícies quentes e luxuriantes do sul.

O sol estava alto, castigando-os com um calor feroz, embora o vento que soprava em rajadas intermitentes parecesse vir das colinas de gelo. A garota ouviu um estranho ruído acima deles que não era o sopro do vento e, pela forma como Conan olhou para o alto, percebeu que ele também havia estranhado o som. Pareceu-lhe que uma faixa do céu azul tinha ficado momentaneamente borrada, como se algum objeto invisível se colocasse entre ela e sua visão, mas não podia dizer com certeza. Nenhum deles fez qualquer comentário, mas Conan afrouxou a faca em sua bainha.

Seguiam por um caminho fracamente delineado, mergulhado nas ravinas tão profundamente, que o sol parecia nunca chegar a seu fundo. Passaram por encostas íngremes, onde a argila pouco estável ameaçava deslizar sob seus pés e seguiram por cumes que eram como o fio de uma lâmina, com uma profunda névoa azul de ambos os lados.

O sol já havia passado de seu zênite quando cruzaram uma trilha estreita entre as encostas. Conan virou o cavalo para o lado e seguiu para o sul, indo em direção quase perpendicular ao curso anterior.

— Há uma vila galzai na extremidade desta trilha — explicou. — Suas mulheres passam por aqui para chegar até um poço e pegarem água. Você precisa de novas vestes.

Olhando para seu leve traje, Yasmina concordou. Suas sandálias douradas estavam arruinadas. Seu manto de seda e suas roupas íntimas, rasgados em tiras que mal se mantinham atadas decentemente. Roupas feitas para serem usadas nas ruas de Peshkhauri não eram apropriadas para as colinas himelianas.

Chegando a uma curva na trilha, Conan desmontou, ajudou Yasmina a descer e esperou. Logo fez um sinal com a cabeça, apesar de ela nada ter visto.

— Uma mulher subindo a trilha — pontuou. Em pânico repentino, ela agarrou seu braço.

— Você não vai... Não vai matá-la?

— Não costumo matar mulheres — ele grunhiu. — Embora algumas mulheres das colinas sejam selvagens. Não... — Sorriu, como se pensasse numa grande brincadeira. — Por Crom, vou pagar pelas roupas dela! Que tal isso? — Mostrou um punhado de moedas de ouro e guardou todas, menos a maior. Ela suspirou, aliviada. Talvez matar e morrer fosse natural aos homens, mas sua pele se arrepiou ao pensar em assistir ao massacre de uma mulher.

Pouco depois, surgiu na trilha uma garota galzai alta e magra, reta como um jovem rapaz e carregando uma grande cabaça vazia. Ela parou e a cabaça caiu de suas mãos quando os viu. Ameaçou correr e então percebeu que Conan estava próximo demais para que fosse possível escapar. Portanto, permaneceu quieta, de frente para eles, um misto de medo e curiosidade em sua expressão.

Conan mostrou a moeda de ouro.

— Se der suas vestes a essa mulher — disse —, este dinheiro será seu.

A resposta foi imediata. A garota deu um largo sorriso de surpresa e encanto e, com o desdém por convenções hipócritas que só uma montanhesa tem, prontamente arrancou o colete bordado sem mangas, abaixou e saiu de suas largas calças, tirou sua camisa com mangas e chutou as sandálias para longe.

Juntando tudo em uma trouxa, estendeu-a para Conan, que a entregou para a estupefata devi.

— Vá para trás daquelas pedras e vista isso — ele ordenou, provando que não era nenhum nativo das colinas. — Junte todas as suas vestes e traga-as para mim assim que sair.

— O dinheiro! — A montanhesa exigiu, estendendo as mãos ansiosas. — O ouro que me prometeu!

Conan jogou a moeda para ela, que a pegou no ar, mordeu, então meteu-a no meio do cabelo. A seguir, curvou-se, apanhou a cabaça e seguiu seu caminho, tão despida de autoconsciência quanto de trajes. Conan aguardou com alguma impaciência enquanto a devi, pela primeira vez em sua vida mimada, vestia-se sozinha. Quando ela saiu de trás das rochas, ele praguejou, surpreso, e ela foi tomada por uma curiosa torrente de emoções diante da admiração não refreada dos ardentes olhos azuis do bárbaro. A jovem sentiu vergonha e embaraço, mas também uma vaidosa estimulação que jamais vivenciara e um formigamento ao dar de encontro com o impacto daquele olhar. O cimério pousou uma mão pesada sobre o ombro dela e a girou, observando-a avidamente por todos os ângulos.

— Por Crom! — Exclamou. — Naquelas vestimentas místicas e bufantes você parecia fria, indiferente e distante como uma estrela! Agora é uma mulher quente, de carne e sangue! Foi para trás daquelas rochas como a devi da Vendhya e saiu como uma montanhesa, ainda que mil vezes mais bela do que qualquer donzela de Zhaibar! Você era uma deusa... e agora é real!

Deu uma palmada ressonante nela, e Yasmina, reconhecendo que se tratava apenas de outra forma de expressar admiração, não se sentiu ofendida. Foi de fato como se a troca de roupas tivesse imprimido também uma mudança de personalidade. Sentimentos e sensações que havia reprimido surgiam agora para dominá-la, como se os mantos de rainha que despira fossem como grilhões e inibições materiais.

Mas Conan, mesmo com sua admiração renovada, não tinha se esquecido do perigo que os espreitava. Quanto mais se afastassem da região de Zhaibar, menor era a chance de encontrarem tropas kshatriyas. Por outro lado, tentara escutar durante toda a jornada sons que denunciassem possíveis wazulis vingativos de Khurum em seus calcanhares.

Pôs a devi sobre a sela e montou a seguir, conduzindo mais uma vez o garanhão para o oeste. Jogou do topo de um penhasco a trouxa de vestes que a garota lhe havia entregado, e ela caiu nas profundezas de uma garganta com centenas de metros.

— Por que fez isso? — Ela indagou. — Por que não as deu para a garota?

— Os cavaleiros de Peshkhauri estão vasculhando estas colinas — respondeu Conan. — Eles serão emboscados e atacados a cada curva e, como represália, destruirão todas as vilas que puderem. Pode ser que se voltem para oeste a qualquer momento. Se encontrassem uma garota usando suas vestimentas, iriam torturá-la para que falasse, e ela os colocaria em minha trilha.

— E o que ela vai fazer? — Perguntou Yasmina.

— Voltará à sua vila e dirá ao povo que um estranho a atacou — respondeu o bárbaro. — A garota os colocará atrás de nós, com certeza. Mas, antes, vai buscar água, pois se ousar voltar sem ela, vão arrancar sua pele. Isso nos dá uma larga vantagem. Jamais nos apanharão. Ao anoitecer, cruzaremos a fronteira para o Afghulistão.

— Não há caminhos ou sinais de habitações humanas nestas partes — ela comentou. — Até mesmo para os himelianos, o lugar parece peculiarmente deserto. Não vimos uma trilha desde que deixamos aquela em que encontramos a mulher galzai.

Em resposta, ele apontou para noroeste, onde ela avistou um pico por uma abertura nos penhascos.

— Yimsha — Conan murmurou. — As tribos constroem suas vilas o mais distante possível destas montanhas.

Ela enrijeceu imediatamente, prestando atenção.

— Yimsha! — Sussurrou. — A montanha dos Profetas Negros!

— É o que dizem — ele respondeu. — Este é o mais próximo que já cheguei. Fiz uma volta para o norte para evitar tropas de Kshatriya que podem estar patrulhando as colinas. A estrada regular de Khurum para Afghulistão fica mais ao sul. Esta é uma rota mais antiga e raramente usada.

Ela encarava os distantes picos com intensidade. Suas unhas apertavam as palmas rosadas de suas mãos.

— Quanto tempo levaria para chegar até o Yimsha daqui?

— O resto do dia e a noite inteira — ele respondeu e sorriu. — Você quer ir até lá? Por Crom, não é lugar para um ser humano comum, pelo que diz o povo das colinas.

— Por que eles não se unem e destroem os demônios que lá habitam? — Indagou a devi.

— Aniquilar magos com espadas? Seja como for, eles jamais interferem na vida das pessoas, a não ser que elas interfiram na deles. Eu nunca os vi, mas já conversei com homens que juravam tê-los visto. Eles disseram que vislumbraram pessoas das torres de vigília em meio aos rochedos no amanhecer ou no pôr do sol... Homens altos e silenciosos em vestes escuras.

— Você teria medo de atacá-los?

— Eu? — A ideia parecia uma novidade para ele. — Se me provocassem, seria minha vida ou a deles. Mas não tenho nada a ver com aqueles homens. Vim para estas montanhas para formar um grupo de salteadores, não para guerrear contra bruxos.

Yasmina não respondeu. Olhou para o pico como se fosse um inimigo humano, sentindo toda sua raiva e ódio remexerem-se em seu peito. E outro sentimento começou a tomar uma forma obscura. Ela planejara lançar, em um golpe violento contra os mestres do Yimsha, o homem em cujos braços agora era carregada. Talvez houvesse outra maneira de cumprir seu propósito, além dos métodos que tinha elaborado. A devi não se enganava quanto ao olhar que começava a florescer no semblante selvagem daquele homem. Reinos tombavam quando as mãos alvas e delgadas de uma mulher puxavam as cordas do destino. Súbito, ela enrijeceu, apontando para algo.

— Veja!

No distante cume da montanha surgiu uma nuvem de aspecto peculiar. Era de uma cor vermelha gelada, raiada com dourado brilhante. A nuvem estava em movimento; rodava e, enquanto o fazia, se contraía. Descreveu movimentos circulares até ganhar a forma de um filamento que reluzia aos raios do sol. E, de repente, se destacou do cume coberto pela neve, flutuou por sobre o firmamento como uma pena colorida e tornou-se invisível contra o céu azul.

— O que pode ter sido isso? — Perguntou a garota ansiosamente, no momento em que um rebordo de rochas cobriu a distante montanha, tirando-a de vista. O fenômeno havia sido perturbador, apesar de belo.

— Os montanheses chamam de Carpete do Yimsha, o que quer que isso signifique — Conan respondeu. — Já vi quinhentos deles correndo como se o diabo estivesse em seu encalço porque viram essa nuvem carmesim flutuar a partir daquele cume. Mas o que é...

Eles tinham avançado por uma fissura estreita entre paredes altas como torres e saído em uma saliência larga, flanqueada por uma série de encostas escarpadas de um lado, e um enorme precipício do outro. A trilha seguia por essa borda, fazia uma curva mais à frente e reaparecia em intervalos ao longe, abaixo deles, delineando um caminho tedioso. Ao passar pela fissura que se abria para a saliência, o garanhão negro parou, bufando. Conan o forçou a seguir em frente, impacientemente, mas o cavalo relinchava e jogava a cabeça para cima e para baixo, tremendo e torcendo-se, como se ali existisse uma barreira invisível.

O cimério praguejou e desmontou, descendo Yasmina consigo. Foi na frente, com uma mão estendida diante de si, como se esperasse encontrar alguma resistência que não pudesse ser vista, mas não havia nada para refreá-lo. Ao tentar conduzir o cavalo, o animal relinchou de forma estridente e recuou. Então Yasmina gritou, e Conan virou-se com a mão sobre o cabo da faca.

Nenhum dos dois o tinha visto chegar, mas ali estava ele, com os braços cruzados; um sujeito vestindo um manto de camelo e um turbante verde. Conan grunhiu surpreso ao reconhecer o homem que havia sido pisoteado pelo garanhão na ravina próxima à vila wazuli.

— Quem diabos é você? — Questionou.

O homem não respondeu. Conan reparou que seus olhos estavam fixos e arregalados, e tinham uma qualidade luminosa peculiar. E esse olhar atraiu o seu como um ímã.

A base da feitiçaria de Khemsa era o hipnotismo, como era o caso da maioria dos magos orientais. O caminho de seus praticantes havia sido preparado por incontáveis séculos de gerações, que viveram e morreram sob a firme convicção de sua realidade e poder, edificando, pelo pensamento coletivo e pela prática, uma atmosfera colossal, ainda que intangível, contra a qual os indivíduos, mergulhados nas tradições daquelas terras, encontravam-se indefesos.

Mas Conan não era um filho do Oriente. Aquelas tradições não lhe importavam; ele era produto de um ambiente completamente distinto. Hipnotismo não era sequer um mito na Ciméria. Não possuía a herança que preparava os nativos do leste para serem submissos ao mesmerismo.

O bárbaro estava ciente do que Khemsa tentava fazer, mas sentiu o impacto do misterioso poder do homem apenas como um vago impulso; um puxar e empurrar do qual podia se desvencilhar tal qual um homem remove teias de aranha de suas vestes.

Percebendo a hostilidade e a magia negra, sacou sua longa faca e arremeteu com passos tão rápidos quanto os de um leão da montanha.

Contudo, hipnotismo não era a única forma de magia de Khemsa. Yasmina, assistindo a tudo, não viu com qual movimento ardiloso ou ilusão o homem de turbante verde evitou o terrível golpe destinado a eviscerá-lo. Mas a lâmina afiada passou por entre seu corpo e o braço erguido e, para Yasmina, parecia que Khemsa tinha apenas tocado de leve a palma aberta no grosso pescoço de Conan. O cimério, no entanto, foi ao chão como um touro abatido.

Mas Conan não estava morto; detendo a queda com a mão esquerda, ele atacou as pernas de Khemsa ainda enquanto caía. O rakhsha evitou o golpe, que pareceu o movimento de uma foice, dando um pulo para trás que nada tinha de feitiçaria. Então Yasmina deu um grito agudo ao ver uma mulher que reconheceu como sendo Gitara sair de trás das rochas e ir até o homem. A saudação morreu no grito da devi quando percebeu a malevolência nas belas feições da moça.

Conan levantou-se lentamente, abalado e atordoado pela cruel natureza daquele golpe que, executado com uma técnica esquecida pelos homens desde antes de os atlantes afundarem, teria quebrado como um galho podre o pescoço de um homem menos poderoso. Khemsa olhou para ele, cauteloso e um tanto incerto. Havia descoberto a plena extensão de seus poderes quando encarou as facas dos ensandecidos wazulis na ravina atrás da vila de Khurum, mas a resistência do cimério tinha abalado um pouco sua recém-descoberta confiança. A feitiçaria prospera no sucesso, não no fracasso.

Deu um passo à frente, erguendo a mão, e estancou como se congelado, a cabeça inclinada para trás, olhos arregalados, mãos erguidas. Conan seguiu o olhar do feiticeiro, assim como as mulheres; a garota encolhendo-se atrás do garanhão assustado e a jovem ao lado de Khemsa.

Descendo as colinas rochosas, como um furacão de pó reluzente soprado pelo vento, uma nuvem vermelho-acinzentada vinha dançando. A face sombria de Khemsa empalideceu; sua mão começou a tremer e caiu ao lado de seu corpo. A garota ao seu lado, sentindo a mudança, olhou para ele inquisitivamente.

A forma carmesim deixou o topo da montanha e desceu em um longo arco. Atingiu a saliência entre Conan e Khemsa, e o rakhsha deixou escapar um grito sufocado. Recuou, empurrando Gitara para trás com as mãos, ansiosamente tateando atrás de si.

A nuvem vermelha oscilou como um pião por um momento, girando com uma luminosidade cintilante. Então, sem aviso algum, ela se foi, desaparecendo como uma bolha quando estourada. De repente, em pé na saliência, estavam quatro homens. Era milagroso, incrível, impossível; contudo, verdade. Não eram fantasmas ou espíritos. Eram quatro indivíduos altos, de cabeças raspadas como abutres e mantos negros que escondiam seus pés. Suas mãos estavam ocultas pelas mangas largas. Permaneceram em silêncio, as cabeças nuas acenando lentamente em uníssono. Estavam de frente para Khemsa, mas, atrás deles, Conan sentiu o sangue gelar em suas veias. O cimério se levantou e se afastou furtivamente, até conseguir sentir o ombro trêmulo do garanhão às suas costas. A devi se arrastou para a proteção de seus braços. Nenhuma palavra foi dita. O silêncio reinava como se o mundo estivesse coberto por uma mortalha.

Os quatro encararam Khemsa. Seus rostos de abutre estavam imóveis, os olhos, introspectivos e contemplativos. Mas Khemsa tremia como um homem febril. Seus pés estavam fixos na pedra abaixo de si; as panturrilhas, contraídas como num combate físico. Suor escorria profusamente pelo rosto escuro. A mão direita se fechava tão desesperadamente em algo sob seu manto marrom que o sangue fugia dela, deixando-a lívida. A esquerda caía sobre o ombro de Gitara e o apertava com a agonia de um homem que se afoga. Ela não recuou ou chorou, ainda que os dedos dele ferissem sua carne como garras.

Conan já testemunhara centenas de batalhas na vida, mas nunca uma como aquela, em que quatro vontades diabólicas tentavam abater uma menor, mas tão diabólica quanto, que se opunha a elas. Mas o bárbaro mal sentia a natureza monstruosa daquela luta hedionda. Com as costas para a parede, mantendo distância dos antigos mestres, Khemsa lutava pela vida com todos os seus poderes negros, com todo o assustador conhecimento que eles lhe haviam transmitido ao longo de sombrios anos de neofitismo e servidão.

Khemsa estava mais forte do que tinha consciência, e o livre exercício de seus poderes liberara reservatórios de força que ele não conhecia. Além disso, havia sido enervado a uma superenergia pelo frenesi de medo e desespero. Recuou diante da falta de clemência daqueles olhos hipnóticos, mas defendeu seu terreno. Suas feições se distorciam em um sorriso bestial de agonia, e os membros torciam-se como se fossem vítimas de um aparelho de tortura. Era uma guerra de almas, de cérebros aterrorizantes mergulhados em tradições proibidas aos homens há milhares de anos, de mentes que haviam descido aos abismos e explorado as estrelas negras onde nascem as sombras.

Yasmina compreendia a situação melhor do que Conan. E entendia vagamente por que Khemsa era capaz de suportar o impacto concentrado daquelas quatro vontades demoníacas, que poderiam ter reduzido a átomos até mesmo a rocha onde ele estava. O motivo era a garota, a quem ele se agarrava com a força do desespero. Ela era como uma âncora para sua alma abalada, espancada pelas ondas daquelas emanações psíquicas. Sua fraqueza se tornara sua força. O amor que tinha por ela, por mais violento e cruel que pudesse ser, era um vínculo que o mantinha atado ao resto da humanidade, provendo sua vontade de uma força terrena, uma corrente que seus inimigos inumanos não podiam quebrar; ao menos não através de Khemsa.

Os quatro perceberam isso antes do que ele. E um deles abandonou o olhar do rakhsha e se voltou para Gitara. Não houve batalha ali. A garota se encolheu e murchou como uma folha no deserto. Irresistivelmente impelida, libertou-se dos braços do amante antes que ele percebesse o que estava acontecendo. Então, algo horrível se sucedeu. A garota começou a caminhar em direção ao precipício, encarando seus algozes com olhos arregalados e vazios, que assemelhavam-se a um vidro escuro reluzente por trás do qual uma lâmpada houvesse sido apagada. Khemsa gemeu e cambaleou atrás dela, caindo na armadilha armada. Uma mente dividida não tem como sustentar uma batalha desigual. Ele fora derrotado, tornando-se um ramo nas mãos deles. A garota recuava, caminhando para trás como um autômato, e Khemsa tropeçava feito um bêbado, seguindo-a com as mãos estendidas em vão. Ele gania e salivava de dor, os pés movendo-se pesadamente como coisas mortas.

Gitara parou na beirada do penhasco, rígida, com os calcanhares já na borda. O rakhsha caiu de joelhos e se arrastou aos prantos em sua direção, tentando alcançá-la e puxá-la para longe da ruína. Pouco antes que seus dedos desajeitados a tocassem, um dos magos gargalhou, como a nota súbita de um sino de bronze tocado no Inferno. A garota deu um passo para trás e, no clímax daquela requintada crueldade, a razão e o entendimento retornaram a seus olhos, que brilharam de pavor. Ela gritou, tentou desesperadamente agarrar a mão estendida do amante, mas, incapaz de se salvar, caiu de cabeça com um grito de horror.

Khemsa se debruçou na beirada e olhou para baixo, desfigurado, seus lábios se movendo como se falasse sozinho. Então, virou-se e encarou seus torturadores por um longo minuto com olhos que já não carregavam nenhuma luz humana. Com um grito que quase explodiu as rochas, levantou-se e investiu na direção deles, levando nas mãos uma faca erguida.

Um dos rakhshas deu um passo à frente e bateu o pé no chão. No mesmo instante, sentiu-se um tremor, que cresceu rapidamente até se tornar um retumbante estrondo. Onde seu pé tocara a rocha sólida, uma fenda se abriu e se alargou instantaneamente. Então, com um barulho ensurdecedor, uma seção inteira do penhasco desabou. Houve um último vislumbre de Khemsa, os braços se debatendo no ar freneticamente, e ele foi varrido em meio à avalanche que trovejou abismo abaixo.

Os quatro olharam contemplativos para a borda irregular da rocha que formava o novo rebordo do precipício e, a seguir, viraram-se repentinamente. Conan, derrubado pelo tremor da montanha, estava se levantando, segurando Yasmina. Ele parecia se mover tão lentamente quanto seu cérebro funcionava no momento; estava atordoado e confuso. Notou uma necessidade desesperada de colocar a devi no garanhão negro e cavalgar como o vento, mas uma inexplicável morosidade pesava sobre seus pensamentos e ações.

Agora voltados para o cimério, os magos ergueram os braços, e os olhos horrorizados do bárbaro viram seus contornos se dissipando, turvando-se e tornando-se indistintos e nebulosos, ao mesmo tempo em que uma fumaça escarlate crescia como uma onda em torno de seus pés. Os rakhshas foram borrados por uma nuvem giratória repentina... e logo Conan percebeu que ele próprio também estava cercado pela névoa vermelha. Ouviu Yasmina gritar e o garanhão chorar como uma mulher sofrendo. A devi foi arrancada de seus braços e, ao que ele golpeava às cegas com sua faca, um ataque terrível como a rajada de um furacão o lançou nas pedras. Atordoado, viu o turbilhão vermelho girar para o alto, passando por sobre os picos das montanhas. Yasmina havia desaparecido, assim como os quatro homens de preto. Somente o assustado cavalo dividia o penhasco com o cimério.

VII
PARA O YIMSHA

Como a névoa desaparece quando soprada por um forte vento, as teias de aranha deixaram o cérebro de Conan. Proferindo uma ofensa agressiva, subiu na sela do garanhão que relinchava a seu lado. Olhou para as colinas, hesitou e voltou pela trilha na direção que seguia quando fora detido pelos truques de Khemsa. Só que agora não cavalgava a uma marcha comedida. Golpeou as rédeas e o cavalo seguiu feito um cometa, como se estivesse afoito para esquecer sua histeria com um violento esforço físico. Pela margem do abismo, contornando o rochedo e pela trilha estreita que cortava as grandes escarpas, eles mergulharam em velocidade vertiginosa. O caminho seguia para baixo por uma ondulação de rochas interminavelmente sinuosas, camadas e camadas de ladeira estriada, até que, chegando à base do rochedo, Conan teve um vislumbre daquelas ruínas; uma colossal pilha de rochas partidas e pedregulhos aos pés do enorme desfiladeiro.

O leito do vale estava ainda bem abaixo dele quando chegou a um cume longo e elevado que seguia para fora dos rochedos como uma estrada natural. Cavalgou por ele com desfiladeiros íngremes de ambos os lados. Conseguiu traçar a trilha à sua frente e fez uma grande volta em formato de ferradura para retornar ao leito à esquerda. Praguejava contra a necessidade de viajar aquela distância toda, mas era a única maneira. Tentar descer direto até a curva mais abaixo da trilha naquele ponto seria tentar o impossível. Somente um pássaro chegaria àquele ponto sem quebrar o pescoço.

Apressou o passo do exausto garanhão até que um barulho de cascos chegou a seus ouvidos, vindo de baixo. Parando, foi até a borda dos rochedos e olhou para o leito seco que cortava a base da cordilheira. Ao longo daquela garganta vinha a galope uma multidão heterogênea; homens barbados e cavalos quase selvagens, quinhentos guerreiros fortes, agressivos e portando armas. Conan deu um grito súbito, inclinando-se na beirada do rochedo, trezentos metros acima deles.

Eles pararam e quinhentos rostos olharam para o alto em sua direção; um rugido profundo e clamoroso preencheu o desfiladeiro. Conan não desperdiçou palavras.

— Eu estava indo para Ghor! — Gritou. — Não esperava encontrar vocês, cães, na trilha. Sigam-me o mais rápido que seus cavalos puderem! Estou indo para o Yimsha e...

— Traidor! — O uivo foi como água gelada em seu rosto.

— O quê? — Ele olhou para eles, sem saber o que dizer. Viu olhos selvagens queimando em sua direção, rostos contorcidos de fúria e punhos brandindo lâminas.

— Traidor! — Tornaram a gritar com toda força. — Onde estão os sete chefes capturados em Peshkhauri?

— Na prisão do governador, eu suponho — respondeu Conan.

O alarido sanguinário de centenas de gargantas foi a resposta, e o clamor das armas e dos gritos era tão alto que ele não conseguia entender o que estavam dizendo. Pôs fim à balbúrdia com o brado de um touro:

— Que brincadeira infernal é esta? Fale só um de vocês. Não consigo entender o que dizem!

Um velho chefe esquelético se autonomeou para tal incumbência, sacudiu sua tulwar para Conan como forma de preâmbulo e gritou sua acusação:

— Você não nos deixou cavalgar para Peshkhauri e resgatar nossos irmãos!

— Não, tolos! — Bradou o exasperado cimério. — Mesmo que atravessassem a muralha, o que é improvável, eles enforcariam os prisioneiros antes que os alcançassem.

— E foi sozinho negociar com o governador! — Gritou o afghuli, contorcendo-se em um frenesi de fúria.

— E?

— Onde estão os sete chefes? — Indagou o velho, girando sua lâmina de aço brilhante acima da cabeça. — Onde estão eles? Mortos!

— O quê? — Conan quase caiu do cavalo de surpresa.

— Sim, mortos! — Quinhentas vozes sedentas de sangue confirmaram. O chefe ancião sacudiu os braços e tomou a palavra novamente.

— Eles não foram enforcados! Um wazuli em outra cela os viu morrer! O governador enviou um mago para assassiná-los com feitiçaria!

— Isso tem que ser mentira — Conan disse. — O governador não ousaria. Na noite passada eu falei com ele e...

A frase foi mal recebida. Um brado de ódio e acusação rasgou os céus.

— Sim! Você foi vê-lo sozinho! Para nos trair! Não é mentira. O wazuli escapou pelas portas que o mago derrubou ao entrar e contou a história a nossos batedores, os quais encontrou na Zhaibar. Eles tinham sido enviados para procurar por você, quando não retornou. Ao escutarem o que o wazuli tinha a dizer, voltaram para Ghor a toda velocidade, e nós selamos nossos cavalos e apanhamos nossas espadas!

— E o que vocês, tolos, pretendem fazer? — Perguntou o cimério.

— Vingar nossos irmãos! — Uivaram. — Morte aos kshatriyas! Vamos matá-lo, irmãos! É um traidor!

Flechas começaram a assobiar em sua direção. Conan ficou de pé em seus estribos, lutando para se fazer escutar acima do tumulto e, então, com um rugido misto de ódio, desafio e desprezo, deu meia-volta e retornou pela trilha. Atrás e abaixo de si, os afghulis vieram a galope, expressando todo seu ódio, furiosos demais para sequer se lembrarem de que a única maneira de chegar à altura na qual o cimério estava era atravessar o leito na outra direção, fazer aquela curva ampla e seguir pela trilha sinuosa por sobre a cordilheira. Quando se deram conta disso e começaram a dar a volta, seu renegado chefe já tinha quase alcançado o ponto em que a cordilheira se juntava às escarpas.

No desfiladeiro, Conan não tornou a seguir pela trilha por onde havia descido, mas fez uma curva em outra, um mero traço de caminho por entre as fendas das rochas, pelo qual o garanhão lutava para seguir adiante. Não tinham ido longe quando o cavalo relinchou e empinou, afastando-se de algo caído no chão. Conan viu ali a caricatura de um homem, uma coisa quebrada, ensanguentada e retalhada, que emitia sons inarticulados e rangia os dentes estilhaçados.

Impelido por algum motivo obscuro, o cimério desmontou e contemplou aquilo, sabendo que testemunhava algo miraculoso e oposto à Natureza. O rakhsha levantou a cabeça destroçada. Seus estranhos olhos, com o brilho da agonia e da aproximação da morte, reconheceram Conan.

— Onde estão eles? — Era um coaxar atroz que nem remotamente lembrava uma voz humana.

— Retornaram a seu castelo amaldiçoado no Monte Yimsha — grunhiu Conan. — Levaram a devi consigo.

— Vou atrás deles! — Murmurou o homem. — Eu os seguirei! Eles mataram Gitara; vou acabar com todos... Os acólitos, os Quatro do Círculo Negro, o Mestre em pessoa! Vou matar... Matar todos eles! — Ele lutou para arrastar seu corpo mutilado pela rocha, mas nem mesmo sua vontade indomável era capaz de animar por muito mais tempo aquela massa destruída, cujos ossos partidos mantinham-se unidos apenas por tecido rasgado e fibras rompidas.

— Siga-os! Khemsa disse, salivando sangue. — Siga-os!

— Farei isso — Conan respondeu. — Fui buscar meus afghulis, mas eles se voltaram contra mim. Vou sozinho para o Yimsha. Trarei a devi de volta, nem que precise arrasar aquela montanha maldita com minhas próprias mãos. Ela não tem mais utilidade para mim como refém, mas...

— Que a maldição de Yizil caia sobre eles! — Resfolegou Khemsa. — Vá! Eu estou morrendo. Espere... Pegue meu cinturão.

Tentou manipular o que restava de suas vestes com a mão mutilada, e Conan, entendendo o que ele buscava, curvou-se e tirou dele um cinturão de aspecto curioso.

— Siga o veio dourado através do abismo — sussurrou Khemsa. — Use o cinturão. Eu o tomei de um sacerdote stygio. Vai ajudá-lo, apesar de ter falhado comigo no fim. Quebre o globo de cristal com as quatro víboras douradas. Cuidado com as transmutações do Mestre. Estou indo para Gitara; ela me espera no Inferno... Sim, Skelos...

E morreu.

Conan olhou para o cinturão. A crina usada para trançá-lo não era de cavalo. Estava convencido de que era feito das tranças grossas e negras de uma mulher. Acomodadas na malha espessa estavam pequenas joias de um tipo que jamais vira. A fivela era estranhamente moldada na forma da cabeça dourada de uma serpente, plana e com escamas. Um forte arrepio abalou Conan enquanto o segurava, e ele virou-se para arremessá-lo no precipício; mas hesitou e, finalmente, afivelou-o na cintura sob o seu cinturão bakhariota. Montou novamente e seguiu seu caminho.

O sol havia afundado atrás das colinas. Ele subiu a trilha sob a vasta sombra dos rochedos que surgiam como um manto azul escuro sobre os vales e escarpas abaixo. Não estava longe do cume quando, contornando o rebordo de um rochedo saliente, escutou o barulho de cascos adiante. Não deu meia-volta. Na verdade, o caminho era tão estreito que seu garanhão não poderia ter virado o corpanzil para retornar. Contornou a saliência da rocha e adentrou um trecho da trilha que se alargava um pouco. Um coro de vozes ameaçadoras irrompeu em seus ouvidos, mas seu animal prensou um cavalo aterrorizado contra as rochas e Conan apanhou o braço de um cavaleiro com uma pegada de ferro, travando a espada erguida em pleno ar.

— Kerim Shah — resmungou o bárbaro, com fagulhas vermelhas ardendo em seus olhos. O turaniano não lutou; os dois posicionavam seus cavalos quase peito a peito, os dedos de Conan travando o braço armado do outro. Atrás de Kerim Shah vinha um grupo de irakzais esguios montando cavalos magros. Fitaram-no como lobos, segurando arcos e facas, mas mostravam-se incertos por conta da estreiteza do caminho e da periculosidade do abismo que se abria logo ao seu lado.

— Onde está a devi? — Perguntou Kerim Shah.

— Por que se importa com isso, espião hirkaniano? — Conan rosnou.

— Eu sei que você a tem — Kerim Shah respondeu. — Estava a caminho do norte com alguns homens das tribos quando fomos emboscados por inimigos na Passagem Shalizah. Muitos de meus homens foram mortos, e os restantes fugiram para as colinas como chacais. Quando despistamos nossos perseguidores, fomos para oeste, em direção à Passagem Amir Jehun e, esta manhã, encontramos um wazuli vagando pelas colinas. Ele havia perdido a razão, mas seus balbucios incoerentes revelaram muita coisa antes que morresse. Descobri se tratar do único sobrevivente de um bando que perseguia um chefe dos afghulis e uma prisioneira kshatriya por uma garganta atrás da vila de Khurum. Balbuciou muito sobre um homem de turbante verde que o afghuli atropelara, mas que, quando atacado pelos wazulis que o perseguiam, enfrentou seu grupo e os aniquilou completamente, tal qual uma rajada de fogo aniquila uma nuvem de gafanhotos. Como aquele homem escapou, não sei, e nem ele o sabia; mas descobri por suas divagações insanas que Conan, de Ghor, havia estado em Khurum com uma prisioneira real. E, enquanto passávamos pelas colinas, encontramos uma garota galzai nua carregando uma cabaça de água que nos contou uma história sobre ter sido despida e violentada por um gigante estrangeiro trajado como um chefe afghuli. Ela disse que teve de dar suas vestes para uma mulher vendhyana que o acompanhava e que os dois haviam se dirigido para oeste.

Kerim Shah não considerou necessário explicar que ele próprio viajava com o intuito de encontrar as tropas que aguardava de Secunderam, quando seu caminho fora bloqueado pelos montanheses hostis. A estrada para o vale Gurashah através da Passagem Shalizah era mais longa do que a que cortava pela Passagem Amir Jehun, mas esta cruzava parte do Afghulistão. E Kerim Shah queria a todo custo evitar aquele local até estar junto de um exército. No entanto, ao ser barrado na estrada Shalizah, optou pela rota proibida até que as notícias de que Conan ainda não havia chegado a seu destino com a cativa o fizeram voltar-se para o sul e imprudentemente seguir adiante, na esperança de alcançar o cimério nas colinas.

— Então é melhor me dizer onde a devi está — sugeriu Kerim Shah. — Estamos em maior número e...

— Se um de seus cães tocar em uma flecha, eu jogo você deste penhasco — prometeu o cimério. — De qualquer modo, não o ajudaria em nada me matar. Quinhentos afghulis estão em meu encalço e, se acharem que você lhes privou desse prazer, vão esfolá-lo vivo. Seja como for, não estou com a devi. A mulher está nas mãos dos Quatro Profetas do Monte Yimsha.

— Tarim! — Murmurou Kerim Shah, tendo sua atitude arrogante abalada pela primeira vez. — Khemsa...

— Khemsa está morto — rosnou Conan. — Seus mestres o enviaram para o Inferno com uma avalanche. Agora saia da minha frente. Ficaria feliz de matá-lo se tivesse tempo, mas estou a caminho do Yimsha.

— Vou com você — disse o turaniano, abruptamente.

Conan gargalhou.

— Acha que eu confiaria em você, cão hirkaniano?

— Não peço isso — retorquiu Kerim Shah. — Nós dois queremos a devi. Você conhece meus motivos; o rei Yezdigerd deseja anexar o reino dela ao seu império, e ela própria ao seu harém. E eu conheço você dos tempos em que era um comandante militar dos kozakis nas estepes, portanto sei que sua ambição é a pilhagem indiscriminada. Quer saquear a Vendhya e conseguir um resgate polpudo por Yasmina. Bem, vamos nos permitir unir forças por enquanto, sem criarmos quaisquer ilusões em relação um ao outro, e tentar resgatar a devi dos Profetas. Se formos bem-sucedidos e sobrevivermos, poderemos lutar para ver quem fica com ela.

Conan escrutinizou de perto o outro por um momento e então consentiu, soltando o braço do turaniano.

— De acordo. E quanto aos seus homens?

Kerim Shah virou-se para os silenciosos irakzais e falou brevemente:

— Esse chefe e eu vamos para o Yimsha lutar contra os magos. Vocês irão conosco ou ficarão aqui para serem massacrados pelos afghulis que seguem esse homem?

Eles o encararam com olhos sinistramente fatalistas. Estavam condenados e sabiam disso desde que as flechas cantantes da emboscada dos dagozais os tinham repelido da Passagem Shalizah. Os homens da baixa Zhaibar tinham muitas rixas de sangue com os moradores das colinas. E eram um bando muito pequeno para abrir caminho até as vilas na fronteira sem a liderança do astuto turaniano. Como já se consideravam mortos, responderam da forma que somente mortos fariam:

— Iremos com vocês e morreremos no Yimsha.

— Então, em nome de Crom, vamos logo — grunhiu Conan, remexendo-se de impaciência ao olhar para os golfos azuis do crepúsculo que se aproximava. — Meus lobos estão horas atrás de mim, mas perdemos um tempo infernal.

Kerim Shah recuou seu cavalo entre o garanhão negro e o desfiladeiro, embainhou a espada e cautelosamente virou o animal. Logo o bando estava descendo a picada o mais rápido que ousava. Eles chegaram a um cume um quilômetro a leste do ponto onde Khemsa tinha se interposto entre Conan e a devi. A vereda que atravessavam era perigosa até mesmo para os montanheses e, por este motivo, Conan a havia evitado naquele dia, quando carregava Yasmina, embora Kerim Shah, supondo que o cimério a tivesse tomado, seguira por ela enquanto o caçava. Até mesmo Conan suspirou de alívio quando os cavalos deixaram a última beirada do abismo para trás. Eles se moviam como fantasmas passando por um reino encantado de sombras. O suave raspar de couro e o tilintar do aço marcavam sua passagem; então, mais uma vez os rochedos da montanha escura se tornaram nus e silenciosos sob a luz das estrelas.

VIII
Yasmina Conhece o Terror Completo

Yasmina teve tempo para apenas um grito quando se viu envolta por aquele furacão vermelho e foi arrancada de seu protetor com uma força apavorante. Tornou a gritar, e então seu fôlego acabou. Estava cega, surda, muda e, logo, desacordada pela terrível agitação do ar em torno de si. Tinha ainda uma consciência atordoante da altura vertiginosa e da velocidade entorpecedora; uma impressão confusa advinda de sensações naturais enlouquecidas. Depois, tontura e esquecimento.

Um vestígio dessas sensações ainda a acompanhava quando recuperou a consciência; ela gritou e tentou se agarrar a alguma coisa, como se continuasse sendo arrastada, voando e de cabeça para baixo. Seus dedos tocaram um tecido macio e um senso revelador de estabilidade a impregnou. Olhou ao redor.

Estava deitada em um estrado coberto com veludo preto. Localizava-se em uma grande sala escura, cujas paredes eram ornadas com tapeçarias negras penduradas, estampadas com dragões rastejantes reproduzidos com repelente realismo. Sombras flutuantes mal indicavam a existência de um teto, e trevas elusivas espreitavam nos cantos. Não parecia haver janelas ou portas nas paredes, a não ser que estivessem ocultas pelas tapeçarias. Yasmina não conseguia precisar de onde vinha aquela fraca luz. A ampla sala era um reino de mistérios, sombras e figuras furtivas, em que ela sabia que não havia movimento, mas que, ainda assim, inundavam sua mente com um terror impreciso e disforme.

Mas seu olhar se fixou em um objeto tangível. Sobre outro estrado menor, feito de âmbar negro, a poucos passos de distância, um homem sentava-se com as pernas cruzadas e olhava para ela contemplativo. O longo manto negro de veludo, bordado com fios de ouro, caía folgado sobre ele, mascarando seu vulto. As mãos estavam enfiadas nas mangas. Usava um barrete, também de veludo, sobre a cabeça. Seu rosto era calmo, plácido e, de certa forma, bonito. Seus olhos eram levemente oblíquos e cintilantes. Sentado de frente à devi, não moveu um músculo, e nem sua expressão mudou quando viu que ela estava consciente.

Yasmina sentiu o calafrio do medo como um filete de água gelada descendo por sua espinha. Ergueu o tronco sobre os cotovelos e olhou apreensivamente para o estranho.

— Quem é você? — Perguntou. Sua voz soava frágil e inadequada.

— Eu sou o Mestre do Yimsha — seu timbre era rico e ressonante, como os tons melodiosos do sino de um templo.

— Por que me trouxe aqui?

— Você não procurava por mim?

— Se você for um dos Profetas Negros, sim! — Respondeu ela de modo negligente, considerando que ele poderia ler seus pensamentos de qualquer forma.

Ele deu uma risada suave, e os arrepios tornaram a assolá-la.

— Você tencionava lançar as crianças selvagens das colinas contra os Profetas do Yimsha! — Ele sorriu. — Vi isso em sua mente, princesa. Sua fraca mente humana, cheia de insignificantes sonhos de ódio e vingança.

— Vocês mataram meu irmão! — Uma crescente maré de raiva superava seu medo; as mãos se crisparam, o pequeno corpo inteiramente rígido. — Por que o perseguiram? Ele nunca fez mal a vocês. Os sacerdotes dizem que os Profetas não se intrometem em assuntos humanos. Por que destruíram o rei da Vendhya?

— Como um ser humano comum poderia entender as motivações dos Profetas? — O Mestre respondeu, calmamente. — Meus acólitos no templo de Turan, que são os sacerdotes por trás dos de Tarim, me pediram que intercedesse em favor do rei Yezdigerd. Por razões próprias, consenti. Como posso explicar meus motivos místicos para um intelecto tão insignificante? Você não entenderia.

— O que eu entendo é que meu irmão está morto! — Lágrimas de dor e ódio abalavam suas palavras. Ela ficou de joelhos e o encarou com os olhos ardendo, tão ameaçadora e perigosa naquele instante quanto uma pantera.

— Conforme o desejo de Yezdigerd — o Mestre concordou, calmamente. — Por um tempo, foi meu capricho cumprir suas ambições.

— Yezdigerd é seu vassalo? — Yasmina tentava manter o timbre da voz inalterado. Ela sentira seu joelho pressionar algo duro e simétrico sob a capa de veludo. Sutilmente, mudou de posição, levando a mão para baixo da capa.

— O cão que lambe os restos de comida no quintal do templo é vassalo de um deus? — Devolveu o Mestre. Não parecia notar o que ela pretendia fazer. Oculto pelo veludo, os dedos da devi se fecharam no que percebeu ser o cabo dourado de um punhal. Curvou a cabeça para esconder o brilho do triunfo em seus olhos.

— Estou cansado de Yezdigerd — o Mestre afirmou. — Voltei-me para outros entretenimentos e... Hah!

Com um grito feroz, Yasmina saltou como um felino selvagem, desferindo uma estocada mortal. Então, tropeçou e caiu no chão, onde se encolheu, voltando seu olhar para o homem no estrado. Ele não se movera; seu sorriso críptico inalterado. Tremendo, a devi ergueu a mão e a encarou com os olhos dilatados. Não havia punhal em seus dedos; eles seguravam uma lótus dourada; os botões amassados caindo do caule murcho. A garota a largou como se fosse uma víbora e se afastou de seu algoz. Voltou para o estrado, pois ele ao menos era mais digno para uma rainha do que rastejar no chão aos pés de um bruxo. Fitou-o com apreensão, esperando represálias.

Mas o Mestre não se moveu.

— Toda substância é igual para aquele que conhece os segredos do cosmo — disse, soturno. — Para um adepto, nada é imutável. Pela vontade, botões de aço florescem e se tornam jardins inomináveis e flores de espadas brilham ao luar.

— Você é um demônio — gaguejou a devi.

— Eu, não! — Ele se divertiu. — Nasci neste planeta há muito tempo. Outrora, fui um homem comum, e não cheguei a perder todos os atributos humanos nestes incontáveis anos de devoção. Um homem que mergulha nas artes negras é maior do que um demônio. Minha origem é humana, mas governo demônios. Você viu os Senhores do Círculo Negro... Sua alma humana murcharia se escutasse de que reino distante eu os invoquei e de qual sina os protejo com cristais enfeitiçados e serpentes douradas. Mas só eu posso governá-los. Meu tolo Khemsa pensou em tornar-se grande... Pobre tolo, explodindo portas e voando com sua amante de colina para colina! Contudo, se ele não tivesse sido destruído, seu poder talvez crescesse ao ponto de rivalizar com o meu.

Riu mais uma vez.

— E você, pobre coisinha tola! Planejando enviar um chefe montanhês peludo para assolar o Yimsha! Foi uma brincadeira que eu mesmo poderia ter projetado, se tivesse me ocorrido; fazer com que você caísse nas mãos dele. E li em sua mente infantil a intenção de seduzi-lo com suas artimanhas femininas para todo custo cumprir seu propósito. Porém, apesar de toda sua estupidez, você é uma bela mulher. É meu desejo mantê-la como minha escrava.

A filha de milhares de orgulhosos imperadores sobressaltou-se de vergonha e fúria ante a frase.

— Você não ousaria!

A gargalhada zombeteira cortou-a como uma chicotada em ombros nus.

— O rei não ousa pisotear um verme na estrada? Pequena tola, não percebe que seu orgulho régio nada mais é do que palha soprada pelo vento? Eu, que conheci os beijos das rainhas do Inferno! Verá como lido com sua rebeldia!

Intimidada e aterrorizada, a garota se encolheu sobre o estrado coberto de veludo. A luz ficou mais turva e fantasmagórica. As feições do Mestre foram encobertas pelas sombras. Sua voz assumiu uma nova tonalidade de comando.

— Jamais me curvarei a você! — A voz dela tremia de medo, mas carregava uma pitada de firmeza.

— Você o fará — ele respondeu com assustadora convicção. — O medo e a dor vão ensiná-la. Vou flagelá-la com horror e agonia até a última relutante gota de resistência, até que você se torne cera derretida para ser moldada em minhas mãos de acordo com meus desejos. Conhecerá a disciplina como mulher mortal alguma jamais conheceu, até que meu mais leve comando seja para você como a inalterável vontade dos deuses. E, primeiro, para apaziguar seu orgulho, você viajará pelas eras perdidas e verá todas as formas que já teve. Sim, yil la khosa!

Àquelas palavras, a câmara sombria se inchou diante do olhar assustado de Yasmina. As raízes de seu cabelo se eriçaram, e a língua cravou-se em seu palato. Em algum lugar, um góngo soou uma nota profunda e agourenta. Os dragões das tapeçarias brilharam como fogo azul e desapareceram. O Mestre no estrado não era nada além de uma sombra amorfa. A luz turva cedeu lugar à densa escuridão, quase tangível, que pulsava com estranhas irradiações. Yasmina não conseguia mais vê-lo. Não conseguia ver coisa alguma. Tinha a estranha sensação de que as paredes e o teto haviam se afastado imensamente.

Então, em algum lugar nas trevas, surgiu um brilho que, como o de um vagalume, piscava de forma rítmica. Ele cresceu, se tornou uma esfera dourada e, à medida que se expandia, sua luz ficava mais intensa, ardendo numa tonalidade branca. O globo explodiu subitamente, cobrindo as trevas com faíscas brancas que não iluminavam as sombras. Mas, como uma impressão deixada na escuridão, uma fraca luminosidade persistiu, e, no chão sombrio sob ela, um poço escuro e delgado se revelou. Ele se espalhou diante dos olhos dilatados da garota, tomou forma; caules e folhas largas apareceram, e grandes botões venenosos se ergueram ao redor da árvore, que continuava aninhada contra o veludo. Um perfume sutil cobriu a atmosfera. Era a figura pavorosa da lótus negra que ela assistira crescer, da mesma forma que cresce nas selvas assombradas de Khitai.

As folhas largas murmuravam como se estivessem terrivelmente vivas. Os botões se curvaram sobre a devi como coisas sencientes, oscilando como serpentes em hastes flexíveis. Delineados contra as trevas impenetráveis, agigantavam-se, enormes, negros e visíveis de alguma forma insana. Seu cérebro titubeou com o odor entorpecente, e ela pensou em rastejar para fora do estrado. Agarrou-se a ele, porém, ele pareceu se lançar a uma inclinação impossível. Gritou em pânico e agarrou o veludo, mas sentiu seus dedos serem impiedosamente separados dele. A sensação era de que toda sanidade e estabilidade tivessem desaparecido. Ela era um átomo trêmulo de consciência conduzido em um vácuo negro e gelado por um vento trovejante que ameaçava extinguir seu brilho fraco, como uma vela soprada por uma tempestade.

Então veio um período de impulso e movimento cego, em que o átomo que ela havia se tornado se misturou e se fundiu com uma miríade de outros átomos de vida nascente no pântano fermentado da existência. Foram moldados por forças formadoras, até que ela emergiu novamente à consciência individual, girando e descendo por uma infinita espiral de vidas.

Sob uma névoa de terror, reviveu todas as suas existências anteriores; reconheceu e foi novamente todos os corpos que carregaram seu ego ao longo das eras. Feriu novamente os pés na longa estrada desgastada que se estendia atrás de si até o passado imemorial. Retornando para além dos mais obscuros alvoreceres do tempo, agachou-se tremendo em selvas primordiais, caçada por animais de rapina salivantes. Vestida com peles, caminhou afundada até a cintura em campos de arroz, lutando pelos preciosos grãos contra aves aquáticas que grasnavam. Trabalhou com bois para arrastar o arado pelo solo teimoso e se curvou infinitas vezes sobre os teares em cabanas de camponeses.

Viu cidades muradas queimarem, e, aos gritos, fugiu de assassinos. Arrastou-se nua e sangrando por areias escaldantes, levada pelo estribo de um escravagista, e conheceu o toque de mãos quentes e ferozes em sua carne enojada, a vergonha e a agonia da luxúria brutal. Gritou ante a mordida do chicote e lamentou-se sobre a cremalheira; louca de terror, lutou contra as mãos que forçavam sua cabeça inexoravelmente para baixo, em direção a um bloco sujo de sangue.

Conheceu a agonia do parto e o fel do amor traído. Sofreu todos os infortúnios, erros e brutalidades que os homens infligiram às mulheres ao longo das eras; e suportou o rancor e a malícia que mulheres têm por outras mulheres. E, por todo o percalço, manteve a consciência de sua condição de devi, que era como uma chibata ígnea. Foi todas as mulheres que já havia sido, contudo, em sua consciência, continuava sendo Yasmina. Tal percepção não se perdeu nos espasmos da reencarnação. Ao mesmo tempo e de uma só vez, foi uma escrava nua rastejando sob o chicote e a orgulhosa devi da Vendhya. E sofreu não apenas como a garota escrava, mas também como Yasmina, cujo orgulho tornava a chibata uma marca escaldante.

Vida misturada a vida no caos flutuante, cada qual com sua carga de dor, vergonha e agonia, até que ela escutou o vago som de sua própria voz gritando insuportavelmente, como um grande brado de sofrimento ecoando pelas eras.

Então, despertou no estrado coberto de veludo, na sala mística.

Sob uma luz cinzenta e espectral, tornou a ver o estrado e a figura tenebrosa sentada nele. A cabeça encapuzada pendia para baixo, os ombros levemente visíveis contra a escuridão incerta. Yasmina não conseguia divisar detalhes com clareza, mas aquele capuz sobre a cabeça do Mestre, onde antes havia o barrete de veludo, provocou nela uma inquietação. Enquanto observava, foi tomada por um medo inominável que a congelou por completo; a sensação de que não era mais o Mestre que se sentava tão silenciosamente naquela plataforma negra.

Então, a figura se moveu e ficou de pé, avultando-se sobre a devi. Parou próximo a ela e os longos braços, com suas mangas negras, avançaram em sua direção. A princesa lutou contra eles com um pavor que arrancou sua voz, surpresa pela solidez daqueles membros. O encapuzado se inclinou em direção ao rosto da moça que o evitava. E ela gritou, e gritou novamente de pavor e repugnância pungentes. Braços feitos de ossos seguravam seu corpo macio, e do capuz uma feição feita de morte e decadência a encarava; um rosto similar a um pergaminho podre; um crânio em decomposição.

Ela gritou novamente e, então, enquanto aquelas mandíbulas sorridentes se inclinavam sobre seus lábios, perdeu a consciência...

IX
O Castelo dos Magos

O sol erguia-se sobre os brancos picos himelianos. Ao pé de uma longa encosta, um grupo de cavaleiros parou e olhou para o alto. Bem acima deles, uma torre de pedra se equilibrava na lateral da montanha e, além dela, brilhavam as muralhas de um grande castelo, próximo à linha em que a neve começava a cobrir aquele pináculo do Yimsha. Havia um toque de irrealidade em toda aquela encosta purpúrea levando ao fantástico castelo que, a distância, parecia de brinquedo, e acima do qual o cume branco tocava o frio céu azul.

— Vamos deixar os cavalos aqui — grunhiu Conan. — Aqueles picos traiçoeiros são mais seguros para um homem a pé. Além disso, eles não aguentam mais.

Desmontou o grande garanhão negro, que estava com as pernas afastadas e a cabeça baixa. Eles tinham cavalgado durante toda a noite, roendo restos que encontraram nos alforjes e parando somente para dar aos cavalos o descanso de que precisavam.

— Aquela primeira torre é guardada pelos acólitos dos Profetas Negros — afirmou Conan. — Ao menos é o que dizem os homens. Cães de guarda para seus mestres, feiticeiros menores. Não ficarão sentados chupando o dedo enquanto subimos pelas encostas.

Kerim Shah olhou para a montanha e, a seguir, para o caminho por onde haviam vindo. Já tinham percorrido uma boa distância do Yimsha, e uma vastidão de picos menores e rochedos se espalhava abaixo. Evidentemente, os afghulis que perseguiam seu chefe tinham perdido o rastro durante a noite.

— Então vamos — prenderam os cavalos cansados em um aglomerado de tamargueiras e, sem dizerem mais nada, começaram a subir a encosta. Não havia cobertura. Era uma inclinação nua e repleta de pedras que não eram grandes o bastante para esconder um homem. Mas escondiam outra coisa.

O grupo não havia dado cinquenta passos quando uma forma surgiu por detrás de uma rocha, rosnando. Era um dos esquálidos cães selvagens que infestavam os vilarejos das colinas. Seus olhos brilhavam vermelhos e suas mandíbulas espumavam. Conan estava na frente, mas o animal não o atacou. Passou reto pelo cimério e saltou sobre Kerim Shah. O turaniano se esquivou, e a enorme fera se arremessou contra o irakzai atrás dele. O homem gritou, protegendo-se com o braço, e este acabou dilacerado pelas presas da fera, que ainda o empurrava para trás. No instante seguinte, meia dúzia de tulwars golpeava a besta. Contudo, só quando estava literalmente desmembrada, a horrível criatura cessou seus esforços para agarrar e rasgar seus inimigos.

Kerim Shah passou uma atadura no braço ferido do guerreiro, olhou para ele com preocupação e depois deu as costas sem dizer uma palavra. Reuniu-se com Conan e continuaram a subir em silêncio. Enfim, disse:

— Estranho encontrar um cão de aldeia neste lugar.

— Não há carne por aqui — grunhiu Conan.

Ambos viraram a cabeça e olharam para o guerreiro ferido e fadigado atrás deles, caminhando com dificuldade entre seus companheiros. Suor escorria pelo seu rosto, os lábios estavam apertados numa expressão de dor. Então, ambos tornaram a mirar a torre de pedra acima de suas cabeças.

Um silêncio sonolento caía sobre as terras altas. Não havia sinais de vida na torre nem na estranha estrutura piramidal além dela. Mesmo assim, os homens que lutavam para subir a encosta estavam tensos como quem anda na beirada de uma cratera. Kerim Shah tinha apanhado seu poderoso arco turaniano, que matava a quinhentos passos, e os irakzais olharam para suas próprias armas similares, mais leves e menos letais.

Ainda não estavam dentro do alcance de flechas disparadas da torre quando algo cruzou os céus sem aviso. Passou tão próximo a Conan que o bárbaro sentiu o vento de suas asas, mas foi um irakzai que cambaleou e caiu, o sangue escorrendo de sua jugular rasgada. Um falcão com asas que remetiam a aço polido ascendeu novamente, seu bico uma cimitarra suja de sangue, e despencou dos céus em seguida, quando a corda do arco de Kerim Shah vibrou. O animal caiu como um prumo, mas homem nenhum viu onde tocou o solo.

Conan curvou-se sobre a vítima do ataque, mas o homem já estava morto. Ninguém falou; era inútil comentar o fato de que jamais se soubera de um falcão que tivesse atacado um homem. Um ódio escarlate começou a rivalizar com a letargia fatalista nas almas selvagens dos irakzais. Dedos hirsutos posicionaram as flechas nos arcos, e olhos vingativos miraram a torre, cujo silêncio era uma zombaria.

O ataque seguinte veio rapidamente. Todos viram; uma esfera de fumaça branca que caiu do cume da torre e rolava colina abaixo, na direção do grupo. Outras a seguiram. Pareciam inofensivas, meros globos lanosos de nuvens espumosas, mas Conan se desviou para evitar contato com a primeira. Atrás dele, um dos irakzai se aproximou e enfiou a espada dentro da massa instável. Imediatamente, a fatal consequência da atitude sacudiu a montanha. Houve uma explosão de chamas atordoantes e a esfera desapareceu. Do negligente guerreiro restou apenas um monte de ossos queimados e enegrecidos. A mão crispada ainda apertava o cabo de marfim da arma, mas a lâmina fora obliterada, derretida e destruída pelo calor avassalador. Ainda assim, os homens que estavam em pé quase ao alcance da vítima nada sofreram, ficando apenas atordoados e cegos momentaneamente pela chama repentina.

— O aço faz a coisa explodir — Conan gritou. — Cuidado... Lá vem mais!

A encosta acima deles estava quase coberta pelas esferas ondulantes. Kerim Shah curvou a corda de seu arco e enviou uma seta para dentro de uma delas, que, tocada pela flecha, explodiu como uma bola de fogo. Seus homens seguiram o exemplo e, nos minutos seguintes, foi como se uma tempestade de raios assolasse o topo da montanha, com projéteis certeiros e explosões espalhando fogo por todas as direções. Quando a tempestade cessou, as flechas dos arqueiros estavam reduzidas a poucas.

Soturnos, eles seguiram em frente, passando pelo solo carbonizado e enegrecido onde as rochas haviam sido transformadas em magma pelas explosões das diabólicas bombas.

Agora estavam quase ao alcance do voo de flechas vindas da torre silenciosa, e abriram sua linha, nervos tensos, prontos para qualquer horror que pudesse cair sobre eles.

Na torre, uma única figura apareceu, levantando uma trompa de bronze de três metros. Seu som estridente ecoou por toda a encosta, como o retumbar das trombetas no Dia do Juízo Final. E a resposta a ele foi aterradora. O chão tremia sob os pés dos invasores, e estrondos e tremores brotaram das profundezas subterrâneas.

Os irakzais gritavam, cambaleando como bêbados no rochedo que se partia. Conan, com os olhos brilhando, investiu de forma imprudente para o alto do declive, faca em punho, direto até a porta que podia ser vista na parede da torre. Acima dele, a grande trompa rugia e berrava em brutal zombaria. Então, Kerim Shah puxou uma flecha até sua orelha e disparou.

Somente um turaniano teria acertado aquele disparo. O som da trombeta cessou abruptamente, e um grito agudo o substituiu. A figura de manto verde na torre cambaleou, agarrando a haste da flecha que atravessara seu peito, e despencou por sobre o parapeito. A enorme trompa caiu sobre a ameia e ficou precariamente pendurada. Outra figura vestindo um manto correu para agarrá-la, gritando de horror. O arco do turaniano voltou a vibrar e foi novamente seguido por um uivo de morte. O segundo discípulo, ao cair, acertou a trompa com o cotovelo e a derrubou ruidosamente pelo parapeito, para se despedaçar nas rochas abaixo.

Conan cobriu a distância com tamanha velocidade que, antes que os ecos barulhentos da queda desaparecessem ao longe, ele já estava golpeando a porta. Alertado por seu instinto primitivo, recuou subitamente no instante em que uma onda de chumbo derretido foi lançada do alto da torre. Logo voltou a atacar o portal, com fúria redobrada. Estava chocado com o fato de que seus inimigos tinham recorrido a armas mundanas. A feitiçaria dos acólitos era limitada. Seus recursos necromânticos poderiam muito bem estar exauridos.

Kerim Shah corria colina acima, seus homens atrás dispersando-se cada vez mais. Disparavam conforme corriam, suas flechas lascando as paredes ou passando por sobre o parapeito.

O pesado portal de teca cedeu diante do ataque do cimério, e ele investigou o interior com cautela, pronto para qualquer coisa. Viu uma câmara circular com uma escada que levava para o alto. No lado oposto, uma porta entreaberta revelava a face externa da montanha... e as costas de meia dúzia de figuras vestindo mantos verdes em plena retirada.

Conan gritou e deu um passo para dentro da torre, mas sua precaução natural o fez recuar no momento em que um grande bloco de pedra caiu, despedaçando-se no local onde seu pé pisava um instante antes. Gritando para seus seguidores, ele correu circundando a torre.

Os acólitos haviam abandonado sua primeira linha de defesa. Conforme rodeava a construção, Conan viu os mantos verdes cintilando pela montanha à sua frente. Iniciou a perseguição, com uma pulsante e renovada sede de sangue. Atrás dele, Kerim Shah e os irakzais subiam rapidamente, os últimos uivando como lobos diante da fuga de seus inimigos, seu fatalismo momentaneamente submergido pelo triunfo temporário.

A torre ficava na beirada mais baixa de um estreito platô cuja inclinação vertical mal era perceptível. Algumas centenas de metros acima, o platô terminava abruptamente em um abismo que não podia ser visto do pé da montanha. Os acólitos aparentemente saltaram para dentro dele sem diminuírem sua velocidade. Seus perseguidores enxergaram apenas os mantos verdes flutuando e desaparecendo pela beirada.

Alguns momentos depois, eles próprios estavam à beira do enorme fosso que os separava do castelo dos Profetas Negros. Consistia em uma ravina de paredes lisas que se estendia em ambas as direções até onde a vista alcançava, aparentemente circundando a montanha, com aproximados quatrocentos metros de comprimento e cento e cinquenta de profundidade. E, em seu interior, de orla a orla, uma estranha névoa translúcida reluzia.

Olhando para baixo, Conan grunhiu. Lá embaixo, movendo-se pelo chão que brilhava como prata polida, viu as formas dos acólitos vestidos com os mantos verdes. Seus contornos eram vagos e indistintos, como corpos vistos embaixo da água. Caminhavam em fila única, indo em direção à parede oposta.

Kerim Shah apanhou uma flecha e a enviou assobiando para baixo. Mas, quando ela tocou a névoa que preenchia o abismo, pareceu perder ímpeto e direção, desviando-se amplamente de seu curso.

— Se eles desceram, nós também podemos! — Disse o cimério, enquanto Kerim Shah observava estupefato sua flecha. — Aquele é o ponto em que os vi pela última vez...

Olhando furtivamente para baixo, enxergou algo que reluzia como um filamento dourado e ia até o chão do desfiladeiro. Os acólitos pareciam ter seguido por aquele fio e, de repente, ele se lembrou das palavras crípticas de Khemsa: "Siga o veio dourado!" Agachou-se na beirada e encontrou com suas mãos um fino veio brilhante, que fluía de um afloramento de minério na beirada até lá embaixo, sobre o chão prateado. E encontrou algo mais, que antes estava invisível por conta da refração peculiar da luz. O veio dourado seguia uma rampa estreita que descia pela ravina, equipada com nichos para as mãos e pés segurarem.

— Foi aqui que eles desceram — grunhiu para Kerim Shah. — Não são adeptos para flutuarem no ar! Vamos segui-los...

Foi naquele instante que o homem mordido pelo cão enlouquecido deu um grito horrível e saltou sobre Kerim Shah, espumando e arreganhando os dentes. O turaniano, com pés velozes como os de um gato, se esquivou para o lado, e o insano homem mergulhou de cabeça no abismo. Os outros correram para a beirada e olharam, espantados. O maníaco não caía como uma pedra. Ele flutuava lentamente para baixo através da névoa rosada, como um homem afundando em águas profundas. Seus membros se moviam como se tentasse nadar, e suas feições estavam roxas e convulsas, muito além do tremor da loucura. Enfim, ao chegar ao chão, o corpo se acomodou e ficou estático.

— Há morte nesse abismo — murmurou Kerim Shah, afastando-se da névoa rosada que tremulava quase a seus pés. — E agora, Conan?

— Em frente! — Respondeu o cimério, taciturno. — Aqueles acólitos eram humanos. Se a névoa não os matou, também não me matará.

Puxou seu cinto, e suas mãos tocaram o cinturão que Khemsa havia lhe dado. Com uma careta, sorriu friamente. Esquecera-se daquele cinturão; ainda assim, por três vezes a morte passara por ele, atacando outra vítima.

Os acólitos tinham chegado à parede oposta e moviam-se para cima como grandes moscas varejeiras. Debruçando-se sobre a rampa, Conan começou a descer com cautela. A névoa rosada circundou seus tornozelos, cobrindo-o à medida que ele descia. Chegou a seus joelhos, coxas, cintura, axilas. Era como uma densa neblina em uma noite úmida. Quando ela rodeou seu queixo, o cimério hesitou; então, desceu de uma vez. Imediatamente, sua respiração cessou; sentiu todo o ar sendo tirado dele e as costelas se cravarem nos pulmões. Com um esforço frenético, se ergueu, lutando pela vida. A cabeça levantou-se na superfície e Conan sorveu o ar em grandes golfadas.

Kerim Shah se inclinou em sua direção e disse algo, mas o bárbaro não escutou e nem prestou atenção. Teimoso e com a mente fixa naquilo que Khemsa havia dito, procurou o veio de ouro e percebeu que se movera para longe dele ao descer. Havia diversas séries de apoios para as mãos espalhados pelo declive. Colocando-se diretamente sobre o filete, tornou a descer. A bruma rosa voltou a engolfá-lo. Desta vez, embora sua cabeça estivesse submersa, ele ainda respirava ar puro. Viu seus companheiros encarando-o de cima, as feições borradas pelo nevoeiro que tremulava sobre sua cabeça. Fez um gesto para que o seguissem e desceu rapidamente, sem esperar para ver se o obedeceriam ou não.

Kerim Shah embainhou a espada sem comentários e o seguiu. Os irakzais, com mais medo de serem deixados sozinhos ali do que dos terrores que poderiam espreitar abaixo, desceram na sequência. Todos eles se agarravam ao fio dourado como haviam visto o cimério fazer.

Descendo a rampa inclinada, chegaram ao chão da ravina e se moveram pelo nível reluzente, seguindo o veio de ouro como se caminhassem sobre uma corda. Sentiam-se passando por um túnel invisível, pelo qual o ar circulava livremente. Percebiam a morte pressionando-os acima e de ambos os lados, mas ela não os tocava.

O veio subia por uma rampa similar na parede oposta, por onde os acólitos haviam desaparecido, e por ela seguiram com os nervos à flor da pele, sem saber o que os aguardava nas saliências de pedra que eram como presas na boca do precipício.

Eram os acólitos de verde que esperavam por eles no cume, com facas nas mãos. Talvez tivessem chegado ao limite de sua retirada. Talvez o cinturão stygio na cintura de Conan fosse o responsável por seus feitiços necromânticos terem se provado tão fracos e sido tão rapidamente dissipados. Talvez fosse a consciência da morte advinda do fracasso que os fizesse saltar das rochas, olhos brilhando e facas reluzindo, recorrendo, em seu desespero, a armas normais.

O que ocorreu ali, entre as presas rochosas nos lábios do precipício, não foi uma guerra de feitiçaria. Foi um turbilhão de lâminas, em que aço de verdade mordeu e sangue de verdade jorrou, em que braços musculosos rasgaram a carne trêmula com seus golpes e homens caíram para serem pisoteados enquanto a batalha prosseguia sobre eles.

Um dos irakzai sangrou até a morte entre as rochas, mas os acólitos foram abatidos; lacerados e cortados, ou arremessados da borda para flutuarem lentamente até o chão de prata que brilhava lá embaixo.

Então os vencedores limparam o sangue e o suor da vista e se entreolharam. Conan e Kerim Shah continuavam de pé, assim como quatro irakzais.

Estavam entre as rochosas dentadas à beira do precipício. Daquele ponto, um caminho cortava a suave colina até uma larga escadaria, constituída de meia dúzia de degraus com uma centena de metros de diâmetro, talhados em uma substância verde similar ao jade. Levavam a uma ampla arena ou galeria sem teto, feita da mesma pedra polida e, acima dela, erguia-se, pavimento após pavimento, o castelo dos Profetas Negros. Parecia esculpido na pedra lisa da montanha. A arquitetura era impecável, mas sem adornos. As diversas janelas estavam bloqueadas e mascaradas com cortinas pelo lado de dentro. Não havia sinal de vida, amigável ou hostil.

Subiram em silêncio, preocupados feito homens que caminham pelo ninho de uma serpente. Os irakzais estavam mudos, como homens rumando para a destruição. Até mesmo Kerim Shah se silenciara. Só Conan parecia não entender aquela invasão como um desarranjo e um desrespeito às convenções culturais; uma violação sem precedentes da tradição. Não era do Oriente; e vinha de uma raça que considerava lutar contra demônios e magos tão normal e necessário quanto enfrentar inimigos humanos.

Chegou ao topo das escadarias, cruzou a ampla galeria verde e foi direto na direção da grande porta de teca dourada. Lançou um único olhar para o alto, contemplando as camadas superiores da estrutura piramidal acima de si. Estendeu a mão para tocar o grande objeto de bronze pendurado como uma alça na porta, mas se conteve com um sorriso abrupto. A alça tinha a forma de uma serpente, a cabeça erguida em um pescoço arqueado; e Conan suspeitou que aquele metal ganharia vida ao ser tocado.

Arrancou a alça da porta com um golpe, e o tilintar do bronze no chão vítreo não diminuiu sua cautela. Lançou-a para o lado com a ponta da faca e novamente voltou-se para a porta. Silêncio absoluto reinava nas torres. Bem abaixo deles, as encostas da montanha desapareciam em uma névoa púrpura. O sol brilhava nos picos cobertos de neve de ambos os lados. No alto, um abutre planava como um ponto negro no céu azul. Além dele, os homens diante da porta dourada eram a única evidência de vida ali; pequenas figuras em uma galeria de jade verde localizada a uma altura desconcertante, com aquela fantástica pilha de pedras se erguendo sobre eles.

Um vento cortante e gelado os atingiu, chicoteando seus farrapos. A longa adaga de Conan estilhaçava os painéis de teca e gerava ecos alarmantes. O cimério golpeou várias vezes, cortando a madeira polida e as placas de ferro de forma igual. Pelas ruínas destruídas da porta, olhou para o interior, alerta e desconfiado como um lobo. Viu uma câmara ampla, paredes de pedra polida sem tapeçarias, o chão de mosaicos sem carpetes. Bancos quadrados de ébano e plataformas de pedra eram a única mobília no lugar. Não havia vida humana naquele aposento. Outra porta destacava-se na parede oposta.

— Deixe um homem de guarda do lado de fora — murmurou Conan. — Eu vou entrar.

Kerim Shah designou um guerreiro para a tarefa, e o homem retornou para o meio da galeria, arco em mãos. Conan adentrou o castelo, seguido pelo turaniano e os três irakzais remanescentes. O que ficou do lado de fora cuspiu, queixou-se por trás de sua barba, mas parou repentinamente quando uma gargalhada grave e zombeteira chegou a seus ouvidos.

O homem ergueu a cabeça e viu, no pavimento acima de onde estava, uma figura alta vestindo um manto negro, de cabeça nua, assentindo levemente enquanto olhava para baixo. Toda sua postura sugeria zombaria e malignidade. Rápido como um raio, o irakzai curvou seu arco e disparou. A flecha viajou direto para seu alvo, acertando em cheio o peito da figura vestida de negro. O sorriso de escárnio não se alterou. O Profeta arrancou o projétil e o atirou de volta no arqueiro, não como uma arma é normalmente disparada, mas com um gesto desdenhoso. O irakzai desviou, erguendo o braço instintivamente. Seus dedos se fecharam na flecha que vinha girando.

Então ele gritou. Em suas mãos, a madeira se contorceu de repente. Sua forma rígida tornou-se maleável, derretendo na palma do homem. Ele tentou jogá-la fora, mas já era tarde demais. Segurava agora uma serpente na mão nua, que já tinha se enrolado em seu punho, e a cabeça horrível em forma de cunha mordeu o braço musculoso. O guerreiro berrou novamente, e seus olhos se dilataram, as feições tornaram-se roxas. Caiu de joelhos tremendo, convulsionando terrivelmente; então, ficou inerte.

Os homens lá dentro voltaram ao ouvir o primeiro dos gritos. Conan correu rapidamente até a porta e deteve-se, perplexo. Para os homens atrás dele, pareceu que o bárbaro se chocara contra o ar vazio. Mas, embora não pudesse ver coisa alguma, havia uma superfície dura e lisa sob suas mãos, e ele sabia que uma folha de cristal havia bloqueado a porta. Através da barreira, via o irakzai deitado sem se mover na galeria vítrea, uma flecha comum cravada em seu braço.

Conan ergueu sua arma e golpeou, e aqueles que o observavam ficaram pasmos ao verem seu golpe ser detido pelo ar com o barulho alto que o aço faz quando encontra uma substância dura. O cimério não desperdiçou mais esforços. Sabia que nem mesmo a lendária tulwar de Amir Khurum poderia destruir aquela couraça invisível. Explicou o que acontecia para Kerim Shah em poucas palavras, e o turaniano deu de ombros.

— Bem, se nossa saída está bloqueada, teremos que encontrar outra. Enquanto isso, nosso caminho está adiante, não?

Com um grunhido o cimério se virou e cruzou a câmara até a porta oposta, com a sensação de estar dirigindo-se à sua destruição. Quando ergueu a faca para destroçá-la, ela se abriu silenciosamente, como se tivesse vontade própria. Conan adentrou um grande salão flanqueado por altas colunas de vidro. A cem passos da entrada, se iniciavam os largos degraus de jade verde de uma escadaria que se afunilava em direção a seu cume, como a lateral de uma pirâmide. O que havia além da escada, não era capaz de dizer. Mas, entre ele e os degraus cintilantes, havia um curioso altar de jade negro. Quatro grandes serpentes douradas enrolavam suas caudas no altar, e suas cabeças erguiam-se acima da pedra, voltadas cada uma para um dos pontos cardeais, como guardiões encantados de um tesouro místico. Entre aqueles pescoços arqueados, havia apenas um globo de cristal preenchido com uma substância que parecia uma fumaça nebulosa, na qual flutuavam quatro romãs douradas.

A visão despertou uma turva lembrança em sua mente, mas Conan não pôde dar mais atenção ao altar, pois nos degraus mais baixos da escadaria surgiram quatro figuras vestidas com mantos negros. Ele não as tinha visto chegar. Simplesmente estavam ali, as cabeças de abutre assentindo em uníssono, pés e mãos escondidos pelas vestes largas.

Um deles ergueu o braço e a manga caiu, revelando sua mão; mas aquilo não era de forma alguma uma mão. Conan foi detido no meio de seu avanço, compelido contra sua vontade. Havia encontrado uma força que diferia sutilmente da hipnose de Khemsa e não conseguia avançar, apesar de sentir que seria capaz de retroceder, caso desejasse. Seus companheiros estavam igualmente estáticos, e pareciam até mais indefesos do que ele, incapazes de se mover em qualquer direção.

O Profeta com o braço erguido fez um gesto para um dos irakzai, e o homem foi em sua direção como se estivesse em transe, olhos fixos e arregalados, sua lâmina pendurada em dedos frouxos. Ao passar por Conan, o cimério colocou o braço sobre seu peito para detê-lo. Conan era tão mais forte que o irakzai que, em circunstâncias normais, poderia ter quebrado sua espinha nas mãos. No entanto, seu musculoso braço foi empurrado para o lado como uma vareta, e o guerreiro moveu-se rumo à escadaria, caminhando trôpego e de forma mecânica. Chegou aos degraus e se ajoelhou rigidamente, oferecendo sua arma e inclinando a cabeça. O Profeta tomou a espada. Ela reluziu ao mover-se para cima e então para baixo. A cabeça do irakzai tombou dos ombros e atingiu o chão com um baque pesado. Um arco de sangue espirrou das artérias decepadas e o corpo despencou, caindo com os braços abertos.

Novamente uma mão malformada se ergueu e chamou, e outro irakzai cambaleou teso para seu destino. O terrível drama foi reencenado, e outra forma sem cabeça logo jazia ao lado da primeira.

Quando o terceiro montanhês passou por Conan rumo à morte, o cimério, com as veias inchadas nas têmporas dado seus esforços para romper a barreira invisível que o continha, repentinamente tornou-se ciente de forças aliadas invisíveis, que ganhavam vida a seu redor. Tal percepção veio sem aviso, mas era tão poderosa, que ele não pôde duvidar de seu instinto. Sua mão esquerda deslizou involuntariamente sob seu cinturão bakhariota e fechou-se no cinto stygio. E, no instante em que ele o agarrou, sentiu uma nova força inundar seus membros entorpecidos; a vontade de viver era como uma chama branca e abrasadora, igualada pela intensidade de seu ódio ardente.

O terceiro irakzai já era um cadáver decapitado e o dedo hediondo estava novamente se erguendo quando Conan sentiu a barreira invisível se romper. Um grito feroz e involuntário explodiu de seus lábios enquanto ele saltava numa súbita hecatombe reprimida de ferocidade. Sua mão esquerda agarrou o cinturão do feiticeiro como um homem se afogando agarra uma tora flutuante, e a longa faca era um brilho resplandecente na direita. Os homens nos degraus não se moveram. Assistiram àquilo calma e cinicamente; se ficaram surpresos, não demonstraram. Conan não se permitiu pensar no que poderia acontecer quando chegasse perto deles. Se teria realmente chance de vencê-los. O sangue fervia em suas veias, uma névoa carmesim embaçava sua visão. Estava incendiado pela urgência de matar, enfiar sua lâmina profundamente em carne e osso e girá-la, espalhando sangue e entranhas.

Outros doze passos o levariam até os degraus onde estavam os demônios zombeteiros. Ele respirava profundamente, e sua fúria tornava-se maior à medida que seu ataque se aproximava. Passava pelo altar com as serpentes douradas quando um clarão cruzou sua mente mais uma vez, trazendo as palavras de Khemsa tão vividamente quanto se tivessem sido ditas em seu ouvido: "Quebre o globo de cristal".

Sua reação foi quase isenta de qualquer vontade. A execução seguiu o impulso de forma tão espontânea, que o maior feiticeiro daquela era não teria tido tempo de ler sua mente e evitar o que fez. Detendo seu ataque frontal e virando-se com a velocidade de um felino, atingiu diretamente o cristal com sua lâmina. No mesmo instante, o ar vibrou com um estrondo aterrorizante e, se ele vinha das escadas, do altar ou do próprio cristal, o bárbaro não saberia dizer. Sibilos preencheram seus ouvidos e as serpentes douradas, repentinamente despertas para uma vida hedionda, contorceram-se e o atacaram. Mas Conan movia-se com a velocidade de um tigre enlouquecido. Um turbilhão de aço cortava os troncos ofídicos que oscilavam em sua direção, e ele atingiu o globo de cristal de novo e de novo. A esfera explodiu com o barulho de um trovão, e uma chuva de faíscas caiu sobre o mármore escuro. As romãs douradas, como que libertas de seu cativeiro, ascenderam rumo ao teto e desapareceram.

Gritos insanos, bestiais e medonhos ecoavam por todo o grande salão. Nos degraus, as quatro figuras de vestes negras se retorciam, convulsionando, com espuma escorrendo de suas bocas lívidas. Então, em um frenesi crescente e com um uivo inumano, enrijeceram e ficaram imóveis, e Conan soube que os Profetas estavam mortos. Olhou para o altar e para os cacos de cristal. Quatro serpentes indefesas ainda se enrolavam nele, mas nenhuma vida alienígena animava agora o metal reluzente.

Kerim Shah levantou-se vagarosamente de sua posição ajoelhada, como se tivesse sido arrasado por alguma força invisível. Sacudiu a cabeça para limpar o zunido nos ouvidos.

— Você ouviu o estrondo quando golpeou? Foi como se mil painéis de cristal tivessem sido despedaçados por todo o castelo quando o globo explodiu. As almas dos magos estavam aprisionadas naquela bola de cristal? Hah!

Conan virou-se enquanto Kerim Shah sacava sua espada e apontava.

Havia outra figura parada na beira da escadaria. Seu manto também era preto, mas de um veludo ricamente bordado, e trazia um barrete de veludo na cabeça. Seu rosto era calmo e belo.

— Quem diabos é você? — Inquiriu Conan, encarando-o com a faca nas mãos.

— Sou o Mestre do Monte Yimsha! — Sua voz era como o badalar do sino de um templo, mas uma nota de júbilo cruel corria por ela.

— Onde está Yasmina? — Kerim Shah perguntou.

O Mestre riu.

— O que tem com isso, morto? Esqueceu-se tão rapidamente de minha força, outrora emprestada a você, que vem armando contra mim, pobre tolo? Acho que arrancarei seu coração, Kerim Shah!

O feiticeiro abriu a mão como se fosse receber algo e o turaniano deu um grito agudo, como o de um homem em agonia mortal. Titubeou e, com o som de ossos triturados, de carne e músculos destroçados e um estalido dos elos de sua malha, seu peito explodiu em uma chuva de sangue. Da pavorosa abertura, algo vermelho e gotejante lançou-se no ar, direto até a mão aberta do Mestre, como uma farpa de aço puxada por um ímã. O turaniano despencou no chão e permaneceu imóvel, e o Mestre riu e jogou o objeto aos pés de Conan... um coração humano ainda pulsando.

Com um rugido e uma blasfêmia, Conan correu para a escadaria. Vindos do cinturão de Khemsa, sentia uma força e um ódio imortal correr seu corpo, impelindo-o a combater a terrível emanação de poder diante dos degraus. O ar se encheu com uma neblina brilhante cor de aço, que ele atravessou como um nadador, cabeça abaixada, braço esquerdo curvado sobre o rosto, a faca pressionada na mão direita. Seus olhos, parcialmente cegos, mirando por cima da curva do cotovelo, divisavam a forma odiosa do Profeta adiante, os contornos ondeando como um reflexo em águas turbulentas.

Sentia-se torturado e dilacerado por forças além de sua compreensão, mas um poder condutor externo e além do seu o guiava e propelia inexoravelmente, apesar da força do mago e de sua própria agonia.

Enfim alcançou a escadaria, e o rosto do Mestre flutuava na névoa de aço adiante; um estranho tremor sombreava aqueles olhos inescrutáveis. Conan atravessou a névoa com dificuldade, e sua faca arremeteu como algo vivo. A ponta afiada rasgou o manto do feiticeiro, que recuou com um grito grave. Então, diante dos olhos de Conan, ele desapareceu... Simplesmente desapareceu como uma bolha que estoura, e algo longo e ondulante subiu por uma das escadas menores, que se localizavam à direita e à esquerda de onde estavam.

Conan foi atrás daquilo, subindo pela escada da esquerda, incerto sobre o que havia visto passar por aqueles degraus, mas nutrindo uma fúria que afogou a náusea e o horror sussurrando no fundo de sua consciência.

Adentrou um corredor amplo, cujo chão sem carpetes e paredes sem tapeçarias eram de jade polido, e algo comprido e veloz moveu-se no fim do corredor, atravessando uma passagem coberta por uma cortina. De dentro da câmara veio um grito de terror absoluto. O som emprestou asas aos pés de Conan, que atravessou a cortina e entrou de peito aberto na câmara.

Viu-se diante de uma cena assustadora. Yasmina, encurralada na extremidade de um estrado coberto de veludo, gritava de repugnância e terror, um braço erguido como que para repelir um ataque, enquanto, diante de si, oscilava a cabeça horrível de uma serpente gigantesca, o pescoço arqueado no extremo de suas espirais escuras e brilhantes. Com um grito surdo, Conan atirou sua faca.

O monstro virou-se e imediatamente estava sobre ele, como uma rajada de vento sobre grama alta. A longa adaga estava cravada em seu corpo, a ponta e um palmo de lâmina aparecendo de um lado, a empunhadura e o guarda-mão, do outro. Porém, aquilo só pareceu enlouquecer o réptil gigante. A enorme cabeça levantou-se acima do homem que a encarava e deu o bote, suas mandíbulas escancaradas gotejando veneno. Conan sacou um punhal do cinturão e estocou de baixo para cima no instante em que a cabeça mergulhava. A ponta da arma atravessou a mandíbula e transfixou o maxilar, travando-os. Logo o grande tronco se enlaçou no cimério, empregando a forma de ataque que restara à criatura, agora incapaz de usar suas presas.

O braço esquerdo de Conan foi envolvido pelo abraço esmagador, mas o direito continuava livre. Firmando as pernas para manter-se de pé, o bárbaro estendeu a mão, agarrou o cabo da longa faca cravada no corpo da ser-

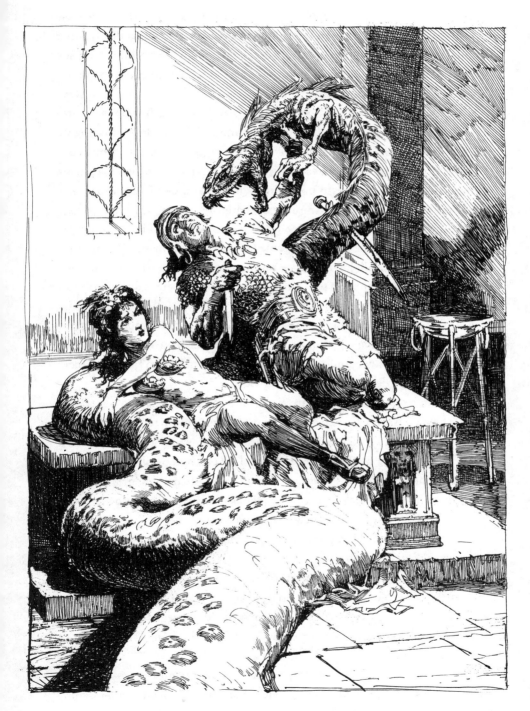

pente e a arrancou, provocando uma chuva de sangue. Como se percebesse o propósito do guerreiro com uma inteligência maior do que a de qualquer animal, a cobra se contorceu, buscando enrolar-se no braço direito de seu inimigo. Porém, na velocidade da luz, a longa faca subiu e desceu, cortando até a metade do gigantesco tronco do réptil.

Antes que Conan pudesse golpear novamente, as grandes voltas o soltaram e o monstro se arrastou pelo chão, o sangue escorrendo profusamente de suas feridas. O bárbaro foi até ele com faca erguida, mas a serpente contorceu-se para longe e o golpe fatal cortou o ar. A criatura encostou a narina contra um tapume composto por painéis de madeira de sândalo; um deles cedeu e o longo corpanzil ensanguentado bateu-se por ele, desaparecendo.

O cimério atacou o tapume instantaneamente. Alguns golpes o despedaçaram, e ele se viu de frente para uma alcova mal iluminada. Nenhum ser horrível se enrolava ali; havia sangue no chão de mármore, e a trilha deixada por ele levava a uma sinistra porta arqueada. Os rastros eram dos pés descalços de um homem...

— Conan! — Ele olhou de volta para a câmara bem a tempo de segurar a devi da Vendhya em seus braços depois que ela cruzou a sala correndo e jogou-se sobre ele, agarrando-o pelo pescoço com um abraço frenético, meio histérico, repleto de terror, gratidão e alívio.

O sangue selvagem do bárbaro tinha sido levado ao extremo por tudo o que ele havia passado. Conan a agarrou num abraço que a teria ofendido em outros tempos e apertou seus lábios contra os dela. Não houve resistência; a devi estava afogada pela mulher primordial. Ela fechou os olhos e se embebedou nos beijos ardentes, ferozes e sem lei com todo o abandono e sede de sua paixão. Já estava ofegante com a violência do cimério quando ele parou para tomar fôlego e olhou para ela, entregue aos seus braços poderosos.

— Sabia que você viria por mim — murmurou Yasmina. — Não me deixaria neste covil de demônios.

Ao ouvir essas palavras, Conan subitamente voltou a ter consciência de onde estavam. Ergueu a cabeça e escutou com atenção. O silêncio reinava em todo o castelo do Yimsha, mas era um silêncio impregnado de ameaças. Perigos espreitavam em cada canto, observando-os invisíveis em cada tapeçaria pendurada.

— É melhor irmos enquanto podemos — ele resmungou. — Aqueles cortes são o suficiente para matar qualquer homem comum ou fera... mas um mago tem doze vidas. Fira um deles e ele fugirá como uma cobra aleijada para obter veneno fresco de alguma outra fonte de feitiçaria.

Apanhou a garota e, carregando-a nos braços como uma criança, passou pelo corredor brilhante de jade e escadas abaixo, seus nervos totalmente alertas para qualquer som ou sinal.

— Eu encontrei o Mestre — sussurrou a devi, aninhando-se ao bárbaro e estremecendo. — Ele lançou seus feitiços sobre mim para quebrar minha vontade. A coisa mais horrível foi um cadáver putrefato que me agarrou... Eu desmaiei e fiquei como morta. Não sei por quanto tempo. Logo depois que recobrei a consciência, escutei sons de luta abaixo e gritos, e então aquela cobra veio deslizando por entre as cortinas... Ah! — Ela tremia ante a lembrança daquele horror. — Sabia que, de alguma forma, não era uma ilusão, mas uma serpente verdadeira que queria minha vida.

— Ao menos não era uma sombra — respondeu Conan de forma enigmática. — Ele sabia que tinha sido vencido e optou por matá-la, em vez de deixar que fosse resgatada.

— O que quer dizer com "ele"? — Perguntou a jovem, irrequieta, e a seguir se encolheu contra o corpo do guerreiro, chorando e esquecendo sua questão. Tinha avistado os cadáveres ao pé das escadas. Os Profetas não eram nada agradáveis aos olhos, retorcidos como estavam e com as mãos e pés expostos. Yasmina ficou lívida com a visão, e escondeu o rosto no poderoso ombro de Conan.

X
Yasmina e Conan

Conan passou pelo salão rapidamente, atravessou a câmara exterior e se aproximou da porta que conduzia à galeria. Então, viu o chão salpicado com pequenos cacos brilhantes. A barreira de cristal que havia recoberto a porta de entrada estava estilhaçada, e ele lembrou-se do estrondo que havia acompanhado a destruição do globo de cristal. Acreditava que todo pedaço de cristal no castelo havia se quebrado naquele instante, e algum instinto confuso ou lembrança referente a um conhecimento esotérico sugeria vagamente a verdade por trás da conexão monstruosa entre os Senhores do Círculo Negro e as romãs douradas. Sentiu calafrios no pescoço e decidiu rapidamente parar de pensar no assunto.

Deu um enorme suspiro de alívio ao retornar à grande galeria de jade verde. Ainda era preciso cruzar a garganta, mas ao menos conseguia ver os picos brancos brilhando sob o sol e as longas encostas desaparecendo na distante névoa azulada.

O irakzai jazia onde havia caído, uma mancha feia na lisura vítrea. Conforme Conan seguia pelo sinuoso caminho, ficou surpreso ao notar a posição do sol. Ainda não tinha alcançado seu zênite; contudo, parecia-lhe que horas haviam transcorrido desde que entrara no castelo dos Profetas Negros.

Sentiu uma necessidade de se apressar. Não se tratava de um mero pânico cego, mas de um instinto que dizia que o perigo aumentava às suas costas. Nada disse a Yasmina. Ela parecia contente em aconchegar a cabeça contra seu peito taurino e encontrar segurança na força de seus braços de ferro. Ele parou por um instante na beira do abismo, olhando carrancudo para baixo. A neblina que dançava na garganta não era mais rosada e brilhante, mas fumacenta, turva e fantasmagórica, como a maré de vida que vacila debilmente em um homem ferido. Vagamente considerou em sua cabeça como os feitiços eram mais intimamente ligados aos magos responsáveis por lançá-los do que as ações de um homem comum o são em relação a quem as desempenha.

Lá embaixo, o chão brilhava como prata suja, e o fio dourado ainda reluzia. Conan jogou Yasmina sobre o ombro, onde ela permaneceu docilmente, e começou a descida. Transpôs apressado o declive e cruzou o caminho dourado. Tinha convicção de que estavam correndo contra o tempo, que suas chances de sobrevivência dependiam de cruzarem aquele desfiladeiro cheio de horrores antes que o ferido Mestre do castelo pudesse recuperar poder suficiente para liberar alguma outra desgraça sobre eles.

Quando subiu o aclive oposto e chegou ao cume, suspirou aliviado e colocou Yasmina no chão.

— Você anda a partir daqui — disse. — O resto do caminho é uma descida.

Ela lançou um olhar para a pirâmide reluzente do outro lado do abismo, que se erguia contra a colina nevada como uma silenciosa cidadela de maldade imemorial.

— Você é agora um feiticeiro por ter derrotado os Profetas Negros do Yimsha, Conan, de Ghor? — Perguntou a devi enquanto desciam a trilha; o pesado braço dele enrolado na delgada cintura da moça.

— Foi um cinturão que Khemsa me deu antes de morrer — Conan respondeu. — Sim, eu o encontrei no caminho. É bastante curioso, vou mostrar-lhe quando tivermos tempo. Era fraco contra alguns feitiços, mas forte contra outros... E uma boa faca sempre é um belo encanto.

— Mas, se o cinturão o ajudou a derrotar o Mestre — argumentou ela —, por que não ajudou Khemsa?

Ele balançou a cabeça.

— Quem sabe? Khemsa tinha sido escravo do Mestre... Talvez isso tenha enfraquecido sua magia. Ele não tinha poder sobre mim como tinha sobre Khemsa. Entretanto, não posso dizer que o derrotei. Ele escapou, e tenho a sensação de que ainda o veremos. Quero abrir a maior distância possível entre nós e seu covil.

O cimério ficou ainda mais aliviado ao encontrar os cavalos amarrados entre as tamargueiras, tal qual os deixara. Soltou-os rapidamente e montou o garanhão negro, colocando a garota à sua frente. Os outros animais o seguiram, revigorados pelo descanso.

— E agora? — Ela perguntou. — Para o Afghulistão?

— Ainda não! — Conan deu um sorriso forçado. — Alguém, talvez o governador, matou meus sete chefes. Meus seguidores imbecis pensam que tenho algo a ver com isso e, a não ser que consiga convencê-los do oposto, vão me caçar como um chacal ferido.

— E quanto a mim? Se os chefes estão mortos, sou inútil como refém. Você me mataria para vingá-los?

Ele a encarou com olhos ferozmente inflamados e riu da ideia.

— Então vamos cavalgar até a fronteira — ela disse. — Você estará a salvo dos afghulis lá...

— Sim... em uma forca vendhyana.

— Eu sou a rainha da Vendhya — a devi o lembrou, com um toque do velho tom arrogante. — Você salvou minha vida. E será recompensado.

Ela não pretendia que aquilo soasse como soou, mas Conan soltou um grunhido, pouco satisfeito.

— Guarde suas recompensas para sua raça de cães da cidade, princesa! Se você é uma rainha das planícies, eu sou um chefe das colinas, e não a levarei nenhum passo sequer em direção à fronteira!

— Mas você estaria seguro e... — Começou a dizer, perplexa.

— E você seria a devi mais uma vez — Conan a interrompeu. — Não, garota; prefiro você como está agora... uma mulher de carne e osso, cavalgando no arco de minha sela.

— Mas você não pode ficar comigo! — Yasmina gritou. — Não pode...

— Observe e verá! — Ele anunciou severamente.

— Mas lhe pagarei um vasto prêmio de resgate...

— Para o diabo com seu resgate! — Respondeu ele bruscamente, seus braços apertando a figura magra da devi. — O reino da Vendhya não poderia me dar nada que eu deseje mais do que a desejo agora. Eu a resgatei arriscando o meu pescoço. Se seus bajuladores a quiserem de volta, que venham a Zhaibar lutar por você.

— Mas você não tem seguidores agora! — Protestou a jovem. — Está sendo caçado! Mal tem como preservar a própria vida, quanto mais a minha.

— Ainda tenho amigos nas colinas — ele disse. — Há um chefe dos khurakzai que a manterá a salvo enquanto me entendo com os afghulis. E, se estiverem cansados de mim, por Crom! Cavalgarei para o norte com você até as estepes dos kozakis. Já fui um líder entre os Companheiros Livres antes de vir para o sul. Farei de você uma rainha no Rio Zaporoska!

— Mas eu não posso! — Objetou ela. — Você não pode me manter...

— Se a ideia é tão repulsiva, por que me entregou seus lábios com tanta disposição?

— Mesmo uma rainha ainda é humana — respondeu, corando. — Mas, por ser uma rainha, tenho que levar meu reino em consideração. Não me carregue para algum país distante. Volte a Vendhya comigo!

— Faria de mim seu rei? — Ele perguntou, sardonicamente.

— Bem, existem tradições... — Ela gaguejou, e o bárbaro a interrompeu com uma gargalhada alta.

— Sim, costumes civilizados que não a permitem fazer o que quiser. Você se casará com algum rei velho e murcho das planícies, e eu deverei seguir meu caminho somente com as lembranças de alguns beijos roubados de seus lábios. Hah!

— Mas devo retornar a meu reino — ela repetiu, desamparada.

— Por quê? — Ele exigiu saber, zangado. — Para apertar seu traseiro em tronos de ouro e escutar os aplausos de tolos sorridentes em saiotes de veludo? O que ganha com isso? Ouça, eu nasci nas colinas da Ciméria, onde as pessoas são todas bárbaras. Fui mercenário, soldado, corsário, kozaki e centenas de outras coisas. Qual rei vagou pelos países, lutou batalhas, amou mulheres e conquistou saques como eu? Vim ao Afghulistão para levantar uma horda e saquear os reinos ao sul... entre eles, o seu. Ser chefe dos afghulis era apenas o começo. Se eu conseguir conciliar todas elas, terei uma dúzia de tribos me seguindo no prazo de um ano. Se não conseguir, voltarei para as estepes e pilharei as fronteiras turanianas ao lado dos kozakis. E você irá comigo. Para o diabo com seu reino; eles sabem como se defender desde antes de você nascer.

Deitada em seus braços, ela o encarava, sentindo algo em seu espírito, uma urgência sem lei e negligente que combinava com a dele e que fora despertada também por ele. Mas milhares de gerações de soberania pesavam imensamente sobre ela.

— Eu não posso! Eu não posso! — Repetiu, impotente.

— Você não tem escolha — ele afirmou. — Você... Que diabos?!

Eles já estavam a alguns quilômetros de Yimsha, cavalgando por uma cordilheira alta que separava dois profundos vales. Haviam acabado de chegar ao cume onde puderam olhar para baixo, no vale à direita. Havia uma luta em progresso. Um forte vento soprava, carregando o som para longe de seus ouvidos, mas, mesmo assim, o choque de aço e o trovejar dos cascos os alcançava, vindos de muito abaixo.

Vislumbraram o reluzir do sol na ponta de lanças e elmos espiralados. Três mil cavaleiros encouraçados perseguiam um bando de cavaleiros de turbante, que fugiam rosnando e golpeando como coiotes em retirada.

— Turanianos — murmurou Conan. — Esquadrões de Secunderam. Que diabos estão fazendo aqui?

— Quem são os homens que perseguem? — Perguntou Yasmina. — E por que recuam de forma tão teimosa? Não podem fazer frente aos outros.

— Quinhentos dos meus afghulis insanos — rosnou ele, olhando para o vale com uma carranca. — Caíram em uma armadilha e sabem disso.

De fato, o vale era um beco sem saída naquela extremidade. Estreitava-se até uma garganta com paredes altas, que se abriam como uma cuia redonda, totalmente margeada por paredões que não podiam ser escalados.

Os cavaleiros de turbante estavam sendo forçados a se dirigirem para a garganta, pois não havia mais lugar algum para ir, e assim seguiam relutantemente, sob uma chuva de flechas e um turbilhão de espadas. Os cavaleiros usando elmos os feriam, mas não pressionavam demais. Conheciam a fúria desesperada das tribos das colinas, assim como sabiam que tinham sua presa em uma armadilha da qual não havia escapatória. Reconheceram os montanheses como sendo afghulis e queriam cercá-los e forçar uma rendição. Precisavam de reféns para o propósito que tinham em mente.

Seu emir era um homem de decisão e iniciativa. Quando chegou ao vale Gurashah e não encontrou guias ou emissários à sua espera, seguiu em frente, confiando no conhecimento que tinha do território. Durante todo o caminho desde Secunderam deparou-se com combates, e os homens das tribos lambiam as feridas em muitos dos vilarejos empoleirados nos rochedos. O emir sabia que havia uma boa chance de que nem ele nem qualquer um de seus homens tornasse a cavalgar pelos portões de Secunderam, porque todas as tribos estariam atrás deles agora, mas estava determinado a cumprir suas ordens, que eram arrancar a devi Yasmina dos afghulis a todo custo e levá-la como prisioneira para Secunderam ou, se confrontado pela impossibilidade de conseguir isso, arrancar fora a cabeça da soberana antes que ele próprio morresse.

Claro que os dois nas colinas assistindo à cena não sabiam de nada disso. Mas Conan se remexia com impaciência.

— Por que demônios eles se permitiram cair numa armadilha? — Perguntou para o nada. — Sei o que estavam fazendo por estes lados... Estavam me caçando, os cães! Revirando cada vale... e acabaram encurralados antes de perceberem. Pobres tolos! Planejam resistir na garganta, mas não conseguirão aguentar por muito tempo. Quando os turanianos os empurrarem até aquele lugar, matarão todos a seu bel prazer.

O estrondo que vinha de baixo cresceu em volume e intensidade. No estreito da entrada, os afghulis, lutando em desespero, seguravam-se momentaneamente contra os cavaleiros encouraçados, que não conseguiam lançar todo seu poderio contra eles.

Conan franziu o cenho, taciturno, dedilhou o cabo de sua espada e, enfim, disse abruptamente:

— Devi, preciso descer até eles. Encontrarei um lugar para que se esconda até que eu retorne. Você falou de seu reino... Bem, não finjo olhar para aqueles demônios peludos como meus filhos, mas, seja como for, são meus homens. Um chefe não pode deserdar seus seguidores, mesmo que eles o tenham deserdado antes. Eles acham que estão com a razão por terem me chutado... Inferno, não serei rejeitado! Ainda sou o chefe dos afghulis, e provarei isso! Posso descer até a garganta a pé.

— Mas e quanto a mim? — Questionou a garota. — Você me tirou à força de meu povo e agora vai me abandonar para morrer sozinha nas colinas, enquanto desce e se sacrifica inutilmente?

O conflito de emoções fazia as veias de Conan incharem.

— Certo — resmungou, impotente. — Crom sabe o que posso fazer.

Ela virou a cabeça levemente, uma expressão curiosa surgindo em seu belo rosto. Então:

— Ouça! — Gritou. — Ouça!

Uma distante fanfarra de trombetas chegou debilmente aos seus ouvidos. Eles olharam para o vale profundo à esquerda e viram o brilho do aço ao longe. Uma extensa linha de lanças e capacetes polidos movia-se ao longo dele.

— Os cavaleiros da Vendhya — ela gritou, exultante.

— Há milhares deles! — Conan mumurou. — Já faz muito tempo desde que uma tropa de Kshatriya veio tão longe nas colinas.

— Estão me procurando! — Ela exclamou. — Dê-me seu cavalo! Vou até os meus guerreiros! A descida não é tão íngreme à esquerda e poderei chegar ao leito do vale. Levarei meus cavaleiros para a extremidade superior desse lugar e cairemos sobre os turanianos! Vamos esmagá-los pela retaguarda! Rápido, Conan! Sacrificará seus homens por seus desejos?

A fome ardente das estepes e das florestas invernais brilhou em seus olhos, mas ele balançou a cabeça e desceu do garanhão, entregando as rédeas nas mãos dela.

— Você venceu! — Grunhiu. — Cavalgue como o demônio!

Ela virou o animal e desceu a cordilheira do lado esquerdo, e ele seguiu rapidamente pela trilha até chegar a uma longa fenda escarpada, que era o desfiladeiro onde a luta irrompia. Desceu como um símio pela parede acidentada, agarrado a saliências e fendas, para enfim cair de pé em meio à peleja que assolava a boca da garganta. Lâminas colidiam e cortavam o ar sobre ele, cavalos relinchavam e empinavam, plumas de capacetes balançando entre turbantes manchados de vermelho.

Assim que chegou, uivou como um lobo, apanhou uma rédea trabalhada a ouro e, desviando-se do golpe de uma cimitarra, estocou com a longa faca para o alto, atravessando as tripas do cavaleiro. No instante seguinte, estava sobre a sela, gritando ordens ferozmente aos afghulis. Eles contemplaram Conan estupidamente por um momento; então, ao verem o estrago que seu aço estava fazendo entre os inimigos, voltaram à ação, aceitando-o sem comentários. Naquele inferno feito de lâminas cortantes e sangue espirrando não havia tempo para perguntas ou respostas.

Os cavaleiros, com seus elmos espiralados e cotas de malha trabalhadas em ouro, infestavam a boca da garganta, estocando e retalhando. O estreito desfiladeiro estava apinhado e congestionado por homens e cavalos; guerreiros colidiam entre si, peito contra peito, golpeando com lâminas curtas e lacerando mortalmente quando havia um mínimo de espaço para brandir suas armas. Quando um homem caía, não se levantava mais por conta dos cascos trovejantes. Peso e força bruta contavam amplamente ali, e o chefe dos afghulis fazia o trabalho de dez homens. Em ocasiões como aquela, antigos hábitos moviam os homens mais do qualquer outra coisa, e os guerreiros, acostumados a ver Conan na vanguarda, se sentiram poderosamente fortalecidos, a despeito da desconfiança que nutriam por ele.

Mas números superiores também importam. A pressão dos homens de trás forçava os cavaleiros de Turan cada vez mais para dentro da garganta, sob as garras das fulgurantes tulwars. Pé após pé, os afghulis recuavam, deixando o chão do desfiladeiro coberto por um carpete de mortos, sobre o qual os cavaleiros passavam pisoteando. Enquanto cortava e golpeava como um possuído, Conan teve tempo para algumas dúvidas terríveis... Yasmina manteria a palavra? Poderia simplesmente juntar-se a seus guerreiros, voltar para o sul e deixá-lo com seu bando à própria sorte.

Enfim, após o que pareceram séculos de luta desesperada, do lado externo do vale surgiu outro som, mais alto que a colisão do aço e os gritos da carnificina. E, com uma explosão de trombetas que sacudiu as paredes e o trovejar de cascos, cinco mil cavaleiros da Vendhya assolaram as tropas de Secunderam.

O ataque partiu os esquadrões turanianos; quebrou, rasgou e despedaçou suas forças, espalhando seus fragmentos por todo o vale. No instante em que aquela onda recuou para fora do desfiladeiro, houve um furacão confuso e caótico de espadachins e cavaleiros, virando e combatendo sozinhos ou em grupos. E então o emir caiu com uma lança de Kshatriya cravada no peito, e os cavaleiros de elmos espiralados voltaram suas montarias vale abaixo, esporando-as enlouquecidamente e tentando abrir caminho à força pelo enxame que os atacara pela retaguarda. Enquanto espalhavam-se para fugir, os vencedores o faziam para persegui-los, e por todo o leito do vale, pelas colinas próximas à boca e sobre os picos, os fugitivos e seus algozes se moviam. Os afghulis que ainda podiam cavalgar, saíram garganta afora e se juntaram na caçada a seus inimigos, aceitando a inesperada aliança tão inquestionavelmente quanto tinham aceitado o retorno de seu rejeitado chefe.

O sol afundava atrás dos rochedos distantes quando Conan, com as vestes em farrapos, a malha sob elas encharcada de sangue e a faca gotejando e coberta por crostas até o cabo, caminhou por sobre os cadáveres até onde a devi Yasmina sentava-se em seu cavalo entre os nobres, no topo da cordilheira próxima a um imponente precipício.

— Você manteve a palavra, devi! — Rugiu. — Por Crom, mas passei por uns maus momentos naquela garganta... Cuidado!

Dos céus descia a toda velocidade um abutre de enorme tamanho, com asas trovejantes que derrubaram os homens de cima dos cavalos.

O bico em forma de cimitarra buscava o pescoço macio da devi, mas Conan foi mais rápido. Um pique curto, um salto de tigre e um golpe selvagem de uma faca ensanguentada, e o abutre soltou um terrível guincho humano, pendeu para o lado e despencou no abismo em direção às rochas e ao rio, centenas de metros abaixo. Enquanto caía, com suas asas negras debatendo-se no ar, assumiu a forma não mais de um pássaro, mas de um corpo humano envolto em um manto negro, os braços em mangas largas agitando-se sem parar.

Conan virou-se para Yasmina com a faca vermelha ainda em punho, os olhos azuis faiscando e o sangue escorrendo dos ferimentos em seus grossos braços e coxas.

— Você é a devi novamente — disse, sorrindo feroz ao olhar o manto de fios de ouro entrelaçados que ela havia jogado por cima das vestes de montanhesa, e nem um pouco espantado pelo imponente conjunto de cavalaria que a cercava. — Preciso agradecê-la pela vida de mais ou menos trezentos e cinquenta dos meus homens, que afinal estão convencidos de que eu não os traí. Você devolveu minhas mãos às rédeas da conquista.

— Ainda lhe devo um resgate — ela disse, seus olhos negros brilhando enquanto o esquadrinhavam. — Pagarei a você dez mil peças de ouro...

Conan fez um gesto selvagem e impaciente, limpou o sangue da faca e a enfiou de volta na bainha, limpando as mãos na malha.

— Vou conquistar esse resgate de minha própria maneira e na hora devida — disse. — Vou retirá-lo em seu palácio, em Ayodhya, e levarei cinquenta mil homens para me certificar de que as taxas serão justas.

Ela riu, juntando as rédeas nas mãos:

— E eu vou encontrá-lo às margens do Rio Jhumda, com cem mil homens!

Os olhos do bárbaro brilharam de apreço ardente e admiração e, dando um passo para trás, ele ergueu a mão com um gesto que era o pressuposto da realeza, indicando que a estrada estava livre diante dela.

Extras

A Filha do Gigante do Gelo
(Frost Giant's Daughter)

História originalmente publicada
em *Rogues in the House* — 1976.

A Filha do Gigante do Gelo, de 1932, foi uma das primeiras histórias de Conan que Howard escreveu e que, na época, foi rejeitada pelo editor da revista *Weird Tales*, Farnsworth Wright. Dois anos depois, o escritor trocou o nome de seu personagem para Amra, de Akbitana, e conseguiu vender a história para a *The Fantasy Fan*, com o título de *Deuses do Norte*. Conan já havia sido identificado pela alcunha de Amra anteriormente em outros contos do escritor, como *A Cidadela Escarlate*, em que é dito que ele era conhecido por esse nome pelos kushitas, e tornaria a sê-lo mais tarde, em outras narrativas, como *A Hora do Dragão*. Supõe-se que Howard alterou o nome do protagonista para conseguir vender a história, porém, vale notar que fez um esforço consciente para que os fãs ainda o identificassem como Conan. *A Filha do Gigante do Gelo* foi revisada e batizada por L. Sprague de Camp, que a publicou em *Fantasy Fiction*, em agosto de 1953, anos após o falecimento de Howard. O manuscrito original sem intervenções só foi publicado no livro *Rogues in the House*, de 1976, editado por Donald M. Grant. A seguir, apresentamos a versão da história com Conan como protagonista.

O retinir das espadas tinha morrido, os gritos da matança haviam cessado; silêncio pairava sobre a neve manchada de sangue. O pálido sol sem vida que brilhava nos campos de gelo e planícies cobertas pela neve se refletia no prateado das couraças fendidas e lâminas partidas, no local onde os mortos se empilhavam. A mão sem energia ainda segurando o cabo da arma quebrada, cabeças com elmos, tombadas e agonizantes, barbas vermelhas e douradas voltando-se para o alto, como que numa derradeira invocação a Ymir, o gigante do gelo.

Em meio aos corpos em cotas de malha e aos veios vermelhos no chão, duas figuras se encaravam. Naquela completa desolação, apenas elas se moviam. Acima, o céu congelado, ao redor, a planície branca sem fim, e a seus pés, os mortos estirados. Os dois caminhavam lentamente, passando pelos cadáveres, como espíritos vindo para um encontro, atravessando um mundo transformado num matadouro. Naquele silêncio sombrio, permaneceram cara a cara.

Ambos eram homens altos, fortes como tigres. Seus escudos haviam desaparecido, as couraças estavam amassadas. Sangue manchava suas cotas de malha; suas espadas eram vermelhas. Os elmos com chifres mostravam marcas de golpes poderosos. Um deles não tinha barba e possuía cabelos escuros. Os cachos e a barba do outro eram vermelhos, como sangue sobre neve iluminada pelo sol.

— Homem — o último falou —, me diga seu nome para que meus irmãos em Vanaheim possam saber quem foi o último do bando de Wulfhere a cair ante a espada de Heimdul.

— Não em Vanaheim — replicou o guerreiro de cabelos pretos —, mas no Vallhalla, você dirá a seus irmãos que encontrou Conan, da Ciméria.

Heimdul rugiu e investiu, a espada reluzindo num arco mortal. Conan titubeou e sua visão encheu-se de fagulhas vermelhas quando a lâmina sibilante atingiu seu elmo com uma chuva de faíscas azuis. Mas, ao recuar, estocou por baixo da lâmina assobiante com toda a força de seus ombros largos. A ponta afiada de sua arma atravessou elos de bronze, ossos e coração, e o guerreiro de cabelos vermelhos morreu aos seus pés.

O cimério ficou de pé, arrastando a espada, acometido por um súbito cansaço nauseante. O reflexo do sol sobre a neve cortava seus olhos como uma faca, e o céu parecia encolhido e estranhamente longínquo. Deu as costas para a vastidão castigada, onde guerreiros de barbas amarelas jaziam entremeados a assassinos ruivos num abraço mortal. Deu alguns passos e, de repente, o brilho dos campos de neve diminuiu. Uma onda de cegueira o engolfou, e ele afundou na neve, apoiando-se em um dos braços encouraçados e tentando sacudir a cegueira dos olhos como um leão sacode a juba.

Uma gargalhada prateada penetrou sua tontura e, aos poucos, a visão foi desanuviando. Olhou para cima; havia uma estranheza em toda aquela paisagem que ele não conseguia expressar ou definir... Um matiz desconhecido na terra e no céu. Mas não pensou muito mais naquilo. Diante dele, balançando como uma muda ao vento, postava-se uma mulher. Seu corpo era como marfim e, salvo por um fino véu, estava desnuda como o dia. Seus pés descalços e esguios eram mais brancos do que a neve que pisavam. Ela riu do perplexo guerreiro, e sua risada era mais doce do que o borbulhar de fontes argênteas, mas envenenada por uma zombaria cruel.

— Quem é você? — O cimério perguntou. — De onde veio?

— Que diferença faz? — A voz dela era mais musical do que uma harpa de cordas de prata, mas possuía um requinte de crueldade.

— Chame seus homens — ele disse, apertando a espada. — Minhas forças podem ter me abandonado, mas não vão me pegar com vida. Vejo que você é vanir.

— Eu disse isso?

Ele tornou a olhar para os cachos rebeldes dela, que, num primeiro relance, julgara serem ruivos. Agora, via que não eram nem vermelhos nem amarelos, mas uma combinação gloriosa das duas cores. Observou confuso. Os cabelos da mulher eram como ouro élfico; o sol os iluminava de forma tão atordoante, que ele mal conseguia encará-los. Os olhos não eram nem totalmente azuis nem cinza, mas uma nuvem de cores cambiantes e luzes dançantes que ele não conseguia definir. Os lábios vermelhos sorriram e, dos pés delgados à ofuscante cabeleira de cachos revoltos, seu corpo de marfim era tão perfeito quanto o sonho de um deus. A pulsação de Conan martelava em suas têmporas.

— Não consigo dizer — ele murmurou — se você é de Vanaheim e minha inimiga, ou se é de Asgard e minha amiga. Já viajei muito, mas nunca vi uma mulher assim. Seus cachos me cegam com seu brilho. Por Ymir, nem mesmo entre as filhas mais lindas dos aesires vi cabelos assim!

— Quem é você para jurar por Ymir? — Zombou ela. — O que sabe sobre os deuses do gelo e da neve? Você, que veio do sul para se aventurar em meio a um povo estranho?

— Pelos deuses sombrios de minha própria raça! — Gritou Conan, furioso. — Posso não ter os cabelos dourados dos aesires, mas ninguém foi melhor do que eu na batalha! No dia de hoje vi oitenta homens tombarem e fui o único a sobreviver neste campo, onde os carniceiros de Wulfhere encontraram os lobos de Bragi. Diga, mulher, você avistou o brilho das cotas de malha através das planícies nevadas ou viu homens armados movendo-se pelo gelo?

— Eu vi a geada reluzindo sob o sol — ela respondeu. — Escutei o vento sussurrando em meio à neve eterna.

Ele balançou a cabeça.

— Niord deveria ter se reunido a nós antes da batalha. Temo que ele e seus guerreiros tenham sofrido uma emboscada. Wulfhere e seus guerreiros estão mortos. Achei que o vilarejo mais próximo estivesse a quilômetros daqui, pois a guerra nos trouxe longe, mas você não pode ter vindo de uma distância muito grande nesta neve, nua como está. Leve-me até sua tribo, se for de Asgard, pois estou fadigado pelos golpes que tomei e pelo esforço do combate.

— Minha vila é mais longe do que você poderia ir, Conan, da Ciméria! — Ela riu. Abrindo os braços, dançou diante dele, a cabeça dourada pendendo de forma lasciva, os olhos cintilantes obscurecidos pelos longos cílios sedosos. — Eu não sou bela, ó, homem?

— Como a alvorada se desnudando sobre a neve — resmungou ele, os olhos ardendo iguais aos de um lobo.

— Então por que não se levanta e me segue? Quem é o guerreiro forte que cai diante de mim? — Entoou a mulher, com zombaria enlouquecedora. — Deite-se e morra na neve com os outros tolos, Conan, dos cabelos pretos. Não pode me seguir para onde vou.

Praguejando, o cimério colocou-se de pé, os olhos azuis queimando, o rosto sombrio e coberto de cicatrizes em convulsão. A ira sacudia sua alma, mas o desejo pela provocante figura à sua frente martelava suas têmporas e fazia com que o sangue corresse selvagem em suas veias. Uma paixão feroz como agonia física inundou todo o seu ser, de modo que a terra e o céu ficaram vermelhos a seu olhar vertiginoso. A fadiga e o cansaço foram varridos pela loucura que o possuiu.

Ele nada disse quando foi na direção dela, os dedos abertos para agarrarem aquela pele macia. Com uma gargalhada parecida com um guincho, ela saltou para trás e correu, rindo por sobre os ombros brancos. Conan a seguiu com um grunhido grave. Tinha se esquecido da luta, se esquecido dos guerreiros em suas cotas de malha, que jaziam sobre o próprio sangue. Tinha se esquecido dos salteadores atrasados de Niord. Seus pensamentos voltavam-se somente para a forma branca e delgada que parecia flutuar em vez de correr à sua frente.

Pela planície branca e ofuscante a perseguição ocorria. O campo pisoteado e manchado de vermelho ficara para trás, mas Conan seguiu em frente com a tenacidade silenciosa de sua raça. Seus pés sob a armadura quebravam a crosta congelada; ele afundava na neve e conseguia seguir em frente graças à pura força física. Mas a garota dançava sobre a superfície, leve como uma pluma que flutua numa poça de água; seus pés descalços mal deixavam pegadas na neve sobre o gelo. A despeito do fogo em suas veias, o frio feria o guerreiro, infiltrando-se por sua cota de malha e pela túnica de peles. Já a garota, em seu véu transparente, corria tão leve e alegre quanto se dançasse entre as rosas e palmeiras dos jardins de Poitain.

Ela correu mais e mais adiante, e Conan a seguiu. Pragas sombrias eram cuspidas por entre os lábios abertos do cimério. As veias de suas têmporas inchavam e latejavam, e seus dentes rangiam.

— Não pode fugir de mim! — Rugiu o guerreiro. — Se me levar a uma armadilha, vou empilhar as cabeças de seus conterrâneos a seus pés. Esconda-se e derrubarei as montanhas para encontrá-la! Vou segui-la até o Inferno!

A gargalhada ensandecida dela flutuou até ele, e a saliva voava dos lábios do bárbaro. Ela o levava cada vez mais para o interior da desolação. A paisagem mudou; as grandes planícies cederam espaço para colinas baixas, entrecortadas por breves intervalos. Ao longe, no norte, Conan teve um vislumbre de enormes montanhas, azuladas pela distância, porém brancas pela neve eterna que as recobria. Acima delas brilhavam os raios resplandecentes da aurora boreal. Espalhavam-se pelo céu como um leque, lâminas congeladas de ardente luz fria, mudando de cor, crescendo e reluzindo.

Sobre ele, os céus se iluminavam e crepitavam com estranhos feixes de luz. O fulgor da neve era estranho, ora azul congelado, ora carmesim vítreo, ora prata glacial. Conan seguiu adiante através daquele reino de encantos congelados, num labirinto cristalino onde a única realidade era o corpo branco dançando pela neve reluzente, além do seu alcance. Sempre além do seu alcance.

Ele não questionou a estranheza de tudo aquilo, nem mesmo quando duas figuras gigantes surgiram para barrar seu caminho. Os elos de suas cotas de malha estavam brancos por causa da geada; os elmos e machados, revestidos de gelo. Neve polvilhava seus cachos; nas barbas havia pingentes de gelo; os olhos eram frios como as luzes que brilhavam acima deles.

— Irmãos! — A garota exclamou, dançando entre eles. — Vejam quem me segue! Eu lhes trouxe um homem para o banquete! Arranquem seu coração, e o levaremos ainda fumegante à mesa de nosso pai!

Os gigantes responderam com rugidos que eram como o raspar de icebergs numa costa congelada e ergueram os machados reluzentes enquanto o enlouquecido cimério se lançava contra eles. Uma lâmina congelada passou diante de seus olhos como um raio, cegando-o com seu brilho, e ele respondeu com um terrível golpe que decepou a coxa de seu oponente. A vítima caiu com um grunhido e, naquele instante, Conan foi arremessado pela neve, seu ombro esquerdo entorpecido pelo golpe do sobrevivente, tendo a vida salva por pouco graças à sua cota de malha. Conan viu o gigante que restara avultar-se sobre ele como um colosso esculpido no gelo, emoldurado pelo céu cintilante. O machado desceu com força e afundou na neve e na terra congelada, e o bárbaro lançou-se para o lado, voltando a ficar de pé. O gigante rugiu e libertou sua arma, mas, enquanto o fazia, a espada de Conan sibilou, cortando o ar. Os joelhos do gigante se curvaram e ele caiu lentamente na neve, que tornou-se vermelha com o sangue que jorrava de seu pescoço semidecepado.

Conan virou-se e viu a garota de pé, não muito distante, assistindo com os olhos arregalados de horror. Toda a zombaria tinha desaparecido de seu rosto. O guerreiro deu um grito feroz, e gotas de sangue voaram da espada quando sua mão tremeu pela intensidade de sua paixão.

— Chame seus outros irmãos — rugiu. — Chame os cães! Darei o coração deles aos lobos! Você não pode fugir de mim...

Com um grito de medo, ela virou-se e correu velozmente. Não estava rindo agora, nem zombando por cima de seu ombro branco. Correu como quem teme pela vida e, embora Conan forçasse cada músculo e tendão até suas têmporas parecerem prestes a explodir e a neve ficar vermelha aos seus olhos, ela se afastava dele, ficando cada vez menor sob aquele céu de fogo bruxuleante, até sua forma não ser maior do que a de uma criança. Então, tornou-se uma pequena chama dançando sobre a neve e, depois, um borrão indistinto ao longe. Rangendo os dentes até que o sangue desaparecesse das gengivas, ele seguiu adiante e viu o borrão crescer e tornar-se uma chama dançando sobre a neve e ficar tão grande quanto uma criança, até que, enfim, ela estava a menos de cem passos à frente dele. Lentamente, um passo após o outro, o espaço entre eles diminuía.

Agora ela corria com esforço, seus cachos dourados esvoaçando. Conan ouvia sua respiração ofegante e enxergou um lampejo de medo no olhar que ela lançou por cima de seu ombro pálido. A sombria resistência do guerreiro lhe servira bem. A velocidade se esvaiu das pernas brancas da mulher, e ela passou a cambalear. Na alma indomada dele ardiam as chamas do Inferno que ela tanto atiçara. Conan encurtou a distância com um rugido inumano, bem quando ela se virou, emitindo um grito apavorado e usando os braços para tentar afastá-lo.

Sua espada caiu na neve quando ele a abraçou. O corpo macio curvava-se para trás enquanto ela lutava contra aqueles braços de ferro num frenesi desesperado. Seus cabelos dourados esvoaçavam sobre o rosto do guerreiro, cegando-o com seu brilho; a sensação daquela forma delgada se contorcendo levou Conan a uma loucura ainda mais cega. Seus dedos pressionavam a carne macia e fria como gelo. Era como se ele abraçasse uma mulher feita não de carne e sangue, mas de gelo ardente. Ela lançava a cabeça dourada para os lados, lutando para evitar os beijos ferozes que feriam seus lábios vermelhos.

— Você está fria como a neve — ele murmurou, confuso. — Vou aquecê-la com o fogo de meu sangue...

Com um grito e uma contorção desesperada, ela escorregou daqueles braços, deixando sua única veste em suas mãos. Deu um salto para trás e o encarou, os cachos dourados num desarranjo selvagem, o peito branco arfando e os belos olhos brilhando de pavor. Por um instante, ele ficou estático, espantado pela terrível beleza da mulher nua sobre a neve.

E, naquele instante, ela ergueu os braços na direção das luzes que brilhavam no céu e gritou numa voz que continuou ressoando nos ouvidos de Conan por muito tempo depois:

— Ymir! Ó meu pai, salve-me!

Conan estava saltando para frente, os braços abertos para apanhá-la, quando, com um ruído semelhante ao de uma montanha de gelo ruindo, o céu inteiro projetou-se em fogo congelado. O corpo de marfim da garota foi repentinamente envolvido por uma chama azul gelada e tão ofuscante, que o cimério teve de erguer as mãos para proteger a vista daquele fogo intolerável. Num instante fugaz, os céus e as colinas de neve foram banhados por flamas brancas crepitantes, dardos azuis de luz congelada e labaredas carmesins de gelo. Então, Conan cambaleou e gritou. A garota havia desaparecido. A neve brilhante estava nua e vazia; ao alto, as luzes bruxuleantes cintilavam e brincavam num céu congelado que enlouquecera e, dentre as distantes montanhas azuis, um trovão ribombou, como se uma gigantesca biga de guerra estivesse sendo puxada por corcéis cujos cascos frenéticos lançavam raios na neve e ecoavam nos céus.

De repente, a aurora boreal, as colinas cobertas pela neve e os céus flamejantes contorceram-se diante dos olhos de Conan; milhares de bolas

de fogo explodiam, lançando uma chuva de faíscas, e o céu tornou-se uma roda titânica que fazia chover estrelas conforme girava. Sob seus pés, as colinas se ergueram como uma onda, e o cimério desabou na neve, permanecendo imóvel.

Num universo frio e escuro, em que o sol se extinguira eras atrás, o cimério sentiu o movimento da vida, estranho e indeciso. Um terremoto o tinha em suas garras e o sacudia para a frente e para trás, ao mesmo tempo esfregando suas mãos e pés, até que o guerreiro soltou um grito de dor e de fúria, e tentou alcançar sua espada.

— Ele está acordando, Horsa — grunhiu uma voz. — Rápido... temos de esfregar seus membros para descongelá-lo, se quisermos que ele um dia volte a empunhar uma espada.

— Ele não abre a mão esquerda — disse outro. — Parece estar agarrando alguma coisa...

Conan abriu os olhos e encarou os rostos barbados curvados sobre si. Estava cercado por guerreiros altos e de cabelos dourados trajando cotas de malha e peles.

— Conan! Você está vivo!

— Por Crom, Niord — balbuciou o bárbaro. — Ainda estou vivo ou estamos todos mortos no Valhalla?

— Estamos vivos — grunhiu o aesir, ocupando-se dos pés semicongelados de Conan. — Tivemos de abrir caminho lutando através de uma emboscada, por isso não nos juntamos a vocês antes de a batalha começar. Os corpos já estavam congelados quando chegamos ao campo. Não o encontramos entre os mortos, então seguimos sua trilha. Em nome de Ymir, Conan, por que foi que vagou para a vastidão do norte? Seguimos seus rastros na neve por horas. Se uma nevasca tivesse caído, por Ymir, jamais o teríamos encontrado!

— Não jure tanto por Ymir — um guerreiro murmurou, inquieto e olhando para as montanhas distantes. — Estas são suas terras, e a lenda diz que o deus vive entre aquelas montanhas.

— Eu vi uma mulher — Conan respondeu vagamente. — Encontramos os homens de Bragi nas planícies. Não sei por quanto tempo lutamos. Fui o único que sobreviveu. Estava confuso e enfraquecido. Esta terra postou-se como um sonho diante de mim. Somente agora as coisas parecem naturais e familiares. A mulher veio e me provocou. Era linda como uma chama do Inferno congelada. Quando olhei para ela, enlouqueci e esqueci tudo no mundo. Eu a segui. Não encontrou seus rastros? Ou dos gigantes de armadura gelada que matei?

Niord balançou a cabeça.

— Encontramos apenas os seus rastros na neve, Conan.

— Então talvez eu esteja louco — Conan disse, confuso. — Contudo, vocês me parecem tão reais quanto a bruxa de cabelos dourados que fugiu nua na neve à minha frente. Mesmo assim, ela desapareceu das minhas mãos em meio a uma labareda gelada.

— Ele está delirando — sussurrou um guerreiro.

— Talvez não! — Disse outro homem, mais velho, de olhos selvagens e estranhos. — Era Atali, a filha de Ymir, o gigante do gelo! Ela vai aos campos dos mortos e mostra-se para os moribundos! Eu mesmo a vi em minha época de menino, quando fiquei à beira da morte no sangrento campo de batalha de Wolraven. Eu a vi caminhando entre os mortos na neve, seu corpo nu brilhando como marfim e os cabelos dourados parecendo fogo à luz do luar. Fiquei deitado e uivei como um cão que agoniza por não poder engatinhar atrás dela. Atali atrai homens dos campos para as terras desoladas para serem mortos por seus irmãos, os gigantes do gelo, que levam seus corações ainda quentes para a mesa de Ymir. O cimério viu Atali, a filha do gigante do gelo!

— Bah! — Grunhiu Horsa. — A mente do velho Gorm foi abalada ainda durante sua juventude por causa de um ferimento de espada na cabeça. Conan está delirando por causa da fúria da batalha. Vejam como seu elmo está amassado. Qualquer um desses golpes pode ter confundido sua mente. Seguiu uma alucinação até estas terras desoladas. Ele vem do sul, o que pode saber sobre Atali?

— Talvez você diga a verdade — Conan murmurou. — Foi tudo tão estranho e bizarro... Por Crom!

Ele parou de falar e olhou para o objeto que ainda oscilava em seu punho esquerdo crispado; os outros ficaram boquiabertos e em silêncio ao verem o véu que ele segurava... Uma mecha de pano jamais tecido por uma roca humana.

O Estranho de Preto
(The Black Stranger)

História originalmente publicada
em *Echoes of Valor* — 1987.

A história *O Estranho de Preto*, escrita em algum momento da década de 1930, foi recusada pelas principais revistas da época, inclusive a *Weird Tales*. Na tentativa de vendê-la, Howard a reescreveu com o título *Swords of the Red Brotherhood* e trocou o protagonista para o pirata Black Vulmea. A estratégia não funcionou, e a segunda versão também não foi publicada. Ambas só foram encontradas após a morte de Howard.

Em 1953, Lester Del Rey editou o manuscrito original e o publicou com ligeiras alterações. Em 1967, L. Sprague de Camp fez uma pesada revisão na história, alterou diversos de seus aspectos fundamentais e amenizou a violência, afirmando que sua intenção era emprestar um caráter mais épico ao texto. Ele a publicou com o título *The Treasure of Tranicos*. Em um ensaio da mesma época, *The Trail of Tranicos*, Sprague de Camp sugere que a versão com Vulmea foi escrita antes, mas o escritor Karl Edward Wagner, em uma introdução para o livro *Echoes of Valor* (1987), afirma possuir uma fotocópia de um dos manuscritos originais do conto, em que pode-se notar o esforço consciente de Howard para trocar seu protagonista de Conan para Vulmea.

Hoje, a maioria dos críticos e fãs acredita que a versão de Conan é mesmo anterior à do pirata. A releitura de Sprague de Camp, embora tenha feito sucesso na década de 1960, é amplamente desprezada hoje em dia pela maneira como deturpou a obra original. A versão de Howard, sem cortes ou edições, só foi disponibilizada para o público em 1987.

I
Os Homens Pintados

Num momento, a clareira estava vazia; no seguinte, havia um homem parado cautelosamente nos limites dos arbustos. Nenhum som alertara os esquilos cinzentos sobre sua aproximação, mas os pássaros coloridos que se moviam sob a luz do sol naquele espaço aberto se assustaram com seu súbito aparecimento e voaram numa nuvem barulhenta. O homem franziu o cenho e olhou rapidamente para trás, na direção de onde viera, como se o voo dos animais pudesse ter entregado sua posição para alguém invisível. Então, atravessou a clareira com bastante cuidado. Apesar de sua constituição enorme e musculosa, movia-se com a certeza absoluta de uma pantera. Caminhava nu, salvo por um trapo preso ao redor da cintura, e seus membros estavam marcados por arranhões das roseiras-bravas e manchados de lama seca. Uma atadura marrom de tão suja circundava seu poderoso braço esquerdo. Por baixo da cabeleira preta, o rosto era longo e lúgubre, e os olhos queimavam como os de um felino ferido. O homem mancava levemente enquanto cruzava aquela trilha pelo espaço aberto.

No meio da clareira, deteve-se e se virou como um gato, fitando o caminho por onde viera depois que um longo chamado soou pela floresta. Para qualquer outro, poderia parecer o mero uivo de um lobo. Aquele homem, no entanto, sabia não se tratar de lobo algum. Ele era um cimério, e conhecia as vozes das matas tanto quanto um homem da cidade conhece as de seus amigos.

A fúria ardeu em seus olhos injetados enquanto ele dava as costas e se apressava pela trilha que, logo ao sair da clareira, seguia margeando um denso matagal que se erguia num sólido conjunto esverdeado entre árvores e arbustos. Um enorme tronco, profundamente afundado na grama e paralelo à beira do matagal, estava caído entre este e a trilha. Ao vê-lo, o cimério parou e examinou a clareira atrás de si. Para olhos mundanos, não havia sinais de que ele passara por ali, mas as evidências eram visíveis a seus olhos, aguçados pela vida selvagem. Ou seja, também eram claras para os olhos igualmente treinados daqueles que o perseguiam. Deu um rosnado baixo, uma ira rubra crescendo em sua vista; a fúria desenfreada de uma fera perseguida, pronta para revidar quando encurralada.

Seguiu a trilha com certo desleixo, se comparado ao modo como caminhava antes, esmagando a grama aqui e ali com os pés. Então, ao alcançar a extremidade do grande tronco, saltou e, por cima dele, percorreu suavemente o caminho de volta. O uivo tinha sido há muito abafado pelos elementos. Nem mesmo os olhos mais aguçados da floresta captariam qualquer sinal de que o cimério retornara pela trilha. Quando atingiu o ponto mais denso do matagal, desapareceu como uma sombra em seu interior, mal deixando o tremular de uma folha para indicar sua passagem.

Os minutos se arrastaram. Os esquilos cinzentos tornaram a fazer barulhos nos galhos... Então, súbito, tensionaram seus corpos e ficaram mudos. A clareira tornou a ser invadida. Tão silenciosos quanto o primeiro homem, três outros surgiram de sua abertura a leste. Possuíam baixa estatura e pele escura, seus braços e peitos eram musculosos e usavam tangas de pele de gamo decoradas com pérolas e uma pena de águia fixada na cabeleira escura. Tinham a pele pintada com desenhos hediondos e vinham fortemente armados.

Haviam examinado a clareira com cuidado antes de surgirem em campo aberto, pois deixaram os arbustos sem hesitar, em fila única, caminhando com a leveza de leopardos, e se curvaram para observar a trilha. Seguiam os rastros do cimério, mas essa não era uma tarefa fácil nem mesmo para aqueles cães de caça humanos. Moviam-se devagar pela clareira, até que um deles enrijeceu, grunhiu e apontou com a lança de ponta larga para a grama esmagada no ponto em que a trilha tornava a adentrar a floresta. Puseram-se em alerta imediatamente, e seus olhos pretos e redondos vasculharam as paredes da selva. Mas sua presa estava bem escondida; não viram nada que despertasse suspeitas e, portanto, prosseguiram com mais velocidade, seguindo as leves marcas que pareciam indicar um gradual descuido de sua presa, talvez por fraqueza, talvez por desespero.

Tinham acabado de passar o ponto em que o matagal ficava mais próximo da trilha quando o cimério saltou atrás deles e mergulhou sua faca entre os ombros do último homem. O ataque foi tão rápido e inesperado, que o picto não teve chance de se salvar. A lâmina atingira seu coração antes mesmo que compreendesse o perigo. Os outros dois viraram-se imediatamente com a rapidez astuta dos selvagens, mas, ainda no instante em que sua faca atingia o alvo, o cimério desferiu um tremendo golpe com o machado de guerra que portava na mão direita. O segundo picto ainda se virava quando o machado desceu e partiu seu crânio até os dentes.

O picto restante, um chefe, a julgar pela ponta vermelha de sua pena de águia, atacou selvagemente. Ele já estocava mirando o peito do cimério no momento em que o assassino arrancava o machado da cabeça do morto. O bárbaro empurrou o cadáver contra o chefe e emendou um ataque tão furioso e desesperado quanto o de um tigre ferido. Desequilibrando-se ao ser atingido pelo cadáver, o picto nem sequer tentou bloquear o machado sujo de sangue; o instinto de matar se sobrepôs até mesmo ao de sobreviver, levando-o a investir ferozmente com a lança contra o peito de seu inimigo. O cimério tinha a vantagem de ser mais inteligente e ter uma arma em cada mão. O machado desviou a trajetória da lança ao atingi-la na lateral, enquanto a faca na mão esquerda do cimério rasgava a barriga pintada.

Um grito terrível eclodiu dos lábios do picto enquanto ele caía, desentranhado; um grito não de medo ou de dor, mas de uma fúria bestial abafada, o rugido de uma pantera moribunda. A resposta veio num coro selvagem de gritos em algum ponto distante ao leste. O cimério estancou, virou-se e se agachou como uma fera selvagem acuada, com os lábios comprimidos, e limpou o suor do rosto. Sangue escorria por baixo da bandagem em seu braço.

Com uma imprecação incoerente e ofegante, virou-se e fugiu para o oeste. Não mais escolhia seu caminho, apenas corria com toda a velocidade de suas longas pernas, convocando suas reservas inesgotáveis de resistência, que eram a compensação da Natureza para uma existência bárbara. Atrás dele, durante um período, as matas permaneceram em silêncio, até que um bramido demoníaco eclodiu do local que acabara de deixar, e ele soube que seus perseguidores tinham encontrado os corpos das vítimas. O cimério não tinha fôlego nem para amaldiçoar o sangue de seu recente ferimento, que continuava a pingar no chão e deixar um rastro que até uma criança poderia seguir. Chegara a considerar que talvez aqueles três pictos fossem os únicos de todo um destacamento de guerra que ainda o perseguiam, tendo seguido-o por mais de cento e cinquenta quilômetros. Mas deveria ter adivinhado que aqueles lobos humanos nunca desistiriam de uma caçada sangrenta.

A selva tornou a ficar silenciosa, o que significava que estavam em seu encalço, acompanhando a trilha deixada pelo sangue que ele não podia estancar. Um vento vindo do oeste soprou em seu rosto, carregado de uma umidade salgada que ele reconheceu. Ficou espantado. Se estava tão perto assim do mar, então a perseguição havia sido ainda mais longa do que imaginara. Mas ela se aproximava do fim. Até mesmo sua vitalidade lupina estava fraquejando ante aquele esforço extenuante. Ele respirava com dificuldade, sentindo dores na lateral do corpo. As pernas tremiam de cansaço, e a que mancava doía a cada passo, como se seus tendões tivessem sido cortados por uma faca. Seguira os instintos selvagens que lhe eram de nascença, forçando cada nervo e cada músculo, exaurindo cada truque e artifício que possuía para sobreviver. Agora, tendo alcançado o limite, obedecia a outro instinto, procurando um lugar onde pudesse proteger a retaguarda e vender sua vida a um sangrento preço.

Sem abandonar a trilha, ele mergulhou nas profundezas emaranhadas que havia de ambos os lados. Sabia que era inútil tentar despistar seus perseguidores àquela altura. Correu pela picada com o sangue pulsando cada vez mais alto em seus ouvidos, e cada fôlego que tomava era uma golfada torturante passando por seus lábios ressecados. Atrás dele, uivos selvagens explodiram, anunciando que estavam bem próximos e esperavam alcançar sua presa rapidamente. Moviam-se com a rapidez de lobos famintos agora, berrando a cada salto que davam.

O cimério emergiu abruptamente da densidão das árvores e viu que o chão adiante sofria um aclive, e a antiga trilha serpenteava por entre pedregulhos irregulares até chegar a um precipício rochoso. Tudo flutuava diante dele em uma nuvem vermelha e entorpecente, mas havia chegado a uma encosta, um rochedo acidentado que surgia de forma repentina da floresta. E a trilha levava a uma saliência larga em seu topo. Aquele seria um lugar tão bom quanto qualquer outro para morrer. Subiu a trilha mancando, engatinhando nas áreas mais íngremes com a faca entre os dentes. Ainda não tinha alcançado a beirada quando cerca de quarenta selvagens surgiram por entre as árvores, uivando como uma alcateia. Ao verem a presa, a algaravia aumentou a um volume demoníaco, e eles correram para a base da colina, disparando flechas enquanto o faziam. Os projéteis choviam sobre o homem que continuava subindo obstinadamente, e um deles cravou-se em sua panturrilha. Sem parar de subir, ele o arrancou e jogou fora, ignorando os disparos menos acurados que atingiam as rochas ao redor. Ergueu-se pela borda da saliência e virou-se, sacando seu machado e agarrando a faca com a outra mão. Ficou a observar seus perseguidores de onde estava, somente os olhos e o tampo da cabeça visíveis. Seu peito se elevava ao inspirar o ar em arfadas grandes e trêmulas, e ele semicerrou os dentes para reprimir a náusea.

Só umas poucas flechas assobiavam até ele. A horda sabia que sua presa estava encurralada. Os guerreiros vinham com seus machados de guerra em mãos, saltando habilmente entre as rochas na base da colina. O primeiro a alcançar o penhasco foi um homem musculoso, cuja pena de águia manchada de vermelho indicava uma posição de liderança. O selvagem fez uma breve pausa, com um pé na trilha em aclive, uma flecha posicionada no arco e puxada até a metade, a cabeça jogada para trás e os lábios abertos num grito exultante. Mas a seta não chegou a ser disparada. Ficou paralisado, e a sede de sangue em seus olhos escuros logo cedeu lugar a uma constatação apavorante. Com um grito, ele recuou, abrindo os braços para tentar deter o avanço de seus companheiros. O homem agachado na saliência acima deles compreendia a língua dos pictos, mas estava longe demais para captar o sentido das frases disparadas pelo chefe da pena vermelha a seus guerreiros.

Os gritos cessaram e os selvagens ficaram mudos, olhando para o alto; não para o homem na saliência, pelo que o cimério percebia, mas para a colina em si. Então, sem hesitar, soltaram as cordas dos arcos e os guardaram nos compartimentos de pele de gamo que traziam nos cinturões. A seguir, deram as costas e marcharam pelo espaço aberto até a floresta, desaparecendo sem nem ao menos olhar para trás. O cimério observou, espantado. Conhecia bem demais a natureza picta para não reconhecer a finalidade expressada em sua partida. Sabia que eles não voltariam. Estavam retornando às aldeias, a centenas de quilômetros ao leste. Mas não conseguia entender. O que havia em seu refúgio que faria uma comitiva de guerra picta abandonar uma presa que perseguira por tanto tempo e com a paixão de lobos famintos?

Sabia que havia lugares sagrados, pontos tidos como santuários pelos variados clãs, e que um fugitivo, refugiando-se em um desses locais, nunca seria atacado pelo clã que o cultuava. Mas as diferentes tribos raramente respeitavam os santuários umas das outras; e os selvagens que o perseguiam seguramente não tinham nenhum lugar sagrado naquela região. Eram homens da Águia, cujas aldeias ficavam bem distantes ao leste, adjacentes às terras dos Pictos-Lobos. Tinham sido os Lobos que o haviam capturado durante uma incursão contra colonos aquilonianos ao longo do

Rio do Trovão. Eles o deram para os Águias em troca de um chefe lobo capturado. O cimério tinha uma dívida de sangue para com os homens do clã da Águia, que agora ficara ainda mais sanguinária, já que sua fuga custara a vida de um de seus notórios chefes de guerra. Por isso eles o seguiam de modo tão implacável, cruzando rios, montanhas e longas léguas de florestas escuras, terreno de caça de tribos hostis. Agora, os sobreviventes daquela perseguição davam as costas a seu inimigo quando ele estava à vista e acuado. Conan balançou a cabeça, incapaz de compreender.

Ergueu-se cautelosamente, atordoado pelo esforço e mal conseguindo acreditar que tudo tinha terminado. Os membros estavam rígidos, os ferimentos doíam. Deu um cuspe seco e praguejou, esfregando com as costas dos punhos os olhos injetados, que ardiam. Piscou e olhou ao redor. Abaixo, a imensidão verde oscilava e ondeava como uma massa sólida e, além de seus limites a oeste, erguia-se uma névoa azulada que ele sabia pairar sobre o oceano. O vento soprava seus cabelos negros, e o sabor salgado daquela atmosfera lhe deu novo ânimo. Expandiu seu largo peito e sorveu tudo aquilo.

Então, virou-se, rígido e dolorido, grunhindo por conta das pontadas em sua panturrilha ensanguentada, e investigou a saliência onde se encontrava. Atrás dela erguia-se um penhasco que ia até o topo do rochedo, por volta de cem metros acima de sua cabeça. Uma estreita escadaria de nichos para apoiar as mãos tinha sido esculpida na rocha. E, a poucos passos de distância, havia uma fissura no paredão, larga e alta o bastante para que um homem passasse.

Mancou até ela, espiou seu interior e grunhiu. O sol, pairando alto sobre o lado ocidental da floresta, iluminava a fissura, expondo uma caverna que se assemelhava a um túnel, e lançava um feixe de luz revelador sobre o arco em que ele terminava. E, naquele arco, havia uma pesada porta de carvalho revestida de ferro!

Era uma visão incrível. Aquela era uma terra selvagem. O cimério sabia que a costa ocidental se desnudava por milhares de quilômetros, desabitada, salvo pelas aldeias das ferozes tribos que viviam à beira-mar, ainda menos civilizadas do que seus irmãos das florestas.

Os postos mais avançados de civilização eram as colônias fronteiriças ao longo do Rio do Trovão, centenas de quilômetros a leste. O cimério sabia que era o único homem branco a ter cruzado o terreno selvagem entre o rio e a costa. Não obstante, aquela porta não era trabalho dos pictos.

Sendo inexplicável, era um objeto de suspeita, e foi com suspeita que ele se aproximou; machado e faca de prontidão. Então, quando seus olhos se acostumaram um pouco com a penumbra que espreitava de ambos os lados daquele feixe de luz solar, percebeu outra coisa: grandes baús revestidos de ferro se enfileiravam ao longo das paredes. Uma chama de compreensão brilhou em seus olhos. Curvou-se diante de um deles, e a tampa resistiu a seus esforços. Ergueu o machado para despedaçar a antiga tranca, mas logo mudou de ideia e mancou até a porta no arco. Seu comportamento estava mais confiante agora, e ele pendurou as armas nas laterais do corpo. Empurrou a porta ornamentada, que se abriu sem resistência.

Então, abrupto como um relâmpago, seu comportamento tornou a mudar, e ele se encolheu, praguejando e assustado, com a faca e o machado reluzindo ao reassumirem posições de defesa em suas mãos. Ficou ali parado por um instante, como uma estátua feroz e ameaçadora, esticando o pescoço grosso para espiar pela porta. A câmara natural para a qual olhava estava mais escura, mas um leve brilho emanava de uma grande joia, postada num pequeno pedestal de marfim no centro de uma enorme mesa de ébano. Ao redor dela, sentavam-se diversas formas silenciosas, cuja presença sobressaltara o intruso.

Elas não se moveram; não viraram a cabeça na direção dele.

— Bem... — disse bruscamente — vocês estão todos bêbados?

Não houve resposta. Ele não era um homem que se embaraçava facilmente; contudo, sentia-se desconcertado.

— Poderiam me oferecer um copo desse vinho que estão bebendo — sugeriu, sua truculência natural despertada pela estranheza da situação. — Por Crom, vocês mostram pouca cortesia para um homem que já foi da sua irmandade. Vão... — Sua voz arrastou-se e então se calou. E assim permaneceu enquanto ele encarava aquelas figuras bizarras e silenciosas, sentadas em torno da mesa de ébano.

— Não estão bêbados — murmurou a seguir. — Nem mesmo estão bebendo. Que jogo diabólico é esse? — Atravessou a soleira e viu-se imediatamente lutando pela vida contra dedos invisíveis e assassinos que agarravam sua garganta.

II
Homens do Mar

Belesa alisava futilmente uma concha do mar com o dedo do pé, traçando uma comparação mental entre suas delicadas bordas rosadas e o mormaço rosa da alvorada que se erguia em praias enevoadas. Já amanhecera, mas não fazia tempo que o sol estava alto, e as nuvens leves de coloração pérola acinzentada, que pairavam sobre as águas, ainda não tinham se dispersado.

Levantou seu belo rosto e observou uma cena que, embora lhe fosse alheia e repulsiva, parecia terrivelmente familiar em cada detalhe. De seus pés delicados, as areias beges corriam ao encontro das suaves ondas que se alongavam a oeste, perdendo-se no horizonte turvo e azulado. Ela estava na curva meridional de uma larga baía e, ao sul dela, a terra sofria um aclive até um cume baixo que constituía um de seus limites. Belesa sabia que, a partir daquele cume, era possível vislumbrar ao sul, por sobre as águas nuas, distâncias infinitas, tão absolutas quanto a vista para o oeste e para o norte.

Olhando indiferente na direção da terra, examinou desatenta a fortaleza que fora seu lar no último ano. Contra o céu azul e perolado da manhã, a bandeira dourada e vermelha de sua casa esvoaçava; um símbolo que não despertava qualquer entusiasmo em seu peito jovem, embora tivesse flutuado triunfante acima de muitos campos cobertos de sangue no distante sul. Divisou a silhueta de homens trabalhando nos jardins e nos campos próximos ao forte, parecendo manter distância da sólida floresta que margeava a faixa ao leste como uma muralha, alongando-se para norte e sul até onde a vista alcançava. Ela temia aquela floresta, e seu medo era partilhado por todos do pequeno assentamento. Não se tratava de um medo fútil; a morte espreitava naquelas profundezas sussurrantes, morte rápida e terrível, morte lenta e hedionda, oculta, pintada, incansável, implacável.

Suspirou e moveu-se indiferentemente até a beira da água, sem nenhum propósito em mente. Aqueles dias arrastados tinham todos uma mesma cor, e o mundo das cidades, das cortes e da alegria parecia estar não só a milhares de quilômetros dali, como também a eras de distância. Mais uma vez, questionou em vão os motivos que levavam um conde da Zíngara a fugir com seus partidários para aquela costa selvagem, a mil e quinhentos quilômetros da terra onde nascera, trocando o castelo de seus ancestrais por uma cabana de madeira.

Seus olhos se abrandaram ao escutar o suave ruído de pés descalços sobre a areia. Uma jovem garota vinha correndo pela barra arenosa, quase nua, o corpo franzino pingando e os cabelos lustrosos ensopados. Seus olhos ansiosos arregalavam-se de empolgação.

— Milady Belesa! — Gritou, pronunciando a língua zíngara com um leve sotaque de Ophir. — Oh, milady Belesa!

Sem fôlego por causa da corrida, ela gaguejava e gesticulava incoerentemente. Belesa sorriu e envolveu a criança com o braço, sem se importar que seu vestido de seda encostasse no corpo úmido e quente. Em sua vida solitária e isolada, Belesa se permitiu a doçura de uma afeição legítima pela pobre criança que tomara de um mestre cruel encontrado durante aquela longa viagem pelas costas ao sul.

— O que quer me contar, Tina? Recupere o fôlego, menina.

— Um navio! — A garota gritou, apontando para o sul. — Eu estava nadando numa poça que a maré deixou na areia, do outro lado da praia, e vi! Um navio vindo do sul!

Ela puxou timidamente a mão de Belesa, seu corpo mirrado e magro tremendo. E Belesa sentiu o próprio coração acelerar ante o mero pensamento de um visitante desconhecido. Eles não tinham visto vela alguma desde que haviam chegado àquela praia desolada.

Tina se adiantou a ela pelas areias claras, desviando-se das pequenas poças que a maré deixara nas depressões rasas. Subiram a baixa ondulação da barra e Tina estancou, uma figura magra delineada pelo céu claro, com os cabelos molhados soprando em volta do rosto pequeno, um braço frágil e trêmulo estendido.

— Veja, milady!

Belesa já havia visto. Uma vela branca ondulando, preenchida pelo refrescante vento sul, contornava a costa a alguns quilômetros de onde estavam. Seu coração pareceu parar. Pequenas coisas podem ser muito relevantes para vidas isoladas e sem cor; contudo, Belesa teve uma premonição de eventos estranhos e violentos. Sentia que não era acaso uma vela surgir naquela costa isolada. Não havia cidade portuária ao norte; portanto, navegadores seguiriam direto para as orlas congeladas, e o porto mais próximo ao sul ficava a milhares de quilômetros. O que trazia aquela nau estranha para a solitária baía Korvela?

Tina abraçou sua senhora; a apreensão marcava seu rosto.

— Quem pode ser, milady? — Gaguejou, o vento trazendo cor às suas bochechas pálidas. — Será o homem que o conde teme?

Belesa a encarou e sua fronte ficou sombria.

— Por que diz isso, criança? Como sabe que meu tio teme alguém?

— Ele tem que temer — Tina respondeu, ingênua. — Ou jamais teria vindo se esconder neste lugar isolado. Veja, milady, como se aproxima rápido!

— Precisamos informar meu tio — Belesa murmurou. — Os barcos de pesca ainda não saíram, e nenhum homem deve ter visto aquela vela. Pegue suas roupas, Tina. Rápido!

A criança desceu a pequena duna até a poça onde se banhava quando vira o navio e apanhou as sandálias, a túnica e o cinto que deixara na areia. Voltou rapidamente ao cume, saltando de forma desastrada enquanto vestia as poucas roupas em pleno movimento.

Belesa, observando ansiosamente a aproximação da vela, tomou a mão da menina e ambas correram para o forte. Alguns momentos depois de terem passado pelo portão da paliçada de madeira que circundava a construção, o som estridente de uma trombeta assustou os trabalhadores nos jardins e os homens que acabavam de abrir as portas da casa nas docas para empurrar os barcos de pesca sobre roletes até a beira da água.

Todos fora do forte largaram suas ferramentas ou abandonaram o que quer que estivessem fazendo e correram para a paliçada, sem ao menos olhar ao redor para determinar a causa de o alarme ter soado. As fileiras desgarradas de homens correndo convergiam para o portão aberto, e cada cabeça virava-se por sobre o ombro para olhar temerosamente a linha demarcada pela selva ao leste. Ninguém se voltou para o mar.

Eles se espremeram portão adentro, berrando perguntas para a sentinela que patrulhava as ameias, construídas logo abaixo das extremidades dos troncos eretos que constituíam a paliçada.

— O que foi? Por que fomos chamados? Os pictos estão vindo?

Como resposta, o taciturno guerreiro vestindo couro e segurando uma lâmina enferrujada apontou para o sul. A vela agora era visível de seu ponto de vigília. Homens começaram a subir até o nível mais alto da paliçada para olhar em direção ao mar.

Numa pequena torre de observação no telhado da casa principal, que era feita de madeira como as demais edificações, o conde Valenso observava a aproximação da vela, que então contornava a extremidade sul do litoral. Era um homem magro, de altura mediana e meia-idade. Sua expressão era taciturna. Seu gibão e calções largos eram feitos de seda preta, e a única cor em seu vestuário vinha das joias que adornavam o cabo de sua espada e do manto cor de vinho jogado de forma descuidada sobre os ombros. Nervoso, ele enrolava o bigode fino e voltou os olhos preocupados para seu senescal, um homem vestido de couro, aço e cetim.

— O que acha, Galbro?

— Uma carraca — o senescal respondeu. — É uma carraca, montada e guarnecida como uma nau dos piratas barachos... Veja!

Um coro de gritos abaixo deles ecoou a frase; a galé tinha terminado a curva e adentrava a baía. E todos viram o estandarte que, de repente, surgiu no mastro principal; uma bandeira negra com um crânio escarlate reluzindo à luz do sol. De dentro da paliçada, todos observaram em polvorosa o temido emblema e, em seguida, voltaram seus olhos para a torre, onde o mestre do forte permanecia carrancudo, seu manto soprado pelo vento.

— Sim, é baracho — Galbro resmungou. — E, a não ser que eu esteja louco, é a Mão Vermelha de Strom. O que ele está fazendo nesta costa abandonada?

— Decerto não deseja o nosso bem — o conde grunhiu. Uma olhadela para baixo mostrou-lhe que os enormes portões tinham sido fechados e que o capitão de seus guerreiros, reluzindo em aço, direcionava os homens para seus postos; alguns para as ameias, outros para as brechas que existiam mais abaixo. A maioria dos guerreiros foi concentrada ao longo da face oeste, no meio da qual ficava o portão. Valenso tinha sido seguido para o exílio por uma centena de homens, entre soldados, vassalos e serviçais. Cerca de quarenta eram guerreiros, usando elmos e armaduras, portando espadas, machados e bestas. Os demais eram trabalhadores, sem proteção exceto pelas camisas feitas de couro duro. Contudo, eram homens corajosos e leais, habilidosos no uso do arco de caça, do machado para cortar madeira e da lança para caçar javalis. Eles assumiram seus lugares, observando atentamente seus inimigos hereditários. Os piratas das Ilhas Barachas, um pequeno arquipélago na costa sudoeste da Zíngara, atacavam o povo do continente há mais de um século. Os homens nas paliçadas agarravam-se firmemente às lanças de caça e aos arcos, observando sombrios a nau que se aproximava da orla, seus ornamentos de bronze reluzindo ao sol. Podiam ver as formas que infestavam o convés e escutar os alaridos abafados dos marujos. Aço cintilava ao longo da amurada.

O conde tinha deixado a torre, pondo a sobrinha e sua impaciente protegida para correr à sua frente. Vestiu seu elmo e sua couraça e seguiu para a paliçada, a fim de organizar as defesas. Seus súditos olhavam para ele com fatalismo. Pretendiam vender o mais caro possível suas vidas, mas tinham pouca esperança de vencer, apesar da posição de vantagem. Sentiam-se oprimidos pela convicção de sua sina. Um ano naquele litoral desolado, sob a constante ameaça da floresta assombrada em sua retaguarda, havia lançado uma sombra de mau agouro sobre suas almas. As mulheres permaneciam em silêncio diante das portas das cabanas construídas do lado de dentro da paliçada, acalmando o clamor de seus filhos.

Belesa e Tina assistiam ansiosas da janela superior de sua casa, e Belesa sentia o corpo tenso da menina tremer sob seu braço protetor, que a aninhava.

— Eles vão ancorar próximo à casa dos barcos — Belesa murmurou. — Sim, lá se vai a âncora, a cem metros da praia. Não tema, criança! Não podem tomar o forte. Quem sabe só queiram água fresca e suprimentos. Talvez tenham sido trazidos até aqui por uma tempestade.

— Estão vindo até a praia em grandes barcos — a menina disse. — Oh, milady, estou com medo! São homens grandes com armaduras! Veja como o sol brilha na ponta de suas lanças e elmos. Eles vão nos comer?

Belesa riu, apesar de sua apreensão.

— Claro que não! Quem pôs essa ideia na sua cabeça?

— Zingelito me disse que os barachos devoram mulheres.

— Ele só estava te provocando. Os barachos são cruéis, mas não são piores do que os renegados zíngaros que se dizem bucaneiros. E Zingelito já foi um bucaneiro.

— Ele era cruel — a criança murmurou. — Fico feliz que os pictos tenham cortado sua cabeça.

— Quieta, criança! — Belesa estremeceu levemente. — Não deve falar assim. Olhe, os piratas alcançaram a orla. Alinharam-se na praia, e um deles vem na direção do forte. Aquele deve ser Strom.

— Olá, você aí no forte! — A saudação veio numa voz tempestuosa como o vento. — Venho trazendo a bandeira de trégua.

A cabeça protegida do conde apareceu por entre as estacas da paliçada; seu rosto severo e emoldurado pelo aço examinando o pirata. Strom tinha parado num ponto em que sua voz era audível. Era um homem corpulento, de cabelos castanhos claros que esvoaçavam ao vento. De todos os corsários que assombravam as Ilhas Barachas, nenhum era tão famoso pela malícia quanto Strom.

— Fale! — Valenso ordenou. — Tenho pouca vontade de conversar com alguém da sua laia.

Strom riu com os lábios, mas não com os olhos.

— Quando sua galé escapou de mim naquela tempestade, próxima de Trallibes, no ano passado, não achei que o reencontraria na costa picta, Valenso — disse o corsário. — Se bem que, na época, me perguntei qual seria o seu destino. Por Mitra, se soubesse que era este, eu o teria seguido. Tive a revelação da minha vida há algum tempo, quando vi seu falcão escarlate flutuando sobre uma fortaleza, onde eu achava que não havia nada além de praia. Você encontrou, não?

— Encontrei o quê? — O conde retorquiu, impaciente.

— Não seja dissimulado! — A natureza tempestuosa do pirata veio à tona momentaneamente, num lampejo de impaciência. — Sei por que veio até aqui... e vim pelo mesmo motivo. Não pretendo ser frustrado. Onde está seu navio?

— Não é da sua conta.

— Você não possui nenhum — o pirata afirmou com confiança. — Vejo pedaços do mastro de um galeão nesta paliçada. De alguma forma, ele deve ter sido destruído depois que você ancorou aqui. Se tivesse um navio, já teria partido com seu saque há muito tempo.

— Do que está falando, maldito? — Gritou o conde. — Meu saque? Por acaso sou um baracho, para queimar e saquear? E, ainda que fosse, o que saquearia nesta costa nua?

— Aquilo que veio procurar — o pirata respondeu friamente. — A mesma coisa que procuro... e que terei. Mas sou um homem razoável... Basta que me dê o saque e seguirei caminho, deixando-o em paz.

— Você só pode estar louco — Valenso rosnou. — Vim para cá em busca de solidão e isolamento, o que tive e apreciei até você surgir pelo mar, cão de cabeça amarela. Saia daqui! Não pedi qualquer reunião e estou cansado desta conversa fiada. Pegue seus patifes e siga seu caminho.

— Quando for, terei transformado esse seu casebre em cinzas! — Rugiu o pirata, deixando transparecer sua fúria. — Pela última vez... Entregará o saque em troca de suas vidas? Vocês estão cercados e tenho cento e cinquenta homens prontos para cortar o pescoço de vocês à minha ordem.

Como resposta, o conde gesticulou rapidamente com a mão abaixo do nível da paliçada. Quase que imediatamente, uma flecha zuniu ameaçadora através de um buraco entre as toras na madeira e se espatifou na couraça peitoral de Strom. O pirata urrou ferozmente, recuou e correu de volta para a praia sob uma chuva de flechas que assobiavam ao seu redor. Seus homens bramiram e investiram como uma onda, suas lâminas refletindo o sol.

— Maldito seja, cão! — Berrou o conde, derrubando o arqueiro que o aborrecera com o punho coberto pela manopla de ferro. — Por que não mirou no pescoço, acima do friso? Preparem seus arcos, homens... Lá vêm eles!

Mas Strom havia chegado até seus homens e impedido seu avanço impensado. Os piratas se espalharam numa longa fileira que se sobrepunha às extremidades da muralha a oeste e seguiram com cuidado, escapando das flechas conforme eram disparadas. Eles utilizavam arcos longos e sua habilidade era superior à dos zíngaros; contudo, estes estavam protegidos por uma barreira. As longas flechas passavam por cima da paliçada e caíam diretamente no chão. Uma atingiu o peitoril da janela de onde Belesa observava tudo, arrancando um grito de medo de Tina, que recuou com os olhos fixos na seta que vibrava de forma agourenta.

Os zíngaros responderam com suas setas e flechas de caça, mirando e disparando sem pressa desnecessária. As mulheres tinham levado as crianças para dentro das cabanas e agora aguardavam estoicamente qualquer destino que os deuses lhes tivessem reservado. Os barachos eram notórios pelo estilo de confronto furioso e direto, mas eram tão cautelosos quanto ferozes e não pretendiam desperdiçar a força em ataques diretos contra seus oponentes. Mantiveram a formação aberta e espalhada, aproximando-se com cuidado e se aproveitando de qualquer depressão natural ou vegetação, que não era muita, pois o terreno tinha sido limpado ao redor do forte para protegê-lo de ataques pictos.

Alguns corpos estavam caídos na areia, as costas das armaduras reluzindo sob a luz do sol e as hastes das flechas enfiadas nas axilas ou pescoços. Mas os piratas eram rápidos como felinos, sempre trocando de posição, e estavam protegidos por armaduras leves. Seus disparos constantes eram uma ameaça contínua para os homens nas paliçadas. Mesmo assim, estava claro que, enquanto a batalha continuasse sendo travada entre arqueiros, a vantagem permaneceria do lado dos zíngaros bem protegidos.

Porém, lá embaixo, na praia, perto da casa dos barcos, homens trabalhavam com machados. O conde praguejou de forma sulfurosa ao ver a devastação que causavam a seus barcos, laboriosamente construídos com tábuas cerradas a partir de troncos sólidos.

— Estão fazendo manteletes, os malditos! — Disse, enfurecido. — Vamos atacar agora, antes que os completem... enquanto ainda estão espalhados...

Galbro balançou a cabeça, olhando para seus homens sem proteção, armados com lanças desajeitadas:

— As flechas deles acabariam conosco, e não teremos chance em um confronto corpo a corpo. Temos de permanecer dentro destes muros e confiar nos nossos arqueiros.

— Muito bem — Valenso grunhiu. — Se conseguirmos mantê-los do lado de fora...

Logo a intenção dos piratas ficou clara para todos. Um grupo de cerca de trinta homens avançava, empurrando à frente um enorme escudo feito das tábuas dos botes e da própria casa de barcos. Os piratas tinham encontrado um carro de boi e montado o mantelete sobre as rodas, grandes discos sólidos de carvalho. Conforme o empurravam adiante, permaneciam ocultos da vista dos defensores do assentamento, exceto por poucos vislumbres dos pés em movimento.

O carro de boi chegou ao portão, e a linha de arqueiros convergiu para ele, disparando enquanto corriam.

— Atirem! — Valenso gritou, lívido. — Detenham-nos antes que alcancem o portão!

Uma tempestade de flechas voou sibilante das paliçadas, penetrando a grossa madeira sem causar dano algum. Um berro desdenhoso foi a resposta ao ataque. Conforme os piratas se aproximavam, flechas encontravam os buracos entre as toras, e um soldado recuou e caiu da ameia, arfando e sufocando com um projétil de noventa centímetros enfiado em seu pescoço.

— Atirem nos pés! — Valenso gritou e ordenou. — Quero quarenta homens no portão com lanças e machados! Os demais mantenham as muralhas!

Dardos atingiam a areia diante dos pés em movimento. Um uivo sedento de sangue anunciou que um deles encontrara seu alvo exposto e um homem surgiu à vista, praguejando e saltitando enquanto lutava para arrancar o projétil que atravessara seu pé. Num instante, foi alvejado por uma dúzia de flechas de caça.

Porém, com um brado profundo, o mantelete chegou ao muro, e um pesado aríete de ponta de ferro, enfiado numa abertura feita no centro do escudo, começou a golpear o portão, empurrado por braços musculosos, sob o afã de uma fúria sanguinária. O portal maciço rangia e oscilava, enquanto flechas choviam torrencialmente das paliçadas, algumas atingindo o alvo.

Mas os marujos selvagens estavam incendiados pela luxúria do combate.

Com gritos graves, eles balançavam o aríete e, de todos os lados, os demais se agrupavam, enfrentando o enfraquecido ataque que vinha das ameias e disparando com força e velocidade.

Praguejando como um louco, o conde saltou da muralha e correu para o portão, sacando a espada. Um grupo de guerreiros desesperados se reuniu atrás dele, segurando as lanças. Mais um instante e o portão cederia. Eles teriam de bloquear a brecha com seus próprios corpos.

Eis que uma nova nota surgiu no clamor da batalha. Era uma trombeta soprando estridente do navio. Uma figura balançava loucamente os braços e gesticulava da verga alta.

Aquele som foi registrado pelos ouvidos de Strom no momento em que emprestava a própria força para balançar o aríete. Forçando os músculos poderosos, ele resistiu ao impulso dos outros braços, firmando as pernas para deter o aríete enquanto oscilava para trás. Virou a cabeça com o suor pingando de seu rosto.

— Esperem! — Rugiu. — Esperem, malditos! Ouçam!

No silêncio que se seguiu ao grito, o soar da trombeta foi claramente ouvido, assim como uma voz que bradava algo ininteligível para as pessoas dentro da paliçada.

Mas Strom compreendeu, pois sua voz ergueu-se mais uma vez numa ordem ríspida. Eles largaram o aríete e o mantelete começou a recuar do portão tão rapidamente quanto avançara.

— Veja! — Tina gritou da janela, pulando sem parar com entusiasmo selvagem. — Estão fugindo! Todos! Estão correndo para a praia! Veja! Abandonaram o escudo agora que estão fora de alcance! Estão entrando nos botes e voltando para o navio. Oh, milady, será que vencemos?

— Acho que não! — Belesa olhava na direção do mar. — Veja!

Afastou as cortinas para o lado e se inclinou na janela. Sua jovem voz ergueu-se acima dos gritos de espanto dos defensores, que olharam na direção para a qual ela apontava. Deixaram um bramido profundo escapar ao avistarem outra nau, essa majestosa, surgir contornando a extremidade sul. Diante de seus olhos, ela hasteava a bandeira dourada real da Zíngara. Os piratas de Strom subiram pelas laterais de sua carraca como um enxame de insetos e, a seguir, levantaram âncora. Antes que o desconhecido barco alcançasse a metade da baía, a Mão Vermelha já desaparecia por sua extremidade norte.

III
A Vinda do Homem Vestido de Preto

—Para fora, rápido! — Exclamou o conde, arrebentando as barras do portão. — Destruam aquele mantelete antes que os estranhos aportem!

— Mas Strom fugiu — disse Galbro — e aquela nau é da Zíngara.

— Faça o que mandei — Valenso berrou. — Meus inimigos não são todos estrangeiros! Para fora, cães! Trinta de vocês, levem machados e reduzam aquela coisa a lascas de madeira. Tragam as rodas para dentro da paliçada.

Trinta homens portando machados correram para a praia, homens truculentos vestindo túnicas sem manga, suas armas reluzindo ao sol. O comportamento de seu senhor sugerira uma possibilidade de perigo naquela galé que se aproximava, e havia pânico em sua pressa. O som das tábuas sendo partidas pelos machados chegou com nitidez às pessoas dentro do forte, e logo os homens estavam retornando pela areia, empurrando as grandes rodas de carvalho, antes mesmo que o navio zíngaro tivesse lançado âncora exatamente onde outrora estivera a nau pirata.

— Por que o conde não abre os portões e vai encontrá-los? — Tina perguntou. — Será que ele acha que o homem que teme está naquele navio?

— Do que está falando, Tina? — Belesa perguntou, irrequieta. O conde nunca explicara seu exílio voluntário. Não era o tipo de homem que corria de um inimigo, embora tivesse muitos. Mas a convicção de Tina era inquietante, quase espantosa.

A menina não parecia ter escutado a pergunta.

— Os homens voltaram para dentro do forte. O portão foi fechado de novo e barrado. Os guerreiros continuam em posição nas ameias. Se aquele navio está perseguindo Strom, por que não foi atrás dele? Mas não é um navio de guerra, é uma carraca, como a outra. Veja... um bote está vindo até a praia. Dá para ver um homem de manto preto na proa.

Assim que a embarcação aportou, o homem avançou despreocupado pelas areias, seguido por três outros. Era alto e magro, vestindo seda negra e aço polido.

— Parem! — O conde gritou. — Falarei a sós com seu líder!

O estranho alto removeu seu elmo e curvou-se em saudação. Seus companheiros se detiveram, enrolando-se nos mantos largos e, atrás deles, os marujos se inclinaram sobre os remos, observando a bandeira que esvoaçava acima da paliçada. Quando chegou a uma distância da qual pudesse ser ouvido com facilidade, ele disse:

— Não achei que existisse desconfiança entre cavalheiros nestes mares desolados!

Valenso o encarou com suspeita. O estranho tinha a pele escura e um rosto magro e predatório, com um bigode fino. Um punhado de renda podia ser visto em seu pescoço e nos punhos.

— Eu conheço você — o conde disse devagar. — É Zarono, o Negro. Um bucaneiro.

O estranho tornou a curvar-se com elegância pomposa.

— E ninguém deixaria de reconhecer o falcão vermelho dos Korzettas!

— Parece que esta costa virou ponto de encontro de todos os vilões dos mares ao sul — Valenso grunhiu. — O que você quer?

— Calma, meu senhor! — Queixou-se Zarono. — Esta é uma recepção grosseira para alguém que acabou de prestar-lhe um serviço. Não era aquele cão argoseano, Strom, que atacava seus portões? E ele não voltou correndo para o mar ao me ver surgir na baía?

— É verdade — o conde respondeu, amuado. — Ainda que exista pouca diferença entre um pirata e um renegado.

Zarono riu sem ressentimento e enrolou o bigode.

— Você é contundente ao falar, meu senhor. Mas desejo tão somente ancorar na sua baía, permitir que meus homens cacem e coletem água nas matas; e, talvez, tomar um cálice de vinho com o senhor em sua mesa.

— Não vejo como poderia detê-lo — Valenso grunhiu. — Só entenda o seguinte, Zarono: nenhum homem da sua tripulação adentrará esta paliçada. Se alguém chegar a menos de cem passos, vai imediatamente ganhar uma flecha no pescoço. E peço que não danifique minhas plantações nem fira o gado que está nos currais. Concedo-lhe três bois para que tenham carne fresca, mas não mais do que isso. E, caso vocês, rufiões, tenham outras ideias, somos capazes de manter este forte contra vocês.

— Não estava tendo muito sucesso em mantê-lo contra Strom — pontuou o bucaneiro com um sorriso zombeteiro.

— Não achará madeira para construir manteletes, a não ser que corte árvores ou que a tire de seu próprio navio — assegurou o conde, taciturno.

— E seus homens não são arqueiros barachos; não são melhores do que os meus. Além disso, a pilhagem que encontraria aqui dentro é tão mínima, que não compensaria o esforço.

— E quem falou em pilhagem e confronto? — Protestou Zarono. — Não... Meus homens estão ansiosos para esticarem as pernas em terra firme e cansados de mastigar carne de porco curada. Garanto que vão se comportar. Podem vir à praia?

Valenso assentiu de má vontade, e Zarono se curvou, um pouco sardonicamente, retirando-se com passos tão calculados e imponentes, que era como se pisasse o chão de cristal da corte real da Kordava, onde, de fato, a não ser que os rumores fossem mentirosos, ele fora uma figura conhecida no passado.

— Não deixe nenhum homem sair de dentro da paliçada — Valenso ordenou a Galbro. — Não confio naquele cão renegado. Só porque afugentou Strom de nosso portão não quer dizer que não cortaria nossa garganta.

Galbro assentiu. Tinha completa consciência da inimizade que existia entre piratas e bucaneiros zíngaros. Os piratas eram, em geral, marujos argoseanos que tinham se tornado fora da lei. À antiga rixa entre Argos e Zíngara somou-se, no caso dos flibusteiros, a rivalidade de interesses opostos. Ambos rapinavam navios e cidades costeiras; e rapinavam uns aos outros com a mesma voracidade.

Portanto, ninguém saiu da paliçada enquanto os bucaneiros desembarcavam; homens de rostos sinistros, vestes de seda flamejantes e aço polido, com lenços enrolados na cabeça e argolas de ouro nas orelhas. Acamparam na praia cerca de cento e setenta homens, e Valenso reparou que Zarono postou vigias de ambos os lados de onde estavam. Não molestaram as plantações e somente os três bois que Valenso permitira foram levados para o abate. Fogueiras foram acesas na orla, e um barril de cerveja, trazido para a praia e aberto.

Outros barris foram enchidos de água de uma fonte que havia ao sul do forte, não muito distante dali, e homens começaram a bordear as matas com seus arcos em mãos. Ao notá-los, Valenso se viu obrigado a gritar para Zarono, que andava de lá para cá no acampamento:

— Não deixe seus homens entrarem na floresta. Pegue outro boi no curral se não tiver carne suficiente. Se ficarem perambulando pelas matas, podem acabar vítimas dos pictos. Tribos inteiras daqueles demônios pintados vivem nas matas. Rechaçamos um ataque deles logo depois de aportarmos e, desde então, seis de meus homens já foram assassinados em diferentes ocasiões. Há paz entre nós agora, mas está por um fio. Não arrisque provocá-los.

Zarono lançou um olhar de temor para a selva, como se esperasse ver hordas de figuras selvagens à espreita. Então, curvou-se e disse:

— Agradeço o aviso, meu senhor.

Em seguida, gritou para seus homens voltarem num tom gutural que contrastava estranhamente com a maneira cortês que usava para se dirigir ao conde.

Se Zarono pudesse penetrar a massa verdejante, teria ficado mais do que apreensivo ao ver a figura sinistra que se escondia lá, observando os estranhos com olhos negros e inescrutáveis; um guerreiro pintado de forma hedionda, vestindo apenas uma tanga de pele de gamo, com uma pena de tucano sobre a orelha esquerda.

Com a proximidade da noite, uma fina neblina cinza emergiu da orla do mar e nublou o céu. O sol afundou em um chafurdar carmesim, tingindo as pontas das ondas negras com sangue. Brumas saíram do mar e alcançaram a orla da floresta, envolvendo a paliçada em tufos fumacentos. As fogueiras da praia brilhavam sutilmente na névoa, e o canto dos bucaneiros parecia esmorecido e distante. Haviam trazido velhas lonas de vela da carraca e feito abrigos pela orla, onde a carne ainda assava e a cerveja oferecida pelo capitão era repartida com moderação. O grande portão estava fechado e barrado. Soldados patrulhavam estoicamente as ameias da paliçada com as lanças sobre os ombros, o sereno brilhando em seus elmos de aço. Olhavam com apreensão para as fogueiras na praia e encaravam de modo ainda mais fixo a floresta, agora uma vaga linha escura ocultada pelas brumas. O complexo estava vazio de vida, um espaço nu e escuro. O brilho de velas podia ser visto debilmente através das fissuras nas cabanas e a luz fluía das janelas da casa principal. O silêncio era total, salvo os passos das sentinelas, as goteiras dos beirais e o canto distante dos bucaneiros.

Um pouco do fraco eco da cantoria penetrava o grande salão onde Valenso estava sentado e bebendo vinho com seu hóspede não desejado.

— Seus homens parecem alegres, senhor — grunhiu o conde.

— Estão felizes de pisar na areia novamente — Zarono respondeu. — A viagem tem sido exaustiva... Sim, uma perseguição longa e difícil — ergueu a taça de forma galante para a garota silenciosa que se sentava à direita do anfitrião e bebeu cerimoniosamente. Criados impassíveis se enfileiravam nas paredes; soldados com lanças e elmos, e serviçais vestindo coletes de cetim. A casa de Valenso naquela terra selvagem era um reflexo pobre da corte que ele mantivera na Kordava.

A mansão, como ele insistia em chamá-la, era uma maravilha para aquela costa. Uma centena de homens havia trabalhado dia e noite por meses para construí-la. Suas paredes externas feitas de toras eram despidas de ornamentos, mas, por dentro, era uma cópia o mais fiel possível do Castelo Korzetta. As toras que compunham as paredes do salão eram ocultadas por pesadas tapeçarias de seda com costuras douradas. Vigas de navio, envernizadas e polidas, formavam a armação do alto teto. Ricos tapetes decoravam o chão. A larga escadaria que levava ao andar superior também era acarpetada, e sua maciça balaustrada fora no passado a amurada de um galeão. O fogo aceso na lareira feita de pedra dissipava a umidade da noite. As velas do grande candelabro de prata, postado no centro de uma ampla tábua de mogno, iluminavam o salão. O conde Valenso sentava-se à cabeceira, presidindo uma companhia composta de sua sobrinha, o convidado renegado, Galbro e o capitão da guarda. A quantidade pequena de presentes destacava as vastas proporções da mesa, na qual cinquenta convidados poderiam ter sido facilmente acomodados.

— Você seguiu Strom? — Valenso perguntou. — Foi ele que o trouxe aqui tão longe?

— Eu segui Strom — divertiu-se Zarono. — Mas ele não estava fugindo de mim. Strom não é um homem que foge. Não... Ele veio aqui em busca de algo... algo que eu também desejo.

— O que poderia tentar um pirata ou bucaneiro e atraí-lo até esta terra árida? — Valenso murmurou, olhando para o brilhante conteúdo de sua taça.

— O que poderia tentar um conde da Kordava? — Retorquiu Zarono, e uma luz de ansiedade queimou por um instante em seus olhos.

— A podridão da corte real pode nausear um homem de honra — pontuou Valenso.

— Korzettas honrados suportaram tal podridão com tranquilidade por gerações — Zarono disse, sem rodeios. — Meu senhor, satisfaça minha curiosidade... Por que vendeu suas terras, carregou seu galeão com os móveis de seu castelo e velejou para o horizonte sem que o rei e os nobres da Zíngara soubessem? E por que se estabelecer aqui, sendo que sua espada e seu nome poderiam conseguir um lugar em qualquer terra civilizada?

Valenso brincou com a corrente dourada que circundava seu pescoço. Respondeu:

— O motivo de ter deixado a Zíngara só importa a mim. Mas foi o acaso que me deixou isolado aqui. Tinha trazido todo o meu povo para a costa e grande parte da mobília que mencionou, pois pretendia construir uma habitação temporária. Só que meu navio, ancorado logo ali na baía, foi lançado contra os rochedos ao norte e acabou destruído durante uma súbita tempestade vinda do oeste. Essas borrascas são comuns em certos períodos do ano, e não havia nada a fazer, a não ser extrair o melhor da situação.

— Então, se pudesse, voltaria para a civilização?

— Não para a Kordava. Talvez outro lugar de clima melhor... Vendhya ou Khitai...

— Não acha este lugar tedioso, minha senhora? — Zarono perguntou, dirigindo-se pela primeira vez diretamente para Belesa.

A ansiedade de ver um novo rosto e escutar uma nova voz tinha levado a garota ao salão naquela noite, mas agora pensava que gostaria de ter ficado no quarto com Tina. A ameaça no olhar que Zarono lançava sobre ela era inequívoca. Seu discurso era formal e cheio de decoro, e sua expressão, sóbria e respeitosa, mas não passava de uma máscara que ocultava o espírito violento e sinistro do homem. Ele era incapaz de manter o desejo ardente fora dos olhos quando os voltava para a beleza aristocrata da jovem em seu vestido de cetim de colo baixo e cinturão adornado.

— Aqui há pouca diversidade — ela respondeu num tom baixo.

— Se tivesse um navio — Zarono perguntou ao anfitrião —, o senhor abandonaria esta colônia?

— Talvez — o conde admitiu.

— Eu tenho um navio. Se pudéssemos chegar a algum acordo...

— Que tipo de acordo? — Valenso levantou a cabeça e encarou o convidado com suspeita.

— Compartilhar. E em partes iguais — falou Zarono, colocando as mãos sobre a mesa com os dedos abertos. O gesto lembrava curiosamente uma grande aranha. Mas os dedos tremiam de tensão, e os olhos do bucaneiro ardiam com uma nova luz.

— Dividir o quê? — Valenso o encarou com espanto evidente. — O ouro que eu trouxe afundou com o navio e, diferente da madeira quebrada do naufrágio, não flutuou até a praia.

— Não é isso! — Zarono fez um gesto impaciente. — Vamos ser francos, meu senhor. Acha que pode fingir que foi o acaso que o trouxe para este local em particular, com mil quilômetros de costa para escolher?

— Não tenho necessidade de fingir — Valenso respondeu, frio. — O contramestre de meu navio era um ex-bucaneiro chamado Zingelito. Já havia viajado por esta costa e me convenceu a parar aqui, afirmando que tinha uma motivação para isso e que me falaria dela mais tarde. Mas nunca me disse nada, porque, no dia seguinte, desapareceu nas matas. Seu corpo sem cabeça foi encontrado por um grupo de caça. Obviamente, foi emboscado pelos pictos.

Por um breve período, Zarono apenas encarou Valenso. Enfim, disse:

— Veja só... eu acredito em você, meu senhor. Um Korzetta não sabe mentir, independentemente de seus demais feitos. Permita-me fazer-lhe uma proposta. Admito que, quando ancorei na baía, meus planos eram outros. Acreditando que você já tinha assegurado o tesouro, pretendia tomar este forte estrategicamente e cortar o pescoço de todos aqui. No entanto, as circunstâncias me fizeram mudar de ideia — o olhar que lançou para Belesa a fez corar e erguer a cabeça, indignada. — Tenho um navio que pode tirar o senhor do exílio, junto a seus pertences e os apoiadores que escolher. O restante pode se virar.

Os serviçais dispostos nas paredes trocaram olhares apreensivos. Zarono prosseguiu, cínico demais para ocultar suas intenções:

— Mas, antes, precisa me ajudar a assegurar o tesouro pelo qual viajei mil quilômetros.

— Que tesouro é esse, em nome de Mitra? — Perguntou o conde, zangado. — Está balbuciando como Strom, aquele cão.

— Já ouviu falar de Trânicos, o Sanguinário, o maior de todos os piratas barachos? Zarono perguntou.

— Quem nunca ouviu? Foi ele quem atacou a ilha-castelo do príncipe exilado Tothmekri, da Stygia, pôs o povo sob sua lâmina e levou consigo o tesouro que o príncipe trouxera ao fugir de Khemi.

— Exato! E as histórias sobre esse tesouro atraíram os homens da Irmandade Vermelha como abutres atrás de carniça... Piratas, bucaneiros e até os corsários negros do sul. Temendo que seus capitães o traíssem, ele fugiu para o norte em um navio, desaparecendo do conhecimento dos homens. Isso foi há quase um século.

Mas a história narra que um homem sobreviveu a essa última viagem e voltou para os barachos, somente para ser capturado por uma nau de guerra zíngara. Antes de ser enforcado, ele contou sua história e fez um mapa com o próprio sangue num pergaminho que, de algum modo, contrabandeou sem que seus captores vissem. A história que ele continha era a seguinte: Trânicos havia navegado bem além de todas as rotas e chegado a uma baía numa costa isolada, onde ancorou. Desembarcou, levando consigo seu tesouro e onze capitães confiáveis que o acompanharam na jornada. Cumprindo suas ordens, o navio zarpou; sua missão era retornar uma semana depois e apanhar seu líder e os capitães. Enquanto isso, Trânicos pretendia esconder o tesouro em algum lugar nas cercanias da baía. O navio retornou no tempo combinado; contudo, não havia sinal de Trânicos e dos demais, exceto a rude moradia que haviam construído na praia.

A cabana tinha sido demolida e havia rastros de pés descalços ao seu redor, mas nenhum sinal que indicasse algum tipo de confronto. Também não havia sinal do tesouro ou de onde havia sido escondido. Os piratas mergulharam na floresta em busca de seu mestre e dos capitães, mas foram atacados pelos selvagens pictos e tiveram de voltar ao navio. Em pânico, levantaram âncora e partiram, mas, antes que chegassem às Ilhas Barachas, uma tempestade terrível naufragou a nau e só aquele homem sobreviveu.

Esta é a história do Tesouro de Trânicos, que os homens procuram em vão há quase um século. Sabe-se que o mapa existe, mas sua localização permanece um mistério.

Porém, eu tive um vislumbre dele. Strom e Zingelito estavam comigo e com um nemédio, que velejava com os barachos. Vimos o mapa num casebre em uma cidade costeira da Zíngara, onde nos escondíamos. Alguém derrubou a lamparina, alguém uivou na escuridão e, quando reacendemos a luz, o velho miserável que era dono do pergaminho estava morto com um punhal no coração. O mapa em si desaparecera. Enquanto os vigias noturnos batiam suas lanças na rua para investigar o clamor, nos espalhamos e cada um tomou o próprio caminho.

Nos anos que se seguiram, eu e Strom ficamos nos vigiando, cada um supondo que o mapa estava com o outro. Bem, o fato é que nenhum dos dois o tinha. No entanto, recentemente, eu soube que a Mão Vermelha havia partido para o norte e a segui. Você viu como a perseguição terminou. Tive apenas um vislumbre do mapa naquela mesa miserável e não sou capaz de dizer nada sobre ele. Mas as ações de Strom mostram que ele sabia ser esta a baía onde Trânicos ancorou. Acredito que esconderam o tesouro em algum lugar da floresta e, ao voltarem, acabaram atacados e mortos pelos pictos. E os selvagens não apanharam o tesouro. Homens sobem e descem esta costa sem nada descobrir sobre tal riqueza, e nenhum ornamento de ouro ou joia rara foi visto em posse das tribos costeiras.

Enfim, eis minha proposta: vamos unir forças. Strom está em algum lugar, numa distância da qual possa atacar. Fugiu porque teve receio de ficar preso entre nós dois, mas vai voltar. Porém, juntos podemos rir na cara dele. Podemos trabalhar de dentro do forte, deixando homens o suficiente aqui para mantê-lo seguro, caso seja atacado. Acredito que o tesouro esteja perto, pois uma dúzia de homens não poderia tê-lo levado muito longe. Nós o encontraremos, carregaremos meu navio e viajaremos para algum porto estrangeiro onde eu possa encobrir meu passado com ouro. Estou farto desta vida. Quero voltar para a civilização e viver como um nobre, com riquezas, escravos, um castelo... e uma esposa de sangue nobre.

— E? — O conde perguntou com os olhos semicerrados de desconfiança.

— Deixe-me desposar sua sobrinha — o bucaneiro falou, sem rodeios.

Belesa deixou escapar um grito agudo e pôs-se de pé. Valenso também se levantou, lívido, os dedos apertando convulsivamente a taça, como se tivesse considerado arremessá-la em seu convidado. Zarono não se moveu; permaneceu estático, um braço sobre a mesa e os dedos curvados como garras. Seus olhos brilhavam de paixão, profundamente ameaçadores.

— Você ousa...! — Valenso berrou.

— Parece ter esquecido que não mais possui sua condição elevada, conde Valenso — Zarono grunhiu. — Não estamos na corte da Kordava, meu senhor. Nesta costa selvagem, a nobreza é medida pelo poder dos homens e das armas. E nisso eu o supero. Estranhos vivem no Castelo Korzetta, e a fortuna da família está no fundo do mar. Você vai morrer aqui, exilado, a não ser que eu lhe permita usar meu navio. Não terá motivo para se arrepender da união de nossas casas. Com um novo nome e uma nova fortuna, descobrirá que Zarono, o Negro, pode assumir seu lugar entre a aristocracia do mundo e ser um genro de quem nem mesmo um Korzetta se envergonharia.

— Está louco por pensar nisso! — O conde exclamou, violentamente. — Você... Quem está aí?

O som de pés vestindo calçados macios distraiu sua atenção. Tina entrava apressadamente no salão e hesitou ao ver os olhos zangados do conde fixos nela. Fez uma saudação e contornou timidamente a mesa, colocando suas mãozinhas nos dedos de Belesa. Estava um pouco ofegante, com os chinelos úmidos e os cabelos louros emplastados.

— Tina — Belesa exclamou, ansiosa. — Por onde andou? Achei que estivesse no seu quarto há horas.

— Eu estava — a criança respondeu sem fôlego —, mas dei falta do colar de corais que me deu... — Ela o segurou, uma bugiganga ordinária, mas a mais valiosa de suas posses, porque tinha sido o primeiro presente que Belesa lhe dera. — Fiquei com medo de que você não me deixasse ir se soubesse. A mulher de um soldado me ajudou a sair pela paliçada e voltar. Por favor, milady, não me obrigue a dizer quem era, pois prometi que não o faria. Encontrei meu colar ao lado da poça em que me banhava esta manhã. Por favor, puna-me se fiz algo errado.

— Tina — disse Belesa, puxando a menina para perto de si — eu não vou puni-la. Mas não deveria ter saído da paliçada com esses bucaneiros acampados na praia. E tem sempre a chance de haver algum picto à espreita. Vou levá-la a seu quarto para trocar essas roupas molhadas...

— Sim, milady — Tina murmurou. — Mas, antes, deixe-me contar sobre o homem vestido de preto que...

— O quê? — A interrupção alarmante foi um grito que explodiu dos lábios de Valenso. Sua taça retiniu no chão, e o nobre agora segurava a mesa com ambas as mãos. Nem se fosse atingido por um raio a expressão do senhor do castelo se alteraria de forma tão pavorosa. Seu rosto estava lívido, os olhos quase pulando das órbitas.

— O que disse? — Ele perguntou, ofegante e encarando intensamente a criança, que se encolhia contra Belesa. — O que foi que disse, criada?

— Um homem vestido de preto, meu senhor — ela gaguejou, enquanto Belesa, Zarono e os serviçais olhavam, espantados. — Quando fui até a poça buscar meu colar, eu o vi. Havia um gemido estranho no vento, e o mar chorava como se amedrontado. Então, ele veio. Eu estava com medo e me escondi atrás de um pequeno monte de areia. Ele veio do mar num estranho barco negro, com fogo azul brincando ao seu redor, embora não houvesse nenhuma tocha. Puxou o barco pela praia abaixo do cume ao sul e entrou na floresta, parecendo um gigante na neblina... Era um homem alto, negro como um kushita...

Valenso cambaleou como se tivesse recebido um golpe mortal. Levou as mãos ao próprio pescoço e arrancou a corrente dourada com violência. Com feições de um lunático, deu a volta na mesa e tirou a garota aos berros dos braços de Belesa.

— Sua pequena vagabunda! — Gritou. — Mentirosa! Você me escutou murmurando enquanto dormia e contou essa mentira para me atormentar! Diga que é mentira antes que eu arranque a pele de seu lombo!

— Tio! — Gritou Belesa com espanto ultrajado, enquanto tentava libertar Tina do homem. — O senhor ficou louco? O que é isso tudo?

Com um rosnado, ele arrancou a mão dela de seu braço e a empurrou para os de Galbro, que a recebeu com um olhar malicioso que fez pouco esforço para disfarçar.

— Perdão, meu senhor — Tina soluçou. — Não estou mentindo!

— Eu disse que mentiu — Valenso bradou. — Gebbrelo!

O imperturbável serviçal apanhou a jovem trêmula e, com força brutal, arrancou seus trajes escassos. Virando-se, jogou os braços dela sobre seus ombros, tirando os pés da menina do chão.

— Tio! — Belesa se desesperou, contorcendo-se em vão nos braços de Galbro. — O senhor enlouqueceu! O senhor não pode... Não pode... — A voz morreu em sua garganta quando Valenso apanhou um chicote de cabo cravejado e estalou-o contra o corpo frágil da menina com uma força selvagem, deixando um vergão vermelho nos ombros nus.

Belesa gemia, nauseada pela dor evidente nos gritos de Tina. O mundo tinha repentinamente ficado insano. Como num pesadelo, ela via os rostos impassíveis dos soldados e serviçais, rostos animalescos, rostos como o de gado, que não refletiam nem pena nem simpatia. A face sarcástica de Zarono fazia parte do pesadelo. Nada naquela névoa vermelha era real, exceto o corpo nu de Tina, castigado com vergões vermelhos dos ombros aos joelhos; nenhum som era real, exceto os gritos agudos de agonia da criança e os arquejos de Valenso enquanto desferia as chibatadas, com olhos alucinados, gritando:

— Mentira! Mentira! Maldita seja, você mente! Admita sua culpa ou vou esfolar seu corpo teimoso! Ele não pode ter me seguido até aqui...

— Tenha piedade, meu senhor! — A menina gritava, contorcendo-se em vão nas costas largas do servo, agitada demais pelo medo e pela dor para ter a astúcia de escapar contando uma mentira. Sangue escorria em veios escarlates até as coxas trêmulas. — Eu o vi, não estou mentindo! Misericórdia! Por favor! Ahhhhh!

— Seu idiota! Seu idiota! — Belesa se desesperou. — Não vê que ela está dizendo a verdade? Seu animal! Seu animal!

De repente, um fiapo de sanidade pareceu retornar ao cérebro do conde Valenso Korzetta. Deixando o chicote cair, ele recuou e recostou-se à mesa, segurando às cegas sua borda. Tremia como se estivesse febril. Cachos de cabelos grudavam em sua testa e suor escorria pelo seu rosto, que era agora uma máscara de medo. Tina, libertada por Gebbrelo, escorregou para o chão, choramingando. Belesa se libertou de Galbro, foi até ela soluçando e se ajoelhou, tomando nos braços a pobre criança. Encarou terrivelmente o tio, derramando sobre ele toda sua ira. Mas o conde não estava olhando para ela. Parecia ter se esquecido de ambas; Belesa e sua vítima. Num arroubo de incredulidade, ela o ouviu dizer ao bucaneiro:

— Aceito sua oferta, Zarono. Em nome de Mitra, vamos encontrar esse maldito tesouro e partir desta costa odiosa!

Ante aquilo, o fogo da fúria dela transformou-se em cinzas doentias. Em silêncio, ergueu-se com a criança nos braços e a carregou até as escadas. Uma olhadela para trás mostrou Valenso acocorando-se em vez de sentar-se à mesa, bebendo vinho de um grande cálice que segurava com as duas mãos, enquanto Zarono avultava-se sobre ele como uma sombria ave de rapina; intrigado pela reviravolta nos eventos, mas célere em tirar proveito da transformação chocante que atingira o conde. O corsário falava num tom baixo e decidido, e Valenso apenas concordava, mudo, como alguém que mal parece compreender o que ouve. Galbro permaneceu afastado, nas sombras, o queixo pinçado entre o dedão e o indicador, e os serviçais ao longo da parede se entreolhavam furtivamente, estupefatos com o colapso sofrido por seu senhor.

Em seu quarto, Belesa deitou a garota quase desmaiada na cama e a limpou, aplicando unguentos sobre os vergões e cortes de sua pele macia. Tina entregou-se em completa submissão às mãos de sua senhora, gemendo baixinho. Belesa sentia como se seu mundo tivesse ruído. Estava nauseada, assustada e esgotada, os nervos tremendo por conta do choque brutal em relação ao que testemunhara. Medo e ódio pelo tio cresciam em sua alma. Ela jamais o amara; ele era ríspido, aparentemente despido de afeição verdadeira, sovina e ansioso. Mas ela sempre o considerou justo e destemido. Uma repulsa a sacudiu ao recordar-se dos olhos arregalados e da face pálida do homem. Tinha sido algum temor desconhecido que despertara tamanho frenesi; e, por causa daquele medo, Valenso brutalizara a única criatura que ela já havia amado e estimado; por causa daquele medo, estava vendendo sua própria sobrinha para um infame fora da lei. O que havia por trás daquela loucura? Quem era o homem de preto que Tina avistara?

A menina murmurou, quase delirante:

— Eu não menti, milady! Não menti mesmo! Era um homem de preto, num barco preto, que queimava como fogo azul sobre a água! Um homem alto como um negro, enrolado num manto preto. Fiquei com medo quando o vi e meu sangue gelou. Ele deixou o barco na areia e entrou na floresta. Por que o conde me chicoteou por tê-lo visto?

— Não fale, Tina — Belesa sussurrou. — Fique quietinha. A dor logo vai passar.

A porta abriu-se atrás de Belesa, que se virou e apanhou uma adaga de cabo cravejado. O conde estava à porta e ela se arrepiou ao vê-lo. Parecia anos mais velho; seu rosto estava acinzentado e contorcido, os olhos encarando-a de uma forma que despertava medo em seu peito. Jamais fora próxima daquele homem; agora, sentia como se um abismo os separasse. Não era seu tio que estava ali, mas um estranho que viera ameaçá-la. Ela ergueu a adaga.

— Se tocar nela novamente — murmurou com os lábios secos —, juro perante Mitra que vou afundar esta lâmina em seu peito.

Ele não prestou atenção.

— Coloquei uma guarda reforçada ao redor da mansão — disse. — Zarono trará seus homens para a paliçada amanhã. Ele não partirá até que tenha encontrado o tesouro. Quando o achar, viajaremos juntos para algum porto ainda não decidido.

— E você me venderá a ele? — Ela sussurrou. — Em nome de Mitra...

O nobre fixou um olhar carregado sobre a jovem e, nele, todas as considerações, exceto seu próprio interesse pessoal, tinham sido eliminadas. Belesa se encolheu diante daquilo, enxergando a crueldade frenética que o misterioso temor instalara naquele homem.

— Você fará o que eu ordenar — disse ele, sua voz não trazendo mais sentimentos do que o som de aço retinindo. Então, virando-se, deixou o cômodo. Cega por uma súbita onda de horror, Belesa desmaiou no divã onde Tina estava.

IV
Um Tambor Sombrio Soa

Belesa nunca soube por quanto tempo ficou desacordada. Primeiro, tomou consciência dos braços de Tina apertando-a e dos soluços da criança em seus ouvidos. Endireitou-se mecanicamente e tomou a menina nos braços; então permaneceu sentada, os olhos secos encarando a vela bruxuleante sem nada ver. Não havia som no castelo. A cantoria dos bucaneiros na praia tinha parado. De forma simplória, quase impessoal, ela revisou seu problema.

Valenso estava louco, e sua insanidade era motivada por sua história com o misterioso homem de preto. Era para fugir daquele estranho que se dispusera a abandonar o assentamento e partir com Zarono. Isso era óbvio. Igualmente óbvio era o fato de ele estar pronto para sacrificá-la em troca dessa oportunidade de fuga. Na negritude espiritual que a cercava, Belesa não tinha vislumbre algum de luz. Os serviçais eram tolos ou brutos; suas mulheres, estúpidas e patéticas. Não se importariam com ela nem ousariam ajudá-la. Estava completamente indefesa.

Tina ergueu o rosto manchado pelas lágrimas como se ouvisse a incitação de alguma voz interna. A compreensão que a criança tinha dos pensamentos mais profundos de Belesa era quase assombrosa, assim como sua consciência a respeito do destino inexorável e da única alternativa deixada para os fracos.

— Nós temos de partir, milady! — Sussurrou. — Zarono não pode ter a senhora. Vamos fugir para dentro da floresta. Devemos seguir em frente até não poder mais e, então, nos deitar e morrer juntas.

A trágica força que designa o derradeiro refúgio dos fracos penetrou a alma de Belesa. Era a única escapatória das sombras que se acercavam sobre ela desde o dia em que partiram da Zíngara.

— Devemos ir, criança.

Levantou-se, e procurava um manto quando uma exclamação de Tina chamou sua atenção. A garota estava de pé, um dedo pressionado contra os lábios, os olhos arregalados e brilhando de terror.

— O que foi, Tina? — A expressão de pavor da criança induziu Belesa a sussurrar, consumida por uma apreensão inominável.

— Tem alguém do lado de fora, no corredor — Tina murmurou, segurando convulsivamente o braço dela. — Ele parou ao lado da nossa porta e depois seguiu em frente, para os aposentos do conde, do outro lado.

— Você tem ouvidos mais aguçados do que eu — Belesa disse. — Mas não há nada de estranho nisso. Devia ser o próprio conde ou, talvez, Galbro — ela se moveu para abrir a porta, mas Tina abraçou seu pescoço freneticamente, e Belesa sentiu o coração da garota pulsar com intensidade.

— Não, milady! Não abra a porta! Estou com medo! Não sei por que, mas sinto que há algo ruim nos vigiando!

Impressionada, Belesa a aconchegou para tranquilizá-la e moveu a mão na direção da esfera dourada que disfarçava o pequeno buraco de fechadura no centro da porta.

— Ele está voltando — a garota disse. — Consigo escutá-lo!

Belesa também ouviu algo; passos furtivos e estranhos, que ela soube, com um arrepiante tremor inominável, não serem os passos de alguém conhecido. Também não era o modo de andar de Zarono ou de um homem calçando botas. Poderia ser o bucaneiro andando descalço pelo corredor, pronto para matar seu anfitrião durante o sono? Ela se lembrou dos soldados que deveriam estar de vigia abaixo. Se o corsário tivesse permanecido na mansão para passar a noite, um guerreiro teria sido postado diante da porta do cômodo de seu tio. Então, quem era aquele se esgueirando pelo corredor? Com exceção de Galbro, ninguém dormia lá em cima além dela, de Tina e do conde.

Com um movimento rápido, ela apagou a vela para que seu brilho não pudesse ser visto pelo buraco da fechadura e empurrou para o lado a esfera dourada. Todas as luzes do corredor, geralmente iluminado por velas, estavam apagadas. Alguém movia-se em meio à escuridão. A jovem não viu, e sim sentiu uma massa corpulenta passar pela porta, mas foi incapaz de discernir qualquer coisa de sua forma, exceto que era humana. Uma onda de pavor a possuiu, tornando-a incapaz de soltar o grito congelado em sua garganta. Não foi um terror como o que seu tio havia causado há pouco, ou um medo como o que ela sentia de Zarono, e nem mesmo o temor em relação à sombria floresta. Era um pavor cego e irracional, que lançava uma mão gelada em sua alma, fazendo sua língua resfriar no palato. A figura seguiu na direção das escadas, onde foi momentaneamente delineada pelo brilho fraco que vinha de baixo, e o vislumbre daquela imagem negra contra a luz avermelhada quase a fez desmaiar.

Agachou-se na escuridão, esperando o brado que anunciaria que os soldados no grande salão tinham visto o intruso. Mas a mansão permaneceu em silêncio; em algum lugar, um vento penetrante soprava. E isso foi tudo.

As mãos de Belesa estavam úmidas de suor enquanto ela tateava para reacender a vela. Ainda tremia de medo, embora não soubesse o que naquela figura escura delineada contra o brilho vermelho despertara tamanha repugnância em sua alma. A coisa tinha forma humana, mas seus contornos eram de uma natureza estranhamente distinta, anormal, ainda que a jovem fosse incapaz de definir tal anormalidade. No entanto, sabia que o que tinha visto não se tratava de um ser humano, e que a visão lhe roubara toda sua recém-encontrada coragem. Estava desmoralizada, incapaz de agir.

A vela brilhava, iluminando com sua luz amarela o rosto pálido de Tina.

— Era o homem vestido de preto! — Sussurrou a menina. — Eu sei! Meu sangue gelou, assim como quando eu o vi na praia. Tem soldados lá embaixo; por que eles não o viram? Devemos ir informar o conde?

Belesa balançou a cabeça. Não queria repetir a cena que se seguira à primeira menção que Tina fizera do homem de preto. De qualquer maneira, não se aventuraria sozinha no corredor escuro.

— Não podemos ir para a floresta — Tina estremeceu. — Ele vai estar à espreita lá...

Belesa não perguntou como a menina sabia que o homem de preto estaria na floresta; aquele era o esconderijo mais lógico para qualquer ser ruim, homem ou demônio. E sabia que Tina estava certa; elas não podiam ousar sair do forte agora. Sua determinação, que não titubeara ante a perspectiva da morte certa, cedeu diante da ideia de atravessar aquelas matas sombrias com a maldita criatura por lá. Impotente, sentou-se com o rosto mergulhado nas mãos.

Logo Tina adormeceu no divã, choramingando ocasionalmente durante o sono. Lágrimas reluziam em seus longos cílios enquanto ela se remexia irrequieta. Quando a alvorada se aproximou, Belesa notou uma qualidade sufocante na atmosfera. Escutou o ribombar grave de um trovão em algum lugar no mar. Apagando a vela, que havia queimado quase inteira, foi até uma janela de onde conseguia ver o oceano e uma faixa da floresta atrás do forte.

A neblina tinha se dissipado, mas, no mar, uma bruma escura surgia no horizonte. Relâmpagos reluziam nela e um grave trovão rugiu. Um estrondo veio das florestas escuras em resposta. Alarmada, Belesa virou-se e encarou a floresta, uma taciturna muralha negra. Um estranho pulsar rítmico alcançou seus ouvidos; uma reverberação contínua que não era o tambor dos pictos.

— O tambor! — Tina soluçou, abrindo e fechando as mãos espasmodicamente em seu sono. — O homem de preto... tocando o tambor... nas matas escuras! Oh, salve-nos...

Belesa estremeceu. Ao longo do horizonte ao leste, uma fina linha branca pressagiava a alvorada. Mas aquela nuvem escura do lado oeste se contorcia e ondeava, inchando e se expandindo. Observou aquilo espantada, pois tempestades não eram nada comuns na costa naquela época do ano, e ela nunca havia visto uma nuvem parecida.

Ela vinha se derramando por sobre o rebordo do mundo em grandes massas negras em ebulição, jaspeadas de fogo. Rolava e ondulava-se com o vento em seu ventre. Seus trovões faziam o ar vibrar. E outro som estranhamente se misturava às reverberações dos trovões... a voz do vento, que anunciava sua chegada. O horizonte tingido era rasgado e agitado pelos relâmpagos; ao longe, no mar, Belesa viu as ondas de cristas brancas sendo geradas pelo vento. Escutou o volume de seu rugido aumentar conforme se aproximavam da orla. Mas o vento ainda não alcançara a terra. O ar estava quente, difícil de respirar. O contraste resultava em uma sensação irreal: lá fora, vento, trovão e caos avançando; ali, quietude sufocante. Em algum lugar abaixo dela uma persiana bateu, destacando-se no silêncio teso, e uma voz feminina se ergueu em um guincho de alarme. Mas a maior parte das pessoas do forte parecia adormecida, alheia ao furacão que se aproximava.

A jovem percebeu que ainda escutava as misteriosas batidas daquele tambor e voltou a olhar para a floresta, sentindo a pele se arrepiar. Não enxergava nada, mas algum instinto obscuro ou intuição a incitou a visualizar uma hedionda figura de preto agachada sob galhos densos, preparando um encanto inominável em algo que soava como um tambor... Desesperada, ela se desvencilhou daquela convicção macabra e voltou-se para o mar quando um relâmpago flamejante cortou o céu. Delineados pelo brilho, viu os mastros da nau de Zarono; viu as tendas dos bucaneiros na praia, os cumes arenosos da extremidade sul e os rochedos ao norte, tão claros como se fosse dia. O rugido do vento ficava cada vez mais alto, e agora a mansão despertara. Pés soaram nas escadas e a voz de Zarono foi ouvida, tingida de medo. Portas batiam e Valenso o respondeu, gritando para poder ser ouvido acima do barulho dos elementos.

— Por que não me alertou de uma tempestade vinda do oeste? — Uivou o bucaneiro. — Se as âncoras não aguentarem...

— Uma tempestade dessas nunca veio do oeste nesta época do ano! — Valenso respondeu, saindo de seu quarto, em suas vestes noturnas e com o rosto lívido e os cabelos arrepiados. — Isto é trabalho do... — Suas palavras foram afogadas enquanto subia correndo as escadas que levavam à torre de vigilância, seguido pelo bucaneiro suado.

Belesa se acocorou na janela, pasma e aturdida. O vento ficara mais alto e sufocava todos os outros sons; todos exceto aquele ribombar insano que agora se erguia como um inumano canto de triunfo. A tempestade rugia em direção à terra, conduzindo à sua frente uma longa crista branca espumante; então, o inferno e a destruição tomaram a costa. A chuva caía em torrentes, varrendo as praias com um furor cego. O vento os atingia como um trovão, fazendo as toras do forte sacudirem. As ondas cobriam as areias, apagando as brasas das fogueiras que os marujos tinham feito. No fulgor dos relâmpagos, Belesa viu, em meio à cortina de chuva, as tendas dos bucaneiros serem arrancadas, enquanto os homens cambaleavam para o forte, quase derrubados pela fúria das rajadas de vento e da tempestade.

E, delineada contra o brilho azul, viu a nau de Zarono, arrancada de suas amarras, avançar até os rochedos afiados que se pronunciavam acima do mar, prontos para receber a embarcação...

V
Um Homem Vindo da Selva

A fúria da tempestade havia cessado. A alvorada brilhava num céu azulado, lavado pelos ventos e pela chuva. Enquanto o sol nascia em vívido dourado chamejante, pássaros de cores espalhafatosas cantavam em coro nas árvores e fios de água brilhavam como diamantes sobre as folhas largas, que agitavam-se na gentil brisa matinal.

Em um pequeno córrego que cortava as areias até juntar-se ao mar, escondido além dos limites das árvores e arbustos, um homem se curvava para lavar as mãos e o rosto. Desempenhava o ato à maneira de sua raça, grunhindo vigorosamente e esparramando água como um búfalo. Mas, em meio aos borrifos, ergueu a cabeça de repente, os cabelos fulvos pingando e a água escorrendo pelos ombros largos. Agachou-se numa posição ideal para escutar e o fez por uma fração de segundo. Então, estava de pé, olhando em direção à terra firme com a espada em punho, tudo num só movimento. E assim congelou, encarando algo, boquiaberto.

Um homem tão grande quanto ele caminhava em sua direção pela areia, sem se preocupar com a furtividade; e os olhos do pirata se arregalaram enquanto observava os calções de seda apertados, as bojudas botas de cano alto, o casaco de pele e um elmo de cem anos atrás. O estranho segurava um sabre largo, e havia propósito inequívoco em sua aproximação.

O pirata empalideceu quando reconheceu o homem.

— Você! — Ele gritou sem acreditar. — Por Mitra! Você!

Pragas verteram dos lábios do estranho, que levantou o sabre. Os pássaros voaram em uma chuva de cores quando o clamor de aço contra aço interrompeu seu canto. Faíscas azuis voavam com o choque das lâminas e botas pisoteavam a areia fofa. A seguir, o choque do aço culminou num ruído de corte e um homem caiu de joelhos, resfolegando. A mão, sem força, se abriu, derrubando a lâmina, e ele despencou sobre a areia, que se avermelhava com seu sangue. Com um último esforço, enfiou a mão no cinto e tirou algo de dentro dele, tentando levá-lo à boca, mas a seguir convulsionou e desabou. O vencedor curvou-se e arrancou brutalmente o objeto que os dedos inertes haviam apanhado com tanto desespero.

Zarono e Valenso estavam na praia, olhando para a madeira à deriva que seus homens reuniam; vigas, pedaços de mastros e tábuas quebradas. A tempestade tinha chocado o barco de Zarono contra os rochedos com tanta violência, que a maior parte do que restava era lascas. Belesa escutava a conversa a uma curta distância deles, envolvendo Tina com um de seus braços. A garota estava pálida e desatenta, indiferente ao que quer que o Destino lhe tivesse reservado. Ouvia o que os homens diziam, mas com pouco interesse. Tinha sido esmagada pela consciência de que não passava de um peão no jogo, independentemente de como ele seria jogado; quer fosse uma vida desgraçada que se arrastaria naquela costa desolada ou um retorno ao mundo civilizado, levado a cabo de alguma maneira. Zarono praguejava venenosamente, mas Valenso parecia entorpecido.

— Não é a época do ano para tempestades vindas do oeste — murmurava, olhando abatido para os homens que arrastavam os destroços pela praia. — Não foi o acaso que trouxe a tempestade para destruir a nau que usaríamos para fugir. Fugir? Fui pego como um rato numa ratoeira, como tinha que ser. Não, todos somos ratos presos...

— Não sei do que você está falando — rosnou Zarono, dando uma retorcida rancorosa em seu bigode. — Não consigo entendê-lo desde que aquela menina de cabelos linhosos o aborreceu na noite anterior com a história do homem de preto vindo do mar. Só sei que não vou passar a vida nesta costa maldita. Dez homens meus foram para o Inferno naquela galé, mas tenho mais cento e sessenta. Você tem cem. Há ferramentas no seu forte e árvores em abundância na floresta. Vamos construir um navio. Vou pôr homens para cortar árvores assim que tirarem os destroços do alcance das ondas.

— Vai levar meses — Valenso murmurou.

— Bem... existe maneira melhor de empregarmos nosso tempo? Estamos aqui e, a não ser que construamos um navio, jamais escaparemos. Teremos de criar algum tipo de serra, mas nunca encontrei algo que me impedisse por muito tempo. Espero que a tempestade também tenha feito Strom em pedaços... Aquele cão argoseano! Enquanto construímos o navio, continuaremos caçando a pilhagem do velho Trânicos.

— Jamais completaremos seu navio — Valenso disse, mais sóbrio.

— Você teme os pictos? Temos homens suficientes para desafiá-los.

— Não falo dos pictos. Falo do homem de preto.

Zarono virou-se para ele, zangado.

— Pode dizer algo que faça sentido? Quem é esse maldito homem de preto?

— Maldito, sem dúvida — Valenso concordou, olhando para o mar. — Uma sombra do meu passado sanguinário que voltou para me levar para o Inferno. Fugi da Zíngara na esperança de despistá-lo no oceano. Mas deveria saber que ele acabaria me farejando.

— Se um homem desses aportou, deve estar escondido na floresta — Zarono resmungou. — Vamos derrubar as matas e caçá-lo.

Valenso gargalhou de forma bruta.

— Procure uma sombra que flutua diante de uma nuvem ocultando a lua; tateie no escuro em busca de uma cobra; siga uma névoa que flutua à meia-noite numa charneca.

Zarono lançou-lhe um olhar incerto, claramente duvidando de sua sanidade.

— Quem é esse homem? Responda sem ambiguidade.

— A sombra da minha crueldade insana e ambição; um horror saído de eras perdidas; não é um homem de carne e sangue, mas um...

— Velas, hoh! — Gritou o vigia do lado norte.

Zarono virou-se, sua voz cortando o vento:

— Você reconheceu?

A resposta chegou abafada:

— Sim! É a Mão Vermelha!

Zarono praguejou como faria um bárbaro.

— Strom! O diabo cuida dos seus! Como foi que ele navegou por aquela tempestade? — A voz do bucaneiro tornou-se um grito que percorreu toda a praia. — De volta para o forte, cães!

Antes que o nariz da Mão Vermelha, cuja aparência estava um pouco desgastada, contornasse a extremidade da ilha, a praia fora despida de vida humana, e a paliçada, apinhada de elmos e cabeças protegidas por lenços. Os bucaneiros aceitaram a aliança com a adaptabilidade agradável de aventureiros, seus escudeiros, com a apatia de servos.

Zarono pressionou os dentes quando um bote longo deslizou até a praia e ele avistou a cabeça acastanhada de seu rival na proa. O bote atracou e Strom caminhou sozinho até o forte.

Ele parou a certa distância e deu um grito taurino que ecoou com clareza na quietude da manhã:

— Ei, olá no forte! Gostaria de conversar!

— Então por que diabos não conversa? — Zarono rosnou.

— Da última vez que me aproximei com uma bandeira de trégua, uma flecha se partiu no meu peito — o pirata retorquiu. — Quero a promessa de que isso não tornará a acontecer!

— Você tem a minha promessa — Zarono disse, sardônico.

— Maldita seja sua promessa, cão da Zíngara! Quero a palavra de Valenso!

O conde ainda tinha um resquício de dignidade. Havia um fio de autoridade em sua voz quando respondeu:

— Avance, mas mantenha seus homens atrás de você. Ninguém vai disparar por aqui.

— Para mim é o bastante — Strom disse imediatamente. — Não importa quais sejam os pecados de um Korzetta; uma vez que ele dá sua palavra, você pode confiar.

Caminhou até o portão, rindo da encarada sinistra que Zarono lhe lançou.

— Bem, Zarono — provocou. — Está com um navio a menos do que da última vez que o vi! Mas vocês, zíngaros, nunca foram bons marujos mesmo.

— Como salvou sua galé, verme? — O bucaneiro rosnou.

— Há uma enseada alguns quilômetros ao norte, protegida por um braço de terra de cumes altos que quebrou a força da tempestade — Strom respondeu. — Estava ancorado atrás dele. Minhas âncoras foram arrastadas, mas me mantiveram longe da orla.

Zarono encarou-o de modo sombrio. Valenso não disse nada. Não sabia sobre a enseada. Tinha feito explorações breves de seu domínio, pois o medo dos pictos e a falta de curiosidade mantinham ele e seus homens próximos ao forte. Por natureza, zíngaros não eram nem exploradores nem colonos.

— Vim fazer uma troca — Strom disse, sem rodeios.

— Não temos nada para trocar com você, exceto golpes de espada — Zarono rosnou.

— Penso diferente — Strom abriu um leve sorriso. — Você revelou suas intenções inadvertidamente quando assassinou Galacus, meu primeiro imediato, e o roubou. Até esta manhã, eu supunha que Valenso detinha o tesouro de Trânicos. Mas, se algum de vocês estivesse com ele, não teria se dado ao trabalho de me seguir e matar meu imediato para ficar com o mapa.

— O mapa? — Zarono enrijeceu.

— Ah, não dissimule! — Strom gargalhou, mas a raiva ardia em seus olhos azuis. — Sei que está com ele. Pictos não usam botas!

— Mas... — O conde começou a dizer, embaraçado, mas calou-se quando Zarono lhe fez um aceno.

— E se estivermos com o mapa? — Perguntou. — O que tem para trocar que possamos querer?

— Deixe-me entrar no forte — Strom sugeriu. — Aí poderemos conversar.

Não foi tão óbvio a ponto de olhar para os homens que os espiavam da muralha, mas seus dois ouvintes compreenderam a mensagem. Assim como os homens. Strom tinha um navio. Aquele fato o garantia em qualquer barganha ou batalha. Mas a embarcação só poderia levar alguns, independentemente de quem estivesse no comando; não importava quem velejasse nele, alguns homens seriam deixados para trás. Uma onda de especulação tensa percorreu a multidão silenciosa ao longo da paliçada.

— Seus homens ficarão onde estão — Zarono alertou, indicando o bote ancorado na praia e o navio na baía.

— Sim. Mas não pense que poderão me capturar e fazer de refém! — Deu uma gargalhada sinistra. — Quero a palavra de Valenso que me permitirá sair vivo e ileso do forte dentro de uma hora, quer firmemos um acordo ou não.

— Você tem minha palavra — o conde respondeu.

— Certo. Então abram o portão e vamos conversar francamente.

O portão se abriu e se fechou, e os líderes desapareceram de vista. Os homens de ambos os lados voltaram então a vigiar uns aos outros; os que estavam na paliçada e os abaixados junto ao bote, com uma vasta extensão de areia entre eles e uma faixa de água azul além, com a carraca apinhada de elmos reluzindo junto à amurada.

Na larga escadaria acima do grande salão, Belesa e Tina se agachavam, ignoradas pelos homens abaixo. Estes estavam sentados em volta da grande mesa: Valenso, Galbro, Zarono e Strom. Não havia mais ninguém presente no salão.

Strom bebeu seu vinho e pôs o cálice vazio sobre a mesa. A franqueza sugerida por seu semblante áspero era desmentida pelas luzes dançantes de crueldade e traição presentes em seus olhos. Mas ele falou sem rodeios.

— Todos querem o tesouro do velho Trânicos, que está escondido em algum lugar próximo a esta baía — disse de forma abrupta. — Cada um de nós tem algo de que os outros precisam. Valenso tem trabalhadores, suprimentos e uma fortaleza para nos proteger dos pictos. Você, Zarono, está com o meu mapa. E eu tenho um navio.

— O que eu gostaria de saber — Zarono pontuou — é o seguinte: se o mapa esteve com você durante todos estes anos, por que não veio procurar o soldo antes?

— Eu não estava com ele. Foi aquele cão, Zingelito, quem esfaqueou o velho avarento na escuridão e roubou o mapa. Mas ele não tinha nem navio nem tripulação, e levou mais de um ano para arranjá-los. Quando veio atrás do tesouro, os pictos o impediram de atracar. Seus homens se amotinaram e o fizeram velejar de volta para a Zíngara. Um deles roubou o mapa e o vendeu para mim mais recentemente.

— Por isso Zingelito reconheceu a baía — Valenso murmurou.

— Aquele cão o trouxe aqui, conde? Devia ter adivinhado. Onde ele está?

— Sem dúvida no Inferno, já que era um bucaneiro. Os pictos o mataram, com certeza, enquanto vasculhava as matas em busca do tesouro.

— Ótimo! — Strom aprovou com sinceridade. — Bem, não sei como você sabia que meu imediato tinha o mapa. Eu confiava no sujeito. E os homens confiavam ainda mais nele do que em mim, então deixei que o guardasse. Só que, nesta manhã, ele seguiu para o interior com alguns outros, separou-se deles e o encontramos morto perto da praia. O mapa tinha desaparecido. Os homens estavam prontos para me acusar de acabar com ele, mas mostrei aos idiotas os rastros deixados pelo assassino e provei que meus pés não caberiam neles. E sabia que não tinha sido ninguém da tripulação, porque nenhum deles usa botas que deixariam aquele tipo de rastro. E, como pictos não usam nenhum tipo de calçado, tinha de ser um zíngaro. Bem, vocês estão com o mapa, mas não com o tesouro. Se estivessem, não teriam me deixado entrar. Eu os encurralei neste forte; não podem sair para procurar o tesouro e, ainda que o encontrassem, não têm um navio para levá-lo daqui. Portanto, minha proposta é a seguinte: me dê o mapa, Zarono. E você, Valenso, me dê carne fresca e outros suprimentos. Meus homens estão quase imprestáveis após a longa viagem. Em troca, levarei vocês três, milady Belesa e a garota, e os deixarei em uma praia, ao alcance de algum porto zíngaro... Ou, se Zarono preferir, posso deixá-lo próximo de algum ponto de encontro de bucaneiros, já que sem dúvida uma forca o espera na Zíngara. E, para firmar a barganha, darei a cada um uma bela porção do tesouro.

O bucaneiro puxava o bigode, pensativo. Sabia que Strom não manteria um pacto daqueles. E nem Zarono considerou aceitar a proposta. Mas uma recusa repentina levaria a questão a ser resolvida pelo choque de armas. Buscou em seu cérebro veloz um plano que enganasse o pirata. Ele queria sua nau tanto quanto o tesouro perdido.

— O que nos impede de fazê-lo prisioneiro e forçar seus homens a nos entregar o navio como resgate? — Perguntou.

Strom riu:

— Julga que sou tolo? Meus homens têm ordens para levantar âncora e velejar para longe se eu não voltar em uma hora, ou se desconfiarem de alguma traição. Eles não lhe entregariam o navio nem se me esfolassem vivo na praia. Além disso, tenho a palavra do conde.

— Meu juramento não é leviano — Valenso disse, melancólico. — Cesse as ameaças, Zarono.

Zarono não respondeu. Sua mente estava inteiramente absorvida pelo problema de tomar posse do navio de Strom e de continuar a conversa sem entregar o fato de que o mapa não estava com ele. Perguntou-se quem, em nome de Mitra, estava com aquele maldito pergaminho:

— Deixe-me levar meus homens junto em seu navio quando partirmos. Não posso abandonar meus fiéis seguidores e...

Strom resfolegou.

— Por que não pede meu sabre e o usa para cortar minha garganta? Abandonar meus fiéis seguidores... Bah! Você abandonaria seu irmão para o demônio se ganhasse algo em troca. Não! Você não vai levar homens suficientes a bordo para ter a chance de iniciar um motim e tomar meu navio.

— Dê-nos um dia para pensar — Zarono pediu, tentando conseguir tempo.

O punho pesado de Strom bateu na mesa, fazendo o vinho nos copos dançar:

— Não! Por Mitra, me deem uma resposta já!

Zarono estava de pé, sua fúria tomando o lugar da astúcia:

— Cão baracho! Vou te dar uma resposta... direto na barriga...

Jogou o manto para o lado e segurou o punho da espada. Strom se levantou com um rugido, a cadeira sendo atirada para trás. Valenso deu um pulo, abrindo os braços entre os dois enquanto se encaravam, cada qual de um lado da mesa, com as mandíbulas apertadas, as lâminas desembainhadas pela metade e os rostos contraídos.

— Cavalheiros, chega disso! Zarono... ele tem minha palavra!

— Para o demônio com sua palavra! — Zarono respondeu.

— Pode nos dar espaço, meu senhor — o pirata grunhiu, a voz grossa pelo desejo de matar. — Sua promessa foi de que eu não seria atraiçoado.

Não será considerada uma infração de seu juramento se esse cão e eu cruzarmos espadas numa luta justa.

— Falou bem, Strom! — Foi uma voz grave e forte que veio de trás deles, vibrando com divertimento sinistro. Todos se viraram e olharam boquiabertos. Nas escadarias, Belesa teve um sobressalto e soltou uma imprecação involuntária.

Um homem saiu de trás das cortinas que disfarçavam uma das portas do salão e se adiantou à mesa sem pressa ou hesitação. Dominou o grupo imediatamente, e todos sentiram a situação ser sutilmente carregada por uma nova e dinâmica atmosfera.

O estranho era tão alto quanto os flibusteiros e tinha o corpo mais forte do que ambos. Contudo, apesar de todo seu tamanho, movia-se com sutileza felina em suas chamativas botas de cano alto. As coxas eram cobertas por calças apertadas de seda branca, e seu sobretudo largo e cerúleo estava aberto, revelando uma camisa de seda branca e uma faixa escarlate em volta da cintura. O casaco tinha botões redondos de prata e era adornado por abotoaduras, abas nos bolsos trabalhadas em ouro e um colarinho de cetim. Um chapéu revestido em laca completava uma vestimenta que estava obsoleta há quase um século. Um pesado sabre dependurava-se no quadril do homem.

— Conan! — Berraram os bucaneiros, e Valenso e Galbro prenderam o fôlego à menção daquele nome.

— Quem mais? — O gigante aproximou-se da mesa, rindo sardonicamente da surpresa do grupo.

— O que... o que faz aqui? — Gaguejou o senescal. — Como foi que entrou sem ser convidado e anunciado?

— Escalei a paliçada leste enquanto vocês, tolos, discutiam no portão — respondeu. — Todos os homens do forte tinham o pescoço virado para o lado oeste. Adentrei a mansão enquanto Strom era escoltado pelo portão. Estive naquela câmara desde então, escutando.

— Achei que estivesse morto — Zarono disse devagar. — Há três anos o casco destruído de seu navio foi avistado numa costa repleta de corais, e ninguém mais ouviu falar de você no continente.

— Não me afoguei com minha tripulação — Conan respondeu. — Seria preciso um oceano maior do que esse para me matar.

No topo das escadas, Tina agarrava Belesa, empolgada, e assistia por entre as balaustradas com os olhos arregalados.

— É Conan, milady! Olhe! Olhe!

Belesa estava olhando; era como encontrar um personagem das lendas em carne e osso. Quem dentre os povos do mar nunca ouvira as histórias sangrentas e selvagens de Conan, o corsário que já fora capitão entre os piratas barachos e um dos maiores flagelos dos mares? Diversas baladas celebravam sua ferocidade e suas audaciosas explorações. Não havia como ignorar aquele homem; adentrara a cena de modo irresistível, constituindo outro elemento dominante na emaranhada trama. E, em meio a seu fascínio temeroso, o instinto feminino de Belesa imediatamente especulou sobre qual seria a atitude do bárbaro em relação a ela... Seria como a indiferença brutal de Strom ou como o desejo violento de Zarono?

Valenso se recuperava da surpresa de encontrar um estranho dentro de seu salão. Sabia que Conan era um cimério, nascido e criado na vastidão do norte distante e, portanto, não era sujeito às limitações físicas que controlavam os homens civilizados. Não era tão estranho que fosse capaz de entrar no forte sem ser detectado, mas Valenso estremeceu ante o pensamento de que outros bárbaros poderiam repetir o feito... Por exemplo, os sinistros e violentos pictos.

— O que quer aqui? — Inquiriu. — Você veio do mar?

— Eu vim da floresta — o cimério indicou a direção leste com a cabeça.

— Estava vivendo com os pictos? — Valenso perguntou, friamente.

Uma ira momentânea ardeu nos olhos azuis do gigante:

— Até mesmo um zíngaro deveria saber que nunca houve paz entre os pictos e os cimérios, e nunca haverá — retorquiu ele, praguejando a seguir. — Nossa luta contra eles é mais velha do que o mundo. Se tivesse dito isso a algum de meus irmãos mais selvagens, estaria agora com a cabeça partida. Mas já vivo entre vocês, gente civilizada, há tempo o suficiente para compreender sua ignorância e falta de cortesia... A grosseria de interrogar um homem que aparece em sua casa após viajar mil quilômetros pela selva. Mas não importa...

Virou-se para os dois bucaneiros que continuavam a encará-lo de forma soturna:

— Pelo que ouvi, parece-me haver certa dissidência por causa de um mapa!

— Isso não é da sua conta — Strom grunhiu.

— É mesmo? — Conan deu um sorriso malicioso e tirou do bolso um objeto amassado; um pergaminho quadrado, marcado por linhas vermelhas. Strom empalideceu e teve um sobressalto violento, gritando:

— Meu mapa! Onde foi que o conseguiu?

— Com seu imediato, Galacus, quando o matei — Conan respondeu com um sinistro sorriso de satisfação.

— Seu cão! — Strom rugiu e virou-se para Zarono. — Você nunca esteve com o mapa. Mentiroso...

— Eu não disse que estava — Zarono replicou. — Você enganou a si mesmo. Não seja tolo. Conan está sozinho. Se tivesse uma tripulação, já teria cortado nosso pescoço. Vamos tomar o mapa dele...

— Não conseguirão nem tocá-lo! — Conan deu uma gargalhada feroz.

Os dois homens saltaram sobre ele entre insultos. Recuando, o cimério amassou o pergaminho e o arremessou nas brasas ardentes da lareira. Com um grito incoerente, Strom passou direto por ele, apenas para receber uma bordoada abaixo da orelha que o fez despencar no chão, quase inconsciente. Zarono desembainhou a espada, mas, antes que pudesse estocar, o sabre de Conan a arrancou de sua mão.

Zarono chocou-se contra a mesa, e seus olhos eram o Inferno. Strom pôs-se de pé um pouco tonto, sangue pingando da orelha ferida. Conan inclinou-se levemente sobre a mesa, sua arma estendida e tocando o peito do conde Valenso.

— Não chame seus soldados, conde — disse suavemente. — Não quero ouvir nem um som seu... e nem de você, cara de cachorro! — Ele se referia a Galbro, que não demonstrava qualquer intenção de testar sua ira. — O mapa virou cinzas e de nada adiantará derramar sangue aqui. Sentem-se, todos vocês.

Strom hesitou, abortou uma tentativa de buscar o cabo de sua lâmina, deu de ombros e sentou-se, emburrado. Os outros o seguiram. Conan ficou de pé, avultando-se sobre a mesa, enquanto seus inimigos o observavam com raiva amarga em seus olhos. O cimério falou:

— Vocês estavam barganhando. Foi isso que vim fazer.

— E o que tem a oferecer? — Zarono escarneceu.

— O Tesouro de Trânicos!

— Quê? — Todos os quatro se levantaram e inclinaram-se na direção dele.

— Sentem-se! — Ele rugiu, batendo a larga lâmina na mesa. Os homens tornaram a se sentar, tensos e pálidos de excitação. Conan sorria ao perceber a grande perturbação que causara com suas palavras:

— Sim! Eu o encontrei antes mesmo de conseguir o mapa. Foi por isso que o queimei. Não preciso dele. Agora, ninguém o encontrará, a não ser que eu mostre onde está.

Encararam-no com expressões homicidas.

— Está mentindo — disse Zarono, sem convicção. — Já nos contou uma mentira. Disse que veio da selva, mas afirmou que não estava vivendo com os pictos. Todos sabem que esta terra é tão grande quanto selvagem, desabitada, exceto pelos povos primitivos. O posto civilizado mais próximo são os assentamentos aquilonianos do Rio do Trovão, que ficam centenas de quilômetros ao leste.

— E foi de lá que vim — Conan respondeu, imperturbável. — Acredito que fui o primeiro homem branco a cruzar as terras dos pictos. Atravessei o Rio do Trovão para seguir uma tropa invasora que saqueava a fronteira. Nós a seguimos até as profundezas da selva e eu matei seu líder, mas fomos atacados e acabei nocauteado por uma pedra disparada por uma funda durante a luta, e os cães me capturaram com vida. Eram da tribo dos Lobos, mas me trocaram com o clã da Águia por um de seus chefes, que tinha sido preso. Os Águias me levaram por mais de uma centena de quilômetros na direção oeste, até sua aldeia principal, onde pretendiam me queimar vivo. Porém, uma noite, consegui matar seu chefe guerreiro e uns três ou quatro outros, e fugi. Não podia voltar, pois estavam atrás de mim, e portanto continuei indo para o oeste. Há alguns dias, eles desistiram de mim e, por Crom, o lugar onde me refugiei veio a ser o esconderijo do tesouro do velho Trânicos! Eu o encontrei: baús cheios de vestes e armas... Foi onde consegui estas roupas e o sabre. Há pilhas de moedas, joias e ornamentos de ouro. No meio de tudo estão as joias de Tothmekri, brilhando como estrelas congeladas! E o velho Trânicos e seus onze capitães estão lá, sentados em volta de uma mesa de ébano e olhando para a pilhagem há uma centena de anos!

— Quê?

— Sim! — Ele riu. — Trânicos morreu em meio a seu tesouro, e todos foram com ele! Seus corpos não murcharam nem apodreceram. Estão sentados, com suas botas altas, sobretudos e chapéus laqueados, segurando nas mãos rígidas os cálices de vinho da mesma maneira que faziam há um século!

— Eis aí uma coisa desastrosa! — Strom murmurou, inquieto, mas Zarono rosnou:

— E qual a diferença? É o tesouro que queremos. Continue, Conan.

Conan sentou-se na mesa e, antes de responder, encheu uma taça e a entornou.

— É o primeiro vinho que bebo desde que saí de Conawaga, por Crom!

Os malditos Águias me caçaram tão de perto pela floresta, que mal tinha tempo de mastigar as nozes e raízes que encontrava. Às vezes, apanhava sapos e os comia crus, porque não ousava acender uma fogueira.

Seus ouvintes impacientes lhe disseram bruscamente que não estavam interessados nas aventuras que vivera antes de achar o tesouro. Ele deu um sorriso forçado e prosseguiu:

— Bem, depois de topar com o tesouro e descansar por alguns dias, fiz armadilhas para apanhar coelhos e deixei que meus ferimentos melhorassem. Vi fumaça no céu a oeste, mas achei que viesse de aldeias pictas na praia. Fiquei apreensivo, mas acontece que o esconderijo do tesouro está em um local que os pictos idolatram. Se havia algum me espionando, não se revelou. Na noite passada, decidi ir para oeste, com a intenção de chegar à praia alguns quilômetros ao norte do local onde tinha visto a fumaça. Estava próximo da orla quando a tempestade caiu. Abriguei-me sob uma rocha e esperei que o vento passasse. A seguir, subi em uma árvore para observar os pictos, mas dela vi sua carraca ancorada, Strom, e seus homens vindo para a praia. Dirigia-me ao seu acampamento quando encontrei Galacus. Transfixei o maldito com minha lâmina, porque havia um velho assunto não resolvido entre nós. Não saberia sobre o mapa se ele não tivesse tentado engoli-lo antes de morrer. Claro que identifiquei o pergaminho, e estava considerando que uso poderia fazer dele, quando o resto de vocês, cães, vieram e encontraram o corpo. Fiquei deitado num matagal a uns dez metros enquanto você discutia a questão com seus homens. Mas julguei que não era hora de me mostrar ainda.

Conan riu diante da fúria e do ultraje que transpareceram no rosto de Strom.

— Bem, enquanto estava deitado ali, escutando sua conversa, me inteirei da situação e descobri pelas coisas que você deixou escapar que Zarono e Valenso estavam alguns quilômetros ao sul, na praia. Então, ao ouvi-lo dizer que o assassinato devia ter sido obra de Zarono, que roubara o mapa, e que tinha decidido se reunir com ele para encontrar uma chance de matá-lo e recuperar o pergaminho...

— Cão! — Zarono berrou. Strom estava lívido, mas deu uma gargalhada hilária.

— Achou mesmo que eu jogaria limpo com um cão traiçoeiro como você? Continue, Conan.

O cimério sorriu. Era evidente que estava atiçando as chamas entre os dois homens.

— Não tenho muito mais a acrescentar. Vim diretamente pela floresta enquanto vocês contornavam a costa e cheguei antes ao forte. Seu palpite de que a tempestade teria destruído o navio de Zarono estava correto... Mas, claro, você conhecia a configuração da baía. Enfim, a história é essa. O tesouro está comigo, Strom tem um navio, Valenso tem suprimentos. Por Crom, não vejo onde você se encaixa no esquema, Zarono, mas o incluo também, para evitar confrontos. Minha proposta é bem simples: vamos dividir o tesouro em quatro partes iguais. Strom e eu velejaremos a bordo da Mão Vermelha. Você e Valenso pegam sua parte e continuam sendo os senhores da terra selvagem ou, se quiserem, podem construir um navio usando os troncos das árvores.

Valenso empalideceu e Zarono praguejou, enquanto Strom deu um sorriso silencioso.

— Você seria idiota o bastante para subir a bordo da Mão Vermelha sozinho com Strom? — Rosnou Zarono. — Ele vai cortar seu pescoço antes mesmo que percam a terra de vista!

Conan riu com uma alegria genuína.

— Isso é como o problema da ovelha, do lobo e do repolho — admitiu. — Como fazê-los cruzar o rio sem que devorem um ao outro?

— E seu senso de humor cimério se diverte com isso — Zarono reclamou.

— Não vou ficar aqui! — Valenso gritou com um brilho selvagem nos olhos escuros. — Com tesouro ou sem, tenho que ir!

Conan lançou um olhar semicerrado de especulação. A seguir, disse:

— Muito bem, então. Que tal este plano: vamos dividir o soldo conforme sugeri. Então, Strom viaja com Zarono, Valenso e os membros da fortaleza do conde que ele quiser levar, deixando-me no comando do forte e dos demais homens de Valenso e todos os de Zarono. Eu construirei meu próprio navio.

Zarono pareceu levemente nauseado.

— Minha escolha então é ou permanecer aqui, exilado, ou abandonar minha tripulação e viajar sozinho na Mão Vermelha para ter a garganta cortada?

A risada de Conan ecoou por todo o salão, e ele deu um tapa jovial nas costas de Zarono, ignorando a expressão assassina no olhar do bucaneiro.

— Isso mesmo, Zarono! Fique aqui, enquanto eu e Strom velejamos, ou viaje com Strom, deixando seus homens comigo.

— Preferia ficar com Zarono — Strom afirmou, com honestidade. — Você voltaria meus homens contra mim, Conan, e cortaria meu pescoço antes que chegássemos às Ilhas Barachas.

Suor escorria pelo rosto pálido de Zarono.

— Nem eu, o conde ou sua sobrinha chegaremos vivos à terra firme se subirmos num navio com esse demônio — disse. — Vocês dois estão em meu poder neste salão. Meus homens o cercam. O que me impede de matá-los agora mesmo?

— Nada — Conan admitiu alegremente. — Exceto o fato de que, se o fizer, os homens de Strom partirão e o deixarão ilhado neste lugar, onde os pictos acabarão cortando sua garganta. Isso sem contar que, comigo morto, jamais encontrará o tesouro. E o fato de que, se tentar chamar seus homens, vou abrir sua cabeça ao meio.

Conan ria enquanto falava, como se a situação fosse fantástica; contudo, até mesmo Belesa sentia que ele falava sério. Seu sabre estava deitado sobre os joelhos, e a espada de Zarono, embaixo da mesa, fora do alcance do bucaneiro. Galbro não era um guerreiro e Valenso parecia incapaz de tomar uma decisão ou de agir.

— Certo! — Strom disse e praguejou. — Você descobriria que nós dois não somos presas fáceis. Mas vou concordar com a proposta de Conan. O que diz, Valenso?

— Tenho que sair desta costa — o nobre murmurou, olhando para o vazio. — Tenho que me apressar. Tenho que ir... para longe... rápido!

Strom fez uma careta, intrigado pelo comportamento estranho do conde, e virou-se para Zarono com um sorriso maléfico.

— E você, Zarono?

— O que posso dizer? — Zarono ralhou. — Deixe-me levar meus três oficiais e quarenta homens a bordo da Mão Vermelha e o trato estará feito.

— Os oficiais e trinta homens.

Não houve aperto de mãos ou um brinde cerimonial de vinho para selar o pacto. Os dois capitães se encaravam como lobos famintos. O conde puxava seu bigode com a mão trêmula, prisioneiro dos próprios pensamentos sombrios. Conan se espreguiçou como um grande felino, bebeu vinho e sorriu para o grupo; mas sua expressão era sinistra, como a de um tigre caçando. Belesa sentia os propósitos homicidas que reinavam ali, as intenções traiçoeiras que dominavam a mente de cada um dos homens. Ninguém tinha a intenção de cumprir sua parte no acordo. Talvez Valenso fosse a exceção. Cada bucaneiro pretendia ficar com o navio e todo o tesouro, e nenhum ficaria satisfeito com menos. Mas como? O que estava se passando em cada mente ardilosa presente naquele salão? Belesa sentiu-se oprimida e sufocada pela atmosfera de ódio e perfídia. O cimério, a despeito de toda sua honestidade brutal, não era menos sutil que os demais... e talvez fosse ainda mais feroz. O domínio que tinha da situação não era só físico, embora seus ombros gigantescos e braços musculosos parecessem grandes demais para o salão. Havia uma vitalidade de ferro nele que ofuscava até mesmo o sólido vigor dos flibusteiros.

— Leve-nos ao tesouro! — Zarono exigiu.

— Espere um pouco — Conan respondeu. — Temos de equilibrar nossas forças para que ninguém leve vantagem sobre os demais. Vamos fazer da seguinte maneira: os homens de Strom virão à praia, todos menos uma meia dúzia, e acamparão. Os homens de Zarono deverão sair do forte e também montar acampamento à vista dos outros. Desse modo, cada tripulação pode ficar de olho na outra e impedir que alguém nos siga para armar uma emboscada quando formos atrás do tesouro. Quem ficar a bordo da Mão Vermelha a levará para fora da baía, tirando-a do alcance dos demais. Os homens de Valenso ficarão no forte, mas deixarão o portão aberto. Virá conosco, conde?

— Para dentro da floresta? — Valenso estremeceu e puxou o manto para cima dos ombros. — Nem por todo o ouro de Trânicos!

— Tudo bem. Serão necessários uns trinta homens para carregar o soldo. Vamos pegar quinze de cada tripulação e começar assim que possível.

Belesa, atenta a cada ângulo do drama que se desenrolava, viu Zarono e Strom lançarem olhares furtivos um para o outro, para a seguir disfarçarem rapidamente ao erguerem as taças, ocultando as intenções sombrias em seus olhos. A garota notou uma fraqueza fatal no plano de Conan e perguntou-se como ele poderia tê-la ignorado. Talvez o bárbaro tivesse um orgulho demasiado arrogante em relação às próprias capacidades, mas ela sabia que ele nunca sairia vivo daquela floresta. Assim que o tesouro estivesse ao alcance, os outros formariam uma aliança pérfida que duraria apenas o suficiente para se livrarem do homem que odiavam. A jovem estremeceu enquanto olhava de forma mórbida para o homem que sabia estar condenado; era estranho ver aquele poderoso sujeito sentado, rindo e bebendo vinho, no auge de sua força física, e saber que ele estava fadado a uma morte sangrenta.

Toda a situação estava repleta de presságios sinistros. Zarono enganaria e mataria Strom se pudesse, e ela sabia que Strom já tinha marcado Zarono para morrer, assim como o fizera, sem dúvida, com seu tio e ela própria. Se

Zarono ganhasse a derradeira batalha de astúcia, as vidas deles estariam a salvo, mas, olhando para o bucaneiro ali sentado, mastigando seu bigode com toda a malignidade pura de sua natureza desnudada no rosto sombrio, Belesa não conseguia se decidir o que seria mais terrível: a morte ou Zarono.

— A que distância fica? — Strom perguntou.

— Se começarmos dentro de uma hora, estaremos de volta antes da meia-noite — Conan respondeu. Esvaziou o copo, levantou-se, ajustou o cinturão, fitou o conde e questionou.

— Valenso, você é louco de matar um picto que usa pinturas de caça?

Valenso teve um sobressalto.

— Como assim?

— Está dizendo que não sabe que seus homens derrubaram um caçador picto na floresta na noite passada?

O conde balançou a cabeça.

— Nenhum homem meu esteve na floresta na noite passada.

— Bem, alguém esteve — grunhiu o cimério, revirando o bolso. — Vi sua cabeça pregada em uma árvore, nos limites da mata. Ele não usava pinturas de guerra. Não encontrei rastros de botas, o que me levou a pensar que tinha sido pendurado lá antes da tempestade. Mas havia outras marcas... traços de mocassins no chão úmido. Os pictos estiveram lá e viram a cabeça. Eram homens de algum outro clã, ou a teriam tirado de lá. Se acontecer de estarem em paz com o clã do morto, certamente irão até sua aldeia para contar à tribo dele.

— Talvez eles o tenham matado — Valenso sugeriu.

— Não. Mas sabem quem o fez da mesma maneira que eu sei. Esta corrente estava presa ao toco do pescoço decepado. Você só pode estar louco para assinar seu trabalho assim.

Ele apanhou alguma coisa e jogou sobre a mesa, diante do conde, que debateu-se, engasgado, suas mãos buscando algo no próprio pescoço. Era a corrente de ouro com seu símbolo que ele sempre usava.

— Reconheci o selo Korzetta — Conan afirmou. — A presença dessa corrente diz para qualquer picto que aquilo foi trabalho de um estrangeiro.

Valenso não respondeu. Ficou sentado, olhando para a corrente como se fosse uma víbora venenosa. Conan o observou e encarou os demais, intrigado. Zarono fez um gesto rápido, indicando que o conde não estava bem da cabeça. Conan embainhou o sabre e vestiu seu chapéu.

— Muito bem. Vamos.

Os capitães viraram o vinho e se levantaram, puxando os cinturões que carregavam as espadas. Zarono pôs a mão no braço de Valenso e lhe deu uma leve sacudida. O conde se assustou e o encarou. Depois, seguiu os demais como que hipnotizado, a corrente pendurada entre os dedos. Mas nem todos saíram do salão.

Belesa e Tina, esquecidas nas escadas e espiando por entre as balaustradas, viram Galbro ficar para trás, andando lentamente até que a pesada porta se fechasse atrás deles. Então, correu para a lareira e remexeu com cuidado as brasas. Ajoelhou-se e olhou atentamente para algo por um longo período. Então, endireitou-se com um ar furtivo e saiu do salão por outra porta.

— O que Galbro viu no fogo? — Tina sussurrou. Belesa balançou a cabeça e, obedecendo à curiosidade que a impelia, desceu até o salão vazio. Um instante depois, estava ajoelhada no mesmo lugar onde o senescal havia parado, e viu o que ele havia visto.

Eram os restos chamuscados do mapa que Conan jogara no fogo. Estavam prontos para se desfazer com um toque, mas linhas apagadas e trechos do texto ainda podiam ser discernidos. Embora não conseguisse ler o que estava escrito, a jovem divisava os contornos do que parecia ser a imagem de uma colina ou de um despenhadeiro, cercada por marcas que evidentemente representavam matas densas. Não foi capaz de compreender nada daquilo, mas, a julgar pelas ações de Galbro, concluiu que ele tinha reconhecido o local como algum cenário ou detalhe topográfico que lhe era familiar. Belesa também sabia que o senescal já tinha ido mais longe continente adentro do que qualquer outro homem no assentamento.

VI
A Pilhagem dos Mortos

Belesa desceu as escadas e parou à vista de Valenso, sentado à mesa e revirando nas mãos a corrente partida. Olhou para ele sem amor algum e com uma boa dose de temor. A mudança que se operara no conde era desconcertante; o homem parecia trancado em seu próprio mundo sombrio, com um medo que açoitara todas as suas características humanas para longe.

A fortaleza estava atipicamente silenciosa ao calor do meio-dia que se seguia à tempestade da manhã. As vozes na paliçada soavam abafadas. A mesma quietude lânguida reinava na praia, onde as tripulações rivais, separadas por algumas centenas de metros de areia, se encaravam em mútua desconfiança. Ao longe, na baía, a Mão Vermelha levantou âncora com um punhado de homens a bordo, prontos para tirá-la do alcance ao menor sinal de traição. A carraca era o trunfo de Strom, sua melhor garantia contra as artimanhas de seus associados.

O planejamento de Conan fora astuto ao eliminar as chances de sofrer uma emboscada vinda de qualquer uma das partes. Mas, até onde Belesa conseguia enxergar, ele tinha fracassado por completo no intuito de se proteger contra a traição de seus companheiros. O bárbaro havia desaparecido nas matas, liderando dois capitães e trinta homens, e a zíngara tinha certeza de que jamais voltaria a vê-lo com vida.

Enfim, ela falou, e sua voz soou tensa e rouca aos próprios ouvidos:

— O bárbaro levou os capitães para a floresta. Quando puserem as mãos no ouro, eles o matarão. Mas o que vai acontecer quando voltarem com o tesouro? Vamos subir a bordo do navio? Podemos confiar em Strom?

Valenso meneou a cabeça com ar ausente.

— Strom nos mataria para ficar com nossa parte do soldo. Mas Zarono sussurrou suas intenções para mim em segredo. Não subiremos na Mão Vermelha, a não ser como seus senhores. Zarono cuidará para que a comitiva do tesouro seja pega pela noite, de modo que se veja forçada a acampar na floresta. Então, encontrará uma maneira de matar Strom e seus homens durante o sono. A seguir, os bucaneiros virão à praia furtivamente. Pouco antes da alvorada, devo mandar alguns pescadores do forte nadar até o navio e tomá-lo. Strom não pensou nisso, nem Conan. Zarono e seus homens sairão da floresta e, junto a seus bucaneiros acampados na praia, atacarão os piratas no escuro, enquanto eu liderarei meus guerreiros no forte para arrematar o ataque. Sem seu capitão, eles ficarão desmoralizados e em menor número, e serão presa fácil para Zarono e eu. Então, partiremos no navio de Strom com todo o tesouro.

— E quanto a mim? — Ela perguntou, com os lábios secos.

— Eu a prometi para Zarono — respondeu rispidamente o conde. — Se não fosse por essa promessa, ele acabaria conosco.

— Nunca me casarei com ele — Belesa disse, impotente.

— Você o fará — retorquiu ele, bruto e sem o menor sinal de empatia. Ergueu a corrente de modo que ela capturou um raio de sol que entrava pela janela. — Devo tê-la derrubado na areia — murmurou. — Ele esteve próximo... na praia...

— Você nada derrubou na praia — Belesa afirmou, sua voz tão despida de pena quanto a dele. Sentia como se sua alma tivesse se tornado pedra. — Arrancou-a do próprio pescoço por acidente na noite passada, aqui, neste salão, enquanto flagelava Tina. Eu a vi brilhando no chão antes de sair.

Ele ergueu o rosto, pálido de medo.

Belesa deu uma risada amarga, sentindo a dúvida muda nos olhos dilatados do tio.

— Sim, o homem de preto. Ele esteve aqui. Neste salão. Deve ter encontrado sua corrente no chão. Os guardas não o viram, mas ele esteve à nossa porta na noite passada. Eu o vi passar pelo corredor, no andar de cima.

Por um instante, ela achou que o conde cairia morto de pavor. Ele se afundou na cadeira e a corrente escorregou dos dedos sem força, retinindo na mesa.

— Na mansão... — Ele sussurrou. — Achei que trancas, ferrolhos e guardas armados o manteriam afastado, mas fui um tolo. Não tenho como me proteger dele, tampouco posso fugir. Na minha porta! Na minha porta! — Ele gritou, arrancando o laço que envolvia seu colarinho, como se ele o estrangulasse. — Por que não deu um fim a isto? Sonhei com o dia em que acordaria em meu quarto escuro e o veria agachado sobre mim, com o fogo azul do Inferno em volta dos chifres em sua cabeça! Por quê...?

O ataque de angústia passou, deixando-o num estado trêmulo e apático. Enfim, disse:

— Entendi! Está brincando comigo, como um gato brinca com um rato. Seria fácil demais me matar dormindo em meu quarto, na noite passada... Piedoso demais. Por isso, destruiu o navio que eu poderia ter usado para fugir e matou aquele picto maldito, deixando a corrente pendurada para que os selvagens acreditassem que eu havia sido o responsável... Eles já viram a corrente em meu pescoço várias vezes. Mas por quê? Que diabolismo sutil ele tem em mente? Pode o cérebro humano compreender seu propósito diabólico?

— Quem é esse homem de preto? — Belesa perguntou, sentindo um arrepio percorrer sua espinha.

— Um demônio libertado por minha ganância e meu desejo, e que me atormentará por toda a eternidade — murmurou o conde. Espalmou os dedos delgados sobre a mesa e a encarou com seus olhos ocos e estranhamente iluminados, que não pareciam vê-la, mas sim olhar através dela, enxergando algum destino sinistro além.

— Eu tinha um inimigo na corte quando era jovem — disse ele, falando mais para si do que para a sobrinha. — Um homem poderoso, que se punha entre mim e minha ambição. Em minha ânsia por riquezas e poder, busquei a ajuda de pessoas ligadas às artes negras... um mago sinistro que, a meu pedido, invocou um demônio dos golfos da existência e o vestiu na forma de um homem. A criatura esmagou e assassinou meu inimigo; fiquei rico e meu poder cresceu, de modo que ninguém mais fazia frente a mim. Mas pensei em trapacear meu demônio e fugir do preço que um mortal deve pagar ao convocar o povo da escuridão para cumprir sua vontade. Usando suas artes sombrias, o mago enganou a criatura das trevas e a prendeu no Inferno, onde permaneceria uivando em vão... por toda a eternidade, eu supunha. Porém, como o mago havia dado a forma de um homem ao demônio, nunca mais poderia quebrar o elo da criatura com o mundo material. Os corredores cósmicos pelos quais obtivera acesso a este planeta nunca foram bloqueados por completo. Há um ano, chegaram notícias na Kordava dizendo que o mago, agora um ancião, fora abatido em seu castelo, com marcas de dedos de demônio no pescoço. Foi quando soube que o monstro das trevas tinha escapado do Inferno e que vinha atrás de mim, em busca de vingança. Certa noite, vi seu rosto diabólico me espreitando das sombras, no salão de meu castelo... Não era seu corpo material, mas seu espírito, enviado para me atormentar. Seu espírito, que não poderia me seguir por sobre águas correntes. Antes que ele conseguisse chegar à Kordava, viajei, interpondo grandes mares entre nós dois. Ele possui limites. Para me seguir pelo mar, precisa permanecer em sua forma humana, de carne e osso. Mas sua carne não é humana. Acho que pode ser eliminado com fogo, embora o mago, a despeito de tê-lo invocado, não tenha conseguido matá-lo... Esses são os limites que recaem sobre os poderes dos feiticeiros. Só que o homem de preto é ardiloso demais para ser morto ou aprisionado. Quando se esconde, nenhum homem é capaz de encontrá-lo. Move-se como uma sombra na noite, fazendo pouco caso de trancas e fechaduras. Fecha os olhos de guardas utilizando seu sono. Invoca tempestades e comanda as serpentes das profundezas e os demônios da noite. Tinha esperança de afogar meu rastro nas águas azuis... mas ele me encontrou e veio exigir sua recompensa sombria.

Um brilho pálido iluminou seus olhos, que miravam algo além das tapeçarias penduradas na parede oposta, enxergando horizontes invisíveis. Sussurrou:

— Vou enganá-lo de novo. Que ele protele seu ataque até esta noite... O amanhecer me encontrará fugindo em um navio, e mais uma vez vou colocar um oceano de distância entre mim e sua vingança!

— Mas que diabos!

Conan parou e olhou para cima. Atrás dele, os marujos estancaram... Dois conjuntos compactos, com arcos em punho e atitude desconfiada. Vinham seguindo por uma antiga trilha feita por caçadores pictos que levava para leste e, embora tivessem avançado apenas cerca de trinta metros, a praia já não era visível.

— O que foi? — Strom perguntou, com suspeita. — Por que parou?

— Está cego? Olhe ali!

Do tronco grosso de uma árvore que pairava sobre a trilha, uma cabeça sorria para eles; um sinistro rosto pintado, emoldurado por grossos cabelos pretos em meio aos quais uma pena de tucano caía sobre a orelha esquerda.

— Eu tirei aquela cabeça dali e a escondi nos arbustos — Conan grunhiu, examinando com cuidado as matas. — Que idiota a teria colocado de volta? É como se alguém estivesse se esforçando para atrair os pictos até o assentamento.

Os homens se entreolharam amuados, um novo elemento de desconfiança acrescentado ao caldeirão já em ebulição.

Conan subiu na árvore, apanhou a cabeça e a carregou até os arbustos, arremessando-a dentro de um córrego, onde a viu afundar.

— Os rastros ao redor desta árvore não eram de pictos Tucanos — ele grunhiu, voltando pelo meio do arbusto. — Viajei bastante por estas costas para conhecer alguma coisa sobre as tribos da terra e do mar. Se interpretei certo essas pegadas de mocassins, eram Cormorões. Espero que estejam em guerra com os Tucanos, porque, se estiverem em paz, foram direto para a aldeia deles, e vamos enfrentar um inferno. Não sei a que distância estamos da aldeia, mas, assim que souberem do assassinato, virão pela floresta como lobos famintos. Esse é o pior insulto possível a um picto... matar um homem que não esteja usando pintura de guerra e ainda deixar sua cabeça pendurada numa árvore para os abutres. Coisas malditas ocorrem nesta costa, mas é sempre assim quando homens civilizados mergulham na selva. Todos ficam loucos. Vamos.

Os homens afrouxavam as lâminas nas bainhas e as flechas nas aljavas conforme mergulhavam mais fundo na floresta. Homens do mar, acostumados a grandes extensões de água, eram facilmente abalados pelas misteriosas paredes verdejantes de árvores e trepadeiras que os cercavam. A trilha fazia curvas sinuosas e sofria interrupções, até que a maioria deles perdeu rapidamente todo o senso de direção, sendo incapaz até mesmo de dizer para onde a baía ficava. Conan estava irrequieto por outro motivo. Examinou várias vezes a trilha, até começar a resmungar:

— Alguém passou por aqui recentemente... Não mais do que uma hora antes de nós. Alguém usando botas e sem a habilidade de andar na mata. Será que foi ele o idiota que encontrou a cabeça do picto e tornou a pendurá-la na árvore? Não... Não poderia ter sido. Não vi seus rastros próximos à árvore. Então quem foi? Não encontrei nenhuma pegada lá, a não ser as dos pictos. E quem é esse sujeito que está à nossa frente? Algum de vocês, bastardos, mandou que um homem fosse na frente por algum motivo?

Zarono e Strom negaram veementemente qualquer coisa do tipo, entreolhando-se com desconfiança mútua. Nenhum deles conseguia ver os rastros que Conan indicava; as fracas impressões que ele vira na trilha de terra pisada eram invisíveis a olhos não treinados.

O cimério acelerou o passo e eles trataram de segui-lo, brasas renovadas atiçando o fogo da desconfiança. Logo, o caminho virou para o norte e Conan saiu dele, seguindo sua própria trilha em meio à densa folhagem, na direção sudoeste. Strom lançou um olhar apreensivo para Zarono. Aquilo poderia forçar uma mudança nos planos. Algumas centenas de passos para longe da trilha depois, e ambos estavam irremediavelmente perdidos e convencidos de sua incapacidade de encontrar o caminho de volta. Viram-se abalados pelo medo de que, no final das contas, Conan possuísse uma força sob seu comando e os estivesse conduzindo a uma emboscada.

Conforme avançavam, essa suspeita crescia, e havia quase alcançado a proporção do pânico quando saíram da densa mata e avistaram, pouco à frente, um penhasco desolado se elevando do chão da floresta. Uma trilha estreita que saía da selva na direção leste passava por entre um conjunto de rochas e serpenteava pelo penhasco como uma escadaria de degraus de pedras, levando até uma saliência próxima do cume.

Conan parou, uma figura bizarra naqueles espalhafatosos trajes de pirata.

— Foi por aquela trilha que segui quando fugia dos pictos Águias — disse. — Ela leva direto a uma caverna atrás da saliência. Dentro dela estão os corpos de Trânicos e de seus capitães, assim como o tesouro que ele saqueou de Tothmekri. Só digo uma coisa antes de continuarmos... se me matarem, nunca encontrarão o caminho de volta pela trilha até a praia. Conheço vocês, marujos. Ficam indefesos dentro das matas. Claro, a praia fica a oeste, mas, se tiverem de abrir caminho pela mata densa, carregando a pilhagem, não levarão horas, mas dias, para voltar. E não creio que estas matas serão seguras para homens brancos quando os Tucanos descobrirem sobre seu caçador.

Ele riu diante das expressões pasmas dos capitães, que agora compreendiam que o bárbaro estava ciente de suas intenções. E que também sabia o que se passava na mente de cada um deles: deixá-lo encontrar o tesouro, levá-los de volta à trilha e, só então, matá-lo.

— Todos vocês vão ficar aqui, exceto Strom e Zarono — Conan disse. — Nós três bastamos para tirar a pilhagem da caverna.

Strom sorriu sem nenhuma alegria.

— Ir lá para cima sozinho, com você e Zarono? Acha que sou idiota? Vou levar pelo menos um homem comigo! — Então designou seu contramestre, um gigante moreno de rosto bruto, sem camisa e vestindo um largo cinturão de couro, com argolas de ouro nas orelhas e um lenço carmesim enrolado na cabeça.

— E meu executor irá comigo! — Zarono bradou. Acenou para um marujo magro, cujo rosto se parecia com um crânio coberto por um pergaminho e que carregava uma cimitarra de duas mãos sobre o ombro ossudo.

Conan deu de ombros:

— Tudo bem. Sigam-me.

Eles o seguiram de perto conforme subiam pela trilha sinuosa, chegando até a saliência. Mantiveram-se próximos quando ele passou por uma fissura atrás dela, e sua ganância transpareceu em suas respirações quando o cimério chamou-lhes a atenção para os baús com trancas de ferro que havia de ambos os lados do pequeno túnel.

— Há uma rica carga dentro deles — ele disse, com desleixe. — Seda, tecidos, roupas, ornamentos, armas... A pilhagem dos mares do sul. Mas o verdadeiro tesouro está depois daquela porta.

A porta maciça estava parcialmente aberta. Conan franziu o cenho. Lembrava-se de tê-la fechado ao sair da caverna. Mas não disse nada a seus ansiosos companheiros e postou-se de lado, permitindo que eles olhassem lá dentro.

Viram uma caverna larga, iluminada por um estranho brilho azul que reluzia através de uma névoa densa. Havia uma grande mesa de ébano no centro do lugar e, em uma cadeira entalhada de costas altas e braços largos, que outrora devia ter pertencido a algum barão zíngaro, sentava-se uma enorme figura, fabulosa e fantástica... Ali estava Trânicos, o Sanguinário, a cabeça pendendo sobre o peito, uma mão morena segurando o cálice cravejado onde vinho ainda reluzia; Trânicos, com seu chapéu laqueado, seu casaco com costuras de ouro e botões feitos de joias que cintilavam perante a chama azulada, suas botas extravagantes e o cinturão dourado, que sustentava a espada com cabo cravejado descansando em uma bainha dourada.

E, ao redor da mesa, cada qual com o queixo caído sobre o peito adornado com laços, sentavam-se os onze capitães. O fogo azul brincava estranhamente sobre eles e seu gigantesco capitão, vindo da enorme joia sobre o pedestal de marfim, que lançava feixes de fogo congelado sobre as pilhas de fantásticas joias reluzindo diante do assento de Trânicos; a pilhagem de Khemi, as gemas de Tothmekri. As pedras cujo valor era maior do que todas as joias conhecidas do mundo juntas!

As faces de Zarono e Strom brilhavam pálidas sob aquela luz azulada; por sobre seus ombros, seus homens observavam boquiabertos.

— Entrem e as apanhem — convidou Conan, colocando-se de lado, e Zarono e Strom se acotovelaram para passar por ele, trombando um com o outro, apressados. Seus seguidores foram logo atrás. Zarono deu um chute na porta para escancará-la e parou na soleira ao ver uma figura caída no chão, até então oculta pela porta parcialmente fechada. Era um homem de bruços e contorcido, a cabeça encolhida entre os ombros, o rosto pálido com uma expressão de agonia mortal e segurando o próprio pescoço com os dedos.

— Galbro! — Zarono gritou. — Morto! Mas o quê...? — Com repentina suspeita, ele olhou para além da soleira, observando a névoa azulada que preenchia a caverna. Então, deu um brado sufocado. — Há morte naquela fumaça!

No momento em que ele gritou, Conan jogou seu peso contra os quatro homens amontoados diante da entrada, empurrando-os para dentro da caverna preenchida pelas brumas, mas sem derrubá-los, conforme planejara. Eles se encolheram ante a visão do morto e o vislumbre da armadilha, e o empurrão violento, apesar de tê-los desequilibrado, fracassou em obter o resultado esperado. Strom e Zarono caíram de joelhos no meio da soleira, o contramestre tropeçou por cima deles e o executor trombou contra a parede. Antes que Conan pudesse dar sequência à sua implacável intenção de chutar os homens caídos para dentro da caverna e segurar a porta fechada até que a névoa tivesse cumprido seu propósito mortal, teve de se virar para se defender do ataque desenfreado do executor, o primeiro a recuperar o equilíbrio e o ímpeto.

O cimério se esquivou, e o bucaneiro errou seu poderoso golpe, chocando sua lâmina contra a parede, e arrancando faíscas azuis dela. No instante seguinte, sua cabeça rolou pelo chão da caverna, vítima da mordida do sabre de Conan.

Na fração de segundo em que aquela ação transcorreu, o contramestre recuperou o equilíbrio e atacou o bárbaro com uma chuva de golpes que teria subjugado um homem menos capaz. Sabre encontrava sabre num retinir de aço que soou ensurdecedor na estreita caverna. Os dois capitães rolaram para trás, engasgando e tossindo, com as faces roxas e próximos demais de serem sufocados para conseguirem gritar. Conan redobrou os esforços para se livrar de seu antagonista e dar cabo dos rivais antes que se recuperassem dos efeitos do veneno. O contramestre pingava sangue a cada passo ao ser forçado a recuar pela ferocidade dos ataques, e começou a chamar desesperadamente pelos companheiros. Antes que Conan pudesse desferir o golpe final, os dois líderes, sem fôlego, mas enfurecidos, avançaram com as espadas em punho, gritando para seus homens. O cimério recuou e saltou de volta à saliência. Sentia que era páreo para o trio, embora fossem todos espadachins notórios, mas não queria ficar preso entre as tripulações que certamente viriam ao escutarem o confronto.

Contudo, os homens não pareciam se aproximar com a rapidez esperada. Estavam desnorteados por conta dos sons e gritos abafados que vinham da caverna acima, mas ninguém se atrevia a subir na frente dos demais, temendo receber um golpe de espada nas costas. Os dois grupos observavam-se, tensos e com as armas em punho, mas eram incapazes de tomar uma decisão, e continuaram hesitantes até mesmo quando viram o cimério surgir na saliência. Enquanto punham as flechas nos arcos, ele escalou rapidamente a escada esculpida na rocha, ao lado da fissura, e alcançou o topo do penhasco, desaparecendo de vista.

Os capitães surgiram na saliência, aos berros e brandindo as espadas, e seus homens, ao verem que seus líderes não lutavam entre si, cessaram as ameaças mútuas e observaram, espantados.

— Cão! — Zarono gritou. — Planejava nos envenenar! Traidor!

Mais acima, Conan zombou.

— O que esperava? Os dois planejavam cortar meu pescoço assim que lhes entregasse o tesouro. Se não fosse por aquele imbecil do Galbro, teria apanhado vocês quatro na armadilha e explicado a seus homens como sua negligência os levara à sua sina.

— E, com nossas mortes, você tomaria o meu navio e toda a pilhagem — Strom disse, salivando.

— Sim! E escolheria alguns homens de cada tripulação. Há meses que espero voltar para o continente, e essa era uma boa oportunidade! Foram as pegadas de Galbro que vi na trilha. Gostaria de saber como o idiota soube sobre a caverna e como esperava ir embora, levando todo o soldo sozinho.

— Se não fosse pelo corpo dele, teríamos caído numa armadilha mortal — Zarono murmurou, o rosto moreno ainda pálido. — Aquela fumaça azul apertava meu pescoço como dedos invisíveis.

— Bem... o que vão fazer? — Perguntou sardonicamente o bárbaro.

— O que vamos fazer? — Zarono virou-se para Strom. — A caverna do tesouro está cheia daquela névoa assassina que, por algum motivo, não flutua para fora da soleira.

— Vocês não podem pegar o tesouro — Conan assegurou com satisfação. — A fumaça os sufocaria. Ela quase me pegou quando entrei. Ouçam, vou contar uma história que os pictos narram quando suas fogueiras amainam. Certa vez, há muito tempo, doze estranhos saíram do mar, encontraram uma caverna e a atulharam de ouro e joias. Mas um xamã picto fez um feitiço, a terra tremeu e fumaça saiu de dentro dela, sufocando-os enquanto estavam sentados, bebendo seu vinho. A fumaça, vinda do fogo do Inferno, foi confinada à caverna pela magia do xamã. A história foi contada de tribo para tribo, e todos os clãs passaram a evitar o local amaldiçoado. Quando entrei lá para fugir dos Águias, percebi que a velha lenda era verdadeira e se referia a Trânicos e seus homens. Um terremoto rachou o chão da caverna enquanto ele bebia vinho com seus capitães, permitindo que a névoa saísse das profundezas da terra... sem dúvida, diretamente do Inferno, como os pictos dizem. A morte guarda o tesouro do velho Trânicos!

— Tragam os homens! — Strom espumava. — Vamos subir lá e acabar com ele!

— Não seja tolo — Zarono rosnou. — Acha que algum homem conseguiria subir por aquelas saliências escarpadas na pedra sem cair nas garras da espada dele? Temos homens a postos para cravá-lo de flechas, se ousar fazer qualquer coisa. Mas ainda precisamos pegar aquelas joias. Ele tinha algum plano para conseguir o tesouro; do contrário, não teria trazido trinta homens para carregá-lo. E, se ele podia pegá-lo, nós também podemos. Vamos entortar um sabre e fazer um gancho. Prendemos ele a uma corda e arremessamos em uma das pernas da mesa. A seguir, nós a arrastamos até a porta.

— Bem pensado, Zarono! — A voz zombeteira de Conan retornou. — Era exatamente o que eu tinha em mente. Mas como vai encontrar o caminho de volta para a praia? Vai escurecer bem antes que cheguem lá, e, se tiverem que desbravar a mata às cegas, vou segui-los e matar um por um na escuridão.

— Não é uma bravata vazia — Strom sussurrou. — Ele é capaz de mover-se e atacar no escuro de modo tão sutil e silencioso quanto um espírito. Se nos caçar ao longo da floresta, poucos sobreviverão para chegar à praia.

— Então vamos matá-lo aqui — disse Zarono com os dentes cerrados. — Alguns dispararão contra ele, enquanto os demais escalarão o rochedo. Se não for morto pelas flechas, alcançaremos o maldito com nossas espadas. Ouça! Por que ele está rindo?

— Estou rindo de mortos fazendo planos — respondeu a voz saibrosa de Conan.

— Não deem atenção a ele — Zarono afirmou e, erguendo a voz, gritou para que os homens abaixo se juntassem a ele e Strom na saliência.

Os marujos começaram a subir a trilha inclinada, e um deles gritou uma pergunta. Simultaneamente, um zunido soou, como o de uma abelha irritada, e cessou com um forte baque. O bucaneiro ofegou, e sangue jorrou de sua boca aberta. Ele caiu de joelhos, segurando a flecha preta que tremulava em seu peito. Um grito de alerta ecoou de seus companheiros.

— O que foi? — Strom berrou.

— Pictos! — Retorquiu um pirata, erguendo o arco e disparando às cegas. Do lado dele, um homem gemeu e caiu com uma flecha atravessada em sua garganta.

— Protejam-se, idiotas! — Zarono gritou. De seu ponto de vantagem, viu figuras pintadas movendo-se entre os arbustos. Um dos homens que estavam no meio da trilha sinuosa caiu, abatido. Os demais se espalharam rapidamente entre as pedras ao pé do rochedo. Protegiam-se de forma desajeitada, não habituados àquele tipo de confronto. Flechas sibilavam vindas dos arbustos, partindo-se nas pedras. Os homens na saliência deitaram-se de bruços.

— Estamos presos! — O rosto de Strom estava branco. Embora fosse corajoso quando pisava num convés, aquela guerrilha selvagem e implacável havia abalado seus nervos.

— Conan disse que eles tinham medo desta rocha — Zarono falou. — Quando a noite cair, os homens precisam subir até aqui. Conseguiremos organizar uma resistência. Os pictos não virão até nós.

— Sim — Conan zombou do alto. — Eles não subirão para apanhá-los, é verdade. Vão apenas cercá-los e esperar que morram de sede e fome.

— Ele tem razão — Zarono disse, desamparado. — O que vamos fazer?

— Uma trégua com o maldito! — Strom murmurou. — Se há um homem que pode nos tirar desta bagunça, é ele. Teremos tempo para cortar seu pescoço mais tarde — erguendo a voz, disse — Vamos esquecer essa nossa briga por ora, Conan. Você está neste apuro tanto quanto nós. Desça e nos ajude a sair dele.

— Como foi que chegou a essa conclusão? — Respondeu o cimério. — Só tenho que esperar o anoitecer, descer pelo lado oposto do penhasco e entrar na selva. Posso passar pela linha que os pictos fizeram em torno desta colina, voltar para o forte e relatar que todos vocês foram mortos pelos selvagens... o que, em pouco tempo, vai ser verdade.

Zarono e Strom trocaram olhares em lívido silêncio.

— Mas não é o que farei — Conan rugiu. — Não por nutrir qualquer afeição por vocês, cães, mas porque um homem branco não deixa outros homens brancos, nem mesmo seus inimigos, para serem massacrados pelos pictos.

A cabeleira preta do cimério apareceu pela beirada do rochedo.

— Agora ouçam-me com atenção... Tem só um pequeno grupo lá embaixo. Eu os vi se esgueirando pelo matagal enquanto ria, agora há pouco. De qualquer modo, se estivessem em muitos, todos os homens ao pé do penhasco já teriam morrido a esta altura. Acho que é um grupo de jovens batedores, enviados à frente da comitiva guerreira principal para bloquear nosso caminho de volta à praia. Tenho certeza de que um grupo grande vem vindo na nossa direção de algum lugar. Fizeram um cordão para isolar a lateral oeste do penhasco, mas não creio que tenham muitos do lado leste. Descerei por lá, embrenharei-me na floresta e os pegarei por trás. Enquanto isso, arrastem-se pela trilha e juntem-se a seus homens entre as rochas. Ordenem que peguem as espadas e mantenham os arcos acordoados. Quando me ouvirem, corram para as árvores do lado oeste da clareira.

— E quanto ao tesouro?

— Para o diabo com o tesouro! Teremos sorte se sairmos desta com a cabeça sobre os ombros.

A juba negra desapareceu. Eles tentaram ouvir sons que indicassem que Conan tinha rastejado até a íngreme parede leste do penhasco e começado a descer, mas não escutaram nada. E nenhum som vinha da floresta. Nenhuma flecha partindo-se contra as rochas onde os marujos se escondiam. Mas todos sabiam que ferozes olhos negros os aguardavam com paciência sanguinária. Com cautela, Strom, Zarono e o contramestre começaram a descer a trilha. Estavam no meio do caminho quando as setas escuras começaram a assobiar ao seu redor. O contramestre grunhiu e caiu inerte pelo rochedo, tendo sido atingido no coração. Flechas partiam-se contra os elmos e as cotas de malha dos chefes enquanto vinham desenfreados pela trilha escarpada. Chegaram à base do rochedo e se esconderam atrás das rochas, praguejando sem fôlego.

— Será que é mais um truque traiçoeiro de Conan? — Zarono questionou.

— Podemos confiar nele quanto a isto — Strom assegurou. — Esses bárbaros têm seu código de honra particular, e Conan nunca abandonaria homens que lhe são semelhantes para serem massacrados por gente de outra raça. Ele nos ajudará contra os pictos, mesmo que planeje nos matar... Ouça!

Um grito de gelar o sangue cortou o silêncio. Ele viera da floresta a oeste e, quase simultaneamente, um objeto surgiu dentre as árvores, bateu no chão e rolou em direção às pedras; uma cabeça humana decepada, o hediondo rosto pintado congelado num rosnado mortal.

— É o sinal de Conan! — Strom bradou, e os desesperados flibusteiros se levantaram como uma onda de trás das pedras e arremeteram em direção à floresta.

Flechas zuniram de dentro do matagal, mas seu voo era apressado e errático; só três homens tombaram. A seguir, os marujos bravios mergulharam na folhagem e atacaram as figuras nuas pintadas que se erguiam na penumbra diante deles. Houve um instante mortífero de esforço feroz, falta de ar, corpo a corpo, sabres atingindo machadinhas, botas pisoteando corpos nus e, então, os pés descalços fugiram pelos arbustos quando os sobreviventes da carnificina desistiram do confronto e bateram em retirada, deixando sete corpos inertes caídos sobre a folhagem manchada de sangue que cobria o chão. Nos arbustos mais além, uma agitação foi ouvida e Conan ressurgiu. Seu chapéu havia desaparecido, o sobretudo estava rasgado e sua arma gotejava em sua mão.

— E agora? — Perguntou Zarono. Sabia que o plano só funcionara porque o inesperado ataque de Conan pela retaguarda havia desmoralizado os pictos e impedido que recuassem antes da investida dos piratas. Contudo, pragas foram cuspidas de sua boca quando o bárbaro passou seu sabre em um bucaneiro que se contorcia no chão, com o quadril quebrado.

— Não podemos carregá-lo conosco — o cimério explicou. — E não seria gentil de nossa parte deixá-lo aqui para ser apanhado com vida pelos pictos. Venham!

Eles o seguiram de perto conforme passava por entre as árvores. Sozinhos, teriam labutado e tropeçado durante horas pelo matagal antes de encontrar a trilha que levava à praia, se é que a encontrariam. Mas o cimério os levou de forma certeira, como se seguisse por um caminho sinalizado, e os bucaneiros gritaram histéricos de alívio quando repentinamente toparam com a trilha que seguia para oeste.

— Idiota! — Conan segurou o ombro de um pirata que ameaçou sair correndo e o arremessou para trás, entre seus companheiros. — Vai forçar demais seu coração e cair em menos de mil metros. Estamos a quilômetros da praia. Vamos seguir em uma marcha confortável. É possível que tenhamos de correr no último quilômetro, então poupe fôlego. Vamos.

O cimério seguiu pela trilha num ritmo consistente, seguido pelos marujos, que adequaram suas passadas às dele.

O sol tocava as ondas do lado ocidental do oceano. Tina estava à janela de onde vira a tempestade junto de Belesa.

— O sol poente transforma o oceano em sangue — ela disse. — A vela da carraca é uma mancha branca nas águas vermelhas. As sombras já escureceram a floresta.

— E os marujos que estão na praia? — Belesa perguntou, lânguida. Reclinava-se no divã de olhos fechados, as mãos entrelaçadas atrás da cabeça.

— Os dois acampamentos estão preparando a ceia — Tina respondeu. — Recolheram lenha e fizeram fogueiras. Consigo escutá-los gritando uns para os outros e... O que é aquilo?

A súbita tensão na voz da menina fez com que Belesa se sobressaltasse. Tina se agarrava ao batente da janela com o rosto pálido.

— Escute! Um uivo distante... como o de muitos lobos!

— Lobos? — Belesa ficou de pé, sentindo o medo tomar seu coração. — Lobos não caçam em alcateias nesta época do ano...

— Olhe! — Gritou a garota, apontando. — Há homens saindo correndo das matas!

Em um instante, Belesa estava ao lado dela, observando as figuras, pequenas ao longe, que saíam da floresta.

— Os marujos! — Afirmou. — E de mãos vazias! Vejo Zarono... Strom...

— Onde está Conan? — A menina murmurou.

Belesa balançou a cabeça.

— Escute! Escute! — Tina choramingou, agarrando-se a ela. — Os pictos!

Todos no forte podiam ouvir agora; uma vasta gritaria de exultação insana e desejo de sangue, oriunda das profundezas da floresta escura.

O som havia chegado aos homens das paliçadas.

— Rápido! — Strom gritou, seu rosto uma máscara de exaustão. — Estão quase em cima de nós. Meu navio...

— Está longe demais para que o alcancemos — Zarono o interrompeu. — Corra para o forte. Os homens acampados na praia nos viram!

Acenava com os braços, sem fôlego, mas os marujos na areia já haviam compreendido, tendo reconhecido o significado daqueles uivos que cresciam triunfantes. Deixaram suas fogueiras e panelas para trás e correram para o portão do forte. Já passavam por ele quando os fugitivos da floresta contornaram a curva ao sul da orla e começaram a chegar, uma massa ofegante, frenética e quase morta pelo cansaço. O portão foi fechado com pressa e os marujos subiram para as paliçadas, onde se juntaram aos guerreiros que já estavam lá.

Belesa confrontou Zarono.

— Onde está Conan?

O bucaneiro apontou na direção das matas escuras. Seu peito arfava, e o suor escorria pelo rosto.

— Os batedores deles estavam nos nossos calcanhares pouco antes de chegarmos à praia. Ele parou para matar alguns e nos dar tempo de escapar.

Afastou-se para assumir seu posto na paliçada, para onde Strom já havia subido. Valenso estava presente também, uma figura sombria enrolada em um manto, estranhamente silencioso e distante. Parecia enfeitiçado.

— Olhem! — Gritou um pirata por sobre os uivos ensurdecedores da horda ainda invisível. Um homem surgia da floresta e corria pelo terreno aberto.

— Conan! — Zarono abriu um sorriso lupino. — Estamos a salvo dentro do forte e sabemos onde o tesouro está. Não há motivos para não crivá-lo de flechas agora.

— Não! — Strom segurou seu braço. — Vamos precisar da espada do cimério. Veja.

Seguindo o guerreiro em fuga, uma horda selvagem eclodia da floresta, uivando enquanto corria; pictos nus, centenas e centenas deles. Suas flechas choviam sobre o bárbaro. Mais alguns passos e Conan alcançou a parede leste da fortaleza, agarrou as extremidades dos troncos num salto e se içou, trazendo seu sabre nos dentes. Flechas atingiram a madeira bem onde seu corpo estivera instantes atrás. O espalhafatoso sobretudo havia desaparecido, e a camisa de seda branca estava rasgada e manchada de sangue.

— Detenham-nos! — O bárbaro rugiu assim que seus pés tocaram o lado de dentro do forte. — Se chegarem às paredes, estaremos perdidos.

Piratas, bucaneiros e guerreiros responderam de imediato, e uma tempestade de flechas e setas de besta foi lançada contra a horda que se aproximava. Conan viu Belesa com Tina segurando sua mão e soltou uma imprecação.

— Vão para dentro da mansão — ordenou na hora. — As flechas deles vão passar por cima dos muros... O que foi que eu disse? — Quando uma flecha escura atingiu o chão aos pés de Belesa e ficou vibrando como a cabeça de uma serpente, Conan apanhou um arco longo e subiu na paliçada. — Alguns de vocês preparem tochas! — Seu brado superava até mesmo o clamor da batalha. — Não temos como enfrentá-los no escuro!

O sol tinha se posto em um mar de sangue; na baía, os homens a bordo da carraca levantavam âncora e a Mão Vermelha rapidamente recuava em direção ao horizonte carmesim.

VII
Os Homens da Floresta

A noite havia caído, mas tochas se estendiam ao longo da costa, revelando uma insana e tétrica cena. Homens nus e pintados infestavam a praia. Como ondas, investiam contra a paliçada, dentes à mostra e olhos ardendo sob o brilho das tochas fixadas na amurada. Penas de tucanos balançavam nas cabeleiras escuras, assim como penas de falcões marinhos e cormorões. Alguns guerreiros, os mais selvagens e bárbaros, usavam dentes de tubarões nos cachos emaranhados. As tribos da beira-mar tinham vindo de todas as direções da costa e se unido para livrar sua terra dos invasores brancos. Avançavam até a paliçada encarando uma saraivada de flechas, repelindo os projéteis que vinham dela e atingiam seus guerreiros. Às vezes, conseguiam chegar tão perto das paredes, que atingiam o portão com as machadinhas de guerra e arremessavam as lanças nos buracos feitos para observar o lado de fora. Mas, cada vez que essa maré recuava sem conseguir passar pela paliçada, deixava seus mortos à deriva. Os flibusteiros se sentiam prontos para enfrentar aquele tipo de luta; suas flechas abriam buracos na horda que avançava, e os sabres decepavam os selvagens que tentavam escalar a pequena muralha. Contudo, os homens das matas continuavam retornando para a carnificina com a teimosa ferocidade que fora despertada em seus corações.

— São como cães raivosos! — Zarono gritou, golpeando as mãos morenas que tentavam subir pelas paliçadas, enquanto seus rostos sombrios lhe lançavam rosnados.

— Se conseguirmos manter o forte até o amanhecer, vão perder o ímpeto — Conan grunhiu, partindo um crânio ao meio com precisão profissional. — Não vão sustentar um cerco longo. Veja, estão recuando.

O ataque retrocedeu e os homens na paliçada limparam o suor dos olhos, contaram os mortos e limparam os cabos escorregadios das lâminas, ensopados de sangue. Como lobos famintos afastados a contragosto de uma presa encurralada, os pictos recuavam para além da luz das tochas. Somente os corpos dos mortos podiam ser vistos da fortaleza.

— Eles se foram? — Strom balançou a suada cabeleira castanha. A arma em seu punho estava danificada e vermelha; os braços nus e musculosos, manchados de sangue.

— Ainda estão lá fora — Conan disse, indicando as trevas para além do anel de luz das tochas; trevas essas ainda mais intensas por conta daquela iluminação. O cimério captava movimentos na escuridão, olhos brilhando e o reflexo pálido do aço. Comentou:

— Mas se retiraram por um tempo. Ponham sentinelas nos muros e deixem os demais beberem e comerem. Já passou da meia-noite. Estamos lutando há horas sem intervalo.

Os chefes desceram das paliçadas, chamando seus homens. Uma sentinela foi postada no meio de cada paredão; leste, oeste, norte e sul, e um grupo de guerreiros ficou encarregado do portão. Para alcançarem o muro, os pictos teriam de atravessar um espaço amplo, iluminado por tochas, e os defensores poderiam voltar a seus postos bem antes que os atacantes alcançassem as paliçadas.

— Onde está Valenso? — Conan inquiriu, mordendo um grande filé ao lado da fogueira que os homens haviam feito no centro do forte. Piratas, bucaneiros e servos se misturavam, devorando a carne, sorvendo a cerveja que as mulheres traziam e permitindo que seus ferimentos fossem tratados.

— Desapareceu há uma hora — Strom grunhiu. — Estava lutando ao meu lado na amurada quando, de repente, parou e olhou para a escuridão como se tivesse visto um fantasma. "Olhe!", ele disse. "O demônio de preto! Estou vendo! Ele está ali, na noite!" Eu poderia jurar que vi uma silhueta alta demais para ser de um picto se mover em meio às sombras. Mas foi só um vislumbre, e ela desapareceu. No entanto, Valenso desceu da paliçada e cambaleou para a mansão, como se tivesse recebido um ferimento mortal. Não o vi desde então.

— Ele provavelmente viu um demônio da floresta — Conan disse, tranquilamente. — Os pictos dizem que esta costa é apinhada deles. O que temo são flechas incendiárias. É provável que comecem a dispará-las a qualquer instante. O que foi isso? Pareceu um grito de socorro.

Quando a luta cessou, Belesa e Tina foram até a janela, de onde haviam se retirado por conta do risco das flechas. Observavam em silêncio os homens se reunindo em torno da fogueira.

— Não há homens o suficiente nos paredões — disse Tina. Apesar de nauseada ante a visão dos cadáveres em volta da paliçada, Belesa foi forçada a sorrir.

— Você acha que entende mais de guerras e cercos do que os flibusteiros? — Perguntou gentilmente.

— Deveria haver mais homens na amurada — a menina insistiu, tremendo. — E se o homem vestido de preto voltar?

Belesa estremeceu ante o pensamento.

— Estou com medo — Tina murmurou. — Espero que Strom e Zarono tenham morrido.

— E Conan, não? — Belesa perguntou, curiosa.

— Conan não machucaria a gente — a menina respondeu, confiante. — Ele segue seu código de honra bárbaro, mas os outros dois são homens que perderam toda a honra.

— Você é sábia demais para sua idade, Tina — disse Belesa, com a vaga inquietação que a precocidade da garota lhe despertava.

— Olhe! — Tina apontou. — A sentinela da parede sul desapareceu! Eu o tinha visto na paliçada agora mesmo, mas não está mais lá.

Da janela delas, a face sul da pequena muralha era visível por sobre os telhados de uma fileira de cabanas que seguiam em paralelo à amurada por quase toda sua extensão. Entre ela e a parte de trás das cabanas havia uma espécie de corredor aberto, com três ou quatro metros de largura. Essas cabanas eram ocupadas pelos serviçais.

— Para onde a sentinela foi? — Tina sussurrou, apreensiva.

Belesa observava uma extremidade do corredor formado pelas cabanas, que não ficava longe da porta lateral da mansão. Podia jurar ter visto uma sombra deslizar vinda das moradas e desaparecer porta adentro. Seria a sentinela desaparecida? Por que havia saído de seu posto e entrado na mansão tão sutilmente? Ela não acreditava que era a sentinela e começou a ser tomada por um medo inominável, que gelou seu sangue.

— Onde está o conde, Tina? — Perguntou.

— No grande salão, milady. Está sentado só à mesa, enrolado em seu manto e bebendo vinho, com o rosto cinzento como a morte.

— Vá e diga a ele o que vimos. Vou continuar vigiando da janela, caso os pictos venham pelo muro desguarnecido.

Tina partiu. Belesa ouviu seus passos pelo corredor e depois descendo as escadas. Então, de modo abrupto e terrível, um grito de pavor eclodiu, tão pungente que quase fez o coração de Belesa parar. A jovem saiu do quarto e atravessou o corredor antes de ter consciência de que seus membros se moviam. Desceu as escadas correndo e parou, como que transformada em pedra. Não gritou como Tina havia feito; foi incapaz de emitir qualquer som ou de se mexer. Via a menina, ciente de suas pequenas mãos agarrando-a freneticamente. Mas essa era a única realidade sã em uma cena de um pesadelo sombrio de morte e insanidade. Estava paralisada pela monstruosa sombra antropomórfica que abria seus longos braços contra o lúrido brilho do fogo infernal.

Lá fora, junto à paliçada, Strom balançou a cabeça ante a pergunta de Conan.

— Não escutei nada.

— Eu, sim — os instintos selvagens de Conan haviam sido despertados. Estava tenso, os olhos ardiam em chamas. — Veio da face sul, de trás daquelas cabanas!

Desembainhou seu sabre e seguiu para a paliçada. Do complexo, a amurada sul e a sentinela que montava guarda não eram visíveis, ficando escondidos atrás das cabanas. Strom o seguiu, impressionado pelo comportamento do cimério.

Precavido, Conan parou diante da abertura entre as habitações e o muro. O espaço era fracamente iluminado por tochas que brilhavam de ambos os lados nos cantos do forte e, na metade do corredor natural, havia uma forma estirada no chão.

— Bracus! — Strom berrou, adiantando-se e ajoelhando ao lado da figura caída. — Por Mitra, seu pescoço foi cortado de orelha a orelha.

Conan varreu o espaço com um olhar rápido, vendo que estava vazio, exceto por ele, Strom e o morto. Espiou através de um buraco que dava para fora. Nas proximidades do forte, sob a luz das tochas, ninguém se movia.

— Quem pode ter feito isto? — Ele se perguntou.

— Zarono! — Strom pôs-se de pé, regurgitando a fúria de um gato selvagem, os pelos eriçados e o rosto tremendo. — Mandou que seus ladrões apunhalassem meus homens pelas costas! Planeja acabar comigo pela traição! Maldição! Estou em perigo aqui dentro e lá fora!

— Espere! — Conan o deteve. — Não creio que Zarono...

Mas o furioso pirata se desvencilhou e correu para a extremidade do corredor de cabanas, blasfemando. Conan foi atrás dele, também praguejando. Strom seguiu direto para a fogueira em torno da qual a silhueta alta de Zarono era visível, tomando uma caneca de cerveja.

Sua surpresa foi imensa quando a caneca foi arrancada violentamente de sua mão, cobrindo seu peito com espuma. Foi forçado a se virar para confrontar o rosto distorcido pela ira do capitão pirata.

— Seu cão assassino! — Strom rugiu. — Vai matar meus homens pelas minhas costas, enquanto eles lutam pela sua pele imunda tanto quanto pela minha?

Conan corria na direção deles e, de todos os lados, os homens pararam de comer e beber para observar, espantados.

— Do que está falando? — Zarono retorquiu.

— Você mandou que seus homens apunhalassem os meus em seus postos! — Gritou furiosamente o baracho.

— Mentiroso! — O ódio latente transformou-se numa chama súbita.

Com um uivo incoerente, Strom levantou o sabre e golpeou a cabeça do bucaneiro. Zarono bloqueou o ataque usando o braço esquerdo, protegido pela armadura, e faíscas voaram enquanto ele recuava, desembainhando a espada.

Em um instante, os dois capitães estavam engalfinhados num confronto insano, as lâminas reluzindo à luz do fogo. As tripulações reagiram de imediato e sem pensar. Um furor profundo ecoou, e piratas e bucaneiros sacaram as espadas e atacaram uns aos outros. Os homens nas amuradas abandonaram seus postos e desceram das paliçadas, empunhando suas lâminas. O forte havia se tornado um campo de batalha, onde grupos de homens laceravam e golpeavam dominados por um frenesi cego. Alguns guerreiros e serviçais foram arrastados para a contenda, enquanto os soldados à frente do portão se viraram, observando a cena espantados e esquecendo-se do inimigo do lado de fora.

Tudo aconteceu tão rápido... Paixões explodindo e tornando-se uma súbita batalha... que os homens estavam lutando por todo o forte antes que Conan conseguisse chegar até os líderes enlouquecidos. Ignorando suas espadas, ele os separou com tamanha violência, que ambos titubearam para trás, e Zarono tropeçou e caiu.

— Seus idiotas malditos! Querem jogar nossas vidas fora?

Strom babava raivosamente e Zarono gritava, pedindo socorro. Um bucaneiro correu para pegar Conan pelas costas e decepar sua cabeça. O cimério virou-se e segurou seu braço, parando o golpe no ar.

— Olhem, seus tolos! — Ele bradou, apontando com sua espada. Alguma coisa em seu tom chamou a atenção da massa que lutava ensandecida; os homens detiveram-se com as espadas levantadas, Zarono ainda de joelhos, e todos se viraram para ver. Conan apontava para um soldado na paliçada. O homem recuava, os braços debatendo-se no ar, sufocando enquanto tentava gritar. Súbito, ele mergulhou para o chão e todos viram uma flecha negra enfiada entre seus ombros.

Um brado de alarme varreu o complexo. Na sequência, sobreveio o clamor de gritos arrepiantes e o devastador impacto de machados no portão. Flechas incendiárias passaram por sobre a amurada e atingiram as cabanas, e feixes finos de fumaça azul começaram a surgir e subir vacilantes para os céus. Então, de trás das cabanas que se alinhavam diante da face sul do forte, rápidas e furtivas figuras surgiram, correndo por ele.

— Os pictos entraram! — Conan gritou.

O caos acompanhou seu grito. Os flibusteiros encerraram a contenda, alguns se viraram para enfrentar os selvagens, outros correram para as ameias. Os pictos não paravam de surgir por detrás das cabanas, fluindo por todo o terreno; seus machados colidindo com os sabres dos marujos.

Zarono se levantava quando um selvagem pintado correu até ele pelas costas e abriu sua cabeça com uma machadinha de guerra. Conan e um grupo de marujos batalhava contra os pictos do lado de dentro da paliçada, e Strom, com a maioria de seus homens, subiu para as ameias, cortando as figuras negras que surgiam escalando os muros de madeira. Os pictos, que haviam se aproximado sem serem vistos e cercado o forte enquanto seus defensores lutavam entre si, atacavam por todos os lados. Os soldados de Valenso reuniam-se todos no portão, tentando mantê-lo contra um barulhento enxame de demônios exultantes.

Cada vez mais selvagens surgiam por trás das cabanas, tendo escalado o muro sul sem defesas. Strom e seus piratas foram forçados a recuar de ambos os lados das ameias e, em um instante, o lugar inteiro havia sido tomado pelos guerreiros nus. Eles cercaram os defensores como lobos, e a batalha tornou-se um conjunto caótico de turbilhões de figuras pintadas que afogavam pequenos grupos desesperados de homens brancos. Pictos, marujos e serviçais se empilhavam no solo, pisoteados. Selvagens manchados de sangue mergulhavam nas cabanas e os gritos que saíam de dentro delas, mais altos que o clamor da batalha, eram das mulheres e crianças mortas pelos machados sedentos. Os guerreiros abandonaram o portão quando começaram a escutar esse pavoroso som e, imediatamente, os pictos o derrubaram, invadindo o forte também por aquele ponto. As cabanas estavam em chamas agora.

— Para a mansão! — Gritou Conan, e uma dúzia de homens o seguiu enquanto ele abria caminho inexoravelmente por entre a matilha selvagem.

Strom estava a seu lado, brandindo o sabre como uma foice.

— Não vamos conseguir nos abrigar na mansão — o pirata afirmou.

— Por que não? — Conan estava ocupado demais com o confronto para se dar ao luxo de virar o rosto.

— Porque... Agh! — Uma faca em uma mão morena afundou nas costas do baracho. — Que o demônio o devore, maldito! — Strom virou-se cambaleando e partiu a cabeça do picto ao meio até o maxilar. Desequilibrou-se e caiu de joelhos, sangue vertendo de seus lábios. — A mansão está em chamas! — Grasnou, antes de despencar.

Conan deu uma olhadela rápida à sua volta. Os homens que o tinham seguido estavam todos mortos. O picto que arfava pela própria vida aos pés do cimério era o último do grupo que barrava seu caminho. Por todos os lados a batalha ainda irrompia, mas, naquele momento, ele estava sozinho. E não estava longe da amurada sul. Mais alguns passos e poderia subir nas ameias, pular por cima da barreira e desaparecer na noite. Mas lembrou-se da garota indefesa dentro da mansão... de onde agora a fumaça saía profusamente. Correu para o edifício.

Um chefe com uma pena na cabeça surgiu diante da porta e ergueu seu machado de guerra, enquanto por trás do cimério em fuga, fileiras de guerreiros convergiam em sua direção. Ele não desacelerou as passadas. Um golpe de cima para baixo do sabre bloqueou e defletiu o machado do picto, partindo sua cabeça. No instante seguinte, Conan passou pela porta, bateu-a e passou a tranca, protegendo-se dos machados que castigavam a madeira.

O grande salão estava preenchido por uma fumaça densa, obrigando-o a tatear praticamente às cegas. Em algum lugar, uma mulher choramingava em pequenos e histéricos soluços de horror. O bárbaro atravessou as espirais de fumaça e deteve-se, olhando para o salão.

O local estava escuro e sombrio por causa da fumaça no ar; o candelabro de prata estava virado, as velas, apagadas, e a única iluminação vinha do brilho lúrido da lareira e da parede onde ela ficava, pela qual as chamas erguiam-se do chão até as vigas. E, delineada contra aquele brilho lúgubre, Conan viu uma forma humana oscilando em uma corda. O rosto do morto virou-se em sua direção, acompanhando o balanço da corda, e estava distorcido demais para ser reconhecido. No entanto, Conan sabia que aquele era o conde Valenso, enforcado em uma viga de seu próprio teto.

Mas havia algo mais no salão. Conan viu através da fumaça uma figura negra e monstruosa, emoldurada pelo brilho daquelas chamas infernais. Seu contorno lembrava vagamente o de um homem, mas a sombra projetada na parede não tinha nada de humano.

— Crom! — Murmurou o bárbaro, paralisado ante a percepção de que estava frente a frente com uma criatura contra a qual sua espada era impotente. Viu Belesa e Tina abraçadas, agachadas ao pé das escadas.

O monstro sombrio recuou, avolumando-se como um gigante contra as chamas, os grandes braços abertos; uma face sinistra espreitando em meio à fumaça, semi-humana, demoníaca, completamente pavorosa... Conan viu os chifres, a boca aberta, as orelhas pontiagudas... A coisa se aproximava dele pela fumaça, e uma velha lembrança foi despertada pelo desespero.

Perto do cimério havia um enorme banco de prata ornamentado, que outrora fizera parte do esplendor do castelo Korzetta. Conan o agarrou e ergueu acima da cabeça.

— Prata e fogo! — Rugiu, sua voz uma lufada de vento, e arremessou o banco com toda a força de seus músculos de ferro. Ele atingiu em cheio aquele peito poderoso e negro; cinquenta quilos de prata jogados com incrível velocidade. A criatura perdeu o equilíbrio e caiu para trás dentro da lareira, que se tornara uma bocarra de chamas. Um grito horrível fez tremer o salão; o grito de uma coisa de outro mundo atingida subitamente pela morte terrena. A cornija da lareira rachou e pedras caíram da grande chaminé, quase ocultando os membros que se contorciam enquanto eram devorados pela fúria primordial das chamas. Vigas incendiadas despencaram do teto, trovejando sobre as pedras, e tudo aquilo foi envelopado por uma poderosa explosão de fogo.

Chamas desciam pelas escadas quando Conan a alcançou. Colocou a garota desmaiada debaixo de um dos braços e fez Belesa ficar de pé. Em meio aos estalidos do fogo, ele escutava os golpes das machadinhas na porta.

Olhou ao redor, avistou uma porta oposta às escadarias e correu para ela, carregando Tina e quase arrastando Belesa, que parecia entorpecida. Assim que entraram na câmara seguinte, uma reverberação atrás deles anunciou que o telhado despencava no grande salão. Através de uma parede de fumaça, Conan viu uma porta aberta do outro lado do cômodo. Ao passar por ela, notou que estava pendurada nas dobradiças quebradas, com a tranca e os ferrolhos partidos por uma força terrível.

— O homem de preto entrou por esta porta! — Belesa soluçou, histericamente. — Eu o vi, mas não sabia que...

Emergiram no complexo iluminado pelo fogo, a poucos passos do corredor de cabanas alinhadas à amurada sul. Um picto estava indo na direção da porta, olhos vermelhos à luz do fogo e machadinha erguida. Girando a menina em seu braço para longe do ataque, Conan enfiou o sabre no peito do selvagem e, a seguir, pegou Belesa no colo e correu em direção à muralha, carregando ambas as garotas.

O forte estava repleto de nuvens de fumaça que ocultavam o trabalho sanguinário executado ali, mas mesmo assim os fugitivos tinham sido avistados. Figuras nuas, negras contra o fogo, atravessaram a fumaça, brandindo suas armas reluzentes. Ainda estavam alguns metros atrás, quando Conan se abaixou no espaço entre as cabanas e o muro. Do lado oposto do corredor, viu outras silhuetas uivando, correndo para matá-lo. Parou subitamente, arremessou o corpo de Belesa na ameia e a seguiu com um salto. Passando-a sobre a paliçada, jogou-a na areia do lado de fora, e fez o mesmo com Tina. A seguir um machado arremessado atingiu um tronco ao lado de seu ombro, mas ele logo passou por cima do muro também e tomou novamente nos braços sua carga confusa e indefesa. Quando os pictos chegaram ao muro, o espaço diante da paliçada estava vazio, exceto pelos mortos.

VIII
Um Pirata Volta ao Mar

O amanhecer pintava as águas de um matiz rosa envelhecido. Bem além das águas tingidas, uma mancha branca podia ser vista em meio à névoa, uma vela que parecia suspensa no céu cor de pérola. Num promontório, Conan, o cimério, segurava um manto rasgado sobre uma fogueira feita com galhos verdes. Conforme manipulava o manto, lufadas de fumaça ascendiam, oscilavam contra a alvorada e desapareciam.

Belesa estava agachada ao lado dele, envolvendo Tina com um braço.

— Acha que vão ver e entender?

— Vão ver com certeza — ele a assegurou. — Ficaram a noite inteira indo de lá para cá por esta costa, na esperança de avistar sobreviventes. Estão assustados. São só meia dúzia de homens e nenhum consegue navegar bem o suficiente para ir daqui às Ilhas Barachas. Eles vão entender meus sinais; é o código pirata. Estou dizendo que seu capitão e todos os marujos estão mortos, e pedindo que venham para a costa e nos levem a bordo. Sabem que sei navegar e ficarão felizes de estar sob meu comando. Não têm opção... Sou o único capitão que restou.

— E se os pictos avistarem a fumaça? — Ela estremeceu, olhando para trás, para além das areias e arbustos, até onde, quilômetros ao norte, uma coluna de fumaça erguia-se no ar estático.

— É improvável que vejam. Depois que as escondi na floresta, retornei e os vi arrastando barris de vinho e cerveja dos depósitos. Vários deles já estavam caídos. A esta altura, devem estar todos estirados, bêbados demais para se mexerem. Se eu tivesse cem homens, poderia aniquilar aquela horda inteira. Veja! A Mão Vermelha lançou um sinal! Isso significa que estão vindo nos apanhar!

Conan pisou na fogueira até apagá-la, devolveu o manto a Belesa e se espreguiçou como um gato. A garota o observava, espantada. Seu comportamento imperturbável não era fingido; a noite de fogo, sangue e morte, e a posterior fuga pela selva escura não haviam abalado em nada seus nervos. O cimério estava tão calmo como se tivesse passado a noite comendo e festejando. Belesa não tinha medo dele; sentia-se mais segura do que jamais estivera desde que chegara àquela costa selvagem. Ele não era como os outros flibusteiros, homens civilizados que haviam repudiado todos os padrões da honra e viviam sem nenhuma. Conan agia de acordo com o código de seu povo, que era bárbaro e sangrento, mas ao menos conservava seus patamares peculiares de honra.

— Acha que está morto? — Questionou com aparente descaso. Ele não perguntou a quem se referia.

— Acho que sim. Prata e fogo são mortais para os espíritos do mal, e ele teve uma boa dose de ambos.

Ninguém tornou a tocar no assunto; a mente de Belesa encolheu-se ao retraçar a cena em que a figura de preto adentrou o grande salão e uma vingança muito protelada foi horrivelmente consumada.

— O que vai fazer quando voltar para a Zíngara? — Conan perguntou. Ela balançou a cabeça, impotente:

— Não sei. Não tenho dinheiro ou amigos. Não fui educada para ganhar a vida. Talvez tivesse sido melhor se uma daquelas flechas tivesse atingido meu coração.

— Não diga isso, milady! — Exclamou Tina. — Eu trabalharei por nós duas!

Conan tirou uma pequena algibeira de couro de dentro de seu cinturão.

— Não consegui pegar as joias de Tothmekri — afirmou. — Mas tenho aqui algumas ninharias que encontrei no baú de onde peguei as roupas que estou vestindo — despejou um punhado de rubis cintilantes na própria palma. — Valem uma fortuna — colocou-as de volta na algibeira e entregou a ela.

— Mas não posso aceitar... — Ela começou a dizer.

— Claro que pode. Seria melhor eu a deixar aqui para que os pictos arrancassem seu escalpo do que fazê-la morrer de fome na Zíngara — disse. — Sei o que é não ter um centavo nas terras hiborianas. Em meu país, às vezes temos fome, mas isso só ocorre quando não há comida em lugar algum. Já no mundo civilizado, vi pessoas doentes de tanto comer, enquanto outras passam fome. Sim, já vi homens caírem e morrerem de fome recostados às paredes de lojas e armazéns entupidos de comida. Às vezes, eu também ficava faminto, mas sempre tomei o que precisava usando a ponta de minha espada. Como você não pode fazer isso, fique com esses rubis. Pode vendê-los para comprar um castelo, escravos e roupas finas. Com isso, não vai ser difícil conseguir um marido, porque homens civilizados adoram mulheres com posses desse tipo.

— Mas e quanto a você?

Conan sorriu e indicou a Mão Vermelha se aproximando rapidamente da orla.

— Um navio e uma tripulação são tudo o que quero. Assim que colocar os pés no convés, terei uma nau e, assim que alcançar as Ilhas Barachas, terei uma tripulação. Os rapazes da Irmandade Vermelha estarão ávidos para navegar comigo, porque sempre os levo a pilhagens extraordinárias. E, tão logo deixe você e a menina numa costa zíngara, mostrarei aos cães o que é pilhagem de verdade! Não, não, nada de me agradecer! O que é um punhado de joias para mim, quando todo o saque dos mares ao sul está ao meu alcance?

Robert E. Howard.